DAS VERIRRTE MÄDCHEN

SARAH A. DENZIL

EDITED BY
LINNEA MAY

EDITED BY
MARTINA MOSER

Dies ist eine fiktive Geschichte. Ähnlichkeiten mit real existierenden Personen, Unternehmen, Produkten oder Gegebenheiten sind rein zufällig und nicht beabsichtigt.

Umschlaggestaltung von E-Book Launch

BÜCHER VON SARAH A. DENZIL

Silent Child

Meine perfekte Tochter

Das verirrte Mädchen

Die Mörderbraut

KAPITEL 1

„Nimm meine Hand, Kleines, du bist jetzt in Sicherheit."

Das Kind blinzelte, bewegte sich aber nicht. Fran bückte sich, um auf Augenhöhe mit dem Mädchen zu sein. Ihre Muskeln taten ihr weh, aber sie ignorierte den Schmerz. Sie machte sich mehr Sorgen um das Kind, das um 5:00 Uhr morgens allein auf der Wiese mitten im Dorf stand.

Fran zog ihre Hand zurück. Vielleicht war das die falsche Entscheidung gewesen.

„Wie heißt du, meine Kleine?"

In ihrem niedlichen gelben Kleid mit Schleifen und dem Peter-Pan-Kragen sah das Mädchen aus wie eine lebendige Puppe. Sie war etwa sechs oder sieben Jahre alt und hatte strohblondes Haar, das ihr bis zu den Schultern reichte. Zu glänzenden schwarzen Mary-Jane-Schuhen trug sie ein Paar weiße Rüschensöckchen. Es war die Art von Kleidung, die ihre Mutter als Kind in den Sechzigerjahren getragen hatte. Sie wirkten auf Fran niedlich, aber altmodisch.

„Papa wird kommen. Er wird mich hier abholen." Ihre Stimme klang so überzeugt und absolut aufrichtig.

„Wenn du willst, können wir deinen Papa gemeinsam suchen.

Wie heißt du?“ Fran fühlte sich hin- und hergerissen. Hatte sie sich hier schon zu lange allein mit diesem Kind aufgehalten? Würde es seltsam aussehen? Sie richtete sich auf und sah sich in dem leeren Park um, in der Hoffnung, eine Mutter oder einen Vater in der Nähe der Wippe oder der Schaukeln zu sehen. Sie wollte nicht direkt die Polizei rufen, um das Mädchen nicht zu erschrecken. Aber mit der Zeit schien ihr das die sicherste Option zu sein.

„Esther.“ Sie sprach deutlich und wirkte überhaupt nicht schüchtern, nur zurückhaltend. Es war Fran nicht aufgefallen, als sie das erste Mal gesprochen hatte, aber jetzt hörte sie es. Ein amerikanischer Akzent, sehr selten in Leacroft.

„Wo wohnt dein Papa? Wir können ihn suchen.“ Sie blickte das stoische Kind besorgt an. Was sollte man in einer derartigen Situation tun? Das Mädchen nach Hause bringen, bevor die Polizei gerufen wird, oder hier draußen in der Morgenkälte warten? Gemeinsam auf der Suche nach den Eltern umherwandern? Als Fran zu ihrer morgendlichen Joggingrunde aufgebrochen war, hatte das nicht auf der Tagesordnung gestanden.

„Arizona“, antwortete das Kind.

Fran zog ihr Mobiltelefon aus der Tasche ihrer Leggings. Ihr Gesicht spiegelte sich schemenhaft auf dem dunklen Bildschirm. Sie wandte sich den Häuserzeilen zu, die parallel zur Dorfwiese verliefen, und fragte sich, woher das Mädchen wohl gekommen sein könnte. Gerade als sie aufgeben und die Polizei verständigen wollte, hörte sie hinter sich raschelnde Schritte. Fran sah eine Frau, die durch den Park lief und auf dem taufrischen Gras ausrutschte. Fran hielt ihr beschwichtigend die Hände entgegen, als sie sich ihr näherte.

„Langsam“, rief Fran wie zu einem verängstigten Tier, „Vorsicht, der Boden ist nass.“

„Esther? Esther, bist du das?“

Die Frau sank auf die Knie und zog das Kind an sich. Sie hatte den gleichen amerikanischen Akzent wie das Mädchen. Selbst in der Dunkelheit fiel Fran auf, wie jung die Mutter war.

Kaum fünfundzwanzig, vielleicht sogar jünger. Ihr Haar war braun, dicht und gewellt. Sie trug ein langes Kleid mit einer Strickjacke darüber, schwere Stiefel und keinen sichtbaren Schmuck. Das Kleid schien von guter Qualität zu sein, aus natürlicher Baumwolle, was darauf schließen ließ, dass es möglicherweise handgefertigt war. Auf jeden Fall stammte es nicht von einer Ladenkette.

„Sind Sie die Mutter von Esther? Mein Name ist Fran. Ich habe sie vor etwa fünf Minuten hier gefunden. Ich bin vorbeigejoggt und sah sie hier alleine stehen.“ Fran war sich nicht sicher, ob die Frau zuhörte, aber sie redete trotzdem weiter. „Ich wollte gerade die Polizei anrufen. Sie sagte, sie warte auf ihren Vater, obwohl der angeblich in Arizona lebt.“

Die Frau stand auf und wischte sich mit dem Handrücken über die Nase. Zum ersten Mal sah Fran ihre rotgeränderten Augen und ihre fleckige Haut. Auf ihrem Kleid waren Grasflecken zu sehen, wo ihre Knie den Boden berührt hatten.

„Danke“, sagte sie. Sie schaute auf ihre Tochter hinunter und nahm das Kind an die Hand. „Ihr Vater ist nicht in Arizona, aber wir sind gerade erst hierhergezogen, und sie ist ganz durcheinander. Ich bin früh aufgestanden und wollte den Müll in den Mülleimer .... Ähm, in den Mülleimer?“

„Ja, das ist richtig“, sagte Fran und ermutigte sie, dabei britische Begriffe zu lernen.

„Sie ist einfach an mir vorbeigehuscht, ohne dass ich sie bemerkt habe. Ich habe sie auf der Straße verloren. Wir wohnen auf der Ostseite des Dorfes in der Nähe des Baches. Gott sei Dank waren Sie hier.“

„Ist alles in Ordnung?“, fragte Fran. „Wie heißen Sie?“

„Mary“, antwortete sie. „Mary Whittaker. Wir sind letzte Woche hierhergezogen. Wir haben uns gerade erst eingelebt. Das hier tut mir so leid. Sie ist sonst so brav, ich weiß nicht ...“

Fran legte zögernd eine Hand auf Marys Schulter. „Kinder machen so etwas andauernd. Zumindest höre ich das oft.“

Ihre Augen weiteten sich. „Haben Sie keine Kinder? Das ...“

Mary blickte schuldbewusst zur Seite. Fran wusste bereits, dass sie gleich sagen würde: „Das tut mir so leid".

Obwohl Fran wusste, wie diese Aussage gemeint war, nahm sie ihre Hand von Marys Schulter und zuckte innerlich zusammen. Es war nichts Neues, und mit Mitte vierzig dachte Fran eigentlich, dass sie sich daran gewöhnt haben müsste. Aber das war nicht so und würde es auch nie sein. Es tat immer noch weh.

„Sie sollten Esther besser nach Hause bringen." Fran lächelte und stemmte die Hände in die Hüften.

„Meine Güte, ja", sagte Mary. Ihr Blick ging zur aufgehenden Sonne. „Elijah wird bald aufwachen."

„Ist das Ihr Mann?", fragte Fran.

Die Frau nickte. „Ist besser, wenn er nichts davon mitbekommt." Sie schenkte Fran ein zaghaftes Lächeln.

Fran sah ihnen nach, als sie an der Dorfwiese entlanggingen. Marys lief leicht gebeugt. Esther ging aufrecht, ihr blondes Haar schwang von einer Seite zur anderen. Eine kühle Märzbrise streifte Frans Nacken. Sie konnte nicht genau sagen, was sie so beunruhigte. War es das Alter der Mutter? Die merkwürdige Selbstbeherrschung des Kindes? Oder war es die Tatsache, dass Mary Angst zu haben schien, ihrem Mann zu sagen, was mit ihrer Tochter geschehen war?

KAPITEL 2

Das Duschwasser spülte den Schweiß ab. Nachdem Mary Esther abgeholt und nach Hause gebracht hatte, war Fran noch vierzig Minuten lang gelaufen und hatte das Dorf dreimal umrundet, bevor sie aufhörte. Ohne die Unterbrechung in der Mitte ihres Laufs hätte sie ihre persönliche Bestzeit übertroffen.

Fran, die nie trödelte, stellte das Wasser ab und wickelte ein Handtuch um ihren Körper. Sie fuhr sich mit den Fingern durch ihr kurzes Haar und ging zurück ins Schlafzimmer, um sich abzutrocknen. Adrian schnarchte friedlich, das Gesicht in die Bettwäsche gepresst. Nach fast zehn Jahren Ehe fand sie seine Bauchlage und seinen gespreizten Schlafstil immer noch bezaubernd und sein graues Haar sexy. Ihr Spitzname für ihn war *Alter Silberfuchs*, der angesichts ihres Altersunterschieds durchaus angebracht war. Sie ging zum Bett hinüber und wuschelte ihm durchs Haar.

Adrians Zunge klatschte gegen den Gaumen, als er wach wurde, und er schmatzte mit den Lippen, um sie zu befeuchten. Er drehte sich um, rieb sich die Augen und blinzelte sie an. Zuerst lächelte sie, doch dann erinnerte sie sich an die Ereignisse des Morgens und ein Schauer lief ihr über den Rücken. Sie dachte an Esther und an diese weichen, blonden Wimpern, welche die zarte Haut unter ihren Augen berührten.

„Du wirst nie erraten, was passiert ist, als ich Joggen war."

„Hat der Dachs wieder in unseren Mülltonnen herumgestöbert?" Er richtete sich auf und lehnte sich gegen das Kopfteil. Ein runder, rötlicher Bauch kam unter der Bettdecke zum Vorschein.

„Ich habe ein kleines Mädchen gefunden."

Er rieb sich die Augen. „Was?"

„Ein Kind. Auf der Dorfwiese. Sie stand einfach da, direkt neben der Schaukel, keine Eltern in Sicht. Ich habe fast einen Herzinfarkt bekommen."

Adrian deutete Fran an, sich neben ihn auf die Matratze zu setzen. Er legte eine Hand auf ihre. „Geht es ihr gut?"

„Ja. Sie ist … es geht ihr gut. Ihre Mutter ist ein paar Minuten später aufgetaucht, aber …", Fran seufzte schwer. „Ady, in diesen paar Minuten hatte ich Herzrasen. Ich wusste nicht, was ich tun sollte! Sechsundvierzig Jahre alt und total überfordert von einem Mädchen, das allein im Park steht."

Er rieb ihr den Rücken und fing ein paar perlende Wassertropfen mit seiner Handfläche auf. „Es war fünf Uhr morgens, Franny. Es ist normal, beunruhigt zu sein, wenn du ein verlaufenes Kind findest."

„Ich weiß", sagte sie. „Aber es ist nichts passiert, Gott sei Dank. Das Mädchen war in weniger als zehn Minuten wieder bei seiner Mutter. Niemand wurde verletzt oder so, aber …"

„Was aber?" Er lehnte sich näher zu ihr.

„Es ist schwer zu erklären, jetzt, wo sie weg sind. Ich habe einfach dieses *Gefühl*." Sie wandte sich von ihrem Mann ab, um nicht zu sehen, wie er die Augen verdrehte. Sie wusste, dass er ihre Instinkte als rationaler Mann der Logik kaum tolerierte. „Erstens waren sie beide Amerikaner."

„Okay."

„Findest du das nicht auch seltsam?"

„Vielleicht, ein bisschen. Aber es könnte ja sein, dass sie wegen eines neuen Jobs hierhergezogen sind."

„Warum sollte jemand für einen Job von Arizona nach Leacroft ziehen? Weswegen könnte man hierherziehen? Diese Art von Jobs gibts in London. Dafür sind wir im falschen Teil des Landes."

„Ja", sagte Adrian. „Ich verstehe, was du meinst. Was war sonst noch seltsam?"

„Die Art, wie sie beide angezogen waren. Kennst du die Bilder von meiner Mutter als Kleinkind? In diesen niedlichen, altmodischen Kleidern? Nun, das Kind trug so etwas Ähnliches. Und die Mutter, die übrigens sehr jung für ein Kind in diesem Alter war, trug ein langes Kleid, das sie bestimmt selbst genäht hat. Das Ganze hatte etwas von *„Unsere kleine Farm"*.

Adrian musste lachen. „Vielleicht sind die Leute einfach nur heimatverbunden. Nicht jeder trägt gern Polyester von Primark."

Fran gestikulieren mit ihren Händen. „Ich weiß, ich weiß. Aber irgendetwas stimmte nicht bei ihnen."

„Hatte das Mädchen Angst?"

„Nein, sie sagte, sie warte auf ihren Vater."

„Auf der Dorfwiese?" Adrian runzelte die Stirn. „Arbeitet der nachts oder so?"

Fran zupfte an ihrer Unterlippe. Das brachte sie auf die Idee, ein paar Nachforschungen über die Whitakers anzustellen. Eine neue Familie im Dorf wäre sicherlich ein gefundenes Fressen für den alltäglichen Klatsch und Tratsch. Adrian hatte recht, wenn der Vater nachts arbeitete, hätte Esther sich hinausschleichen können, um ihn zu suchen. Doch dann erinnerte sie sich an etwas, und sie setzte sich kerzengerade hin.

„Was hast du?", fragte Adrian.

„Die Frau, Mary, hat gesagt, dass Elijah bald aufwachen wird. Wenn Elijah der Vater des Kindes ist, dann muss er zu Hause gewesen sein."

„Mary und Elijah", sinnierte Adrian. „Sehr biblisch. Das

könnte die selbstgemachten Kleider erklären. Vielleicht sind sie religiös. Sahen sie nach Amish aus?"

„Könnte sein." Fran stand auf. „Mary hörte sich an, als wolle sie nicht, dass Elijah vom Weglaufen des Kindes erfährt. Würde sie ihrem Mann so etwas nicht sagen wollen?"

„Ich würde es dir sagen", meinte Adrian und drückte leicht ihre Hand. „Aber nicht jeder hat eine Beziehung wie wir."

„Nein, das stimmt wohl. Vielleicht hat sie Angst vor ihm und deshalb wollte Mary nicht, dass er es erfährt. Aber warum sollte das Kind auf die Idee kommen, seinen Vater im Park zu suchen?"

„Du verrennst dich in etwas, Fran."

„Das ist mir egal."

Sein Daumen strich sanft über ihre Haut, wie ein Finger, der die Wange eines Babys streichelt. „Vorsichtig, Franny." Ihre Blicke trafen sich, sie sah die Warnung in seinen Augen, ignorierte sie aber.

KAPITEL 3

Das Gemeindehaus von Leacroft war auf dem Gipfel des steilsten Hügels des Dorfes gebaut worden, was bedeutete, dass die Parkplatzsituation am Mittwochnachmittag um 14 Uhr katastrophal war. Fran stapfte den Berg hinauf, und nahm auf halber Strecke einen Schluck aus ihrer Wasserflasche. Sie betrachtete diesen Anstieg als Teil ihres täglichen Fitnessprogramms, denn es war definitiv eine Herausforderung, vor allem nach ihrem morgendlichen 5-km-Lauf.

„Wenn du zurückfährst, Noreen, kann ich reinfahren."

Je näher Fran der Halle kam, desto lauter wurden die Stimmen.

„Huhu! Hallo, Fran. Ich habe Kekse mitgebracht!"

Fran hob die Hand und winkte, als sie sich vorsichtig ihren Weg durch den Parkplatz bahnte, während sie den vielen Autos auswich, die versuchten, in kleine Lücken zu passen. Der Hintergrundsound war geprägt von Autotüren und Gelächter. Fran hielt die Tür für eine Gruppe von Chormitgliedern offen, die fast alle grauhaarig waren.

Ihr Chor war hauptsächlich für Rentner, und deshalb war Fran auch die Jüngste. Sie hatte seit einigen Jahren nicht mehr gearbeitet, weil sie beschlossen hatte, sich vorzeitig aus dem

Journalismus zurückzuziehen, als sich die Welt veränderte und sie sich nicht mehr gebraucht fühlte. Gelegentlich schrieb sie noch Artikel für die Lokalzeitung, aber sie hatte keine Lust mehr dazu. Es blieb kaum Zeit für Recherchen, alles musste sofort geschehen. Die Schlagzeilen mussten dramatisch sein, nach Aufmerksamkeit schreien, verzweifelt nach Klicks suchen. Sie hasste Online-Artikel. Mitten im Text tauchte immer wieder Werbung für Bauchfettentfernung auf und unterbrach den Lesefluss.

Sie grüßte, ließ ihre Tasche auf einen Plastikstuhl fallen und trank noch ein wenig Wasser. Lachsalven und das Scharren der Absätze auf dem Holz hallten durch den Raum. Aber sobald das Geplauder aufhörte, ging es zur Sache, und sie begannen sofort mit dem Aufwärmen. Der *Leacroft-Chor* konnte zwar nicht mit den *Military Wives* mithalten, aber sie hatten eine Menge Spaß und waren sogar schon ein- oder zweimal vor den Einheimischen aufgetreten. Im Moment arbeiteten sie sich durch den Soundtrack von *The Greatest Showman*, zugegebenermaßen nicht ihre Lieblingsmusik. Fran konzentrierte sich auf ihren Gesang und beobachtete, wie einige der anderen in die Tiefe gingen, wie Alisha, die ihre Knie beugte und sich zurücklehnte, um die besonders wichtigen Noten zu treffen. Oder Ivy, die sich zur Musik wiegte. Fran war ganz in die Musik vertieft, und als sie aufhörten, war sie völlig verschwitzt.

Zum Schluss folgte Fran Emily in der Hoffnung, sie in Gesprächslaune zu erwischen, bis zum Ende des Raumes, um etwas über den lokalen Klatsch zu erfahren. Das war normalerweise nicht schwierig. Emily war im ganzen Dorf berühmt-berüchtigt, und ihr Mann Clive betrieb das *Red Lion*. Wenn sie Informationen über die Whitakers haben wollte, war Emily die beste Informationsquelle für sie.

. . .

„Hast du schon von der neuen Familie in Leacroft gehört?“, fragte Fran und lehnte sich lässig an die Rückenlehne eines Stuhls.

„Oh ja, natürlich“, antwortete sie. „Sie sind Amerikaner.“ Emilys blaue Augen funkelten. Sie war in den Siebzigern, klein gewachsen und hatte sehr schmale Schultern.

„Ich habe gehört, dass sie aus Arizona kommen“, sagte Fran und führte sie vorsichtig weiter.

„Das stimmt. Die Whitakers. Er hat gerade einen Job bei Gary bekommen, der Typ, der Bruchsteinmauern baut.“

„Oh, ja. Der Ehemann von Sall.“

„Genau der.“ Sie kratzte sich an der Nase und beugte sich vor, was ein klares Zeichen dafür war, dass sie über etwas reden wollte, über das sie nicht reden sollte. „Sie sind sehr religiös. Gary hat Sall erzählt, die wiederum Clive erzählt hat, dass er Mormone oder so etwas Ähnliches ist. Du weißt schon … die, die ihre eigenen Häuser bauen und so.“

„Amish?“

„Ja. Nun, er nahm an, dass der Mann Amish ist. Warum würde er sonst so hart arbeiten? Und warum trägt er solche Hemden und so einen Bart?“

„Vielleicht ist er ein Hipster?“, vermutete Fran.

„Ach, du meinst diese Männer mit den Duttfrisuren?“ Sie machte ein Gesicht, als hätte sie etwas Unangenehmes gegessen. „Oh, nein. *So einer* ist der nicht.“

„Aber er ist Amish? Aus Arizona? Scheint aber der falsche Teil des Landes zu sein. Leben die nicht in Pennsylvania?“

„Vielleicht hat Gary sich geirrt. Warum fragst du?“

„Oh, aus keinem bestimmten Grund. Ich wollte nur wissen, wie es den Neuankömmlingen so geht.“

„Hast du die Frau schon kennengelernt?“ Emilys Augen leuchteten wieder. „Ein mageres, kleines Ding. Sie sieht kaum wie zwanzig aus, *und* sie hat ein Kind. Das kommt mir seltsam vor. Meinst du, sie war eine dieser Kinderbräute?“

„Nein, sicher nicht“, sagte Fran. „Nicht in den USA.“

Emily stieß die Luft mit einem pfeifenden Geräusch aus. „Man weiß nie. Sie heiraten dort viel jünger. Clive hat Familie in Idaho. Nein, in Iowa. Nein. Ach, ist auch egal. Jedenfalls hat der Neffe mit *achtzehn geheiratet,* ist das zu fassen? In der heutigen Zeit? Selbst Clive und ich haben gewartet, bis wir fünfundzwanzig waren, und das ist über vierzig Jahre her."

„Hmm."

„Und, hast du sie getroffen? Die Whitakers."

„Ich habe die Mutter und die Tochter heute Morgen im Park getroffen."

„Oh, das Kind ist bezaubernd, wie eine kleine Puppe. Sieht aber gar nicht aus wie die Eltern, mit diesem herrlichen blonden Haar. Ist das nicht merkwürdig? Ein blondes, blauäugiges Kind mit zwei brünetten Eltern."

„Das kommt vor", erinnerte Fran sie.

„Ja, mag sein." Emily hielt inne und legte eine Hand auf Frans Arm. „Wie auch immer, wie geht es dir? Ich habe schon lange nicht mehr gefragt."

Fran stellte fest, dass sie für ein paar Herzschläge aufhörte zu atmen. Sie hatte nicht damit gerechnet, dass es noch einmal zur Sprache kommen würde. „Mir geht es gut, Emily, ehrlich. Mir geht es absolut gut."

„Wenn du jemals eine Lesung brauchst, du weißt, wo du mich finden kannst."

Vorsichtig zog Fran ihren Arm aus der Hand der Frau und ging.

KAPITEL 4

Leacroft lag noch in der beginnenden Dämmerung, und ein paar Straßenlaternen beleuchteten die Straßen, Häuserfronten und geparkten Autos. Vogelgezwitscher durchbrach die Stille. Nur die Füchse schlichen durch das hohe Gras zwischen den Hecken und dem Waldrand. Sie ging in die Mitte des Naturparks, blieb stehen und drehte sich, noch leicht außer Atem, zu den Schaukeln um. Einen Moment lang stand sie da und starrte auf die Ketten, den abgenutzten Plastiksitz, das Metallgestell mit der abblätternden roten Farbe, während sich ihre Brust hob und senkte. Dann musste sie lachen und schimpfte innerlich mit sich selbst, weil sie sich so lächerlich benahm. Das Mädchen war nicht hier, sie war zu Hause, in Sicherheit bei ihren Eltern.

Ihr taten für den Rest des Laufs die Oberschenkel weh. Sie beendete ihre Runde und ging zurück zum Haus. Das Haus ihres Mannes. So hatte sie es immer gesehen. Es gehörte ihm und sie lebte darin. Kein einziger Backstein gehörte ihr. Sie hatte niemals dazu beigetragen, das Haus abzubezahlen, und er auch nicht. Die bescheidene Größe ihres Einfamilienhauses verdeckte die Tatsache, dass Adrian wohlhabend geboren worden war. Er hatte das Haus vor einem Jahrzehnt von seinen Eltern geerbt, als seine Mutter und sein Vater innerhalb von fünf Jahren an Herzversagen und Krebs starben.

Er hatte seinen Wohlstand nie absichtlich geheim gehalten, aber er kam auch selten zur Sprache. Adrian interessierte sich wenig für protzige Autos, Villen oder Diamanten, und um ehrlich zu sein, Fran auch nicht. Dennoch bedeutete es, dass sie eine beträchtliche Summe auf der Bank hatten, von der sie leben konnten. Er war zehn Jahre älter als sie und hatte sich vor fünf Jahren von seinem Job als Dozent an der Universität von Derby zurückgezogen. Danach hatte er sie sanft dazu ermutigt, das Gleiche zu tun. Es war sogar seine Idee gewesen. Seitdem hatte sich Adrian gut in das beschauliche Leben des Ruhestands eingelebt, aber für Fran war es immer noch eine Umstellung.

Zu Hause angekommen, schälte sie sich aus ihren durchgeschwitzten Kleidern, warf sie in die Waschmaschine, duschte kurz, brutzelte sich etwas Speck, setzte den Kaffee auf und entspannte sich dann im Garten. Das war ihre Zeit, um sich zu entspannen, um ihrem Körper und ihrem Geist zu erlauben, Spannungen abzubauen. Zumindest war das ihr Plan. Stattdessen dachte sie daran, was Emily, diese ewig beschäftigte und klatschsüchtige Frau, bei der Chorprobe zu ihr gesagt hatte. Wenn du mal eine Lesung brauchst … was glaubte sie, wer sie war? Fran nippte an ihrem Kaffee und genoss den bitteren Geschmack. Er lenkte sie jedoch nicht ab, also nahm sie ihr Handy heraus und beschloss, sich fünfzehn Minuten Zeit zu nehmen, um durch die Memes auf Facebook zu scrollen. Zu ihrer Überraschung hatte sie eine neue Freundschaftsanfrage erhalten.

Fran lernte in diesen Tagen nur noch selten neue Leute kennen. Sie hatte ihre Chorfreunde, ehemalige Journalistenfreunde, ein paar enge Universitätsfreunde, die über das Land verstreut lebten, und Leute, die sie regelmäßig im Dorf sah. Sie hatte nicht mit einer neuen Anfrage gerechnet, und als sie die

Benachrichtigungen durchblätterte, war sie noch mehr überrascht, als sie sah, dass es Mary Whitaker war.

Fran tippte auf Marys Symbol und blätterte durch ihre Profilseite. Jetzt, wo sie Freunde waren, konnte sie alles sehen. Emily hatte recht damit, dass sie sehr religiös waren. Mary teilte Gebete auf ihrer Profilseite. Es gab ein stark gefiltertes Bild von den Händen einer Person, über dem der Gebetstext stand. Auf einem anderen Bild füllte das Gesicht eines Kindes den Hintergrund, und auf einem dritten Bild war eine brennende Kerze zu sehen. Fran besuchte die Kirche immer noch zu Festtagen oder wenn sie sich schlecht fühlte, aber sie fand diese Art von Bildern immer etwas aufdringlich. Dennoch waren die Gebete, die sich gewöhnlich auf Liebe und Licht und die heilende Kraft Gottes konzentrierten, irgendwie süß.

Es gab nur wenige Fotos, aber alles, was Fran fand, schien neueren Datums zu sein. Es gab keine Babyfotos von Esther. Kein kicherndes Kleinkind in einem Strampler. Keine Familienurlaubsbilder am Strand. Es gab ein paar Bilder von Esther, die eine Stoffpuppe im Arm hielt und immer dasselbe gelbe Kleid mit den Schleifen trug. Marys Profilbild war schwach beleuchtet, ihr hübsches Gesicht war ernst und beherrscht. Sie war sicherlich eine andere junge Frau als Fran gewesen war. Sie hatte in einer Studentenwohnung von Bohnen auf Toast, Wodka und Zigaretten gelebt. Jede Nacht eine Hausparty, jeden Morgen der verzweifelte Versuch, ihre Artikel für die nachmittäglichen Vorlesungen fertigzustellen. Frei, ja, wild, manchmal, aber nie ernsthaft. Nicht einmal während der Prüfungszeit.

„Ist noch Milch da?“ Adrian stapfte barfuß, mit nacktem Oberkörper und zerzaustem grauen Haar die Steinstufen zum Tisch im Freien hinunter.

„Es müsste noch welche im Kühlschrank sein.“

„Die ist alle.“

Fran sah über die Schulter. „Wer stellt eine leere Milchtüte zurück in den Kühlschrank?“

Adrian zuckte mit den Schultern. „Dann werde ich wohl mal einkaufen gehen."

„Sieht so aus."

Bevor sie zurück ins Haus schlenderte, winkte Fran mit der Hand. „Komm mal kurz her. Findest du das nicht seltsam?"

„Was?"

„Mary Whitaker hat mir eine Freundschaftsanfrage geschickt."

„Was ist daran so seltsam?"

„Nun, zunächst mal ihr Profil. Kaum Fotos, kein Urlaub, nur Gebete."

Adrian lehnte sich zurück und gähnte. „Das ist nichts Neues für Privatleute. Wahrscheinlich hat sie damit begonnen, nachdem sie umgezogen sind. Schau mal, da steht, wann sie angefangen hat. Oh, vor zwei Tagen."

„*Das ist* aber seltsam", meinte Fran.

„Sie hat wahrscheinlich einen Account eröffnet, um deine Freundin zu werden. Sie möchte eine Beziehung zu dir aufbauen. Immerhin hast du ihre Tochter im Park gefunden. Vielleicht will sie sich bei dir bedanken. Brauchst du noch etwas aus dem Supermarkt?"

„Wein." Fran dachte einen Moment lang nach. „Nicht diesen ekelhaften Chardonnay, den du letztes Mal gekauft hast. Und Schokolade. Eine, die gut schmeckt."

„Ja, Liebling."

„Oh, und wir brauchen Toilettenpapier."

Seine Stimme wurde leiser, als er im Haus verschwand. „Soll ich eine Liste schreiben?"

Fran rief ihm mit lauter Stimme hinterher: „Spülmaschinen-Tabs."

Ihre Aufmerksamkeit wurde von den Bedürfnissen des Haushalts und dem Profil der jungen Frau auf dem Bildschirm hin- und hergerissen. Sie war so in ihre Gedanken vertieft, dass die nächste Benachrichtigung sie durch ihre Plötzlichkeit aufschreckte. Eine runde Blase mit Marys Gesicht erschien auf dem Bildschirm. Sie hatte Fran eine private Nachricht geschickt. Fran tippte auf das kleine Symbol, um den Chat zu öffnen.

Können wir uns treffen? Ich möchte mich für das bedanken, was Sie getan haben.

KAPITEL 5

Es gab nur ein Café in Leacroft und Fran kannte den Besitzer. Sie hob die Hand zur Begrüßung, als sie eintrat, und betätigte die Glocke über der Tür. Auf jedem Tisch standen kleine Rosmarinpflanzen in Töpfen, die dem Laden ein angenehmes Kräuteraroma verliehen, das sich mit dem üblichen Kaffee- und Bäckereiduft vermischte. Nach einem kurzen Rundgang sah sie Mary und Esther am Fenster sitzen. Mary lächelte, und Fran bemerkte, dass es kein entspanntes Lächeln war, sondern eher ein flüchtiges, ängstliches. Die junge Frau fummelte an ihrem Haar herum, strich es hinter ihr Ohr und wieder zurück. Esther hingegen saß ganz still da und hatte die Hände auf den Schoß gelegt, als würde sie für ein Schulfoto posieren.

Esthers Haare waren zu Zöpfen geflochten. Sie trug heute ein blassblaues Sommerkleid, ebenfalls handgefertigt. Mary trug lange Ärmel, aber das Material war leicht, vielleicht Leinen. Ihr Haar war im Nacken zu einem Dutt hochgesteckt, zwei lange Strähnen umrahmten ihr Gesicht.

„Bitte entschuldigt die Verspätung." Fran stellte ihre Tasche auf dem Tisch ab und fragte: „Was habt ihr bestellt?"

„Oh", sagte Mary mit großen Augen. „Ich habe auf dich gewartet. Ich wusste nicht, was ich bestellen sollte."

„Nun, hier ist alles gut. Nimm, was du willst. Ich lade dich ein."

„Nein, das kann ich nicht", sagte sie. „Nicht nach allem, was du für mich und Esther getan hast. „Hier." Sie schob einen Fünfer über den Tisch. „Könntest du mir bitte bestellen, was immer du willst? Ich danke dir vielmals."

Fran steckte den Fünfer ein und bestellte zwei Cappuccino und zwei Bakewell-Schnitten für sich und Mary sowie eine heiße Schokolade mit Marshmallows für Esther. Sie beschloss, Mary nicht zu sagen, dass ihr Fünf-Pfund-Schein nicht einmal die Hälfte der Kosten deckte, sondern stellte das Tablett einfach ab und verteilte die heißen Getränke und den Kuchen.

„Lebt ihr euch gut in Leacroft ein?", fragte Fran.

„Ja. Die Leute hier sind so freundlich." Wieder glitt dieses ängstliche Lächeln über ihr Gesicht. Wie eine Gewitterwolke, die über den Himmel zog.

„Was ist mit dir, Esther? Gefällt dir deine neue Schule?" Während sie sprach, dämmerte es Fran, dass jetzt gerade Schulzeit war und Esther trotzdem hier saß.

Natürlich antwortete Mary: „Wir unterrichten Esther zu Hause".

„Wow, das ist großartig!" hörte Fran sich mit vorgetäuschter Begeisterung sagen und hasste sich dafür.

„Ich glaube, hier ist das eher ungewöhnlich", sagte Mary. „In meiner Familie war es so etwas wie eine Tradition."

„Ich verstehe. Ich wette, das hält dich auf Trab."

Mary nippte an ihrem Kaffee, während sie mit dem Kopf nickte. „Das stimmt." Sie drehte sich zu Esther um, die aufmerksam auf ihre heiße Schokolade starrte. „Ist schon gut, Schatz, du kannst es trinken."

„Aber, Mami …"

„Es ist in Ordnung."

„Vater …"

„Trink die heiße Schokolade, Essie."

„Ich kann ihr gern etwas anderes holen, wenn sie es nicht möchte. Es tut mir so leid, ich hätte fragen sollen", sagte Fran, ihr Blick huschte zwischen Mutter und Tochter hin und her, ein unangenehmes Kribbeln breitete sich auf ihrer Haut aus. „Ist sie laktoseintolerant?"

Mary runzelte die Stirn. „Laktose?"

„Das ist ein Verdauungsproblem."

„Oh, nein, nichts dergleichen. Sie ist solche extravaganten Dinge bloß nicht gewohnt", erklärte Mary. „Wir halten es bei uns eher einfach und sind sparsam bei Leckereien. Aber heute gibt es etwas Besonderes, Esther. Wir treffen uns mit Mrs. Cole, um uns für neulich zu bedanken."

„Vielen Dank, Mrs. Cole." Tiefblaue Augen in der Farbe eines Sommerhimmels blickten Fran an. Das Mädchen lächelte nicht, zappelte nicht und kokettierte nicht, wie es viele andere Mädchen in ihrem Alter tun würden. Sie führte den Becher an die Lippen und nippte an der heißen Schokolade, als wolle sie beweisen, dass sie dankbar war.

„Nichts zu danken", sagte Fran. „Aber ich bin ein bisschen neugierig, wie du mich auf Facebook gefunden hast."

Mary richtete Esthers rechten Zopf und lachte leise. „Ich bin heute Morgen mit Esther im Park spazieren gegangen und wir haben eine Frau namens Emily getroffen. Sie war so nett. Wir haben lange miteinander geredet. Esther, die kleine Plaudertasche, hat erzählt, dass sie neulich morgens weggelaufen ist, so kamen wir auf das Thema. Ich fragte sie, ob sie jemanden namens Fran kenne, und sie nannte mir deinen vollen Namen und gab mir deine Adresse. Ich hatte das Gefühl, dass es aufdringlich wäre, bei dir zu Hause aufzutauchen, also habe ich dich auf Facebook gesucht. Zuerst musste ich ein Profil anlegen und so, aber ich glaube, so kann ich hier auch ein paar Leute kennenlernen."

Fran bemerkte, dass ein Teil der Spannung aus ihrem Körper wich. Das klang plausibel. Und jetzt, wo sie sah, wie Mary und ihre Tochter miteinander umgingen, musste sie zugeben, dass sie ein süßes Mutter-Tochter-Gespann waren. Sie sah ein, dass Adrian die ganze Zeit recht gehabt hatte. Ohne jeden Grund war sie von dem Kind geradezu besessen gewesen.

„Dann ist die Katze wohl aus dem Sack. Was hat dein Mann gesagt, als du ihm von Esthers Verschwinden erzählt hast? Ich wette, er war an diesem Morgen noch nicht fit, oder?"

„Fit?"

„Sorry, ich meinte, er schlief noch."

Marys ängstliche Mimik kehrte zurück, das flüchtige Lächeln, gefolgt von einer leichten Grimasse. „Er war wach, als wir zurückkamen. Er war natürlich besorgt, aber froh, dass nichts Schlimmes passiert ist."

Fran biss in ihren Bakewell-Kuchen und versuchte, die Veränderung in Marys Körpersprache zu ignorieren. Es gelang ihr nicht, ihre Gedanken davon abzuhalten, sich selbständig zu machen. Da saß diese junge Mutter vor ihr, deren Beziehung auf Fran sehr dominierend wirkte. Adrian würde ihr sagen, dass sie das nichts anginge, und damit hätte er recht.

„Und was hast du für den Rest des Tages vor?", fragte Fran und versuchte, das Gespräch auf ein leichteres Thema zu lenken.

„Später lernen wir Mathe. Dann etwas Lesen und Bibelstudium." Marys Augen blickten besorgt zu Fran.

„Das klingt gut. Mein Mann war Dozent, bevor er in den Ruhestand ging. Er unterrichtete Englisch und etwas Philosophie. Er ist immer auf der Suche nach einer Beschäftigung und würde dir bestimmt gern helfen, falls du jemanden brauchst." Adrian würde es nicht schätzen, dass Fran seine Dienste einfach so anbot, aber sie konnte nicht anders.

„Das ist sehr nett. Ich müsste das erst mit meinem Mann abklären. Aber ich bin dir sehr dankbar." Sie lächelte.

„Sag mir einfach Bescheid", erwiderte Fran.

„Wie habt ihr euch kennengelernt?", fragte Mary.

„Ich habe einen Kurs an der Universität belegt", sagte Fran. „Es war ein Volkshochschulkurs für englische Literatur. Ich hatte einen Abschluss in Journalismus und arbeitete als Journalistin für eine Frauenzeitschrift, aber ich wollte noch einen Master machen."

Marys Augen leuchteten und sie wirkte engagiert, aber Fran fragte sich, ob sie ihr Interesse nur vortäuschte. Ihre Liebesgeschichte mit Adrian war nicht besonders interessant.

„Er war einer der Dozenten dort und hat mich gefragt, ob ich mit ihm ausgehe", sagte sie. „Wir hatten uns schon während meines Bachelorstudiums kennengelernt, aber ich hatte das nicht so richtig registriert. Ich erinnerte mich nur an diesen attraktiven Dozenten mit den haselnussbraunen Augen." Eigentlich hatte sie nicht vorgehabt, so viel zu erzählen, aber weil ihr so aufmerksam zugehört wurde, fuhr sie fort. „Als ich an die Universität zurückkehrte, unterrichtete Adrian ein Seminar über Tschechow, das ich hasste. Aber ich mochte ihn sehr. Eines Abends fragte er mich, ob ich mit ihm zu Abend essen und ins Kino gehen wolle. Er kochte mir eine Lamm-Tagine und wir sahen uns bei ihm einen Ingmar-Bergman-Film an. Ich habe mein Master-Studium nie beendet, aber wenigstens habe ich jetzt einen Ehemann." Fran musste bei der Erinnerung an dieses erste Date schmunzeln. Sie war davon ausgegangen, dass ein Essen und ein Film ein Restaurant und ein Kino bedeuten würden. Aber er hatte sie mit nach Hause genommen, und sie hatten es sich auf dem Sofa gemütlich gemacht, mit Schüsseln mit dampfendem, heißem Essen auf dem Schoß. Sie erinnerte sich noch an den Geruch von Zimt und Datteln, der von der Tajine aufstieg.

„Das ist so schön. Wie lange seid ihr schon verheiratet?"

Sie war sich sicher, dass die junge Frau unmöglich so interessiert sein konnte. Es war süß von ihr, so zu tun, als ob. Fran beschloss auf der Stelle, dass sie Freunde sein würden.

„Neuneinhalb Jahre."

„Du hast so spät geheiratet." Mary biss sich auf die Unterlippe. „Tut mir leid, das war unhöflich."

Fran nippte an ihrem Kaffee. „Es ist in Ordnung. Es stimmt, das habe ich. Adrian *war* schon einmal verheiratet, aber sie waren bereits getrennt, als ich ihn kennenlernte. Und ich hatte ein paar längere Beziehungen, während ich in London lebte, aber nichts war von Dauer, bis ich Adrian traf."

„Hat er auch keine Kinder?" Mary schien wirklich verblüfft von der Vorstellung, dass Fran keine Kinder hatte, um die sie sich kümmern musste.

„Nein." Fran warf einen Blick aus dem Fenster des Cafés. Dann lächelte sie und wechselte das Thema.

KAPITEL 6

Das Leben ging weiter, dachte Fran. Es war schließlich nicht so, dass sie sich in die Angelegenheiten einer anderen Frau einmischen konnte. Bei den Whitakers konnte sie auch nicht spionieren und versuchen, herauszufinden, was hinter verschlossenen Türen vor sich ging. Und in der Tat sollte sie nicht darüber urteilen, wie diese Leute ihr Leben lebten. Wenn sie sich tief in sich selbst hineinversetzte, konnte sie dann sicher sein, dass sie nicht genau das tat? Sie waren zutiefst religiöse Menschen, die einen eher traditionellen Weg gewählt hatten, und daran war überhaupt nichts auszusetzen. Sowohl das Mädchen als auch ihre Mutter schienen gesund zu sein. Vielleicht war es an der Zeit, ihre Bedenken loszulassen.

In den Tagen nach ihrem Treffen joggte Fran jeden Morgen, sang im Garten *The Greatest Show*, topfte Pflanzen um und kümmerte sich um ihre Online-Trauergruppe. Sie unterhielt sich auch mit Clive im *Red Lion* und erwähnte vielleicht ein- oder zweimal Elijah Whitaker, um seine Reaktion zu sehen. Ab und zu aktualisierte sie die Facebook-Seite von Mary Whitaker und unternahm lange Spaziergänge durch das Dorf in der Hoffnung, ihr vielleicht über den Weg zu laufen. Der Gedanke an Esther, die allein im Park stand, ging Fran nie wirklich aus dem Kopf, aber sie gab sich Mühe, diese Gedanken von ihrem Mann fernzuhalten, weil sie genau wusste, was er dazu sagen würde.

Fran fand heraus, dass Elijah neben seiner Arbeit für Salls Ehemann auch noch als Auslieferer für den örtlichen Supermarkt arbeitete. Es sah so aus, als ob er jemand war, der mit harter Arbeit versuchte, seine Familie über die Runden zu bringen. Er ist sicher oft außer Haus, dachte Fran. Wenigstens konnte er dann nicht den ganzen Tag Mary kontrollieren. Jeden Morgen, wenn Fran mit ihrem Kaffee in den Garten ging, um die Morgensonne zu genießen, dachte sie daran, Mary eine Nachricht zu schicken. Etwas Nettes, wie das Angebot, sie herumzuführen, mit ihr in der Stadt einkaufen zu gehen oder einen Spaziergang in den Peaks zu machen. Aber sie tat es nicht.

„Sie unterrichten das Mädchen zu Hause." Es war Mittwochnachmittag und Emily hatte sich nach dem Ende der Chorprobe zu Fran geschlichen. „Wusstest du das?"

„Ja, das habe ich gewusst", sagte Fran und freute sich über das überraschte Gesicht der Frau.

Dann lehnte sich Emily näher heran und fasste Fran am Unterarm. „Du hast mir nie erzählt, was auf der Wiese passiert ist. Wie du das Kind da frühmorgens gefunden hast."

„Ich weiß. Ich war mir nicht sicher, ob sie das allgemein bekannt machen wollten."

Emily zog ihren Arm zurück und stellte sich auf ihren Fersen. „Ganz schön gewieft von dir. Ich wusste nicht, dass du so sein kannst." Sie griff über einen Stuhl, um ihre Handtasche zu holen. „Es muss schwer sein für eine junge Mutter wie sie. Weißt du, wie alt sie ist?"

„Nein, das weiß ich nicht."

„Sie ist jung für eine Tochter in diesem Alter. Wie alt ist das Kind, so um die sechs?"

„Sieben", sagte Fran.

„Über wen redet ihr?" Noreen, eine hagere Frau mit einer

großen, spitz zulaufenden Nase, mischte sich in das Gespräch ein.

„Die Whitakers. Du weißt schon, die junge Familie aus Amerika."

„Oh ja", sagte Noreen. „Ich habe ihn auf der Straße gesehen. Er ist deutlich älter als sie, habe ich gehört. In den Vierzigern."

„Oh", sagte Emily. „Sie ist in ihren Zwanzigern, es sei denn, sie hat eine Geheimformel für ewige Jugend!"

„Ich würde sie ja drum bitten, es mir zu verraten, aber ich glaube, für mich ist es zu spät!"

„Für mich auch!"

Noreen und Emily lachten wie zwei gekitzelte Eulen. Fran ließ sie gewähren und winkte ihnen zu, als sie gingen. Auf dem Weg nach draußen hörte Fran, wie Emily Noreen von dem Vorfall auf der Wiese erzählte. Wie Kind vor dem Morgengrauen weggelaufen sei, dass sie aber wegen der noch jungen Mutter nicht überrascht sei, da sie wahrscheinlich nicht in der Lage wäre, mit einer so eigensinnigen Tochter fertig zu werden. Emily legte Wert darauf, den religiösen Aspekt zu erwähnen und erzählte, dass sie ihre Kleidung selber anfertigten und wie die Amish People in *Witness* aussahen.

Es ließ Fran erschaudern, dass sie so hemmungslos tratschten. Ja, der meiste Klatsch war harmlos, aber es gab dünnhäutige Menschen, die nicht im Mittelpunkt einer solchen Kritik stehen sollten. Maria und Esther schienen besonders unschuldig und verletzlicher als die meisten. Sie waren die Art von Menschen, die Schutz und Freundlichkeit brauchten, nicht Misstrauen und Spekulationen. Zurück in ihrem Auto, nahm sich Fran einen Moment Zeit, um sich zu sammeln. Es war schon eine Weile her, dass diese Art von anschwellenden Emotionen hochkamen und überzuschwappen drohten. Vielleicht sollte sie wieder mehr Zeit im Trauerforum verbringen, nicht nur als Administratorin, sondern als jemand, der Hilfe brauchte.

„Oh Mann“, sagte sie laut, während sie sich ein paar Tränen wegwischte. Sie dachte wieder an Chloe.

Als sie sich wieder beruhigt hatte, holte Fran ihr Handy aus der Tasche, öffnete Facebook, fand Marys Seite und schickte ihr eine Nachricht. Adrian würde das nicht gut finden, aber Fran war sich sicher, dass diese beiden Mädchen jemanden brauchten. Sie brauchten sie.

KAPITEL 7

Als Fran zur Ostseite von Leacroft fuhr, in die Nähe des Baches, versuchte sie, Adrians besorgte Miene und seine vorsichtigen Worte zu vergessen. „Sie gehören nicht zur Familie, Franny." Das bedeutete: „Gewöhne dich nicht an sie. Bilde dir nicht ein, dass du ihnen helfen kannst. Erlaube dir nicht, von ihnen verletzt zu werden, weil sie dich und deine Hilfe ablehnen könnten. Trotzdem fuhr Fran zu der kleinen Doppelhaushälfte der Whitakers und parkte draußen auf dem Bordstein. Es war ein nettes Häuschen. Der Vorgarten war vor kurzem beschnitten und gejätet worden; das konnte sie an den wenigen Laubresten erkennen, die auf dem Kies verstreut lagen. Es waren Vorhänge aufgehängt worden und die Veranda war aufgeräumt. Draußen stand kein Auto, also nahm sie an, dass Elijah bei der Arbeit war.

Sie ging die Einfahrt hinunter und klopfte an.

„Hey", sagte Mary und öffnete die Tür fast sofort, als hätte sie auf der anderen Seite gewartet. „Wir sind so weit. Komm her, Esther." Mary trat auf die Veranda und gab ihrer Tochter ein Zeichen, ihr zu folgen.

„Vater sagt, ich soll nicht gehen."

Ein kleiner schwarzer Schuh scharrte auf den Fliesen der

Veranda. Esther stand halb drinnen, halb draußen, die Unterlippe vorgeschoben und die Augenbrauen zusammengezogen. „Er hat mir nur gesagt, dass ich nicht gehen soll."

„Geht es ihr gut?", fragte Fran leise.

„Es geht ihr gut. Sie hat heute Morgen schlechte Laune." Mary schenkte ihr ein besorgtes Lächeln.

Fran hatte Mary einen Ausflug nach Chatsworth House vorgeschlagen, der ihr beim Unterricht helfen könnte. Schließlich gab es dort viel Kunst und Geschichte. Sie hatte angeboten, die beiden hin- und zurückzufahren, und sie hatte vor, auch den Eintritt für sie zu zahlen, auch wenn sie ihr das nicht gesagt hatte.

„Gibt es Dämonen in diesem Haus?"

„In unserem Haus? Nein, Schatz. Unser Haus ist unser Schutz. Es gibt uns Sicherheit."

„*Catswort House*." Das Mädchen runzelte die Stirn, das Kinn zur Brust gesenkt.

„Chatsworth." Mary beugte ihre Knie so, dass sie auf Augenhöhe war. „Häuser bestehen aus Ziegel und Mörtel. Sie haben keine Seelen. Sie haben keine Dämonen."

Das schien das Mädchen zu beruhigen, und so konnten Mary und Fran sie aus dem Haus herauslocken und ins Auto setzen. Sie schmollte noch eine Weile auf dem Rücksitz, aber schließlich lenkte sie sich damit ab, die anderen vorbeifahrenden Autos zu beobachten. Ab und zu beobachtete Fran sie im Rückspiegel.

„Das mit Esther tut mir leid", sagte Mary. „Sie nimmt ihr Lernen so ernst. Manchmal ist es schwer zu erklären, was Dinge bedeuten, und sie gerät ganz durcheinander."

„Du brauchst dich nicht zu entschuldigen", sagte Fran.

Mary stieß einen langen, leisen Seufzer aus. „Du hältst mich bestimmt für eine schreckliche Mutter. Erst lasse ich sie weglaufen. Und jetzt redet sie von bösen Häusern. Ich mache die meiste Zeit alles falsch, das weiß ich."

„Ich glaube nichts dergleichen", sagte Fran und lächelte Mary an, die niedergeschlagen auf die Straße sah. „Mutter zu sein, ist eine der schwierigsten Aufgaben auf der Welt. Nein, es ist *der* härteste Job der Welt, und wahrscheinlich der einsamste. Sei nett zu dir selbst. Du tust das Beste, was du kannst." Fran blickte taktvoll weg, als Mary sich eine Träne wegwischte. „Hilft Elijah mit? Ist er ein involvierter Vater? Ich habe gehört, er hat zwei Jobs. Das muss hart sein für dich und Esther."

„Er arbeitet viel", sagte sie. „Er ist ein guter Vater."

Fran wollte Druck machen, beschloss aber, nicht zu weit zu gehen. „Esther spricht viel von ihm. Es war niedlich, als sie meinte, dass er ihr *gerade sagt,* sie solle nicht gehen, als wäre er bei uns gewesen."

„Oh, sie meint nicht Elijah, wenn sie Vater sagt", sagte Mary. „Sie spricht von Gott."

Fran zog die Augenbrauen hoch und öffnete gleichzeitig den Mund. Sie brauchte ein oder zwei Sekunden, um ihre Miene zurechtzurücken, um nicht unhöflich zu wirken. „Wie … ungewöhnlich."

„Verrückt, meinst du." Mary drehte sich zu ihrer Tochter um und klopfte mit der Handfläche auf das Knie des Mädchens. Dann wandte sie sich nach vorne und lehnte sich gegen die Kopfstütze. „Aber Esther ist nicht verrückt. Ich schwöre, ich habe viel recherchiert, und manchmal passiert das einfach bei Kindern. Es ist harmlos. Im Moment ist Gott noch ihr imaginärer Freund, aber sie wird dem bald entwachsen."

Marys vernünftige Worte lösten bei Fran eine große Erleichterung aus. „Ah, das verstehe ich." Sie lockerte ihren Griff um das Lenkrad.

„Ich hatte auch einen imaginären Freund, als ich klein war", sagte Mary.

„War es Gott?" Fran unterließ es zu lachen, weil sie spürte, dass dies für Mary einen Schritt zu weit gehen würde.

„Nein." Mary starrte aus dem Fenster. Sie drückte einen Finger an das Glas. Fran bemerkte, dass ihre Stimme weit entfernt klang. „Es war ein Polizist. Ich nannte ihn Sheriff. Er folgte mir überall hin und sorgte dafür, dass ich in Sicherheit war. Wann immer ich Angst hatte, war der Sheriff da, um alles in Ordnung zu bringen."

Irgendetwas an Marys Worten ließ die Luft im Auto kälter werden. „Wie war deine Kindheit in Arizona?"

Mary atmete tief durch die Nase ein und richtete ihren Blick nach vorne. Ihre Stimme verlor den nostalgischen Ton. „Ich bin bei gesunden, gottesfürchtigen Menschen aufgewachsen."

Als Fran auf den Parkplatz fuhr, beschlich sie ein unangenehmes Gefühl in der Magengegend. Sie konnte nicht genau sagen, warum Marys Worte ihr Unbehagen verursachten. War es, weil sie dachte, sie würde lügen?

KAPITEL 8

Fran war schon öfter mit den Kindern ihrer Freunde in Chatsworth House gewesen und hatte es immer genossen, sie unbeschwert durch die Gärten laufen zu sehen. Das Lachen von Kindern war für sie der schönste Klang, aber Esther lachte nicht. Es war ein herrlicher Tag, an dem die rosafarbenen Frühlingsblüten die Gegend erhellten. Es gab so viel Schönes für die Augen. Ein großer Springbrunnen sprudelte am Ende eines langen, perfekt gepflegten Rasens. Breite Kieswege, eingerahmt von Marmorstatuen. Gemütliche Ecken voller Rosen, deren blumiger Duft in der Luft lag. Fran hatte sich darauf gefreut, Esther zuzusehen, wie sie mit hüpfenden Zöpfen und klappernden Lackschuhen über die Gartenwege lief. Doch Esther blieb die ganze Zeit an der Seite ihrer Mutter und reagierte kaum auf die Schönheit um sie herum.

Im Inneren des herrschaftlichen Hauses war es Mary, die ihren Hals zu den gleißend hellen Kronleuchtern und strahlenden Fresken reckte. Esther starrte die Gemälde und Skulpturen an, als ob sie sich persönlich daran stören würde. Währenddessen las Mary voller Ehrfurcht jede Tafel laut vor sich hin. Irgendwann fragte sie Fran, ob hier ein König gelebt hatte. Sie sagte Fran, es sei, als würde man in eine andere Welt versetzt. In der Kapelle wurde sie nachdenklich, ihre Lippen bewegten sich ein- oder zweimal, als ob sie ein Gebet flüsterte.

Fran ging mit ihnen zum Mittagessen ins Café und bestellte für alle Thunfisch-Sandwiches. Esther war wie immer still, sodass Fran und Mary frei reden konnten. Es schien fast so, als ob Esther gar nicht zuhörte, so ruhig war sie. In gewisser Weise wiegte sie die beiden in falsche Sicherheit und erlaubte ihnen, vor ihr über alles zu reden, was ihnen in den Sinn kam.

„Wie haben du und Elijah euch kennengelernt?“, fragte Fran.

„Wir waren in derselben Kirche. Er ist ein bisschen älter als ich, aber alle sagten, wie nett er ist. Er hat mich gefragt, ob wir ein Paar werden könnten, und ich habe zugestimmt.

Fran bemerkte die seltsame Wendung des Satzes. Ein Paar zu werden. Es klang fast arrangiert. „Wie alt warst du, als ihr euch kennengelernt habt?“

„Zwanzig“, sagte sie.

„Dann bist du jetzt Ende zwanzig?“, sagte Fran. „Ich muss sagen, du siehst ein ganzes Stück jünger aus. Das hat ein paar Leute in Leacroft verblüfft.“

„Die Leute reden über mich?“ Mary legte ihr Sandwich hin und runzelte die Stirn.

„Harmloses Geschwätz. Beachte es am besten gar nicht“, sagte Fran. „Es ziehen nicht viele neue Familien ins Dorf und einige der Einheimischen haben nichts Besseres zu tun, das ist alles.“

„Okay, dann nehme ich es mir nicht zu Herzen“, sagte Mary. Aber ihr Blick blieb niedergeschlagen.

„Warum seid ihr nach Leacroft gezogen?“

Sie nahm einen weiteren Bissen von ihrem Sandwich und kaute langsam. „Ich weiß nicht, wie ich diese Frage beantworten kann. Es ist einfach passiert.“

Fran wartete und ahnte, dass da noch mehr kommen würde.

Das Sandwich lag wieder auf dem Teller, bevor sie fortfuhr. „Wir wollten einfach gehen, aus verschiedenen Gründen.“ Sie spannte sich an, ihre Hände wanderten über ihre Oberarme und drückten die feste Haut durch den Stoff ihres Kleides. Fran beobachtete, wie sich Marys Fingernägel tief eingruben. „Elijah hat einen Cousin, der in Derby lebt, und wir haben eine Zeit lang bei ihm gewohnt. Vor etwa vier Wochen kamen wir für einen Tagesausflug nach Leacroft und sahen ein Haus, das zu vermieten war." Sie zuckte mit den Schultern, aber ihr Oberkörper blieb starr, ihre Arme umklammerten sich. „Ich mochte es sofort. Wir haben fast unsere gesamten Ersparnisse aufgebraucht, um hierherzukommen, aber ich bin froh, dass wir es getan haben." Schließlich ließ sie los, und ihr Brustkorb senkte sich.

Als Marys Arm wieder auf den Tisch sank, verfing sich der Ärmel ihres Kleides an der Tischkante und zog den Stoff zurück. In diesem Moment bemerkte Fran die violetten Verfärbungen eines Blutergusses. Mary schob ihren Arm unter den Tisch und nahm einen Schluck von ihrer Limonade. Die beiden Frauen sahen sich in die Augen, und in diesem Moment überlegte Fran, sie direkt zu fragen. Aber Esther war bei ihnen und sie wollte das Kind nicht erschrecken.

„Dieser Umzug an einen fremden Ort war schwieriger als erwartet", sagte Mary und setzte das Gespräch fort, bevor Fran die Gelegenheit hatte, nach dem blauen Fleck zu fragen. „Mir gefällt es in Leacroft, aber ich weiß nicht, wie ich Leute kennenlernen soll."

„Warum kommst du nicht mit zum Gemeindechor?", schlug Fran vor.

Mary lächelte schüchtern. „Ich bin keine gute Sängerin."

„Das bin ich auch nicht." Fran stieß ein kurzes, scharfes Lachen aus. „Um ehrlich zu sein, die meisten der anderen auch nicht. Wir treffen uns, um zu plaudern und einander zu erzählen, was wir in der Woche gebacken haben. Ich denke, jeder würde sich über etwas frisches Blut freuen. Um ehrlich zu sein, bin ich da die Jüngste. Die meisten Leute in meinem Alter sind noch voll berufstätig oder haben kleine Kinder." Frans Blick wanderte zu Esther. „Ich glaube aber nicht, dass die anderen etwas dagegen hätten, wenn Esther mitkäme. Sie ist so wohlerzogen."

Mary streichelte Esthers Haar bis zum Ende ihres Zopfes. „Ja, das ist sie."

Fran spürte einen plötzlichen Anfall von Trauer, der so stark war, dass er ihr die Luft aus den Lungen nahm. Um kein Aufsehen zu erregen, entschuldigte sie sich vom Tisch, eilte ins Bad und weinte in den Ärmel ihrer Strickjacke.

KAPITEL 9

Auf dem Weg zurück zum Auto fiel Esther hin. Es war nicht ihre Schuld; jemand hatte seinen Hund von der Leine gelassen und der aufgeregte Golden Retriever war direkt in sie hineingesprungen. Mary hatte angeboten, den Kaffee und das Gebäck, das Fran für die Heimfahrt gekauft hatte, zu tragen, und so war es Fran, die sofort dazwischenging, den Hund verscheuchte und Esther auf die Beine hob.

„Hast du dir wehgetan, mein Schatz?"

Esther antwortete nicht, aber durch ihre weiße Strumpfhose war Blut zu sehen, ein roter Fleck, der sich immer weiter über ihr Knie ausbreitete. Sie saß auf dem Rasen, das Bein angewinkelt. Fran hockte sich neben sie, um einen besseren Blick auf sie werfen zu können.

„Geht es ihr gut?", fragte Mary, die schon halb im Auto war und die Pappbecher in die Getränkehalter stellte.

„Sie hat einen Kratzer am Knie. Soll ich ihr die Strumpfhose ausziehen und es mir ansehen?"

„Ja. Ich bin gleich da."

Schließlich war es Esther, die ihr die Strumpfhose vom Körper zog, in einer wortlosen, geschäftsmäßigen Art, die Fran an ihren letzten Arztbesuch erinnerte. Sie zuckte nicht einmal zusammen, als der Stoff an ihrer verletzten Haut zerrte, obwohl Fran selbst zusammenzuckte. Fran beugte sich zu der Wunde, die kleiner war, als sie gedacht hatte. Ein aufgeschürftes Knie, nichts, worüber man sich Sorgen machen müsste.

„Mary, im Handschuhfach sind ein paar Pflaster. Kannst du welche holen?"

„Pflaster?"

„Verbandspflaster. Ich meine Verbandspflaster."

„Ah, verstehe."

Fran nahm dem Mädchen die schmutzige Strumpfhose aus der Hand und wusch mit etwas Wasser aus ihrer Flasche den Schmutz von der Schürfwunde.

„Oh, mein Gott, es tut mir so leid." Der Hundebesitzer hielt sich im Hintergrund, der aufgeregte Hund war wieder an der Leine und schnüffelte im Gras. „Geht es ihr gut?"

Mit zusammengebissenen Zähnen antwortete Fran. „Sie hat sich das Knie aufgeschürft, dank Ihres Hundes. Der gehört an die Leine!"

„Normalerweise benimmt sie sich, ich weiß nicht, was passiert ist." Der Hundespaziergänger wich zurück, blieb aber in der Nähe.

Fran verdrehte die Augen und richtete ihre Aufmerksamkeit wieder auf Esther. „Das sagen sie alle. Unverantwortlich ist das. Und, brennt das?"

Esther schüttelte den Kopf.

„Du bist ein sehr tapferes Mädchen." Sie holte ein Taschentuch aus ihrer Tasche – von der Café-Toilette – und tupfte die Stelle um die Wunde herum ab, bis sie trocken war. Das war das Beste, was sie tun konnte. Die Schürfwunde war jetzt, wo die Strumpfhose ausgezogen war, nicht mehr allzu schlimm. Sie hätte etwas antiseptische Creme gebrauchen können, aber das würde bis später warten müssen. „Bist du auf etwas gefallen?" Frans Blick fiel auf den violetten Bluterguss an Esthers Oberschenkel. Sie hatte gesehen, wie das Mädchen gestürzt war, und konnte sich nicht erinnern, dass Esther auf einem Stein gelandet war. Sie sah sich im Gras um, um zu sehen, ob sie etwas ertasten konnte.

„Nein“, sagte Esther leise.

„Woher hast du den blauen Fleck?“

„Weiß ich nicht mehr.“

Sie erkannte jetzt, dass die Farbe zu dunkel war, um ein frischer Bluterguss zu sein. Er war etwa so groß wie eine Zwei-Pfund-Münze, aber von ovaler Form. Kinder können sich alles Mögliche einfangen, und dieser blaue Fleck könnte von überall herkommen. Esther könnte vergessen haben, wie sie ihn bekommen hat, und Fran würde ihr glauben. Zumindest würde sie das bei jedem anderen Kind glauben, aber nicht bei Esther. Ihre Freundin Justine hatte einen Fünfjährigen, der auf alles sprang, wenn er Rocketship oder Captain America spielte. Fran dachte sich nichts dabei, wenn er überall blaue Flecken hatte, warum also störte sie der blaue Fleck an Esthers Bein so sehr?

„Oh, Esther.“ Mary drückte dem Mädchen einen dicken Kuss auf den Scheitel. „Hier, lass mich dir helfen, dich anzuziehen.“

Fran stand auf und wich zurück, weil sie daran erinnert wurde, dass Esther nicht ihr Kind war. Sie war nicht diejenige, die Küsse verteilen oder Pflaster auf das Wehwehchen kleben sollte. Sie ballte die schmutzige Strumpfhose in ihrer Faust zusammen und ging zum Mülleimer hinüber. Der Hundehalter war weg, stellte sie erleichtert fest. In ihrer momentanen Stimmung hätte sich Fran gerne bei der nächsten ahnungslosen Person abreagierte. Die Strumpfhosen fielen in den Mülleimer, zusammen mit einer Dose Cola Light.

Sie beobachtete, wie Mary Esther wieder auf die Beine hob und an dem kleinen Schürzenkleidchen herumfummelte, das sie trug.

„Wir müssen das direkt in die Maschine stecken, wenn wir nach Hause kommen.“ Mary kratzte an einem Grasfleck.

Fran ging zurück zum Auto. „Ich wollte dich fragen, ob du ihre Kleider selbstgemacht hast. Sie sind bezaubernd.“

„Ja? Ich habe angefangen, Risse und Löcher zu flicken, und habe mir dann angewöhnt, selbst zu nähen."

„Und dein eigenes auch?"

„Ja."

Fran ließ ihre Hand über den Stoff von Marys Ärmel streichen. „Du hast echt Talent. Du könntest deine eigene Kleidung herstellen und verkaufen."

Mary kicherte. „Das glaube ich nicht."

„Warum nicht?"

Ihr Lachen verstummte. „Nein. Das wäre nicht richtig."

„Wegen deines Mannes."

Zum ersten Mal schien Marys Blick hart zu werden, als sie Fran ansah. Sie sah eine Warnung in den Augen der jungen Mutter. *Misch dich nicht ein.* „Komm, Essie, wir müssen los." Sie half ihrer Tochter in den Wagen. Der Tag war vorbei.

KAPITEL 10

Adrians Daumen gruben sich in die Haut um ihre Wirbelsäule, ein paar Zentimeter unterhalb ihrer Schultern, und arbeiteten sich durch ihre Verspannungen. Sie versuchte, sich zu entspannen, seinen Händen zu erlauben, ihr das übliche Vergnügen zu bereiten, aber sie konnte es nicht, und er merkte es. Er beugte sich vor und küsste sie auf den Kopf, so wie Mary ihre Tochter geküsst hatte.

„Raus mit der Sprache“, sagte er.

Sie saßen mit Wein auf dem Sofa. Er hatte ihnen *Moules marinière* gemacht und jetzt tranken sie *Sauvignon Blanc* und sahen sich Adrians Lieblingsfilm von Hitchcock an: *Rope*.

„Sie haben beide blaue Flecken“, sagte sie. Sie hatte ihre Gedanken den ganzen Abend für sich behalten, und jetzt bewegten sich ihre Hände in einer wilden, ausladenden Geste, während sie sprach. „Mit dem Kind stimmt etwas nicht. Sie lacht nicht, sie rennt nicht, sie spielt nicht. Gott ist ihr imaginärer Freund. Ich habe einen blauen Fleck auf ihrem Oberschenkel gesehen, Adrian.“

„Woher weißt du das?“, fragte Adrian.

„Sie hat sich das Knie aufgeschürft und musste ihre Strumpfhose ausziehen. Da habe ich den blauen Fleck gesehen.“

„Kinder bekommen …“

„Blutergüsse gibt es ständig. Das ist mir klar. Aber das alles zusammen lässt mich vermuten, dass es etwas Schlimmes bedeutet. Ich weiß es. Ich *fühle* es.“

Er nippte an seinem Wein und pausierte den Film. „Was ist mit der Mutter. Wie hast du ihren Bluterguss entdeckt?“

„Er war an ihrem Handgelenk. Sie hatte ihn mit langen Ärmeln bedeckt.“

„Oder sie kleidet sich sittsam, weil sie sehr religiös sind.“

Fran stöhnte auf. „Mir ist bewusst, dass es für alles eine rationale Erklärung gibt. Ich weiß, dass es die gibt. Das ist es nicht, was …“ Sie hielt inne und sammelte ihre Gedanken. Hier saß sie nun, in den Wechseljahren, und irrational. Die Frau, der im Film niemand zuhören wollte. Die hysterische Hexe, die am Ende von dem schnauzbärtigen Helden geohrfeigt wird. „Ich werde dir die Fakten schildern.“ Und das tat sie auch, angefangen bei der Entdeckung von Esther im Park bis hin zu dem warnenden Blick, den Mary ihr zugeworfen hatte, als Fran andeutete, dass Elijah sie davon abhalten würde, bestimmte Dinge zu tun. „Ich glaube, er ist ein gewalttätiger, kontrollierender Ehemann.“

Adrian stellte sein Glas auf dem Couchtisch ab und zog Fran in seine Arme. „Du könntest recht haben.“

„Das hab ich normalerweise.“

„Ja, das hast du. Du hast einen guten Instinkt, und es tut mir leid, wenn ich abweisend gewirkt habe. Du könntest recht haben, aber was bleibt dir, wenn du recht haben solltest? Was kannst du tun? Sie ist diejenige, die ihren Mann verlassen muss.“

„Wenn Esther etwas zustößt, könnte ich die Polizei oder das Sozialamt verständigen.“

Für einen Moment herrschte Stille. "Ich weiß nicht, Franny. Das ist eine große Sache. Du musst dir sicher sein. Bist du dir sicher?"

Sie seufzte. "Nein, ich bin mir nicht sicher. Es waren zwei

kleine blaue Flecken und ich habe keine Ahnung, wie sie sie bekommen haben."

Sie spürte, wie sein Kinn gegen ihren Kopf drückte "Dann ist das im Moment Marys Entscheidung. Du kannst nichts dagegen tun. Also, was bleibt dir anderes übrig?"

„Ich könnte ihre Freundin sein."

Er verlagerte sein Gewicht, was dazu führte, dass auch Fran ihr Gewicht verlagerte. Dann spürte sie, wie seine Finger sanft durch ihr Haar fuhren und ein angenehmes Kribbeln auf ihrer Kopfhaut verursachten.

„Wenn ich ehrlich bin, möchte ich, dass du dich diesmal irrst. Ich möchte nicht daran denken, dass diese junge Frau in einer gewalttätigen Beziehung steckt. Aber du musst wissen, dass du meine Priorität bist. Ich möchte, dass du wirklich darüber nachdenkst, ob du diese emotionale Last auf dich nehmen willst, denn das ist es, was du tust. Du gehst eine Freundschaft mit jemandem ein, der dich brauchen könnte, und ich meine wirklich brauchen, und ich bin nicht sicher, ob du darauf vorbereitet bist."

Fran befreite sich aus seinen Armen. Sie hob ihre Füße auf das Sofakissen und stützte ihr Kinn auf ihre Knie. Davon wollte sie nichts hören, nicht jetzt. Sie konzentrierte sich auf die Erdbeeren, die von den Ranken auf ihrer Tapete umrankt wurden. Das Zimmer musste neu tapeziert werden, aber im Moment konnte sie sich nicht damit befassen.

„Franny", sagte er.

„Lass es."

„Darf ich gar nichts sagen?"

„Ich bin kein Kind." Ihre Hände schlossen sich um ihre Knie. Die Knöchel waren weiß.

„Du weißt, warum du dich zu ihnen hingezogen fühlst, nicht wahr?"

„Natürlich weiß ich das, Adrian", fuhr sie ihn an. „Natürlich weiß ich das." Sie ließ ihre Füße wieder auf den Teppich sinken, schnappte sich ihren Wein und brachte ihn in die Küche. Adrian folgte ihr nicht. Vielleicht erkannte er zu Recht, dass sie Freiraum brauchte. Hier, auf dem Tisch, stand der Laptop. Sie setzte sich, klappte ihn auf und ging direkt zu ihrem Trauerforum.

Fran war schon seit einigen Jahren Administratorin der Website. Obwohl sie keine ausgebildete Beraterin war, hatte sie vielen Menschen in ihrer Trauer geholfen. Sie verwaltete insbesondere ein Unterforum, das sich mit der frühen Menopause bei Frauen befasste. Sie loggte sich ein, um die neuen Themen zu überprüfen und zu sehen, ob sie jemandem helfen konnte. Diesen Bereich des Forums hatte sie eingerichtet, um Frauen zu helfen, die ein Kind verloren hatten, und dazu noch die Fähigkeit, eigene Kinder zu gebären. Sie hatte damals gleich zweimal trauern müssen, als ihr genau das passiert war. Einmal um Chloe, und einmal um ihren Körper.

KAPITEL 11

Auf ihren Streit folgten ein paar frostige Tage. Fran verbrachte die meiste Zeit in ihrem Trauerforum und stürzte sich in Gruppenchats, wobei sie nicht immer so positiv und fürsorglich war, wie sie es sich gewünscht hätte. Sie stellte fest, dass ihre Nachrichten mit den besten Absichten begannen, aber ziemlich schnell bergab gingen. *Ich weiß, was du durchmachst, und ich weiß, dass es Zeit braucht, aber du kannst das durchstehen. Vielleicht hast du Angst und fühlst dich manchmal völlig allein. Es wird schwer sein. Manchmal sogar unerträglich.* Dieses Wort tauchte jedes Mal auf. Allein. Stimmte das? Adrian hatte gelitten, aber er war nicht derjenige gewesen, der Chloe in seinem Körper getragen hatte, und er war nicht derjenige gewesen, der dabei einen Teil von sich selbst verloren hatte.

Aber das alles war nicht seine Schuld. Auch nicht die warnenden Worte, die sie so persönlich nahm. Er passte auf sie auf, dessen war sie sich sicher, und im Laufe der Tage begann sie, sich seiner Denkweise anzuschließen. Sie sah nicht mehr so oft in Marys Profil nach. Sie mied das *Red Lion*, wo sie normalerweise nachmittags auf einen *Pinot Grigio* vorbeischaute und sich den Klatsch und Tratsch über die Whitakers anhörte. Sie versuchte, sich nicht mehr das Gesicht der kleinen Esther vorzustellen, nachdem der Hund sie umgerannt hatte, den ersten Anflug von Emotionen, den sie bei dem Mädchen bemerkt hatte. Ihre Gesichtszüge waren von dem Schmerz verzerrt gewesen. Das war das Einzige, was sie nicht loslassen konnte: Esther.

Drei Tage nach ihrem Streit hatte Adrian den Nachmittag in der Leacroft-Bibliothek verbracht. Am Abend kam er mit einem Curry und einer Flasche Prosecco nach Hause.

„Wird ein *Balti* dich dazu bewegen, mir zu verzeihen?“ Er verteilte das Essen auf den Tellern, und sein Hundeblick traf ihre Augen.

„Wenn du an die Pommes gedacht hast, werde ich darüber nachdenken.“

Er hüpfte durch die Küche zur Tüte, und langsam, wie ein Zauberer, der ein Kaninchen aus dem Hut zieht, förderte er einen weiteren Karton zutage.

„Oui, Madame.“

Fran lachte, während sie an ihrem Prosecco nippte. Adrians Arme legten sich um ihren Hals und er drückte ihr einen Kuss auf den Kopf. Sie sagte ihm nicht, dass sie dachte, er könnte recht haben, aber sie genoss das Essen, das Lachen und den Prosecco. In diesem Moment dachte sie nicht an Esther oder Chloe, und sie schlief in dieser Nacht traumlos.

Doch am nächsten Tag war alles anders. Fran wachte auf, ging joggen, nahm ihren Kaffee mit in den Garten und las eine Weile. Sie und Adrian frühstückten gemeinsam, bevor er in ihr Arbeitszimmer ging, um zu lesen. Fran wollte gerade in den Garten gehen, um sich um ihre Kräuter zu kümmern, als jemand an die Tür klopfte.

Mary und Esther standen Hand in Hand auf ihrer Türschwelle. Mary lächelte verlegen. „Ich störe euch doch nicht, oder?“

Fran öffnete verwundert die Tür und bestand darauf, dass sie auf eine Tasse Tee hereinkamen.

. . .

„Wir werden nicht lange bleiben“, sagte Mary. „Ich wollte dir etwas geben.“ Mary biss sich auf die Lippe und deutete auf die Tasche, die sie über ihrem Arm hängen hatte. Frans Augen folgten ihr, und ihre Neugierde wurde immer größer.

Mutter und Tochter kamen in die Küche, wo Fran den Wasserkocher aufsetzte, während ein zu breites Lächeln auf ihrem Gesicht erstarrte. Der Kessel gab ein leises Summen von sich, als er sich zu erhitzen begann.

„Es ist nicht viel“, sagte Mary. „Aber ich hatte ein schlechtes Gewissen, weil du in Chatsworth alles bezahlt hast, und wollte dir etwas Gutes tun. Esther, gibst du bitte Mrs. Cole ihr Geschenk?“

Das kleine Mädchen trug ihr Haar heute zu einem Pferdeschwanz gebunden. Intensive blaue Augen betrachteten Fran. Sie lächelte nicht, wie immer. Ihre schwarzen Schuhe klapperten leicht auf den Fliesen, als sie nach vorne trat, um ihr die Tasche zu übergeben.

„Vielen Dank, euch beiden“, sagte Fran mit leiser, gerührter Stimme.

„Was sagt man, Esther?“, forderte Mary sie auf.

„Danke, dass du mir geholfen hast, als ich mir das Knie verletzt habe.“ Sie senkte nie den Blick, was für ein so schüchternes Kind überraschend war. Fran war daran gewöhnt, dass Kinder in solchen Situationen ihre Eigenheiten zur Schau stellten, von übertriebenem Lispeln bis hin zu auf dem Boden herumscharrenden Zehen oder verschmitztem Kichern.

„Und wie geht es deinem Knie, Esther?“

„Gut.“

„Jetzt ist es viel besser.“ Mary strich ihrer Tochter den Pferdeschwanz glatt und ließ die goldenen Strähnen durch ihre Hand gleiten. „Es ist fast alles verheilt. Komm, mach dein Geschenk auf.“

In diesem Moment betrat Adrian die Küche. Fran bemerkte, dass Mary einen Moment lang auf den Boden schaute und ihr Gesicht blass wurde. Auch Esther sah weg.

„Ich dachte, ich hätte Stimmen gehört", sagte Adrian fröhlich. „Lass mich raten, Mary und Esther? Ich habe schon so viel von euch beiden gehört."

Mary nickte mit dem Kopf. „Schön, Sie kennenzulernen."

„Mary hat mir ein Geschenk mitgebracht", sagte Fran mit hoher Stimme, um die Stimmung aufzulockern. Sie stellte die Tüte auf den Tisch und zog das in braunes Papier eingepackte und mit einer Schnur aus Sackleinen verschnürte Bündel aus der Plastiktüte.

„Wie schön." Adrian lehnte sich gegen die Tür und sah Mary an.

Das Wasser brodelte im Wasserkocher, der sich selbst abschaltete.

Fran löste die Schnur, sodass sich das Papier entfaltete. Darin fand sie ein schwarzes, gepunktetes Teekleid. Als sie es an ihren Körper hielt, stellte sie fest, dass es ihr wahrscheinlich perfekt passen würde. „Oh, Mary. Das ist wunderschön."

Das Gesicht der jungen Frau erhellte sich durch ihr Lächeln. „Gefällt es dir?"

„Ja, es ist sehr schön."

Adrian trat vor und fasste den Stoff an. „Wunderschön."

„Du hast dir die Zeit genommen, mir das zu machen?", sagte Fran, berührt und überwältigt von der Geste, mit einem Räuspern im Hals.

„Es war kein Problem."

„Lasst mich den Damen eine Tasse einschenken, während Fran es anprobiert", sagte Adrian.

„Oh, Mary, das ist zu viel!" Fran konnte nicht aufhören, den Stoff zu berühren. Diese Weichheit an ihren Fingerspitzen. Sie fühlte sich in eine andere Zeit versetzt, in der Frauen füreinander kochten und nähten, Brot brachten, um es in Notzeiten zu teilen. Sie räusperte sich und fügte aus einer Laune heraus hinzu. „Wir müssen uns für dieses wunderbare Geschenk erkenntlich zeigen. Warum kommt ihr drei nicht einmal zum Abendessen?"

Marys Augen weiteten sich. „Ich weiß nicht … Elijah arbeitet oft lange."

Adrian blickte von einer Frau zur anderen, sein Gesichtsausdruck war nicht definierbar. Für den Bruchteil einer Sekunde dachte Fran, er sei verärgert.

„Nun", sagte Fran, „denk darüber nach. Sprich mit Elijah und lass uns wissen, wann ihr Zeit habt."

Mary nickte, dann hob sich ihr Blick zögernd zu Adrian, der sich umdrehte und schweigend aus dem Zimmer ging.

KAPITEL 12

„Warum in aller Welt hast du das gemacht?" Adrian stand neben dem Waschbecken, das Handgelenk tief im Seifenwasser.

„Tut mir leid", sagte Fran. „Es ist mir einfach so rausgerutscht." Sie trug immer noch das handgefertigte Kleid mit den Punkten, das ihr perfekt passte und sie jünger wirken ließ. Es hatte einen weiten Rock, den sie sich gut auf einer Tanzfläche herumwirbelnd vorstellen konnte.

„Ich dachte, du würdest es nicht tun!" Er klirrte mit Tassen im Wasser herum. Die Wasseroberfläche schwappte, als die Töpferware gegen das Edelstahlbecken stieß.

„Ich weiß. Aber ich konnte einfach nicht anders. Sie hat mir dieses wunderschöne Kleid genäht." Fran legte ihm eine Hand auf die Schulter. „Tut mir leid. Ich weiß, es ist lästig für dich, aber es wäre doch nett, sie einmal hierher einzuladen. Findest du nicht? Sie kennen hier niemanden, und die ganzen Oldies tratschen hinter ihrem Rücken über sie. Du solltest mal Emily im Chor hören."

„Nun, jetzt muss ich kochen", seufzte er.

„Du kochst doch gern."

„Das ist … darum geht es nicht."

„Warum?“

Er seufzte erneut. „Du siehst wirklich umwerfend aus in diesem Kleid.“

Fran lachte. „Oh, mein lieber Silberfuchs, ich glaube, du bist genauso ein großer Softie wie ich.“

Seine Gesichtszüge entspannten sich zu einem Lächeln. Er trat auf seine Frau zu und schlang seine Arme um ihre Taille.

Zuerst lehnte sie sich an ihn, aber als seine seifigen Hände auf ihr neues Kleid zu tropfen drohten, löste sie sich sanft aus seiner Umarmung. „Wie kamen sie denn für dich rüber? Das würde ich gern wissen. Ist dir aufgefallen, wie schüchtern sie waren, als du in den Raum gekommen bist?“

Er trocknete sich die Hände ab und setzte sich auf einen Stuhl. „Ja, das ist mir aufgefallen. Wie zwei aufgeschreckte Mäuse. Ich kann verstehen, warum du sie interessant findest, aber ich denke, es ist nur ein Fall von überbehüteter Erziehung einer sehr jungen Mutter.“

Fran setzte sich zu ihrem Mann an den Tisch. „Wenn sie tatsächlich kommen, werden wir Elijah kennenlernen.“ Sie stellte ihn sich als bärtig und rundlich vor. Ein kräftiger älterer Mann mit einem harten Schimmer in den Augen.

„Sie sieht jünger aus als siebenundzwanzig“, sagte er.

Fran war erleichtert, dass er sich, wenn auch vorsichtig, auf ein Gespräch über Mutter und Tochter einließ, die ein wichtiger Teil ihres Lebens geworden waren. „Glaubst du, wir hätten Chloe solche süßen Kleider angezogen und ihre Haare geflochten?“, überlegte sie.

Adrian war einen Moment lang still. „Ich glaube, Chloe wäre zu einem Mädchen herangewachsen, das uns gesagt hätte, was sie anziehen möchte.“

Das gefiel Fran. Den Rest des Vormittags sprachen sie zum ersten Mal seit langem wieder über Chloe. Nicht über den furchtbaren Teil, sondern über den guten. Die Vorfreude. Der Kauf ihrer Strampler, der Aufbau des Kinderbetts. Später ging Fran zum Kinderzimmer und atmete tief ein. Es gab kein

Kinderbett, keine winzigen Söckchen, keine hübsche Blumentapete oder das Mobile mit den Bauernhoftieren, das sie in einem Boutique-Laden gekauft hatte. Irgendwann hatten sie all diese Dinge eingepackt und auf den Dachboden gestellt, weil sie sich fragten, ob sie vielleicht, nur vielleicht, eine Alternative finden würden – eine Leihmutterschaft oder Adoption. Doch das hatten sie nie. Ihre Hand strich leicht über ihren Bauch, als sie die Fitnessgeräte und Bücherstapel betrachtete.

Keiner von ihnen hatte gewusst, was sie mit dem Zimmer nach Chloes Tod anfangen sollten. Ein Teil von Fran wollte es versiegeln, so wie ihr Inneres versiegelt worden war. Aus diesen Lenden würde keine Frucht mehr geboren werden. Sie betrat den Raum und nahm ein Taschenbuch zur Hand. Es war alt, von einem Russen geschrieben, die Art von ehrwürdiger Literatur, die Adrian am meisten liebte. Sie klemmte es unter ihren Arm, verließ den Raum, und tat so, als wäre dieses Buch der Grund für ihren Besuch gewesen. Adrian sagte kein Wort, als er seine Frau auf dem Sofa ausgestreckt lesen sah. Fran wusste, dass er es wusste. Vielleicht hatte sie das Buch genommen, um ihm zu zeigen, dass sie dort gewesen war. Vielleicht wollte sie, dass er erkannte, was sie da tat. Sie wusste es nicht. Sie saß da und tat so, als würde sie lesen, während sie die ganze Zeit über Esther und Mary und Chloe und sich selbst nachdachte.

KAPITEL 13

Es war Samstagabend, warmes Wetter und ein klarer Himmel. Die Dämmerung näherte sich um 19 Uhr und überzog die Landschaft mit einem dunklen Schleier. Fran hatte den Tag damit verbracht, an ihrem Daumennagel zu kauen, während sie sich mit Adrian darüber stritt, wie man Kartoffeln richtig kocht. Jetzt öffnete und schloss sie die Ofentür und kontrollierte die Lammkeule, die mit Rosmarin und Knoblauch gebraten wurde. Adrian schwenkte die Röstkartoffeln in der Auflaufform hin und her, wobei sie köstliche knisterten, wenn sie gegen den Rand prallten. In der Küche roch es wie an einem Sonntagnachmittag bei ihrer Mutter - nach kochend heißem Gänsefett und leicht angesengtem Knoblauch. Frans Mutter zauberte im Handumdrehen einen Braten für mehrere Personen, machte die ganze Arbeit selbst und kam dabei nicht einmal ins Schwitzen. Fran war nicht so, sie brauchte Adrians führende Hand, besonders heute. Es war sein Rezept, mit Knoblauchzehen im Lammfleisch und Rotwein in der Soße. Ihre Hilfe fühlte sich wie Einmischung an.

Sie trug das Teekleid, keine Strumpfhose, keine Schuhe und goldene baumelnde Ohrringe. Als sie sich umzog, hatte sie den grauen Haaransatz bemerkt und ihrem Haar hastig etwas mehr

Volumen verliehen, in der Hoffnung, dass es niemandem auffallen würde. Während sie die Minzsauce in eine Servierschüssel umfüllte, massierte Adrian ihre Schultern.

„Sie werden Spaß haben, keine Sorge. Entspann dich. Alles wird gut werden."

Aber es gab zu viele Gedanken, die Fran durch den Kopf schossen, als dass sie sich hätte entspannen können. Beinahe hätte sie Adrian von sich gestoßen, musste aber zugeben, dass es eigentlich sehr angenehm war, wie er ihren Körper knetete und massierte. Es klopfte an der Tür, und sie richtete sich auf, riss sich die Schürze vom Leib – und stieß dabei Adrians Hände weg – und strich ihr Kleid glatt.

Adrian steckte sich eine kleine Kartoffel in den Mund. „Los gehts."

Sie warf ihm einen bösen Blick zu, bevor sie durch das Haus in den Flur ging. Als sie die Tür öffnete, hatte sie tatsächlich ihr Pokerface aufgesetzt. Sie lächelte breit. „Hi! Kommt rein, fühlt euch wie zu Hause."

In dem engen Korridor wurden Hände geschüttelt und viele Gliedmaßen berührten einander. Wegen des warmen Wetters gab es keine Mäntel. Esther klebte regelrecht an der Seite ihrer Mutter, als Fran sie in den Eingangsbereich führte. Sie hatte noch keine Gelegenheit gehabt, den Vater genau zu betrachten, aber ihr fiel sofort auf, dass er groß und breit war.

„Wir haben etwas mitgebracht. Ich weiß nicht, ob es das Richtige ist." Mary drückte Fran ein Päckchen in die Hand.

Sie zog das braune Papier ab und sofort entfaltete sich der Duft von frisch gebackenem Brot. Es war noch warm, elastisch und hatte eine schöne feste Kruste. „Das sieht absolut köstlich aus. Das essen wir zum Abendessen. Es wird nicht lange dauern. Wir haben gerade die Kartoffeln aus dem Ofen geholt. Lass mich das kurz in die Küche bringen, dann stelle ich mich richtig vor. Wir sind uns noch nicht begegnet, Elijah. Danke, dass du gekommen bist."

„Danke für die Einladung." Seine Stimme war warm. Seine

großen, dunkelbraunen Augen hatten fast den gleichen Farbton wie seine Pupillen. Sie beherrschten sein rundliches Gesicht und zogen die Blicke auf sich. Sein blasser Teint und die rosigen Wangen erinnerten an einen Gartenzwerg mit graumeliertem Bart und Haar. Er war kräftig gebaut, regelrecht stämmig, mit einem Bauch, der aus seiner khakifarbenen Hose herausquoll. Die Ärmel seines weißen, im Nacken offenen Hemdes, waren bis zu den Ellbogen hochgekrempelt. Seine Haare waren ordentlich gescheitelt und zu einer Seite gekämmt. Fran brauchte einen Moment, um sein Alter zu schätzen. Etwa so alt wie sie selbst, dachte sie, praktisch doppelt so alt wie Mary. „Ihr habt ein sehr schönes Haus."

„Danke, das ist sehr nett."

„Ich muss sagen, dass ich mich schon die ganze Woche darauf gefreut habe. Ein richtiges Essen mit Braten, gekocht von Engländern." Er grinste verschmitzt. „Das ist wirklich etwas Feines. Esther ist deswegen schon die ganze Woche aufgeregt, stimmts?"

„Nein", sagte Esther.

Elijah stieß ein schallendes Gelächter aus. „Meine kleine Widersprecherin."

„Tut mir leid", murmelte Mary.

„Das macht doch nichts! Als ich in deinem Alter war, habe ich Dinnerpartys für Erwachsene gehasst. Aber ich habe ein paar Pommes gemacht, falls du das Lamm nicht magst." Fran betrachtete Mary. „Ich weiß, dass Lammfleisch für kleine Kinder ein bisschen zu stark im Geschmack sein kann."

„Oh, das macht ihr nichts aus", meinte Mary.

„Ich hole euch ein paar Drinks." Fran bahnte sich ihren Weg zurück in die Küche. „Ich mache eine Flasche Rotwein auf, wenn ihr Lust habt."

„Danke, Frau Cole, aber wir trinken keinen Alkohol", sagte Elijah, der mit schweren Schritten hinter ihr herging. „Aber lasst euch nicht aufhalten. Kümmert euch nicht um uns."

„Limonade? Cola?"

„Wasser bitte", antwortete Elijah.

In der Küche angekommen, stellte sich Adrian vor, während Fran Gläser aus dem Wasserhahn füllte. Sie brachte sie ins Esszimmer und stellte das Brot mit einem Messer und etwas Butter hin.

„Wie sieht das Lamm aus, Schatz?", fragte sie, während sie Teller aus den Schränken holte und das Geschirr zum Klirren brachte.

„Perfekt", sagte er.

„Hilf der Dame, Mary." Elijah gab seiner Frau einen kleinen Schubs nach vorn und lachte dann. „Entschuldigt bitte, dass wir hier rumstehen und nichts tun."

„Ja, tut mir leid, Frau Cole", sagte Mary.

Fran zwang sich zu einem Lächeln und sagte: „Ihr seid unsere Gäste. Geht gerne schon einmal ins Esszimmer und setzt euch. Wir müssen nur noch die Teller anrichten und servieren. Keine Widerrede. Los, los."

Dieser kleine Schubser gefiel ihr nicht. Ein nervöses Flattern begann in ihrem Magen, als sie das Lamm aus dem Ofen holte. Hinter sich spürte sie Esthers Augen, die sie beobachteten, ihr Schweigen erfüllte den Raum.

KAPITEL 14

„Würdet ihr uns für einen Moment entschuldigen, während wir das Tischgebet sprechen?“ Elijah schenkte Fran ein flüchtiges Lächeln über den dicken Laib Brot in der Mitte des Tisches. „Ihr braucht nicht mitzubeten, wenn ihr das nicht wollt.“

„Oh doch, ich würde gerne mit euch beten“, erwiderte Fran lächelnd. Neben ihr spürte sie, wie Adrian auf seinem Stuhl hin und her rutschte. Sie wusste, dass er der einzige Agnostiker im Raum war.

„Dann sollten wir uns die Hände reichen.“ Elijah reichte Fran am Kopfende des Tisches eine Hand und die andere Mary, die mit ihrer anderen Hand Esthers Händchen ergriff. Sie hielt die Hand von Adrian, der die mit gelangweiltem Blick die Hand von Fran nahm. „Und vielleicht könnte Esther vorbeten.“

Fran schloss die Augen und senkte den Kopf. Der Duft von gekochtem Lamm und Knoblauch ließ ihr das Wasser im Mund zusammenlaufen. Sie hoffte, dass das Gebet schnell vorbei sein würde, damit sie essen konnte, aber sie wollte auch einen Einblick in diese Familie und ihre Dynamik bekommen, sodass sie neugierig darauf war, was Esther sagen würde.

„Danke, Vater, für das Essen und für die Vergebung der Sünden in diesem Haus."

Fran öffnete ihre Augen und bemerkte zwei Dinge. Esthers Augen waren geschlossen, ihr Kopf war zum Tisch geneigt, Elijahs Augen waren weit aufgerissen und starrten sie direkt an. Erschrocken ließ sie seine Hand los.

„Esther!", sagte Mary. „Das war unhöflich!"

Das Kind wandte sich an seine Mutter. „Sie trinken Alkohol, wann immer sie wollen, und sie haben keine Kinder. Vater James sagt …"

„Esther, das hier sind gute Leute, und du solltest ihnen für ihre Gesellschaft und das Essen, das sie für uns gemacht haben, dankbar sein", ermahnte sie Elijah.

Fran nahm genervt einen Schluck von ihrem Wein und war überrascht, dass sie das Bedürfnis spürte, sich gegen ein Kind aufzulehnen. „Vater James?"

„Unser Pastor in Arizona", lachte Elijah. „Er war ein ziemlicher Pedant und Esther mochte ihn sehr."

Frans Blick wanderte über die Kartoffeln zu Marys blassem Gesicht.

„Unsere Esther ist auch ein bisschen pedantisch. Erst sieben, geht aber schon auf siebzehn zu." Er lachte wieder, ein Geräusch, das Fran zu nerven begann. Sie nahm einen weiteren Schluck Wein und versuchte, sich nicht auf den zweiten Teil von Esthers Gebet zu konzentrieren. „Wenn sie euch in irgendeiner Weise beleidigt hat, entschuldigen wir uns dafür."

Adrian winkte mit einer Hand ab. „Das stört uns nicht, wir haben schon Schlimmeres gehört. Stimmts, Franny?"

„Bitte, bedient euch, bevor es kalt wird." Fran wies auf das aufgeschnittene Lammfleisch. „Hier, Elijah, lass mich dir etwas Fleisch geben."

„Vielen Dank, Frau Cole."

„Oh, bitte, ich heiße Fran."

„Dann Fran."

Ihr Blick fiel auf Mary, die die Hälfte ihres Wassers geleert hatte und wieder etwas mehr Farbe auf den Wangen zu haben schien. „Wie viele Scheiben?“

„Ein oder zwei. Ich bin nicht so hungrig.“ Sie musste sich zusammenreißen. „Aber es sieht sehr lecker aus."

Fran war damit beschäftigt, das Essen zu servieren und versuchte, dem Kind die verletzenden Worte nicht übelzunehmen. Aber als sie Esther das Lamm reichte, konnte sie sich nicht zurückhalten. „Weißt du, Esther, es ist interessant, was du über Sünde gesagt hast. Dass es eine Sünde ist, keine Kinder zu haben.“ Als sie den Teller vor dem Mädchen abstellte, klapperte er etwas. „Wir haben tatsächlich einmal Kinder gehabt. Ein Kind.“

Adrian drehte sich scharf zu ihr um, aber sie konzentrierte sich darauf, den Brokkoli auf Esthers Teller zu löffeln.

„Ihr Name war Chloe und sie hatte Adrians Augen. Sie war perfekt, aber leider wurde sie uns genommen.“ Fran machte weiter mit den Kartoffeln. Sie schniefte schwer und legte den Servierlöffel zurück in die Schüssel. „Chloe, unser Baby, ist gestorben. Findest du nicht, dass es eine ganz schöne Sünde ist, ein Baby zu töten? Esther?“ Fran weigerte sich, die Anwesenden am Esstisch anzusehen. Sie weigerte sich, sie überhaupt zur Kenntnis zu nehmen. Ihr Gesicht, ihr Hals, ihre ganze Haut waren heiß von Kopf bis Fuß. Sie servierte sich Brokkoli und schichtete die Röschen so hoch, dass Adrian ihr den Löffel aus der Hand nehmen und in die Schüssel zurücklegen musste.

„Ich habe nicht von Gott gesprochen“, sagte Esther.

„Das reicht“, sagte Elijah mit leiser Stimme. „Esther, bitte entschuldige dich bei Fran und drücke ihr dein Mitgefühl aus.“

„Tut mir leid, dass dein Baby gestorben ist.“

Fran ließ ihre feuchten Augen von ihrem Teller wandern. Mary starrte sie an, wieder blass, eine Träne lief ihr über die Wange. Esthers strenges, mädchenhaftes Gesicht war auf ihr Essen gerichtet. Elijah nahm ihre Hand und drückte sie. Sie wollte ihm die Hand entreißen, aber das wäre unhöflich gewesen. Und sie schämte sich, schämte sich unendlich dafür, ein Kind so anzuschnauzen.

„Wir bedauern euren Verlust sehr“, sagte Elijah. „Wir werden Chloe heute Abend in unsere Gebete einschließen.“

„Franny, geht es dir gut?“ Adrian wischte ihr eine Träne von der Wange und streichelte ihr kurz den Nacken. Auf der anderen Seite hielt Elijah immer noch ihre Hand. Sie war sich vage bewusst, dass Mary sie und Adrian beobachtete.

Fran zwang sich zu einer gewissen Fröhlichkeit in ihrer Stimme. „Es tut mir so leid. Ich weiß nicht, was über mich gekommen ist.“ Vorsichtig befreite sie sich aus Elijahs Griff. „Esther, es tut mir sehr leid, dass ich dich so angeschnauzt habe. Und jetzt lasst uns einen schönen Abend haben, ja?“ Sie nahm noch einen großen Schluck Wein und hoffte auf dessen betäubende Wirkung.

KAPITEL 15

Im Laufe des Abends merkte Fran, wie Adrian dem lockeren Charme von Elijah erlag. Er lauschte gebannt den Erzählungen über Ranches in Arizona und einer besonders unangenehmen Geschichte über einen Kaktus und einen Sturz vom Pferd. Er sprach fast ununterbrochen über die Unterschiede im Wetter, von den gigantischen Habubs in Arizona – Staubwänden, die Hunderte von Metern hoch waren – in der Monsunzeit bis hin zum banalen Grau eines nieselnden englischen Tages.

„Die Gewitter, die der Monsun mit sich bringt, sind etwas, das du hier noch nie gesehen hast.“ Elijah spießte ein Brokkoliröschen auf und redete weiter, während er aß. „Es wird kalt. Man glaubt es nicht, aber es ist so. Der Donner grollt meilenweit, als würde Gott auf eine Trommel schlagen. Aber das ist nicht das Schlimmste. Das Schlimmste ist der Wind. Windböen, die nicht zu fassen sind. Der reißt ein Scheunendach einfach so ab.“ Er schnippte mit den Fingern.

„Wow“, sagte Adrian. „Wir hatten hier mal einen Sturm, der unseren Schuppen umgeweht hat.“

Elijah lachte herzlich, bevor er sich seiner Tochter zuwandte.

„Komm schon, Esther, du kannst mehr als das essen. Hör auf, mit deinem Essen zu spielen."

Fran schaute hinüber zu Mary und versuchte, sie wieder in das von den Männern geführte Gespräch zu ziehen. „Vermisst du dein Zuhause, Mary?"

Sie hielt inne, und am Tisch wurde es still. Fran bemerkte, dass Elijah sich ihr zuwandte, als wolle er ihre Reaktion abwarten.

„Nein", sagte sie. „Ich mag es hier. Die Monsunzeit vermisse ich nicht, das steht fest. Auch nicht die Sommerhitze."

Sie näherten sich dem Ende des Hauptgangs, und nur Elijah – der sich eine Extraportion genommen hatte – und Esther hatten noch Essen auf ihren Tellern. Fran begann, die Teller abzuräumen, während Elijah Adrian mit einer weiteren Geschichte über schlechtes Wetter erfreute. Zu ihrer Überraschung stand Mary auf, um zu helfen. Sie wollte ihr sagen, sie solle sich setzen, dachte dann aber daran, dass Mary vielleicht eine Pause von Elijahs aufdringlicher Anwesenheit gebrauchen könnte.

„Dein Mann erzählt gute Geschichten", sagte Fran, während sie Lammfleischreste in eine Tupperbox füllte.

„Er liebt es, sich mit anderen Menschen zu unterhalten. Ich glaube, er vermisst sein Zuhause."

„Aber du nicht?"

Mary drehte den Wasserhahn auf und spülte die Teller ab, während Fran das Essen für den Kühlschrank einpackte. „Manchmal schon."

„Natürlich, ich meine, ihr habt schließlich Familie und Freunde zurückgelassen."

Fran bemerkte eine leichte Veränderung in ihrer Körpersprache. Mary räusperte sich und wich Fran's durchdringendem Blick aus. „Ein paar."

Obwohl Fran noch mehr Fragen stellen wollte, spürte sie, dass sie sich zurückhalten musste. Mary war wie ein flüchtendes

Reh, das bei jeder plötzlichen Bewegung in die falsche Richtung rennen würde.

„Es tut mir leid, was Esther heute Abend zu dir gesagt hat", entschuldigte sich Mary. „Es war respektlos von ihr und ich möchte, dass du weißt, dass sie dafür bestraft werden wird."

Erschrocken legte Fran eine Hand auf Marys Arm. „Nein, bitte nicht. Es gibt keinen Grund, sie zu bestrafen. Sie hat nur etwas wiederholt, das sie gelernt hat. Es ist nicht ihre Schuld."

„Sie muss lernen, dass es eine Zeit und einen Ort für Belehrungen gibt, und wenn dich jemand in sein Haus einlädt, ist das nicht der richtige Ort." Mary stapelte die abgewaschenen Teller auf und ignorierte Frans Hand.

„Was für eine Strafe?" Fran trat einen Schritt zurück und kaute an ihrem Daumennagel.

„Nun, normalerweise lassen wir sie abends ein Buch lesen, um sich die Zeit zu vertreiben. Für diesen Ungehorsam wird sie eine Woche lang nicht lesen dürfen." Es lag kein Lächeln auf Marys Gesicht, und zum ersten Mal sah Fran eine flüchtige Ähnlichkeit mit ihrer Tochter.

Fran dachte einen Moment lang nach, bevor sie sprach. Während sie nachdachte, öffnete sie den Geschirrspüler und begann ihn zu füllen. „Ich will dir nicht vorschreiben, wie du dein Kind erziehen sollst. Darin habe ich nicht viel Erfahrung, wie du weißt. Aber ich persönlich bin der Meinung – und mein Mann wird mir recht geben, denn er ist lesebegeistert, dass Bücher den Geist für Empathie öffnen können. Ihr diese Bücher zu verweigern, könnte eher kontraproduktiv sein."

„Glaubst du?"

„Vielleicht, ja."

Mary stützte ihren Kopf in die Hände. „Ich weiß nicht, was ich tun soll. Ich mache einfach alles falsch."

Ein liebevolles, mütterliches Gefühl erfüllte Frans Herz. Sie legte einen Arm um Marys Schulter. „Nein, das tust du nicht. Vielleicht kannst du Esther sagen, dass sie ein paar Tage lang nicht fernsehen darf."

„Wir haben keinen Fernseher.“

„Was ist mit Musik?“

Mary hob ihr Gesicht. „Ja, das könnte ich wohl machen.“

„Oder du sprichst einfach mit ihr und erklärst ihr, was los war“, sagte Fran. „Du wärst überrascht, wie effektiv ein gutes Gespräch sein kann.“ Fran drückte ihr die Schultern. „Meine Eltern sind vor einigen Jahren nach Australien ausgewandert. Sie sind keine großen Redner. Sie waren diszipliniert und haben mir *immer* ein Privileg weggenommen, wenn ich etwas falsch gemacht habe. Meistens das Fernsehen. Oder meine Freunde zu sehen. Das hat mich nie davon abgehalten, mich danebenzubenehmen. Ich schlich mich immer noch nachts raus, um auf Partys zu gehen. Ich habe getrunken, als ich zu jung dafür war. Ihre Strafen waren nie eine Abschreckung. Sie haben mich nur davon abgehalten, ihnen näher zu sein, weil sie nicht mit mir gesprochen haben. Jetzt mailen wir nur noch hin und her. Ich besuche sie einmal im Jahr. Das ist alles, was unsere Beziehung ausmacht.“ Als Chloe gestorben war, hatte ihre Mutter sie eine Zeit lang besucht, und es fühlte sich besonders angespannt an, wenn sie dabei war. Auch wenn sie ihre Eltern liebte und vermisste, hatten sie sich nie besonders nahegestanden.

Mary schniefte. „Alles, was meine Familie getan hat, war reden, aber es ging nur darum, wer ich sein und was ich glauben sollte. Sie redeten und redeten so viel, dass ich nie verstand, wer *ich* war, sondern nur, was sie von mir wollten.“ Sie fuhr sich mit der Hand durch die Haare. „Gibt es einen richtigen Weg, eine Mutter zu sein?“

„Nein“, sagte Fran achselzuckend. „Jeder vermasselt seine Kinder.“ Marys Augen weiteten sich und Fran bereute es, so vor ihr gesprochen zu haben. Doch dann verwandelte sich der Gesichtsausdruck der jungen Frau in ein breites Lächeln. Sie kicherten beide, als Adrian hereinkam.

„Zeit für den Nachtisch?“, fragte er. „Wie ich sehe, habt ihr Mädels Spaß.“

„Immer noch hungrig, alter Mann?“ Fran griff nach dem

Geschirrtuch und gab ihm einen gutmütigen Klaps auf die Hüfte. Sie blickte zu Mary hinüber und sah, dass sie nicht mehr lachte und auch ihr Lächeln verschwunden war.

KAPITEL 16

Am nächsten Morgen joggte Fran auf einer anderen Strecke, sodass sie nicht an der Dorfwiese vorbeikam. Stattdessen lief sie die Straße hinunter, in der die Whitakers wohnten, verlangsamte ihr Tempo, um einen besseren Blick auf ihr Doppelhaus zu bekommen, und bemerkte, dass im Schlafzimmer im Obergeschoss Licht brannte. Es war 5:30 Uhr, und sie nahm an, dass Elijah früh aufstand, um zur Arbeit zu gehen. Wie Adrian nach der Dinnerparty bemerkt hatte, schien er ein hart arbeitender Mann zu sein, der gut für seine Familie sorgte. Er machte auch einen liebenswürdigen Eindruck und war ein guter Geschichtenerzähler. Er war geduldig mit seiner Tochter und gut gelaunt. Aber dann war da dieser kleine Schubser in der Küche gewesen. Der Moment, in dem er seine Hand auf seine Frau gelegt und sie nach vorn geschubst hatte. Es war schon seltsam, so etwas in Gesellschaft von anderen zu tun. Und diese blauen Flecken bei Mary und Esther … Sie zwang sich, nicht daran zu denken und erinnerte sich daran, dass sie keine voreiligen Schlüsse ziehen sollte.

Fran atmete schwer, als es bergauf ging und erinnerte sich daran, warum sie normalerweise über die flache Wiese lief. Sie sah Frühaufsteher, die ihre Blumen gossen, eine Frau im Schlafanzug, die die Mülltonne herausbrachte, malerische Frühlingsblumen in recycelten Holzfässern, die Narzissen, die stolz blühten. Ein typischer Morgen in Leacroft. Die Luft duftet nach taufrischem Gras. Eine Szene, die zum Entspannen einlud.

Wie viele Einwohner von Leacroft hatte auch das Dorf eine hübsche Fassade, welche die Risse dahinter verdeckte. Die stetig steigenden Immobilienpreise, der Mangel an jungen Leuten in der Gegend, die um ihre Existenz kämpfenden Kleinunternehmen, denen das Geld ausging. Jedes Haus war gepflegt, aber darunter gab es Probleme: gescheiterte Ehen, Untreue, Kindheitstraumata, Schulden, unerfüllte Träume. Fran wusste, dass auch ihr Haus Geheimnisse verbarg.

Nach langer Zeit waren ihre Albträume vor kurzem zurückgekehrt. Ein Schrecken, der sie schweißgebadet aufwachen ließ und von dem sie niemandem erzählt hatte, nicht einmal Adrian oder dem Trauerbegleiter, von dem sie ein Jahr lang betreut worden war. Fran beschleunigte ihren Lauf, fest entschlossen, diese Bilder zu vertreiben, die Bilder von Chloe, über die sie nie sprechen konnte. Stattdessen knickte sie schmerzhaft mit einem Knöchel um, schlug mit der Handfläche auf den Asphalt auf und fiel durch den Schwung auf den Rücken. Sie lag da, als wäre sie k.o. geschlagen worden, bis jemand aus einem Haus gerannt kam.

„Alles in Ordnung?"

Verlegen zwang sich Fran wieder auf die Beine, und obwohl sie das Pochen in ihrem linken Knöchel bemerkte, sagte sie: „Alles okay."

„Soll ich jemanden für Sie anrufen?"

„Nein, nein. Ich wohne gleich um die Ecke. Da kann ich ganz gut hin humpeln."

Die Frau war älter als sie, um die fünfzig, bekleidet mit einem blassrosa Nachthemd unter einem leichten Morgenmantel. An den Füßen trug sie flauschige Pantoffeln. „Lassen Sie mich mit Ihnen gehen."

„Nein danke, es geht schon, gehen Sie ruhig zurück ins Bett."

Fran demonstrierte ihre Gehfähigkeit, indem sie sich eine Grimasse verkniff, als sie ein paar Schritte machte.

„Na gut, wenn Sie darauf bestehen", rief die Frau ihr nach.

Fran humpelte bis zum Ende der Straße, bevor sie sich ausruhen konnte. Sie war sicher, dass sie sich beim Aufprall auf den Boden zumindest das Kreuz geprellt hatte. Sie lehnte sich gegen eine Wand und untersuchte ihre Hände und Knie, an denen einige Schürfwunden zu sehen waren. Sie war nicht mehr als zehn Minuten vom Haus entfernt, aber es fühlte sich wie ein Marathon an. Sie überlegte kurz, ob sie Adrian anrufen sollte, wusste aber, dass er noch schlief und den Anruf nicht hören würde.

„Das ist deine eigene Schuld", sagte sie zu sich selbst, während sie sich weiter abmühte, entschlossen, es alleine nach Hause zu schaffen. Ohne diese Besessenheit mit den Whitakers würde sie jetzt fröhlich durch den Park joggen. Stattdessen hatte sie die Trauer um Chloe neu entfacht, eine ungesunde Bindung sowohl zu Mary als auch zu ihrer Tochter entwickelt und sich selbst verletzt, weil sie abgelenkt gewesen war. Das musste aufhören.

Als sie die Hauptstraße entlang humpelte, kam ihr ein Volvo entgegen und verlangsamte seine Fahrt bis zum Stillstand. „Kann ich dich mitnehmen?"

Zu Frans Überraschung sah sie Elijahs rundliches Gesicht durch das Fenster schauen. Sie dachte an die Art und Weise, wie er die Gespräche an sich riss, und an den kleinen Schubs, den er Mary gegeben hatte. Ihr lag nichts ferner, als in sein Auto steigen zu wollen. Aber natürlich wollte sie in diesem Moment auch nichts lieber tun, als einzusteigen, denn ihr Knöchel tat höllisch weh, und von seiner Familie war sie wie besessen.

„Hingefallen?", fragte er, als sie unbeholfen in sein Auto kletterte.

„Arsch über Titte Kopf, wie man so schön sagt."

Er lachte herzhaft und fuhr ab. „Das gefällt mir. Ihr Briten könnt wirklich gut mit Worten umgehen."

„Ist Fluchen in deiner Religion erlaubt?"

„Es ist verpönt."

„Etwas, das Pater James nicht gefallen würde?"

Er kicherte. „Nein, bestimmt nicht."

„Ihr seid also Katholiken? Als du ‚Pater' gesagt hast, habe ich das vermutet."

Elijah bog nach rechts ab, vorbei an der Dorfwiese in Richtung von Frans Haus. „Nein, das sind wir nicht. Aber wir benutzen das Wort Pater, um unsere Beziehung zu unserem Pastor zu beschreiben. Wir sind alle Brüder und Schwestern, verstehen Sie?"

„Verstehe. Also Christen?"

„Ja", sagte er.

„Entschuldigung, bin ich zu neugierig?"

„Nein, überhaupt nicht. Wir sind offiziell Presbyterianer, aber in gewisser Weise gehen wir unseren eigenen Weg", antwortete er.

Sie waren jetzt nur noch eine Straße von Frans Haus entfernt. Sie war erleichtert und enttäuscht zugleich über diese Erkenntnis. „Habt ihr eine presbyterianische Kirche in der Nähe gefunden?"

Er lächelte. „Nein. Aber das ist in Ordnung. Wie ich schon sagte, wir ziehen es vor, auf unsere eigene Weise zu leben." Er beugte sich vor und schaltete das Radio ein und meinte. „Du bist morgens früh unterwegs."

„Das ist mein morgendliches Ritual", sagte Fran und sprach lauter als die Musik. „Laufen, duschen, frühstücken."

„Seit dem Tod deines Babys." Er sagte die Worte als Tatsache, nicht als Frage. Fran drehte ihren Kopf scharf in seine Richtung, was einen stechenden Schmerz in ihrer Wirbelsäule verursachte. Er verringerte die Lautstärke. „Tut mir leid. Das war nicht besonders taktvoll. Es ist nur so, dass ich Schmerz kenne und weiß, was er mit einem macht. Als ich zehn war, fiel mein jüngerer Bruder in einen Fluss und ertrank. Er war fünf. Meine Mutter hat es nicht gut verkraftet. Am Anfang war sie wie weggetreten. Nicht körperlich." Er schüttelte den Kopf. „Wenn du jemals jemanden mit Demenz gekannt hast, hast du es vielleicht schon einmal gesehen. Diese Leere. Augen, die nicht mehr sehen, was vor ihnen liegt. Sobald das verschwunden war, entwickelte sie Obsessionen. Zuerst Essen, dann Trinken, dann Diäten, dann Gartenarbeit. Sie dauerten Monate, manchmal Jahre." Er hielt direkt vor Frans Haus an. Er hatte keine einzige Anweisung gebraucht. „Nun, ich hoffe, dein Knöchel kommt bald wieder in Ordnung. Sieht aus, als hättest du ihn dir verstaucht."

Frans Hand schwebte über dem Türgriff. Sie war wie betäubt. „Danke, dass du mich mitgenommen hast."

Elijah sagte noch etwas, als sie das Fahrzeug verließ. „Nicht alles von ihr kam zurück, weißt du. Meine Mutter. Ein Teil von ihr starb, als Johnny starb."

KAPITEL 17

Elijah hatte recht, was Frans Knöchel betraf. Sie hatte ihn sich verstaucht und zudem einen Bluterguss am Rücken. Eine Woche lang stützte Adrian sie mit Kissen auf dem Sofa ab, stapelte Bücher auf dem Couchtisch und brachte Sandwiches und Tee. Sie aßen ihr Abendessen auf dem Schoß, wobei Frans Bein auf einem Schemel ruhte. Die meiste Zeit war sie allein, während Adrian in seinem Arbeitszimmer las oder sich im Garten austobte. Das war nicht ungewöhnlich für sie, beide genossen Einsamkeit. Aber Fran konnte sich weder auf die Bücher konzentrieren, die er ihr gebracht hatte, noch konnte sie sich in den neuesten Fernsehkrimi vertiefen. Sie schmorte einfach vor sich hin. In ihren Gedanken, in ihrem Schmerz, in ihren Schuldgefühlen. Fünf Jahre waren seit Chloes Tod vergangen, und sie war noch immer nicht darüber hinweg. Fünf Jahre voller Albträume, Flucht, Gartenarbeit, Besessenheit, genau wie Elijahs Mutter. Und das war der Knackpunkt: Von allen Menschen, die ihren Schmerz verstehen konnten, musste es ausgerechnet Elijah sein.

Während sich ihr Knöchel ausruhte, scrollte Fran durch ihre Facebookseite. Am zweiten Tag hatte sie Mary eine Nachricht geschickt, in der nachfragte, ob ihnen ihr gemeinsamen Abendessen Spaß gemacht hatte. Dabei erwähnte sie beiläufig auch den Knöchel und bat sie, Elijah zu danken. Fran war überrascht, dass Mary offenbar nichts von seiner Hilfe oder ihrem Knöchel wusste. Mary war so nachbarschaftlich und nett, dass sie angeboten hatte, Pasteten und Aufläufe ins Haus zu bringen, um ihr beim Kochen zu helfen. Fran bemerkte die versteckte Andeutung, die darin lag. In Marys Welt kochten die Frauen, und wenn die Frau krank war, hatte der Mann zu kämpfen. Das war ganz anders als das, was Fran von Adrian gewohnt war, der einen Victoria-Biskuit backen konnte, ohne im Rezeptbuch nachzuschauen.

Am Tag ihrer Chorprobe tat Fran etwas, was sie sonst nie tat. Sie nahm den Hörer in die Hand und rief Emily an, um ihr mitzuteilen, dass sie nicht kommen würde.

„Nächste Woche bin ich wieder da, so gut es geht."

„In Ordnung, Liebes. Ich sage den Mädchen Bescheid. Wusstest du, dass wir ein neues Mitglied haben?"

„Nein", sagte Fran. „Wer ist es?"

„Mary Whitaker".

„Oh, schön. Ich habe ihr vorgeschlagen, mitzumachen. Sie hat hier keine Freunde, die Liebe. Außer mich und Adrian nehme ich an."

„Ihr seid jetzt also Freunde?"

„Wir haben sie neulich zum Essen eingeladen."

Emilys Stimme wurde heiser, gierig nach mehr. „Wie ist er denn so? Der Ehemann?"

Fran hatte nicht vor, zu tratschen. Sie war noch nie eine von denen gewesen, nicht einmal in der Schule, wo guter Klatsch ein sicherer Weg zur Beliebtheit war. Im Großen und Ganzen hatte sie ihre Nase aus Dingen herausgehalten, die sie nichts angingen. Aber als sie auf dem Sofa saß und ein nasser Waschlappen die Schwellung um ihren Knöchel kühlte, erzählte Fran ausgiebig von der Dinnerparty und ließ endlich einige der Gedanken los, die sie seit einiger Zeit mit sich herumgetragen hatte. Sie verabschiedeten sich mit dem

Versprechen von Emily, sich zu einem anderen Zeitpunkt wieder zu melden.

An diesem Abend aßen Fran und Adrian Spaghetti und sahen sich einen Dokumentarfilm über Charles Dickens an, natürlich auf Adrians Wunsch. Fran schielte die ganze Zeit mit einem Auge auf die Kaminuhr und wartete auf das Ende der Chorprobe, damit Emily sie anrufen konnte, um mit ihr über Mary zu sprechen. Während Adrian das Geschirr abwusch, klingelte endlich das Telefon.

„Sie hat das Mädchen mitgebracht. Ein mürrisches kleines Ding, nicht wahr? Aber sie trägt süße Kleider. Ich mag es, wenn ein Kind sich wie ein Kind kleidet. Mit diesen weißen Rüschensocken." Die Frau gluckste. „Gut, dann lass mich dir mal von der Frau erzählen. Es scheint, als würde sie den Mund nicht wirklich aufbekommen. Sie erzählte mir nichts über sich selbst, sondern redete sich schnell damit heraus, dass sie zurückmusste, um Elijahs Tee zu machen. Sie wurde immer ganz rot im Gesicht, wenn ich ihr eine Frage stellte. Was für eine merkwürdige Frau."

Fran hörte lange zu, als Emily weiterredete, und ihr Herz wurde mit jedem Wort schwerer. Es schien, dass Mary nicht so herzlich empfangen worden war, wie es gewesen wäre, wenn sie selbst hätte dort sein können. Stattdessen wurde sie mit neugierigen Fragen des lokalen Klatsches bombardiert. Es war alles ihre Schuld, dass sie sich an jenem Abend bei Emily entladen hatte und sie dadurch Blut geleckt hatte. Fran hatte Mary zum Chor geschickt wie ein Lamm zur Schlachtbank. Sie fühlte sich schrecklich.

„Und am Ende", sagte Emily, „ist sie gegangen, ohne sich zu verabschieden."

„Verstehe", sagte Fran.

„Ich habe Adrian diese Woche auch mit ihr sprechen sehen", sagte sie. „Das war gestern, um genau zu sein. Sie standen vor der Bibliothek."

Fran setzte sich aufrechter hin.

„Wusstest du das nicht?", fügte Emily hinzu.

„Nein.“ Fran biss verärgert die Zähne zusammen. Sie hasste es, das zuzugeben.

„Nun, sie haben sich länger über irgendetwas unterhalten. Ich bin überrascht, dass Adrian dir nichts erzählt hat, weil er die ganze Zeit ein Gesicht wie ein Donnerwetter gemacht hat. Ich sage dir, er schien stinksauer zu sein. Am Ende ist er von ihr weggelaufen.“

„Oh.“ Fran wusste nicht, was sie sagen sollte. Ihr Magen verkrampfte sich vor Überraschung, während sie der Frau zuhörte.

„Ich bin sicher, es ist nichts“, sagte sie. „Aber das habe ich jedenfalls gesehen.“

„Ja“, stimmte Fran zu. „Ich bin sicher, es ist nichts.“

Für den Rest der Woche hielt sich Fran von ihrem Telefon fern. Sie kontaktierte Emily nicht noch einmal.

KAPITEL 18

Am Tag von Emilys Anruf hatte Fran Adrian gefragt, warum er vor der Bibliothek mit Mary gesprochen hatte. Er zuckte nur mit den Achseln.

„Ich habe sie zufällig getroffen. Wir haben uns gegrüßt."

„Emily hat gesagt, dass du verärgert gewesen wärst."

Daraufhin ließ Adrian sein Buch sinken und blickte nach links, als ob er versuchte, sich an das Geschehene zu erinnern. „Weil ich genervt war. Sie fragte mich, ob ich dem Mädchen Nachhilfe geben wolle, was ich für eine Frechheit hielt, da wir uns kaum kennen. Oh, und sie erwähnte ein Gebet für deinen Knöchel. Du weißt, was ich von Gebeten halte."

Das stimmte. Adrian war in der Regel der Erste, der die Augen verdrehte, wenn ein Nachrichtensprecher, ein Politiker oder ein Prominenter von „in Gedanken und Gebeten" sprach.

„Die Sache mit der Nachhilfe war meine Schuld", sagte Fran. „Ich habe Mary gesagt, dass du vielleicht zur Verfügung stehst, wenn Esther Hilfe brauchen sollte."

Er seufzte. „Und jetzt stehe ich da wie ein Arschloch. Du hättest mich vorwarnen können."

„Und du hättest netter zu ihr sein können."

Er schloss sein Buch. „Ich war nett. Aber … Ist ja auch egal."

Er legte das Buch weg und rutschte in seinem Stuhl hin und her, die Finger klopften auf die Armlehnen.

„Was?“

„Ich habe wohl angedeutet, dass du nach Chloes Tod noch ziemlich verletzlich bist, und ich wollte nicht, dass du mit jemandem befreundet bist, der versuchen könnte, das auszunutzen.“

„Du hast was getan?“

„Ja, ich kann verstehen, wie das jetzt aussieht. Ich wollte sie nicht verärgern oder so, aber wie ich schon sagte, du bist meine Priorität.“

„Es steht dir nicht zu, das für mich zu entscheiden“, fuhr Fran ihn an. „Ist das klar?“

Adrian stand auf. „Absolut.“

Nachdem er den Raum verlassen hatte, ließ sie das Thema fallen. Einige Tage lang herrschte tiefes Schweigen, das von unausgesprochenen Worten durchdrungen war, bis Fran schließlich begann, sich zu lockern. Ihrem Knöchel ging es schon viel besser, und sie beschloss, vorsichtig zu ihrem morgendlichen Laufritual zurückzukehren. Sie wollte, dass alles wieder normal wurde.

Als Fran um 4:45 Uhr aufwachte, war es eine Erleichterung, sich anzuziehen, ihre Turnschuhe zu schnüren und Adrian einen Kuss auf die Stirn zu drücken. Sie hatte in dieser Nacht sehr tief geschlafen und wachte mit einem leichten Schwindelgefühl auf. Vielleicht hätte sie die letzte Dosis ihrer Schmerzmittel gar nicht gebraucht. Vorsichtig prüfte sie ihren Knöchel, als sie langsam die Treppe hinunterging. *Es tut immer noch weh*, dachte sie, *ich gehe meine übliche Strecke lieber, statt zu rennen.*

Es nieselte an diesem Morgen, und der Himmel war stahlgrau und düster. Sie zog die Kapuze ihres atmungsaktiven Sportoberteils hoch und machte sich auf den Weg ins Dorfzentrum, wo außer einem Fuchs, der um die Mülltonnen herumschnüffelte, noch niemand wach war.

Nach zwei Runden durch den Park beschloss Fran, in Richtung des Baches weiterzugehen, da sie wusste, dass sie in Richtung der Straße der Whitakers ging. Sie wollte nur noch ein Blick auf das Haus werfen. Wenn sie einfach nur vorbeiging, tat sie niemandem weh. Morgen früh würde sie sich fernhalten, und sie würde Mary nicht mehr ansprechen. Das hier war das letzte Mal. Nur noch ein Mal.

Im Haus brannte kein Licht, und der Volvo der Familie stand geparkt in der Einfahrt. Alle Vorhänge waren geschlossen. Fran beschloss, umzukehren und auf der anderen Straßenseite am Bach entlangzugehen. Dort, am Rande des Waldes, roch die Luft frisch. Der Nieselregen hörte auf, und die Vögel begannen zu singen. Die Sonne ging auf, und die Bäume leuchteten. Sie brauchte etwa eine Stunde, um entlang des Baches zurück ins Dorf und zu ihrem Haus zu gehen. Als sie zu Hause ankam, waren ihre Turnschuhe mit Schlamm verschmiert. Sie fühlte sich immer noch ein bisschen groggy. Nachdem sie geduscht hatte, legte sie sich für eine Stunde ins Bett, anstatt gleich zu frühstücken, und fand sich in Adrians Armen wieder.

Etwa eine Stunde später wachte sie durch das Geräusch eines besonders nervigen, hohen Vogelgezwitschers direkt neben dem Fenster auf. Nach einem leisen Seufzer, stellte sie fest, dass das Geräusch tatsächlich von ihrem Telefon kam.

„Geh ran, Franny", brummte Adrian.

Ihre Finger griffen nach dem Telefon. Mit zusammengekniffenen Augenlidern wischte sie über den Bildschirm.

„Hallo?" Während sie auf eine Antwort wartete, schaute sie auf die Uhr auf dem Nachttisch. Es war bereits zehn.

„Wir können sie nicht finden. Wir haben überall gesucht."

„Können sie nicht finden? … Mary, bist du das?"

„Ja", sagte sie. Sie schniefte und man hörte, wie sie beim Atmen zitterte „Esther ist wieder weggelaufen. Aber dieses Mal können wir sie nicht finden. Wir haben die Grünanlagen abgesucht, sind durch das ganze Dorf gelaufen. Wir suchen schon seit acht Uhr und können sie nicht finden."

„Hast du die Polizei gerufen?" Fran schleuderte die Bettdecke von ihrem Körper und eilte zum Kleiderschrank, wobei sie heftig an der Tür riss.

„Elijah macht es jetzt. Ich dachte nur, dass du und Adrian uns vielleicht bei der Suche helfen könntet? Ich wüsste nicht, wen ich sonst fragen sollte."

Fran riss eine Bluse von einem Kleiderbügel und warf sie auf das Bett. „Natürlich, das werden wir. Wir kommen direkt zu euch."

„Danke", sagte sie. „Vielen Dank."

Fran legte den Hörer auf und warf ihrem Mann ein Hemd zu. „Esther ist verschwunden."

Er war im Nu aus dem Bett. „Wie lange?"

„Seit acht, vielleicht früher. Ich habe gesagt, dass wir zu ihrem Haus kommen."

Er zog sich eine Unterhose an. „Ich fahre uns rüber, falls wir das Auto brauchen."

Eine eisige Hand griff nach Frans Herz. Sie spürte ein tiefes Gefühl des Grauens in ihrem Bauch, das ihr sagte, dass etwas Schreckliches geschehen war. Dessen war sie sich sicher. Während sie sich anzogen, nach den Schlüsseln griffen und sich mit ihren Schuhen abmühten, rief Frans Erinnerung Chloes winzigen leblosen Körper in ihrem Kinderbett hervor. Plötzlicher Kindstod, sagte ihr der Gerichtsmediziner später. Sie hätte nichts tun können, um es zu verhindern. Niemand hatte Schuld, so lief das Leben für manch unglückliche Seele einfach. Die Hand, die das Schicksal vergeben hat, und all die anderen Klischees, die Fran in ihrem Leben schon unzählige Male gehört hatte.

Sie stiegen ins Auto, Adrian saß auf dem Fahrersitz. Nach Chloes Tod hatten sie nicht mehr viel über die Zukunft gesprochen. Adrian war vor ihr wieder zur Arbeit gegangen. Immerhin war sie noch im Mutterschaftsurlaub. Aber die Idee hatte sich bei Fran von Tag zu Tag mehr eingeschlichen. Diese Idee war, noch ein Baby zu bekommen. Nicht als Ersatz, nein, sondern um dem Leben zu sagen, dass sie nicht aufgeben würde. Damals war sie einundvierzig, aber sie fühlte sich körperlich noch wie dreißig. Mit Ende dreißig hatte sie sogar eine Ausbildung zur Pilates-Trainerin gemacht. Aber das Schicksal hatte noch eine weitere grausame Wendung parat. Bei Fran hatte die Menopause eingesetzt. Ganz plötzlich fingen an einem Wintertag Hitzewallungen an, die genauso schnell auch wieder vorbei waren. Von morgens bis abends schnauzte sie jeden an. Am Tag, nachdem sie und Adrian den Hausarzt wegen der früh einsetzenden Menopause aufgesucht hatten, begann Adrian das Kinderzimmer neu zu streichen.

Als sie zum Haus der Whitakers fuhren, dachte sie an den Besuch beim Hausarzt. Sie dachte an die Qualen, ein Kind zu verlieren. Ihr Magen verkrampfte sich zu einem festen Knoten.

KAPITEL 19

Das Haus war ruhiger, als Fran vermutet hatte. Keine Mary, die auf sie zu rannte, wie in der Nacht, als sie Esther im Park fand. Fran und Adrian gingen die Auffahrt zur Veranda hinauf und drückten auf die Türklingel. Das fröhliche *Bing Bong* fühlte sich fehl am Platz an. Fran stieß einen tiefe Seufzer aus.

Elijah öffnete die Tür. Er war fast genauso gekleidet wie am Abend der Dinnerparty, in Hemd und Hose, das Haar zu einem ordentlichen Seitenscheitel gekämmt. Er schüttelte Adrians Hand und nickte Fran zu. „Danke, dass ihr gekommen seid. Das ist sehr nett von euch."

Fran fühlte sich von der Hitze auf der Veranda erdrückt. Im Stillen dachte sie, dass die Vorderseite des Hauses eine Art Sonnenfalle war und die fensterlose, gläserne Veranda die Hitze noch verstärkte. Sie eilte ins Haus und schlüpfte aus ihren Schuhen.

„Gibt es etwas Neues? Was hat die Polizei gesagt?", fragte Fran. Ihr Blick schweifte auf der Suche nach Mary durch den Flur.

„Alle suchen nach ihr", sagte er. „Ich war heute Morgen selbst da draußen. Bin gerade zurückgekommen. Ich dachte, ich sollte mal nach Mary schauen. Bisher hat niemand etwas gesehen."

„Wir werden da rausgehen und helfen", sagte Adrian.

„Ja, ja. Was immer ihr braucht", fügte Fran hinzu.

Sie betraten ein kleines Wohnzimmer, in dem Mary in einem hochlehnigen Sessel kauerte, die Zehen über den Rand des Sitzkissens gestreckt. Sie trug ein langes Kleid, das dem ähnelte, das Fran bei ihrem Mittagessen in Chatsworth House bewundert hatte. Ohne zu zögern, ging Fran zu der jungen Frau hinüber und schlang ihre Arme um sie. Was auch immer man über diese Familie sagen konnte, Marys Liebe zu Esther war mehr als deutlich.

„Wir werden sie finden", sagte Fran. „Ganz sicher."

„Wir hätten nicht kommen sollen", sagte Mary. „Es war ein Fehler." Ihr Blick fiel von Fran weg auf die beiden Männer, die in der Tür standen. Fran war sich nicht sicher, ob sie direkt zu Elijah sprach oder laut nachdachte.

Fran rückte etwas ab, runzelte die Stirn und musterte das Gesicht der Frau nach Hinweisen. „Was meinst du damit?"

Mary wischte sich die Nase mit dem Handrücken ab. „Nichts. Tut mir leid. Ich klinge etwas wirr, oder?"

„Du stehst unter Schock. Lass mich dir eine Tasse Tee machen."

„Da ist Kaffee in der Kanne", sagte Elijah. „Soll ich uns allen eine Tasse holen? Verdammt, ich brauche auch eine. Die letzten paar Stunden haben sich wie Tage angefühlt." Er stieß ein kleines, seltsames Lachen aus.

Mary sagte, dass sie lieber Kaffee trinken würde, und Elijah verschwand in der Küche.

„Was sollen wir tun, Mary?", fragte Fran und konzentrierte sich auf das Wesentliche, während sie versuchte, nicht an Elijahs seltsamem Lachen zu denken. „Sollen wir im Dorf suchen? Oder wir könnten Krankenhäuser anrufen. Wir sind hier, um uns nützlich zu machen."

„Sucht nach ihr", sagte Mary. „Sie kennt euch. Sie wird

niemandem trauen, nicht meine Esther." Mary schluckte schwer und lehnte ihren Kopf gegen den rubinroten Samt des Stuhls. „Sie wird nicht mit einem Fremden mitgehen und schon gar nicht mit der Polizei."

„Warum das denn nicht?", fragte Fran. Die Art und Weise, wie Mary sprach, ließ sie glauben, dass Esther vielleicht eine schlechte Erfahrung mit der Polizei gemacht hatte.

„Sie will einfach nicht. Du weißt doch, wie schüchtern sie ist. Sie werden ihr Fragen stellen und sie wird nicht antworten. Sie wird so verängstigt sein." Sie beugte sich vor und warf eine Strähne ihres Haares nach hinten. „Ich muss beten. Ich muss für sie beten."

Fran streichelte der Frau den Rücken Sie bemerkte, wie Adrian entsetzt auf die Szene starrte. Dachte er auch an Chloe?

Sie beobachtete, wie Mary in die Knie ging und hin und her schaukelte. Ein seltsamer Kontrast zu Elijah, der mit einem Kaffeebecher in der Hand hereinkam und immer noch dieses freundliche Lächeln aufgesetzt hatte. Der Mann tat nichts, um seine Frau zu trösten, stattdessen stellte er die Tasse vor ihr auf den Tisch und fragte dann Fran und Adrian, ob sie etwas brauchten.

„Ist Esther weggelaufen, als ihr noch in Arizona gelebt habt?", fragte Fran. Sie war immer noch beunruhigt über Elijahs scheinbare Unbekümmertheit und fragte sich, ob es eine vernünftige Erklärung dafür geben könnte. Wenn so etwas häufiger vorkam, war er vielleicht desensibilisiert worden.

„Ich glaube nicht", sagte Elijah. Das war schon wieder eine seltsame Aussage. „Sie ist so ein gutes Mädchen. Unser Umzug hat sie wohl aus der Bahn geworfen."

„Machst du dir keine Sorgen?", fragte Fran.

„Doch", sagte er. Er stemmte die Hände in die Hüften, wie jemand, der gleich zur Tat schreiten oder jemanden bestrafen wollte. „Aber sich Sorgen zu machen, wird sie nicht zurückbringen, nicht wahr? Nein, ich vertraue auf Gott und seinen Plan. Was auch immer er für uns bereithält, wir werden es ertragen."

Fran nahm ihre Hand von Marys Rücken und ging zu Adrian hinüber. Sie wandte sich an Elijah. „Mary hat uns gebeten, nach Esther zu suchen. Was meinst du, wo wir anfangen sollen?"

„Vielleicht im Wald", antwortete Elijah. „Der größte Teil des Dorfes ist bereits durchsucht worden."

KAPITEL 20

Fran und Adrian überlegten, ob sie das Auto nehmen sollten, entschieden sich dann aber doch, zu Fuß zu gehen. Es war eine kurze Strecke, und sie konnten auf dem Weg Esthers Namen rufen, falls sie sich vor den anderen Freiwilligen verstecken sollte.

Unterwegs erlaubte Fran sich, die Bedenken zu äußern, die sie im Haus der Whitakers zurückgehalten hatte. „Es tut mir leid, aber ich mag ihn nicht. Der Mann *lächelt*. Er lächelt! Seine Tochter ist verschwunden und er bietet uns Kaffee an!"

Adrian war einen Moment lang still, bevor er antwortete. „Schau, ich widerspreche dir nicht, aber ich denke, du solltest etwas Nachsicht mit ihm haben. Menschen gehen mit Stress ganz unterschiedlich um. Ich habe schon Leute auf Beerdigungen lachen sehen."

Widerwillig nickte sie, denn er hatte recht, und ihr war bewusst, dass sie Chloes Tod nicht so verarbeitet hatte, wie es dem Klischee einer trauernden Mutter entsprach. Zuerst hatte sie sich von der emotionalen Seite der Tragödie distanziert und sich stattdessen auf alles Praktische gestürzt. Später kamen die Gefühle in kurzen, heftigen Schüben, wie eine Reihe aggressiver Wellen, die sich am Strand brachen.

Sie gingen zügig weiter und riefen dabei Esthers Namen. Fran öffnete ein Foto auf ihrem Handy, das sie in Chatsworth House aufgenommen hatte, um Leute auf der Straße zu fragen, ob sie sie gesehen hatten. Fran bat sie, in ihren Gartenhäuschen nachzusehen, falls sie sich irgendwo zusammengerollt hatte wie eine verirrte Katze. Es kam ihr lächerlich und gleichzeitig todernst vor.

Zehn Minuten später erreichten sie den Eingang zum Wald. In der Ferne hörte Fran die hallenden Stimmen des Suchtrupps, die in einem schaurigen Chor Esthers Namen riefen. Die Haare auf ihren Armrücken standen ihr zu Berge. Sie machten sich auf den Weg und schritten vorsichtig durch die raschelnden Bäume über ihnen. Erdige Gerüche, die von der durch Schritte aufgewühlten Erde aufstiegen.

„Warum läuft sie immer wieder weg?“, fragte Fran. „Es muss doch einen Grund dafür geben. Kinder laufen doch nicht ohne Grund weg, oder? Irgendetwas muss in diesem Haus vor sich gehen.“

Adrian hob die Augenbrauen. „Da könntest du recht haben. Aber wir sollten uns jetzt darauf konzentrieren, sie zu finden.“

Fran schlang ihre Arme um ihren Körper. „Mir ist schlecht.“

„Willst du aufhören?“

Ihr Blick schweifte durch den Wald. Von Bäumen zu steinigen Wegen und moosbewachsenen Baumstümpfen. Sie sah viele Orte, an denen man eine Leiche ablegen könnte, und ein Schauer durchfuhr sie bis in die Knochen. „Nein. Ich will sie finden, und ich will, dass es ihr gut geht.“ Sie umarmte sich fester und drückte die Haut unter ihren Unterarmen zusammen. „Das ist *Gottes Plan*.“ Sie stieß ein spöttisches Schnauben aus. „Ein Plan, der tote Babys und tote Kinder beinhaltet. Sie schüttelte nur den Kopf und wiederholte, *das ist Gottes Plan*."

„Du gehst immer noch in die Kirche“, bemerkte Adrian.

Sie wischte sich die Tränen von den Wangen. Es gab nichts mehr zu sagen, sie hatte es sich von der Seele geredet. Die Ungerechtigkeit, die Tragödie, die Art und Weise, wie Elijah den möglichen Verlust seiner Tochter so einfach als Schicksal oder Pech abtat. Ja, sie ging immer noch in die Kirche. Sie hatte sich nicht dazu durchringen können, den Glauben zu verlieren, den sie einst als etwas Schönes betrachtete. Aber gleichzeitig konnte sie nicht mehr an Schicksale, Pläne oder den göttlichen Willen glauben.

Fran rief Esthers Namen. Dutzende verschiedener Stimmen wiederholten ihn. Sie wichen vom Weg ab und stiegen über abgebrochene Äste, wateten durch Gestrüpp und lösten winzige Steine von ihren Schuhsohlen. Der Boden war weich, aber nicht nass. Fran kannte den schimmeligen Geruch der feuchten Erde von ihren morgendlichen Läufen. Sie hatte ihn immer als angenehm empfunden, aber heute schnürte er ihr die Kehle zu.

Sie kannte die Whitakers seit etwa einem Monat. Hatte sie überhaupt das Recht, so aufgebracht zu sein? Sicherlich wäre jeder am Boden zerstört, wenn er hören würde, dass ein Kind aus der Gegend vermisst wird. Zumindest redete sie sich das ein, als sie an ihrem Daumennagel kaute und auf einem unbefestigten Pfad durch die Kiefern stapfte. *Esther*. Adrians Stimme klang langsam heiser.

Nach etwa zwei Stunden wanderten sie zurück zum Weg und setzten sich eine Weile auf eine Bank. Fran dehnte ihre Wadenmuskeln und rieb sich den Knöchel.

„Wie geht es dir, Franny?" Adrian kniff ihr in die Wange und drückte ihr einen Kuss auf.

„Ich hatte schon bessere Tage. Was ist mit dir, du alter Knacker?"

Adrian klopfte sich auf die Hüfte. „Bereit für meine Operation."

Es war genau die Leichtigkeit, die sie in der Dunkelheit brauchten.

„Komm schon." Sie zog ihn auf die Beine. „Zeit, weiterzugehen. Wir müssen dieses Mädchen finden."

Mücken schwebten in einer Wolke um sie herum, als sie weitergingen. Je mehr Zeit verging, desto mehr fühlte Fran ein seltsames, falsches Gefühl der Sicherheit. Keine Neuigkeiten waren gute Neuigkeiten, wie man so schön sagte, und sie nicht zu finden, hielt sie am Leben. Es war zwar nicht dasselbe wie sie unverletzt zu finden, aber es war immerhin etwas. Sie fragte sich, ob Elijah aus dem Haus gekommen war, um sich dem Suchtrupp anzuschließen, oder ob er noch bei Mary war.

Sie fuhren eine Schleife durch den Wald und kamen auf eine grasbewachsene Koppel, wo sich eine Gruppe von Suchenden mit der Polizei herumtrieb. Die Gruppe wurde unruhig, als ein aufgeregter Mann auf die Menge zu rannte. Fran beschleunigte ihr Tempo, um zu sehen, was vor sich ging.

„Da drüben ist ein Mädchen", rief der Mann. Er blieb etwa dreißig Meter entfernt stehen und winkte mit den Armen. Die Polizisten begannen zu rennen und folgten ihm zurück zu den Bäumen. Fran drehte sich zu Adrian herum, bevor sie sich ihnen anschloss.

Es war ein Moment, in dem die Welt stillzustehen schien. Ihr Herz schlug so heftig, wie ihre Beine arbeiteten. Sie überholte Adrian, der nie ein guter Läufer gewesen war, und holte die anderen ein. Der aufgeregte Mann hatte Gänsegras an seiner Jeans. Fran erkannte ihn nicht, aber sie kannte einige der anderen Gesichter, die ihm folgten. Ein paar Leute aus ihrem Chor. Emily war auch dabei. Sie grüßte sie nicht einmal, und die anderen beachteten sie auch nicht. Sie waren zu sehr mit der gemeinsamen Aufgabe beschäftigt, um die es ging. Die Aufgabe, die sie alle miteinander verband.

Ihr Kopf drehte sich nach links und rechts, ihre Augen suchten nach Elijah oder Mary. Sie sah keinen von beiden. Sie eilten zwischen den Bäumen hindurch, den Abhang hinunter, mit rutschigem Gras unter den Füßen. Fran lief durch das Gänsegras, und die klebrigen Kletten hefteten sich an ihre Waden. Sie warf einen Blick auf Adrian, der ihr mit grimmig ernster Miene folgte.

Dort war sie. Der Mann zeigte in Richtung des Baches. Er sprach, aber Fran konnte nichts hören. Sie sah, wie Elijah vorwärtsstürmte, seine Stiefel schlugen hart auf dem Boden auf, seine Arme breiteten sich aus, um die Vegetation beiseite zu schlagen. Frans Augen folgten ihm, als er sich an die Spitze der Menge drängte. Sie folgten ihm bis zum Rand des Baches, wo ein kleines Kind lag.

KAPITEL 21

Es folgte ein verzweifelter Schrei. Tief aus Elijahs Kehle schrie er Esthers Namen. Ein Polizist hielt ihn zurück, während ein Sanitäter zum Tatort eilte. Fran und Adrian machten ihnen Platz und hielten sich an der Hand. Sie fühlte sich am ganzen Körper wie betäubt, die andere Hand presste sie auf den Mund. Sie wusste nicht, was sie da sah.

„Geht es ihr gut?", fragte Elijah mit atemloser Stimme.

„Sie atmet, aber sie ist bewusstlos", antwortete der Sanitäter.

Fran sackte nach vorne und atmete aus. Erleichterung strömte durch ihren Blutkreislauf, von der Kopfhaut bis zu den Zehen.

„Wir bringen sie ins Krankenhaus, aber gehen Sie bitte alle aus dem Weg", fuhr der Sanitäter fort.

Die Polizeibeamten begannen, die Menge zu verscheuchen, während Elijah in Esthers Nähe blieb. Fran versuchte, seinen Blick zu erhaschen, um zu fragen, ob sie Mary anrufen sollte, um ihr die Neuigkeiten mitzuteilen, aber er konzentrierte sich zu sehr auf das Mädchen, das im Schlamm lag. Als Fran mit den anderen weggeführt wurde, warf sie noch einen letzten Blick auf Esther.

Das Mädchen lag auf der Seite, mit dem Rücken zum Pulk.

Ihre Beine waren bis zu den Knien mit Schmutzspritzern übersät. Sie war vollständig bekleidet, trug ein smaragdgrünes Kordkleid, Leinenschuhe und weiße Socken. Was für eine kleine Puppe sie doch war. Fran schloss für einen Moment die Augen. Dann drehte sie sich zu ihrem Mann um.

„Wir sollten zu Mary gehen und sie ins Krankenhaus fahren. Ich denke, Elijah wird Esther begleiten."

Sie liefen so schnell sie konnten zum Haus der Whitakers zurück, wobei Fran eine neu entstandene Blase an ihrer Ferse bemerkte, die aufplatzte.

Als sie in Marys Haus ankamen, war sie schweißgebadet. Sie hatten etwa dreißig Minuten gebraucht, um hierher zu gelangen. Fran klopfte an, öffnete aber die Tür und ging sofort hinein, um keine Zeit zu verlieren. Mary kam aus dem Wohnzimmer, ihr Körper war angespannt, auf ihren Wangen waren frische Tränen.

„Hat Elijah dich angerufen?", fragte Fran.

Sie schüttelte den Kopf.

„Sie haben Esther gefunden. Sie war im Wald unten am Bach. Sie lebt, Mary, aber sie ist bewusstlos. Komm, wir fahren dich ins Krankenhaus. Es gibt hier in der Gegend nur ein einziges. Ich weiß, wo sie hinbringen werden. Hol deinen Mantel und deine Tasche. Mehr nicht."

„Sie haben sie gefunden? Geht es ihr gut?" Sie wirkte benommen, als sie ihren Mantel und ihre Tasche aus einem Schrank holte. Fran musste sie daran erinnern, dass sie ihre Schuhe anziehen sollte.

„Sie wird okay sein", sagte Adrian, während Fran Mary für die Fahrt bereit machte. „Sie ist hier in guten Händen. Als ich Hautkrebs hatte, haben sie mich ganz schnell wieder hinbekommen." Adrian schnippte mit den Fingern.

„Du hattest Krebs?" Marys Stimme klang weit entfernt, aber Fran sah, dass es Adrian gelungen war, die arme Frau abzulenken.

„Ja, aber jetzt geht es mir gut."

„Das tut mir leid", sagte Mary. Sie schluchzte leise, und Fran legte ihren Arm um ihre Taille.

„Lass uns zum Auto gehen", sagte Fran und führte Mary sanft aus dem Haus. Zu sehen, wie die junge Mutter mit diesem Stress umging, zerrte an ihren Nerven. Gemeinsam vergewisserten sie sich, dass ihr Haus abgeschlossen wurde, bevor sie gingen.

Adrian fuhr, während Fran und Mary zusammen auf dem Rücksitz saßen, und Frans Blick fast jede zweite Sekunde zu Mary hinüberwanderte. Die beiden Frauen hielten sich an den Händen.

Niemand kannte das Ausmaß von Esthers Verletzungen, und während der gesamten Fahrt versuchte Fran, nicht daran zu denken. Sie hasste Krankenhäuser, und sie versuchte, auch daran nicht zu denken. Sie hatte das Mittagessen verpasst und seit ihrem Spaziergang am Morgen nichts mehr getrunken. Sie fühlte ein dumpfes Pochen an ihren Schläfen. Aber angesichts der Umstände war das alles egal.

Nach einer vierzigminütigen Fahrt parkte Adrian das Auto und holte einen Parkschein aus dem Automaten. Fran fragte Mary, ob sie ihr Handy dabei habe und ob Elijah sich gemeldet hätte. Mary verneinte es. Die Angst saß tief in ihrem Körper, wie ein Stein auf dem Grund eines Sees. Das Krankenhausgebäude ragte vor ihnen auf wie das Versteck eines Bösewichts in einem Film. Selbst nach Chloes Tod hatte sie sich schwergetan, ihre Einstellung gegenüber Krankenhäusern zu ändern. Nicht einmal Adrians Hautkrebsbehandlung hatte ihr dabei geholfen, diese Einstellung zu ändern.

Sie gingen zur Rezeption und fragten nach Esther Whitaker. Fran sprach mit der Rezeptionistin, während sie immer noch Marys Hand hielt.

„Auf der Intensivstation bitte nur Verwandte."

Das Wort „Intensivstation" sorgte dafür, dass der Stein umkippte. „Das hier ist die Mutter von Esther."

„Ich bin Mary Whitaker", murmelte sie.

Die Empfangsdame gab ihnen Anweisungen, wohin sie gehen und mit wem sie sprechen sollten. Als Marys verlorener Blick zu Fran zurückkehrte, drückte sie ihre Hand und versuchte, sie zu beruhigen. „Wir bringen dich hinauf. Es wird alles gut werden."

Sie hasste sich für diese Worte. Aber dann sagte sie es noch einmal, bis Mary mit dem Kopf nickte.

KAPITEL 22

Fran ging in der Cafeteria auf und ab. Sie schob ihre Hände in die Taschen ihrer Jeans und zog sie dann wieder heraus. Sie kaute an einem Daumennagel. Sie stand anderen Leuten im Weg, die Plastiktabletts mit Kuchen und Tee trugen. Als sie schließlich wieder an Adrian vorbeiging, griff er nach ihrem Ärmel und zog sie zurück auf den Stuhl. Dort stützte sie sich mit den Unterarmen auf der gesprenkelten Resopal-Tischplatte ab und versuchte, ihre Atmung zu beruhigen.

Sie warteten schon seit fast einer Stunde. Es war 16.00 Uhr, und einige Familien saßen mit halb aufgegessenen Sandwiches an den anderen Tischen. Drei kleine Jungen spielten zwischen den Stühlen Verstecken.

Fran klopfte sich auf die Fingernägel, wodurch sich Wellen auf der Oberfläche ihrer kalten, halb ausgetrunkenen Tasse mit schwachem Tee bildeten. „Wir sollten hochgehen. Wir müssen helfen. Irgendwas tun. Ich kann hier nicht sitzen, Ady. Ich kann das nicht."

Sie hatte versucht zu essen und zu trinken, aber nichts half. Sie wusste, dass dies nicht ihr Kampf war, dass Esther nicht ihr Kind war. Diese Erkenntnis trug wenig dazu bei, den Strudel der Gefühle zu lindern, der sich an die Oberfläche kämpfte. Fran stand vor Adrian und wusste, dass er es nicht guthieß, dass sie auf die Intensivstation zurückkehrten, um sich einzumischen oder im Weg zu stehen. Aber er seufzte und lenkte ein, was bedeutete, dass Fran sich durchgesetzt hatte.

Auf dem Weg durch die verwinkelten Gänge, die nach Desinfektionsmittel rochen, musste Fran sich immer wieder daran erinnern, langsamer zu gehen. Nicht zum ersten Mal dachte sie an den Altersunterschied zwischen ihnen und daran, dass sie in Zeiten wie diesen viel mehr Energie hatte. Ausnahmsweise ging ihr das auf die Nerven. Sie war ungeduldig mit ihm, als sie anhielt und darauf wartete, dass er sie einholte.

Vor der Station begann Fran wieder auf und ab zu gehen. Sie drückte ihr Gesicht an das Fenster und überlegte, ob sie hineingehen sollte oder nicht. Es war eine sehr stressige Umgebung und sie wollte die Krankenschwestern nicht stören, aber gleichzeitig musste sie wissen, was los war. Schließlich legte Adrian einen Arm um ihre Schulter und führte sie zu den kleinen Bänken neben den Aufzügen. Dort sackte sie zusammen und wartete.

„Mein Gott, ich hab gar nicht gemerkt, wie müde ich bin", sagte sie.

Adrian nahm ihre Hand in seine und massierte sanft ihren Daumen. „Ich weiß."

Ungefähr zwanzig Minuten später kam Elijah allein ins Foyer gelaufen. Fran war im Nu wieder auf den Beinen. „Hallo Elijah. Wie geht es ihr?"

Der Mann wandte sich ihr verwirrt zu und blinzelte. Sein graumeliertes Haar war zerzaust und nicht wie sonst ordentlich gescheitelt. An seinen Schuhen und am Hosensaum klebte Schlamm. „Meine Güte, Fran. Wir dachten, ihr wärt beide schon weg." Er lächelte. „Sie ist wach! Sie ist in den Bach gefallen. Hat sich beim Sturz den Kopf verletzt. Aber es geht ihr gut. Sie behalten sie wegen der Gehirnerschütterung über Nacht hier, aber wenn alles in Ordnung ist, kann sie morgen nach Hause kommen."

„Das sind ja wunderbare Nachrichten, Elijah, wir freuen uns sehr für dich", sagte Adrian.

„Könnten wir sie vielleicht besuchen? Wenn nicht heute, dann morgen?", fragte Fran. „Oder vielleicht Mary besuchen? Sie war vorhin etwas verwirrt, und ich würde gerne nachsehen, wie es ihr geht."

„Mary geht es sehr gut." Elijahs Wangen verzogen sich zu einem breiten Grinsen „Schau, wir sind müde und haben eine lange Nacht vor uns. Schaut doch in ein paar Tagen wieder vorbei. Aber danke für alles, was ihr heute getan habt." Er klopfte Fran auf die Schulter. „Nachbarn sind toll, nicht wahr? Wir sind wie Brüder und Schwestern."

Fran war leicht verblüfft, als er wegging, aber was hatte sie erwartet? Adrian drückte den Knopf, um den Aufzug zu rufen, und zuckte leicht mit den Schultern.

„Ist doch egal, oder?", sagte er. „Die Hauptsache ist, dass alles gut wird."

„Ja, natürlich." Frans Stimme klang belegt. Sie betraten einen Aufzug, der mit Patienten, Ärzten und Besuchern gefüllt war. Er hielt in der nächsten Etage und ließ einen Pfleger heraus, der den Rollstuhl eines glatzköpfigen jungen Mannes mit Tropf schob. Eine Familie stieg ein und trug einen Gute-Besserung-Ballon. Müde Krankenschwestern rückten ihre Uniformen zurecht. Die ganze Zeit über hielt Fran das Gefühl des Versagens zurück, das zu Tränen der Frustration zu führen drohte. Esther war nicht Chloe. Esther war nicht ihr Kind. Sie hatte kein Recht gehabt, hier zu bleiben und zu verlangen, das Mädchen zu sehen. Sie gehörten nicht zur Familie. Sie hatten keinen Anspruch auf dieses Kind.

Die Luft kühlte sich ab, als sie den Parkplatz erreichten. Auf dem Weg zum Auto griff sie nach Adrians Ellenbogen.

„Ich weiß nicht mehr, wer ich bin", gab sie zu.

KAPITEL 23

Und so begannen die Spekulationen, die sich in Leacroft wie ein Virus ausbreiteten. Es gab Gerüchte, dass Esther mehr als nur eine Gehirnerschütterung erlitten hatte, dass sie Prellungen im Gesicht und am ganzen Körper hatte. Jemand sprach Fran im Postamt an und erwähnte „das arme kleine Mädchen, das vergewaltigt wurde“, aber es gab keine Vergewaltigung und kaum eine polizeiliche Untersuchung nach Esthers Unfall. Fran war fassungslos dagestanden, bevor sie die Sache richtigstellte.

Sie kontaktierte Elijah nicht, wie er ihr vorgeschlagen hatte. Sie schämte sich zu sehr, nachdem sie das Ausmaß ihrer Besessenheit erkannt hatte. Als sie im Krankenhaus stand und den Tränen nahe war, die Hände rang und ihr Magen sich umdrehte, war es fast so, als wäre Esther ihre eigene Tochter gewesen. Ihr wurde klar, dass sie ihr eigenes Trauma auf die beiden projiziert hatte. Jetzt musste sie weitermachen. Das bedeutete keine Besuche. Sie durfte sich nicht mehr in das Leben anderer Menschen einmischen. Sie schickte Esther eine Karte und ein Puzzle, mit dem sie während ihrer Genesung spielen konnte, und das war es.

Mary erschien nicht zur nächsten Chorprobe, aber damit hatte auch niemand gerechnet. Es war eine höllische Stunde für

Fran, die sich mit zusammengebissenen Zähnen das Gerede über Leute anhörte, die Besseres verdient hatten. Emily quetschte sie mit ihren schnellen Fragen nach Informationen aus, während Fran mit monotoner Stimme antwortete. „Was ist mit ‚ihm'? War er aufgebracht?" Ja. „Wie lange war sie ohnmächtig?" Ich bin mir nicht sicher. „Stimmt es, dass die Kopfverletzung passierte, bevor sie die Böschung hinunterfiel?" Ich weiß es nicht.

Sie hatte sich ihre Handtasche geschnappt, war nach dem Chor hinausgestürmt und den Hügel hinuntergelaufen, ohne Rücksicht auf ihre teilweise verheilte Verstauchung. Später schenkte sie sich ein großes Glas Wein ein und diskutierte mit Adrian über das, was sie erlebt hatten. Ihr liebender Mann machte zustimmende Geräusche, während er seine Karotten-Koriander-Suppe umrührte, die er gerade kochte.

„Nun", sagte er. „Ich habe tatsächlich ein paar Neuigkeiten zu diesem Thema."

Fran nippte an ihrem Wein und tat so, als wäre sie weniger interessiert, als sie es war. „Wirklich?"

„Elijah arbeitet wieder, und Mary ist mit Esther im Park spazieren gegangen."

Sie öffnete einen Schrank und suchte nach dem Salz. Ihre Stimme drang aus dem Inneren der Gewürzregale. „Das ist gut."

„Franny."

Sie stellte den Meersalzbehälter auf den Tresen neben dem Kochfeld und zuckte mit den Schultern. „Was?"

„Was du tust, ist das Beste. Es ist richtig, sie in Ruhe zu lassen. Aber geht es dir gut?"

„Ja, ich denke schon", sagte sie schnell, ohne lange nachzudenken. „Du hattest die ganze Zeit recht. Ich bin besessen. Ich bin eine besessene Frau. Eine von diesen Verrückten, du weißt schon, die Wichtigtuer aus der *Coronation Street.* Solche, die ein Baby stehlen und ans Meer fahren und …"

Er ergriff ihre Hand. Schweigend. Es gab keinen Grund für Worte.

„Ich muss nur, du weißt schon … mir das von der Seele

reden. Eine Zeit lang auf Distanz gehen. Etwas Gartenarbeit machen oder mit anfangen zu stricken oder so etwas", sagte sie.

„Was hältst du davon, wieder zur Therapie zu gehen?"

Sie hatte fast jeden Tag darüber nachgedacht, aber etwas hielt sie zurück. Sprechen fühlte sich an, als würde man alte Wunden aufreißen. Während sie nachdachte, nahm sie das Salz in die Hand und stellte sich vor, wie sie es in diese Wunden rieb, bis der Schmerz alles andere verdrängte. Dann legte sie es weg und seufzte. „Ich werde es mir überlegen."

Adrian nahm einen Schöpflöffel und verteilte die Suppe auf zwei Suppenteller. „Das ist gut für die Seele. Beethoven hat gesagt, nur wer reinen Herzens ist, kann eine gute Suppe kochen."

Fran streute Salz in ihre Schüssel, und er entrüstete sich.

„Ist mein Herz nicht rein?" Er täuschte eine Brustverletzung vor und fügte dann hinzu: „Ohne vorher zu probieren. Ich bin furchtbar beleidigt." Er sprach mit scherzhafter Stimme, aber sie wusste, dass er es zumindest ein bisschen ernst meinte.

„Tut mir leid, aber ich mag meine Suppe so, wie ich meine Männer mag."

Er schüttelte den Kopf und lachte.

Als sie die Schüsseln ins Wohnzimmer trugen, brachte Fran beiläufig den Klatsch und Tratsch wieder zur Sprache. „Meinst du, an den Gerüchten ist etwas dran? Die, dass Elijah Esther wehgetan hat?"

Adrian ließ sich auf dem Sofa nieder und balancierte die Schüssel auf seinem Schoß. „Was denkst du?"

„Das würde Esther einen Grund geben, wegzulaufen", sagte Fran. „Aber er schien am Boden zerstört, als Esther gefunden wurde. Das hat er nicht vorgetäuscht. Das ist nicht möglich." Fran nahm einen Löffel von ihrer salzigen Suppe und dachte weiter über die Whitakers nach.

KAPITEL 24

„Er hat seinen Job verloren."

Es war Mittwochnachmittag, und Fran hatte kaum einen Zeh ins Gemeindehaus gesetzt, als Emily mit einer vollen Einkaufstüte in der Hand auf sie zukam. Sie bemerkte sofort ein Glitzern in Emilys Augen, das sie ärgerte, vielleicht sogar hasste.

„Wer?", fragte Fran und musterte den Raum kurz. Es roch nach Schulturnhalle. In Verbindung mit den tratschenden Frauen musste Fran an ihre alte Sekundarschule denken.

„Elijah Whitaker. Er hat seinen Job beim Steinmetz verloren. Jetzt ist er nur noch ein Lieferfahrer."

Emily folgte Fran, als sie einen freien Stuhl fand, um ihre Sachen abzuladen.

„Warum hat er seinen Job verloren?", fragte Fran.

Emily zuckte mit den Schultern. „Ich hatte gehofft, dass du das vielleicht weißt. Hast du etwas gehört?"

„Das ist das erste Mal, dass ich davon höre", sagte Fran. Ein nagendes Schuldgefühl machte sich in ihr breit. Hätte sie, abgesehen von ihrer Besessenheit, nach Mary sehen sollen, um sich zu vergewissern, dass es ihr gut ging? Sie hatte sie nicht mehr gesehen, seit Esther weggelaufen war.

Fran traf während der gesamten Probe keinen Ton richtig. Sie sollten in zwei Monaten auf einer Wohltätigkeitsveranstaltung singen, und doch klangen sie schrecklich. *Sie* klang am schlimmsten von allen. Ausnahmsweise löste sich die Gruppe ohne viel Gerede auf. Fran eilte hinaus, bevor Emily sich ein zweites Mal nähern konnte.

Am nächsten Tag verbrachte sie den größten Teil des Tages im Trauerforum und beantwortete Fragen, löschte Trolle und prüfte auf offensichtlichen Spam. Es war eine beruhigende, anstrengende Arbeit. Sie versuchte, nicht an die Whitakers zu denken: Elijah hatte einen seiner Jobs verloren, und ihr Einkommen war offensichtlich gesunken. Sie versuchte, nicht daran zu denken, welche Auswirkungen das auf eine Familie haben könnte, die ohnehin schon unter Stress stand. Aber dann, am Nachmittag, während Adrian im Garten arbeitete, klappte sie ihren Laptop zu, zog sich eine Schürze an und begann zu backen.

Sie hatte kaum genug Eier und musste einen Teil des Mehls ersetzen, aber irgendwie bekam sie leicht verbrannte, aber einigermaßen genießbare Schokoladenkekse hin. Nachdem sie abgekühlt waren, füllte sie das Gebäck in eine Dose, schnappte sich ihre Tasche und sagte Adrian, dass sie für eine Weile spazieren würde. Er rief ihr vom Garten aus einen Abschiedsgruß zu.

Inzwischen waren bereits über zwei Wochen vergangen, seit Esther im Wald gefunden worden war, und es war das erste Mal, dass sie sich seit diesem Tag dem Haus der Whitakers näherte. Sie hatten sich auch nicht bei ihr gemeldet, aber das lag sicher daran, dass sie damit beschäftigt waren, sich um Esther zu kümmern, nachdem was passiert war. Frans Fingerspitzen fühlten sich auf dem Blech verschwitzt an. Sie fühlte sich jetzt sicherer, bei dem Gedanken, zu ihnen zu gehen, denn als sie Emily hörte, wurde ihr klar, unter welchem Stress die arme Mary stehen musste. Dass Esther weggelaufen war, war schon genug, aber der Klatsch und Tratsch im Dorf *und* dass Elijah seinen Job verloren hatte, mussten auch ihren Tribut gefordert haben.

Als sie ihre Straße erreichte, versuchte sie, ihre Atmung zu beruhigen und die Erinnerungen an diesen Morgen zu verdrängen. Die Angst, die sie empfunden hatte, die schreckliche Vorahnung, die sie zutiefst beunruhigt hatte. Fran konnte es jetzt zugeben. Sie hatte mit jeder Faser ihres Wesens geglaubt, dass Esther tot gefunden werden würde.

Sie klopfte an das Verandafenster und wartete. Es war ein weiterer warmer Frühlingstag, und sie konnte sich die Hitze auf dieser Sonnenterrasse nur vorstellen. Niemand antwortete. Sie versuchte es mit der Türklingel. Immer noch nichts. Fran überlegte, ob sie durch das Erkerfenster an der Vorderseite des Hauses hineinspähen sollte.

Als Mary endlich an die Tür kam, verschwand Frans angespanntes Lächeln sofort. Sie spürte, wie ihr das Blut aus dem Gesicht wich.

Maria bewegte sich langsam. Ihre Augen waren glasig, ihr Haar seit mehreren Tagen nicht mehr gewaschen worden. Fran schluckte unbehaglich, als die junge Frau die Verandatür öffnete. Sie war dünner als beim letzten Mal, als sie sie gesehen hatte, und ihre handgefertigten Kleider saßen lockerer. Sie hielt ihre Arme um den Oberkörper geschlungenen und lächelte, als sie Fran sah. Dabei beschleunigte sie ihre Schritte leicht, als ob sie sich freuen würde, sie zu sehen.

„Ich habe euch ein paar Kekse mitgebracht“, sagte Fran, als sie das Haus betrat. „Ich habe sie selbst gebacken, also sind sie nicht besonders gut. Wie geht es Esther?“ Fran hörte auf zu sprechen, als sie das Wohnzimmer betrat. Anders als bei ihrem letzten Besuch herrschte hier ein heilloses Durcheinander. Die Vorhänge waren zugezogen, und es lagen einige von Esthers Puppen herum. Essensverpackungen waren auf den staubigen Teppich geworfen worden. Sie sah sogar einen frischen Fleck auf einem Sofakissen. Wäre es jemand anderes gewesen, hätte sie es vielleicht nicht bemerkt, aber Mary war eine stolze Hausfrau, die auf ein ordentliches Haus achtete. Jetzt war es nicht einmal mehr sauber. „Oh, Mary. Was ist denn passiert?"

Hinter ihr hörte Fran, wie Mary zu weinen begann.

KAPITEL 25

Nachdem sie Mary eine Weile getröstet hatte, nahm sie die Kekse mit in die Küche, legte sie auf den Tresen, krempelte die Ärmel hoch und machte sich an die Arbeit. Die ersten zwanzig Minuten arbeitete sie allein, packte den Müll in Müllsäcke, öffnete die Vorhänge, um Licht hereinzulassen, und sprühte Reinigungsmittel auf die Oberflächen, die es am meisten benötigten. Es sah so aus, als ob Mary seit dem Vorfall mit Esther überhaupt keine Hausarbeit mehr gemacht hatte. Ein Kloß bildete sich in ihrem Hals. Sie hätte schon früher kommen sollen.

Endlich kam Mary dazu, und die beiden Frauen arbeiteten in relativer Stille. Fran bemerkte, dass ihre blassen Wangen immer mehr Farbe annahmen, je sauberer das Haus wurde. Als sie fertig waren, setzte Fran den Kessel auf und kochte ihnen beiden eine starke Tasse Tee.

„Wo ist Esther, ist sie oben?"

Mary nickte. „Da ist sie am liebsten."

„Soll ich ihr ein paar Kekse bringen, oder kommt sie runter?"

Mary zuckte nur mit den Schultern.

Fran nahm einen Kuchenteller aus dem Schrank und legte

zwei Kekse darauf. Mary wies ihr den Weg zu Esthers Zimmer und Fran ging allein hinauf. Sie klopfte energisch und wartete.

„Mami?"

„Nein, Liebes. Hier ist Fran. Ich bin gekommen, um deine Mutter zu besuchen und habe dir Kekse mitgebracht." Ihre Hand zögerte auf dem Türknauf. „Darf ich reinkommen?"

Es dauerte einen Moment. Dann antwortete Esther: „Ja."

Fran stieß die Tür auf und erwartete ein weiteres unordentliches Zimmer, aber zu ihrer Überraschung war das Zimmer des Mädchens makellos. Es gab kein Spielzeug auf dem Boden, kein schmutziges Geschirr oder herumliegende Kleidungsstücke. Es schien, als hätte Mary zumindest dafür gesorgt, dass Esther ein aufgeräumtes Zimmer hatte, es sei denn, Esther hatte es selbst gemacht.

Esther saß auf ihrem Bett und trug ein Leinenkleid und rosa Rüschensocken. Ihr Haar war offen, was Fran glauben ließ, dass Mary ihr Haar nicht wie sonst immer geflochten hatte. Es war jedoch schön gebürstet worden. Es war eine Erleichterung zu sehen, dass das kleine Mädchen trotz des offensichtlichen Stresses, den Mary durchmachte, immer noch umsorgt wurde. Sie nahm die Kekse und legte sie auf das Bett, bevor sie das Malbuch auf ihrem Schoß bemerkte.

„So schöne Farben. Und was ist das? Eine Meerjungfrau?"

„Ja", antwortete Esther.

„Ist das Ariel?"

„Weiß ich nicht."

„Es gibt einen Film über eine Meerjungfrau. Wenn deine Mutter nichts dagegen hat, kann ich ihn dir leihen. Wie würde dir das gefallen?"

„Gut, glaube ich", sagte sie. Dann fügte sie hinzu: „Meerjungfrauen gibt es nicht."

„Nein, vermutlich nicht. Aber es macht Spaß, sich vorzustellen, dass es sie geben könnte."

Esther starrte auf die Kekse hinunter, nahm aber keinen von ihnen. Ihre hellen, aschfarbenen Wimpern berührten die zarte

Haut unter ihren Augen. Wenn sie ihr Kinn so nach unten neigte, sah Fran eine Melancholie in ihrem Gesichtsausdruck, die viel zu traurig für ein Mädchen in Esthers Alter war. Das machte ihr Angst.

„Geht es dir jetzt besser?"

Sie nickte mit dem Kopf auf und ab.

„Hat sich deine Mami gut um dich gekümmert?"

„Ich glaube schon."

„Was ist mit deinem Vater?"

„Nein."

„Oh." Fran lehnte sich vor. „Was meinst du damit?"

„Vater ist in Arizona."

Fran öffnete den Mund, um zu sprechen, zögerte dann aber. Sie erinnerte sich daran, wie Mary ihr erzählt hatte, dass Gott Esthers imaginärer Freund sei, und zuerst hatte sie gedacht, dass Esther deshalb sagte, was sie sagte. Aber warum sollte Esther glauben, dass Gott in Arizona lebt? Weil sie dort gelebt hatten?

„Wie schmecken dir die Kekse, Esther?"

Fran hatte nicht bemerkt, dass Mary an der Tür stand. Eine Schamesröte breitete sich in ihrem Nacken aus. Hatte sie alles gehört? Für die Ohren eines Erwachsenen wäre es offensichtlich gewesen, dass Fran nach dem Rechten sah, um sicherzustellen, dass Esther nicht misshandelt wurde.

„Ich mag keine Kekse", sagte Esther, aber ihr Blick verweilte einen Moment zu lange auf dem Teller, als dass das wahr sein konnte.

„Gott macht es nichts aus, wenn du Kekse isst", sagte Fran mit sanfter Stimme. „Er will, dass du glücklich bist."

Das Mädchen sah sie an. Es lag Verwirrung in ihrem Blick.

„Sie hat recht, Baby." Mary betrat das Zimmer und setzte sich neben ihre Tochter auf das Bett. Sie legte ihren Arm über ihre Schulter und lehnte ihren Kopf an den von Esther. „Kinder verdienen Belohnungen. Du bist ein braves Mädchen gewesen."

Zu Frans Überraschung begann Esther zu weinen.

„Ich bin kein braves Mädchen."

Fran wandte sich einen Moment lang ab. Sie konnte es nicht ertragen, den Schmerz im Gesicht des Mädchens zu sehen. Mary beruhigte sie mit sanfter Stimme und strich ihr über die Wange. Fran wurde schlecht. Was geschah in diesem Haus? Warum hatte dieses Kind solche seelischen Schmerzen, dass es das Gefühl hatte, keinen Keks verdient zu haben?

„Pst, Schatz", sagte Mary. „Mein liebes Mädchen."

KAPITEL 26

Fran brachte Mary wieder nach unten, wo sie Adrian anrief. Sie war schon seit ein paar Stunden weg und sie wollte nicht, dass er sich Sorgen machte. Als sie ihm sagte, wo sie war, tippte sie mit einem nervösen Finger auf das Telefon. Sie hatte es ihm absichtlich vorenthalten und gelogen, indem sie die Wahrheit verschwieg, weil sie wusste, dass er es nicht gutheißen würde. Er reagierte jedoch nicht, sondern gab nur ein leises „Ah“ von sich.

Fran kochte noch zwei Tassen Tee und sie setzten sich an den winzigen Küchentisch der Whitakers, wobei sich ihre Knie fast berührten. Sie lächelte über Esthers Kunstwerk am Kühlschrank. Ein Regenbogen füllte ein A4-Blatt. Es wirkte hoffnungsvoll und unschuldig. Das Produkt eines glücklichen Kindes. Daneben bemerkte Fran Esthers Porträt der Familie. Darauf war Elijah größer als sie alle und nur mit rotem Buntstift gezeichnet. Das Rot ließ sie die Stirn runzeln. Alles andere war mehrfarbig, aber Elijah war rot.

Während Fran das Kunstwerk betrachtete, aß Mary einen Keks in zwei Bissen, bevor sie sich in ihrem Stuhl zurücklehnte und einen langen, wohligen Seufzer ausstieß. Endlich schien sie sich zu entspannen. Fran erwog, ruhig zu sein und sie in Ruhe zu lassen, aber über eine Sache musste sie sprechen.

„Du musst mir sagen, was los ist", sagte Fran, möglichst freundlich. „Und sag mir nicht, dass es nichts ist, denn ich habe Augen und bin nicht dumm. Du bist keine faule Person. Ich kenne dich, und ich weiß, dass du hart daran arbeitest, dein Haus in Ordnung zu halten. Ich weiß, dass du dir Mühe gibst, Esther zu Hause zu unterrichten, und trotzdem sitzt sie oben auf dem Bett und bekommt nichts beigebracht. Mary, bitte sag mir, was los ist. Hast du Depressionen? Ist es Elijah? Hat er dir wehgetan? Hat er Esther wehgetan?" Sie streckte die Hand aus und nahm Marys Hände in ihre. „Sprich mit mir."

Mary schüttelte zwei- oder dreimal den Kopf. Ihr Atem war unregelmäßig. „Bitte nicht. Es ist nicht so, wie du denkst."

„Was soll das bedeuten?"

Sie zog ihre Hände von Fran weg und schlang sie um ihre Tasse mit heißem Tee. „Ich will nicht unhöflich klingen, Fran, aber ich glaube, du hast keine Ahnung, wie es für uns ist, seit Elijah seinen Job verloren hat. Ich habe mich … ich habe mich einfach schlecht gefühlt. Aber jetzt wird es mir besser gehen."

„Habt ihr finanzielle Probleme?"

Mary seufzte und wandte ihren Kopf ab.

„Es tut mir leid, dass ich so neugierig bin", sagte Fran, unbeeindruckt von der Tatsache, dass sie aufdringlich war. Sie ging lieber zu weit als nicht weit genug. Nicht, wenn es um das Wohl eines Kindes ging. „Aber wenn du dich öffnest, kann ich dir helfen."

„Wie kommst du darauf, dass es deine Aufgabe ist, mir zu helfen?"

Fran zog sich leicht zurück. „Ich dachte, wir wären Freunde."

„Wo warst du dann die ganze Zeit?", fragte Mary. „Ich dachte … ich dachte, du wärst wie *sie*. Diese *Leute,* die immer über uns reden und schreckliche Dinge über Elijah sagen. Du glaubst die Lügen, nicht wahr? Du denkst, dass er uns wehtut."

Ihr Gesicht verzerrte sich vor Abscheu. „Die Dinge, die sie über ihn sagen. Über Esther. Sie machen mich krank. Aber das ist es, was ihr alle denkt, nicht wahr? Nur weil wir an Dinge glauben, an die ihr nicht glaubt. Weil wir Traditionen und Werte haben, die ihr nicht habt. Ihr denkt, wir sind Freaks, die man anglotzen muss." Sie wischte sich mit den Handgelenken über das Gesicht und sammelte die Tränen, die ihre Wangen zu benetzen begonnen hatten.

„Nein. Nein, du verstehst das völlig falsch. Ich bin hier …"

„Weil dein Kind gestorben ist und du einen Ersatz willst." Zwei glasige Augen blickten Fran hart an.

Damit war alles vorbei. Sie wussten es beide. Nach solchen Worten gab es kein Zurück mehr. Fran war für einige Augenblicke wie erstarrt, so schockiert, dass sie vergaß, aufzustehen. Als sie sich erhob, schrammten die hölzernen Stuhlbeine über die Fliesen. Sie nahm ihre Keksdose und ging schweigend zur Haustür. Die ganze Zeit über war Marys Gesicht auf die Tischplatte gesenkt, und ihr dunkles Haar verdeckte jeden Blick auf ihren Gesichtsausdruck. Fran eilte aus dem Haus.

Es war ein schöner, klarer Tag draußen. Ihre Fingerspitzen wurden weiß am Rand der Blechdose, und sie vergaß versehentlich, eine der anderen Frauen aus dem Chor zu grüßen, als sie an ihr auf der Straße vorbeiging. Sie ging zügig, ohne bewusst auf ihren Weg zu achten. Tatsächlich erinnerte sie sich nicht einmal mehr an den Heimweg, als ihre Hand die Haustür erreichte. Adrian blickte von der Küchentheke auf und legte das Messer, das er in der Hand hielt, zurück auf das Schneidebrett. Der Raum roch nach Zitrone und Petersilie. Er war dabei, eine Fischpastete zu machen.

„Was ist los?", fragte er.

Er schenkte ihr ein Glas Wein ein, während sie mühsam nach den Worten suchte, um zu schildern, was sie gesehen hatte: das schmutzige Haus, das Kind allein im Bett, die Dinge, die Esther gesagt hatte, die Dinge, die Mary gesagt hatte. Sie nippte an dem

Wein, aber der bittere Geschmack in ihrem Mund wurde dadurch nicht besser.

„Das tut mir leid", sagte Adrian und zog Fran an seine Brust. Sie sank förmlich in ihn hinein, dankbar für die Weichheit seines Hemdes, das kühlende Gefühl der Baumwolle an ihrer Wange, die Wärme von ihm unter dem Stoff und den vertrauten Duft des Aftershaves, das er an ihrem Hochzeitstag getragen hatte. „Was willst du jetzt machen?"

„Ich weiß nicht", sagte sie. „Ich weiß nicht, was ich tun soll. Hat Mary recht?"

„Nein", sagte Adrian. „Nein, du machst dir keine Illusionen, Franny. Du hast nie gedacht, dass Esther dein Kind sein würde, oder? Es kann sein, dass du dich aufgrund der Ereignisse, die wir durchgemacht haben, ein bisschen mehr an sie gebunden hast als sonst, aber das ist normal. Ich schwöre, jeder würde das Gleiche fühlen. Komm. Setzen wir uns. Wir setzen uns hin, essen zu Abend und denken morgen darüber nach. Okay?"

Sie stimmte zu, aber in ihrem Kopf formte sich etwas. Ein ungewollter Gedanke, den sie schon lange verdrängt hatte: Es war an der Zeit, die Behörden über Esthers Eltern und ihre Unfähigkeit, mit der Situation fertig zu werden, zu informieren.

KAPITEL 27

Frans Gedanken schwankten wie ein Pendel. Jedes Mal, wenn sie glaubte, das Richtige zu tun, schlug ihr Verstand eine andere Richtung ein, und sie war überzeugt, dass sie einen großen Fehler begangen hatte. Am Morgen nach ihrem Besuch bei den Whitakers hatte Fran die Polizei über die Hotline angerufen und ihnen alles erzählt, was sie über Esther Whitaker wusste. Vom Auffinden im Park über den Bluterguss an ihrem Bein bis hin zum zweiten Verschwinden und dem aktuellen Zustand des Hauses. Sie erzählte ihnen von Marys Unerfahrenheit als Mutter und davon, dass es sich anfühlte, als würde Elijah sie kontrollieren. Sie ließ die Gerüchte, die im Dorf kursierten, aus und konzentrierte sich auf die Fakten. Zu Beginn des Gesprächs hatte sie noch gezittert. Am Ende fühlte sie sich so erschöpft, dass sie zurück ins Bett kroch und sich an ihren Mann klammerte, um sich zu wärmen.

Zunächst geschah nichts. Fran blieb ein paar Tage lang zu Hause und machte sich nicht einmal die Mühe, ihren Morgenlauf zu absolvieren. Die Zeit, die ihr Knöchel brauchte, um zu heilen, hatte sie aus dem Gleichgewicht gebracht, und nun schlief sie aus, wachte mit Kopfschmerzen aus einem unruhigen, aber tiefen Schlaf auf und spürte das Echo eines Albtraums in ihrem Hinterkopf. Das Erste, was sie jeden Morgen tat, war, ihr Telefon auf Nachrichten zu überprüfen, entweder von Mary oder von jemandem aus dem Chor, am ehesten Emily, die Gerüchte über das Auftauchen der Polizei bei den Whitakers verbreiten könnte.

Sie trank jeden Tag zu viel Kaffee, wurde nervös und verschüttete Kompost auf dem Rasen, als sie ihre neuen Pflanzen eintopfte. Adrian kochte für sie, während sie im Haus herumlief und so tat, als höre sie Podcasts über Achtsamkeit. In Wirklichkeit konnte sie ihre Gedanken auf nichts konzentrieren. Sie kaute an ihren Fingernägeln und fragte sich, ob sie das Richtige getan hatte oder ob es falsch gewesen war.

Bei der Chorprobe hörte sie schließlich Neuigkeiten.

„Ich habe es nicht mit eigenen Augen gesehen, aber Maureen schon. Die waren von der Polizei. Elijah hat die Tür geöffnet", sagte sie. „Er hat sie reingelassen. Ich weiß nicht, was gesagt wurde." Noreen flüsterte Fran zwischen ihren Liedern ein paar Worte zu. „Zwei in Uniform offenbar."

Sie sangen Lieder aus *Mamma Mia*, dem Musical. Viel zu beschwingt für das Nervenflattern in Frans Magen.

„Hat die Polizei Elijah verhaftet?", fragte Fran.

„Nein, nichts dergleichen. Sie gingen rein und kamen entspannt wieder raus."

Nach dem Training versammelte sich eine kleine Gruppe, während Emily und Noreen über die Whitakers tratschten. Fran hörte weitere Bruchstücke von den anderen Mitgliedern.

„Unser Derek kann ihn nicht ausstehen. Er sagt, er sei ein Freak. Steht auf dieses ganze Bibel-Getue."

„Sally will ihnen keine Milch mehr liefern. Sie hält ihn für einen Kinderfummler."

„Ich habe gehört, dass sie mit der Miete im Rückstand sind."

„Er kann es sich nicht leisten, ihnen Kleidung zu kaufen. Sie muss sie selbst anfertigen."

„Ja, er schlägt sie jeden Abend."

„Hören die Nachbarn sie streiten?"

„Nein. Sie sind offenbar ruhig."

„Das heißt aber nicht, dass er es nicht tut."

„Sie gehen nicht mehr raus. Sie bleiben den ganzen Tag drinnen und ziehen die Vorhänge zu. Er geht zur Arbeit und das wars. Das arme Kind sieht nie das Sonnenlicht."

„Die gehören nicht nach Leacroft."

Ein zustimmendes Gemurmel ertönte. Fran griff nach ihrer Tasche und ging weg. Sie fühlte sich krank. Sie wollte sich für die Familie einsetzen und ihnen sagen, dass sie sich irrten, dass es Nuancen und Komplikationen gab, die keiner von ihnen sah. Aber sie war diejenige gewesen, die die Polizei gerufen hatte. Sie wäre eine Heuchlerin, wenn sie dastehen und eine Familie verteidigen würde, die sie selbst verdächtigte, ihrer Tochter etwas angetan zu haben.

Fran war noch nie eine Person, die Hass empfinden konnte. Trotz ihrer Schwächen hatten ihre Eltern ihr alles über Akzeptanz, Toleranz und Vergebung beigebracht. Sie hatten ihr immer gesagt, sie solle die andere Wange hinhalten, wenn sie im Sportunterricht wegen ihrer dicken Oberschenkel gehänselt wurde. Sie sagten ihr, dass jeder an seinem eigenen Schmerz festhielt. Manche drückten den Schmerz so fest an sich, dass er wie Zahnpasta aus der Tube herausquoll, bis er an allen um sie herum klebte. Diese Menschen verdienten genauso viel Vergebung wie die anderen. Aber Fran hasste alles an dieser Situation. Sie hasste Elijah und sein selbstgefälliges Lächeln, seine Leichtigkeit im Umgang mit Menschen, die Art, wie er über sich selbst sprach und seine Frau drängte. Sie hasste es, wie die Gesellschaft sie dazu brachte, sich selbst und ihre Entscheidungen infrage zu stellen, dass sie sich als Frau mittleren Alters unsichtbar fühlen musste. Nichts weiter als eine verstörte Frau, die nicht in der Lage ist, objektiv zu argumentieren. Sie hasste es, dass sie es überhaupt für nötig hielt, die Polizei zu rufen, weil sie dadurch in ein Netz verstrickt wurde, das sie noch für lange Zeit belasten würde. Am meisten hasste sie diese giftigen Klatschtanten, die in einem Kreis herumstanden und über andere Menschen herzogen, sich am Leid anderer ergötzten und ihre Vorurteile aus ihren hasserfüllten Mündern sprudeln ließen.

KAPITEL 28

Fran hatte an diesem Morgen – nachdem sie aus einem Albtraum aufgewacht war, der sie bis ins Mark erschüttert hatte, in dem Esther mit einem Kissen in der Hand und einem teuflischen Grinsen über Chloe stand – beschlossen, dass sie wieder laufen gehen würde, Verstauchung hin oder her. Sie rannte mit Leichtigkeit über die Dorfwiese, bevor sie sich auf den Weg zur Straße der Whitakers machte. Sie konnte es nicht lassen. Es war schon eine Woche her, dass sie die Polizei gerufen hatte. Ins Dorf zu gehen, um einzukaufen oder etwas zu trinken, war fast so höllisch geworden wie ihre Albträume. Alles, was sie hörte, war Klatsch und Tratsch über die Whitakers. Darüber, dass sie nur selten das Haus verließen, dass viele Dorfbewohner sie mieden, weil sie dachten, der Vater würde der Tochter etwas antun, und dass Mary Whitaker ein- oder zweimal gesehen worden war, dürr und bleich wie Milch. Sie war dazu verdammt, in Leacroft herumzuspuken, anstatt dort zu leben.

Schuldgefühle quälten sie und verdarben ihr den Appetit auf alles, was sie aß. Sie nahm die Schönheit des Sonnenaufgangs nicht mehr wahr. Die Welt konnte genauso gut aus verschiedenen Grautönen bestehen, wenn es nach ihr ginge.

Nachdem sie die Polizei angerufen hatte, erkundigte sie sich nach dem Stand der Dinge und stellte fest, dass die Ermittlungen abgeschlossen worden waren. Sie wusste nicht, ob sie an den Sozialdienst weitergeleitet worden waren. Aber die Polizei hatte offensichtlich entschieden, dass Elijah kein Missbrauchstäter war. Vielleicht bedeutete das, dass auch Fran das nicht denken sollte, und das Dorf auch nicht, aber so funktionierte die Welt nicht. Wie Emily zu sagen pflegte: *Der Dreck bleibt kleben.* Den Whitakers drohte eine altmodische Form der Vergeltung – ein Prozess durch die öffentliche Meinung. Leacroft hasste sie.

Es gab keinen besseren Beweis als das, was Fran an diesem Morgen sah. Sie sah die roten Buchstaben auf halber Strecke und beschleunigte, um sie aus der Nähe zu betrachten. HAUT AB. Das stand da. Mindestens dreißig Sekunden lang starrte sie das Graffiti an. Dann hatte sie das Gefühl, beobachtet zu werden, und ließ ihren Blick an der Fassade des Hauses hinauf zu den Fenstern im Obergeschoss wandern. Dort sah sie Esther zwischen ihren Vorhängen stehen, die Haare lose und ungepflegt in ihrem blassen Gesicht. Esther lächelte nicht und bewegte sich auch nicht, sie stand einfach nur da.

Es zerrte an ihrem Herzen. Mit ihrem unordentlichen Haar, dem heruntergezogenen Mund und den zusammengezogenen Augenbrauen wirkte sie jünger als je zuvor. Ganz anders als die Esther aus ihrem Albtraum. Als das Kind vom Fenster zurücktrat, sodass Fran sie nicht mehr sehen konnte, ging sie zur Veranda und überlegte, ob sie klingeln sollte. Es wäre doch nachbarschaftlich, ihnen von dem Graffiti zu erzählen, oder nicht? Doch dann schaute sie auf die Uhrzeit auf ihrem Handy, es war kurz nach halb sechs. Esther war zwar wach, aber ihre Eltern schliefen wahrscheinlich noch tief und fest. Fran entfernte sich von der Tür, starrte noch einmal zu Esthers Schlafzimmerfenster und sah, dass das Mädchen verschwunden war.

Sie begann, nach Hause zu joggen. Ihre Beine waren unsicher, und nach ein paar Schritten verlangsamte sie ihr Tempo zum Gehen. Als sie einen letzten Blick über ihre Schulter warf, war alles in dem das Haus still.

KAPITEL 29

Adrian seufzte, als sie ihm davon erzählte. Er streichelte ihre Schulter, die noch feucht vom Laufen war, und sprach mit sanfter Stimme. „Das ist alles nicht deine Schuld. Du hast immer nur versucht, dieser Familie zu helfen. Was nach deinem Anruf passiert ist, ist die Schuld dieser unangenehmen, kleinlichen Leute im Dorf."

Sie stand vom Bett auf und begann, sich aus ihrer Laufkleidung zu schälen, immer noch aufgeregt und immer noch redend. „Aber ich wusste es vorher, nicht wahr? Zumindest hätte ich wissen müssen, was passieren würde. Jeder halbwegs intelligente Mensch konnte es schon von weitem sehen. Emily konnte nicht aufhören, über sie zu tratschen, im ganzen Dorf kursierten Gerüchte, böse Gerüchte. Und was habe ich getan? Ich habe sie angeheizt. Als ich mehr über Elijah und Mary wissen wollte, fing ich an, mich einzumischen, steckte meine Nase in Dinge, die mich nichts angingen. Ich habe sogar Emily angerufen, weil ich nicht bis zum Chor warten konnte, um neue Informationen zu bekommen." Sie warf ihre Socken in den Waschkorb und stand nackt da, die Haut rot, die Dehnungsstreifen schillernd im Morgenlicht. „Das ist genauso meine Schuld, wie die von Emily.

Dann habe ich das Schicksal besiegelt. Ich habe die Polizei gerufen."

Adrian hob verärgert die Hände. „So wie es jeder gute Bürger tun würde, angesichts dessen, was du gesehen hast. Angesichts dessen, was du über diese Familie *weißt*."

Fran kaute auf ihrer Unterlippe. „Nein. Ich weiß es nicht." Sie legte eine Handfläche auf ihre Stirn. „Vielleicht habe ich mehr gesehen als da war. Vielleicht habe ich danach *gesucht*, weil ..." Sie brach ab, weil sie es nicht zugeben wollte.

„Was?"

„Weil ich genau wie Emily bin. Ich bin voreingenommen. Ich sah diese junge, religiöse Frau und ihren älteren Mann und ging sofort vom Schlimmsten aus." Sie seufzte. „Ich werde duschen gehen. Ich muss das alles abwaschen."

„Franny."

„Ja?"

„Ich liebe dich."

„Ich liebe dich auch, Long John Silver."

Er lachte. Dann verblasste sein Lächeln. „Du bist nicht wie sie."

Sie zuckte nur mit den Schultern, als sie das Bad betrat. Sie stellte die Dusche heiß, in der Hoffnung, dass dadurch eine äußere Hautschicht weggebrannt würde. Sie stellte sich vor, wie sich die Schuppen lösten und durch den Abfluss weggespült wurden. Was war in den letzten Wochen bloß mit ihr geschehen?

Nachdem sie aus der Dusche gekommen war, servierte Adrian ihr cremige Eier und reichte ihr eine starke Tasse Tee. „Fühlst du dich besser?"

„Nein. Nein, ich fühle mich immer noch wie ein beschissener Mensch."

„Rede nicht so mit dir selbst", sagte er. Er strich Fran ein paar feuchte Haare von der Wange. „Komm schon. Lass uns frühstücken und heute irgendwohin gehen."

„Wohin?"

„Wie wäre es mit Chatsworth?"

Fran drehte sich der Magen um. „Nein, nicht dahin."

„Wie wäre es mit Castleton? Wir können dort Blue-John-Schmuck kaufen und auf den Wanderwegen durch die Täler spazieren gehen. Du müsstest allerdings langsamer gehen. Du weißt ja, dass ich ein alter Knacker bin."

„Das stimmt", sagte sie lächelnd. Als sie während des Essens auf ihr Handy schauen wollte, wedelte Adrian mit dem Finger wie ein Schullehrer.

„Heute wird es eine Regel geben", sagte er.

„Lass mich raten", erwiderte Fran. „Keine Handys."

„Genau. Und jetzt steck es weg, junge Dame, bevor ich dich nachsitzen lassen muss." Er sagte es grinsend mit einem Augenzwinkern

Sie legte es weg. Und dann schaute sie an diesem Tag kein einziges Mal auf ihr Handy. Sie gingen zur Blue John Cavern und spazierten unter einem hellen, blauen Himmel. Fran kaufte Ohrringe aus dem Souvenirladen, und sie wanderten durch die Landschaft, wobei sie sogar an einem Eiswagen vorbeikamen und sich einen Eisbecher gönnten. Es dauerte eine Weile, aber schließlich beruhigte sich ihr Geist, sodass die Gedanken an Esther, Mary und sogar Chloe nur noch ein ängstliches Brummen waren, das in den Hintergrund gedrängt wurde. Sie war weit weg von Leacroft und dem hässlichen roten Schriftzug am Haus der verstoßenen Familie. Sie war weg von Kleingeistern und losen Zungen. Sie konnte sich entspannen und mit ihrem Mann zusammen sein. Sie konnte aufhören, dauernd ihr Handy zu überprüfen.

Und sie hatte die Nachricht übersehen. Die einzig wichtige.

KAPITEL 30

K*omm zu mir. Ich bitte dich. Es gibt etwas, das ich dir sagen möchte. Die Dinge sind nicht so, wie sie scheinen.*

Fran tippte wütend. *Kann ich morgen zu dir nach Hause kommen? Müssen wir warten, bis Elijah zur Arbeit fährt?*

Sie wartete. Sie waren etwa eine Stunde zu Hause, und Fran war endlich ihrer Neugierde erlegen, hatte ihr Handy in die Hand genommen und ihre Social-Media-Konten überprüfte. Da sah sie die Textnachricht von Mary. Sie war um 9.00 Uhr morgens verschickt worden, ungefähr zu der Zeit, als sie das Haus für ihren Tagesausflug verlassen hatten. Es war jetzt nach 19 Uhr und sie überlegte, ob sie zu den Whitakers fahren und nach ihnen sehen sollte, nur für den Fall.

Aber war sie um Mary besorgt oder folgte sie nur ihrer eigenen Neugierde? Aus der Nachricht ging nicht hervor, dass es dringend war, aber sie hatte einen leicht verzweifelten Tonfall wahrgenommen. Fran wusste, dass sie nur spekulierte, und sie konnte sich nicht ganz sicher sein. Sie zupfte an der trockenen Haut auf ihrer Lippe und wartete auf eine Antwort.

„Shiraz?“

„Okay.“

Sie nahm den Stiel des Glases, als Adrian es ihr reichte. Sie hatten chinesisches Essen bestellt und warteten darauf, dass es ankam.

„Alles in Ordnung?"", fragte Adrian.

Fran überlegte, ob sie die Nachricht für sich behalten sollte, vielleicht aus Scham, weil sie es nicht geschafft hatte, einen ganzen Tag lang nicht auf ihr Telefon zu schauen. Dann änderte sie ihre Meinung und zeigte sie ihm.

„Das ist seltsam", stimmte er zu.

„Glaubst du, dass sie in Gefahr ist?"

„Ich glaube, sie hätte die Polizei gerufen, wenn sie das wäre", sagte Adrian. „Oder sogar dich angerufen. Die Nachricht ist von vor vielen Stunden."

Irgendetwas nagte an Fran. Es war eine beiläufige Bemerkung, die Mary darüber gemacht hatte, dass Esther der Polizei nicht vertraute. Traute Mary der Polizei auch nicht? Wenn ihr Leben in Gefahr war, würde sie sich dann auf deren Hilfe verlassen? Sie hatten die Polizei gerufen, als Esther verschwunden war, also hatte Adrian vielleicht recht. Dennoch konnte sie ihren Instinkt, zu handeln, nicht abschütteln.

„Meinst du, ich sollte rübergehen?" Sie kam sich dumm vor, zu fragen, aber sie musste es tun. Sie brauchte eine zweite Meinung, denn wieder einmal baute sich das Grauen in ihrem Inneren auf und sickerte in jedes Glied, in jede Fingerspitze.

„Nein", sagte Adrian. Er nahm ihr das Weinglas aus der Hand und hielt ihre Hände in seinen, während er mit den Daumen auf ihrem Handrücken auf und ab fuhr. „Franny, ich war anfangs zu abweisend, und das tut mir leid. Deine Bedenken waren damals berechtigt, und sie sind es auch jetzt. Aber das alles wird zu einer Belastung für deine geistige Gesundheit. Sie sind erwachsen, und sie müssen ihre eigenen Entscheidungen treffen. Wenn etwas passiert ist, können sie die Polizei rufen, wie jeder andere auch."

„Und wenn sie es nicht tun?"

„Das werden sie." Er ließ ihre Hände los. „Wenn es um Leben oder Tod ginge, was ich nicht glaube, würden sie die

Notrufnummer wählen. Keiner von ihnen ist dumm, nicht einmal das Mädchen. Sie ist eines der beunruhigendsten Kinder, die ich je kennengelernt habe. Und ich weiß, du hast Bedenken wegen Elijah, aber er trinkt nicht und nimmt keine Drogen. Er ist ein Mann, der sich unter Kontrolle hat."

„Zu viel Kontrolle".

„Vielleicht." Er kniff sich in den Nasenrücken. „Aber ..."

„Was? Soll sie ihn verlassen?"

„Nun, ja", sagte er und nahm seine Finger weg. „Ja, das sollte sie."

„So funktioniert Missbrauch nicht", fuhr Fran ihn an. „Es zermürbt Frauen. Körperlich. Gefühlsmäßig. Es lässt sie glauben, dass sie nichts wert sind. Dass sie nicht gerettet werden können, und erst recht nicht durch sich selbst. Sie verinnerlichen jeden schlechten Gedanken, den sie jemals über sich selbst hatten, isolieren sich und werden gezwungen, von ihrem Missbraucher abhängig zu sein. Nein, sie kann nicht einfach gehen." Sie stand auf, das Blut pulsierte heftig durch ihre Adern. Seine Worte hatten ihren Entschluss gefestigt. Sie würde zu ihrem Haus gehen, und es war ihr egal, ob es unhöflich war oder etwas, was nur eine Verrückte tun würde. Sie war überzeugt, dass Mary ihre Hilfe brauchte, und sie würde ihr diese Hilfe geben, ob sie es wollte oder nicht.

„Fran", rief Adrian. „Fran!"

Sie dachte daran, ihn zu ignorieren, als sie aus dem Haus stürmte. Aber etwas in seinem Tonfall ließ sie innehalten.

Er seufzte. „Es tut mir leid." Er klang nicht nach Entschuldigung, aber sie ließ ihn fortfahren. „Wenn du dorthin gehst, dann lass mich dich wenigstens fahren."

KAPITEL 31

Als Adrian am Bordstein anhielt, fiel Fran als Erstes auf, dass Elijahs Auto nicht da war, was bedeutete, dass er vielleicht zu seinem Teilzeitjob aufgebrochen war. Doch dann sah sie, dass im Haus kein Licht brannte, obwohl das Tageslicht mit Einbruch der Dunkelheit immer schwächer wurde. Sie schnallte sich ab und ging mit Adrian auf die Veranda. Er regte sich über das Graffiti auf und schüttelte den Kopf. Frans Blut geriet in Wallung als sie es wieder sah. Wer hatte ihnen das angetan? Sie tauschte einen Blick mit Adrian aus, bevor sie auf die Türklingel drückte. Das fröhliche *Bing-Bong* ertönte, aber es kam keine Antwort. Sie versuchte es erneut. Nichts.

Sie fand das seltsam und bahnte sich ihren Weg durch den mit Kies bedeckten Vorgarten, um durch das Erkerfenster zu spähen. Die Vorhänge waren noch offen, obwohl die Sonne schon unterging, und drinnen sah sie, dass das Wohnzimmer leer war. Mehr noch, es war aufgeräumt. Es war sogar makellos, keine Puppen lagen auf dem Boden, keine Stofffetzen hingen über den Stühlen. Bestimmt war das ein gutes Zeichen. Mary hatte das Haus sauber gehalten, nachdem sie und Fran es aufgeräumt hatten. Und doch fühlte es sich nicht gut an, es fühlte sich falsch an, aber sie war sich nicht sicher, warum.

Fran entfernte sich vom Fenster und ging zurück zu Adrian. „Ich kann drinnen niemanden sehen."

„Vielleicht sind sie zum Essen ausgegangen", vermutete er, „oder mit Esther ins Kino."

Das klang nicht richtig. Warum sollte eine Familie, die dafür bekannt ist, dass sie selten das Haus verlässt, eines Abends plötzlich ausgehen? Diese Abwesenheit und die seltsame Nachricht von Mary strapazierten Frans Nerven. Wo könnten sie sein? Vielleicht waren sie zu Elijahs Cousin nach Derby gefahren, was angesichts der hässlichen Graffiti durchaus Sinn ergeben würde. Aber wenn sie vorhatten, nach Derby zu fahren, warum hatte Mary ihr dann die SMS geschickt?

„Ich werde im Garten nachsehen", sagte Fran.

„Ich komme mit."

Sie hakte den Riegel am Gartentor aus und ging hinein. Jetzt fühlte es sich an, als ob sie unbefugt eintreten würden, aber das war ihr egal. Von hier aus konnten sie einen Blick in die Küche werfen, die leer und dunkel war. Ein paar Teller stapelten sich auf dem Abtropfbrett, ein Wasserkocher und ein Toaster standen an der gleichen Stelle wie zuvor. Es war aufgeräumt. Auf den Küchenoberflächen standen keine Gläser oder Dosen mit Butter. Der kleine Tisch war leer. Obwohl alles aufgeräumt war, hatte Fran das Gefühl, dass irgendetwas nicht an seinem Platz war.

„Oh", sagte sie.

„Was ist los?"

„Das Kunstwerk am Kühlschrank. Es ist weg." Sie drückte einen Finger ans Fenster und deutete in Richtung Kühlschrank.

„Was? Esthers Kunstwerk?"

„Ja. Ein Bild von einem Regenbogen. Ich erinnere mich genau. Mit Buntstiften gemalt. Ich glaube, wir sollten mit den Nachbarn reden." Fran machte sich auf den Weg zurück zur Vorderseite des Hauses. Sie war sich jetzt absolut sicher, dass die

Familie weg war. Aus den Augenwinkeln sah sie die Buchstaben an der Hausfassade. HAUT AB.

Sie kannte die Frau, die auf der linken Seite der Whitakers wohnte, nur flüchtig. Eine Dermatologin, die sie einmal wegen Akne bei Erwachsenen aufgesucht hatte. Leider konnte Fran sich nicht mehr an ihren Namen erinnern. Joan. Jean. Vielleicht Jenny? Sie klopfte energisch an die Tür und wartete, die Hände in die Hüften gestemmt. Adrian stellte sich neben sie.

„Hallo", sagte die Dermatologin. „Frau Cole, nicht wahr?"

„Fran."

Die Frau nickte. „Ja, genau."

„Entschuldigen Sie die Störung", sagte Fran. Sie bemerkte, dass die Frau Adrian ansah und fügte hinzu: „Das ist mein Mann, Adrian. Nochmals Entschuldigung. Ich habe vorhin eine Nachricht von Mary bekommen und habe mir Sorgen um sie gemacht. Wir sind gekommen, um uns zu vergewissern, dass alles in Ordnung ist, und uns ist aufgefallen, dass das Haus leer zu sein scheint. Wir haben uns gefragt, ob Sie etwas gesehen haben?"

„Sie meinen die Whitakers? Ja, hab ich", sagte sie. „Sie sind sehr ruhig, wissen Sie. Ich höre kaum einen Pieps von ihnen. Aber heute habe ich ein paar Schreie gehört." Sie reckte ihr Kinn in Richtung des Graffiti. „Ich glaube, das war der Grund dafür. Eine unangenehme Angelegenheit, total unnötig, wenn Sie mich fragen. Jedenfalls hörte ich Elijah schreien, aber nicht lange. Etwa zwei Stunden später sah ich, wie sie Reisetaschen ins Auto packten. Es dauerte eine Weile. Es waren auch Koffer dabei. Dann sind sie abgefahren." Sie zuckte mit den Schultern. „Entweder sind sie in den Urlaub gefahren oder sie sind endgültig ausgezogen. Ich weiß, dass sie zur Miete wohnten, aber sie haben keine größeren Geräte mitgenommen."

„Okay", sagte Fran. „Wie sahen sie aus, als sie ins Auto stiegen?"

„Ähm." Sie seufzte und legte den Kopf zurück, als würde sie

über die Frage nachdenken. „Gestresst, um ehrlich zu sein. Ich glaube, Mary hat geweint. Aber das kleine Mädchen war glücklich."

„War sie das?"

„Ja. Sie hat gelächelt."

KAPITEL 32

Als sie wieder im Auto saß, stellte sich Fran immer wieder Esthers Lächeln vor. Sie hatte kaum mehr als ein angedeutetes Lächeln von Esther gesehen. Sie hatte nicht gelächelt, als sie ihr ein Eis oder eine heiße Schokolade bestellten. Kein Lächeln, als Fran ihr anbot, etwas aus dem Geschenkeladen zu kaufen. Kein Lächeln, wenn sie an einem Welpen vorbeigingen. Fran hatte noch nie ein so ernsthaftes Kind gesehen, aber sie hatte Esther auch nur in Leacroft kennengelernt, weit weg von ihrem Zuhause und möglicherweise auch von ihrer Familie, auch wenn Mary nie über Arizona sprach.

Was wäre, wenn Esther in ihrer Heimatstadt ein glücklicheres Kind gewesen war? Sie dachte an den Regenbogen, ein Bild, das sie an eine glücklichere Zeit erinnerte. Es war möglich, dass es eine Seite an Esther gab, die Fran nie erlebt hatte. Und es war möglich, dass Esther gelächelt hatte, weil sie endlich nach Hause gehen konnte.

„Sie sind zurück nach Amerika gegangen", sagte Fran. „Bestimmt."

Adrian fuhr auf ihre Einfahrt, schaltete die Zündung aus und rieb sich die Stoppeln am Kinn. „Es klingt, als wären sie zumindest ausgezogen. Sehr plötzlich, wohlgemerkt."

War die Nachricht von Mary ein Abschiedsgruß gewesen? Hatte sie gewollt, dass Fran zu ihr kam, damit sie ihr sagen konnte, dass sie abreisen würden? Ihr Körper fühlte sich taub an, als sie zum Haus zurückging. All die Sorgen waren umsonst. Sie waren weg, und sie konnte nichts dagegen tun. Sie würde sie nie wieder sehen. *Die Dinge sind nicht so, wie sie scheinen.* Was hatte dieser Teil der Nachricht zu bedeuten? Wollte sie vielleicht ihre Familie vor dem Klatsch und Tratsch verteidigen?

Der Lieferdienst hatte das Essen vor der Tür abgestellt. Adrian hob die Papiertüte auf und schloss die Tür auf.

„Habe ich etwas verpasst?“, fragte Fran, als sie das Haus betraten. „Gibt es eine andere Erklärung für all das? Sie sind so plötzlich abgereist. Sie sind einfach aufgestanden, haben beschlossen, nach Hause zu fliegen und haben drei teure Flugtickets gekauft. Sie sind nicht wohlhabend.“

„Woher weißt du, dass sie sich heute entschieden haben?“ Adrian stellte das Essen auf dem Küchentisch ab.

Fran betrachtete die Tüte. Ihr war der Appetit vergangen. „Nun, ich habe sie letzte Woche gesehen und ich bin sicher, Mary hätte erwähnt, dass sie planen abzureisen. Außerdem … Sie war viel zu durcheinander, um eine Reise zu planen. Sie war kaum noch bei Sinnen.“

„Nun, du könntest sehen, ob alles zusammenpasst“, schlug Adrian vor. „Prüfe, ob es Flüge gibt, die jetzt oder später abfliegen. Sie könnten nach London oder Manchester fahren, um dort zu übernachten und am nächsten Morgen zu fliegen. Oder sie haben einen günstigen Nachtflug.“ Er zuckte mit den Schultern. „Oder sie sind gar nicht nach Amerika zurückgeflogen und haben beschlossen, irgendwo anders ein Haus zu mieten. Leacroft ist nicht gerade freundlich zu ihnen gewesen.“

„Scheint ein bisschen kurzfristig zu sein, um einfach so ein anderes Haus zu mieten.“

„Vielleicht suchen sie schon eine Weile“, sagte Adrian. Die Müdigkeit in seiner Stimme ließ Fran glauben, dass es ihn auch nicht interessierte.

Gemeinsam gingen sie durchs Haus, bis sie sich auf dem Sofa niederließen. Adrian zog Frans Beine auf seinen Schoß und rieb ihre Füße, die von dem langen Wandertag schmerzten. Ihre Glieder sanken in die Kissen. Sie war erschöpft, stellte sie fest. Nicht von der körperlichen Anstrengung, sondern von der emotionalen Last, sich um diese beiden Mädchen zu kümmern. Ja, für sie war Mary ein Mädchen. Ein Teil von ihr sah in Mary eher eine Tochterfigur als in Esther. Wenn Fran ein anderes Leben gelebt hätte, eines, in dem sie jung geheiratet und mit Anfang zwanzig Kinder bekommen hätte, hätte sie eine Tochter in Marys Alter haben können. Aber das hatte sie nicht. Sie hatte in einer Welt gelebt, die sie schließlich verdrängte, und ein Leben geführt, das sie für glamourös gehalten hatte, als sie noch für Frauenzeitschriften tätig war. Jetzt kam es ihr wie eine leichtsinnige Verschwendung vor, aber vielleicht war es nur ihre Angst, die aus ihr sprach.

„Sie würden ihren Toaster mitnehmen", sagte sie, „ihren und auch ihren Teekessel. Ich bin mir sicher, dass sie das tun würden. Ich habe das Gefühl, sie wollten mit leichtem Gepäck reisen. Gib mir mal den Laptop."

Adrian lehnte sich über die Rückenlehne des Sofas und nahm den Laptop, der auf dem Beistelltisch stand. Er legte ihn auf ihren Schoß und tätschelte ihr Knie. „Geht es dir gut, Franny?"

»Mir gehts gut. Ich will es nur ganz genau wissen. Ich sollte ihr noch einmal schreiben." Sie griff in ihrer Jeanstasche nach ihrem Handy. Dann schickte sie eine Nachricht ab:

Hi Mary, Adrian und ich sind vorbeigekommen, um zu sehen, ob es dir gut geht, aber wie es aussieht, bist du entweder ausgezogen oder in den Urlaub gefahren. Es tut mir so leid, dass ich deine Nachricht heute Morgen verpasst habe, vor allem, wenn du dich verabschieden wolltest. Bitte antworte auf diese Nachricht und lass mich wissen, dass alles in Ordnung ist. Ich denke an euch alle. Es tut uns beiden sehr leid, wie sich die Dinge in Leacroft entwickelt haben. Wenn ihr weggezogen seid, werden wir euch vermissen.

Zu ihrer Überraschung rührten die Worte sie zu Tränen.

Vielleicht würde sie keinen der beiden jemals wiedersehen. Sie konnte sich nicht vorstellen, dass sie sie nach dem Klatsch und den Graffiti jemals auf Besuch vorbeikommen würden. Sie legte ihr Handy weg, räusperte sich und klappte den Laptop auf.

Es dauerte eine Weile, bis sie fand, wonach sie suchte. Adrian war kein großer Reisender, und Fran flog nicht gern allein, was bedeutete, dass sie selten Flüge für sich selbst buchten. Sie ging mehrere Websites durch und notierte sich die Flugzeiten. Schließlich kam sie zu dem Schluss, dass sie in dieser Nacht fliegen konnten, aber es würde keine einfache Reise werden. Bei den meisten Flügen mussten sie entweder nach London fahren oder zuerst nach Dublin fliegen. Die Flugzeiten waren lang, weit über zehn Stunden. Bei einigen musste man in Boston umsteigen, bevor man nach Phoenix kam. Allein beim Gedanken daran wurde ihr schwindelig.

„Was werden sie mit ihrem Auto machen?“, fragte Fran laut. „Es einfach auf dem Flughafenparkplatz stehen lassen? Sie können es doch sicher nicht unterwegs verkauft haben.“

„Gute Frage“, meinte Adrian. „Vielleicht haben sie es unterwegs verkauft. Diese Internet-Seiten machen es viel einfacher, Dinge zu verkaufen.“

Fran überprüfte ihr Handy. Keine Antwort. Allerdings würde Mary bei einigen der Flugzeiten, die sie recherchiert hatte, jetzt in der Luft sein. „Oh, Ady.“ Sie lehnte sich zurück und seufzte tief. „Das gefällt mir alles überhaupt nicht. Erst kommen diese Mädchen in mein Leben und *brauchen* jemanden. Mich. Ich weiß auch nicht. Aber jedes Mal, wenn ich versucht habe, zu helfen, habe ich alles nur noch schlimmer gemacht. Jetzt sind sie weg und ich kann nichts tun. Ich werde nie erfahren, ob sie in Sicherheit sind, oder? Ich werde es nie erfahren.“

KAPITEL 33

So plötzlich wie die Whitakers aufgetaucht waren, waren sie auch wieder verschwunden, und ihre Abwesenheit war ebenso bemerkenswert wie ihre Anwesenheit. Obwohl Fran versuchte, nicht zu lauschen, hörte sie überall, wo sie hinging, Getuschel. Auf der Post, in der Kirche, im Zeitungsladen, in der Kneipe. *Hast du das von den Whitakers gehört? Sie sind weg. Abgehauen. Verschwunden. An einem Tag hier, am nächsten nirgendwo zu sehen.* Die meisten Leute irrten sich bezüglich ihres Heimatstaates. Fast jedes Gerücht, das Fran hörte, besagte, dass sie nach Texas zurückgekehrt waren, wo Elijah Pastor war. Andere sagten, sie könnten nicht nach Amerika zurück, weil sie auf der Flucht seien. *Ich glaube, sie haben das Kind gestohlen und sind hierhergekommen, um der Polizei zu entkommen. Deshalb ist das Mädchen auch immer wieder weggelaufen, weil es nach Hause wollte.*

In den Tagen nach ihrem Verschwinden überprüfte Fran vierzig, fünfzigmal am Tag ihr Telefon, in der Hoffnung, eine Antwort von Mary zu erhalten. Sie rief an und hinterließ Sprachnachrichten. Sie schickte mehrere Textnachrichten, Facebook- und WhatsApp-Nachrichten. Schließlich wurde die Nummer abgemeldet. Marys Facebook-Profil wurde gelöscht. Es gab für Fran keine Möglichkeit mehr, die Whitakers zu kontaktieren.

Fran schwänzte die Chorprobe in der ersten Woche, aber sie beschloss, sich zusammenzureißen und in der zweiten Woche hinzugehen. Der Frühling ging in einen heißen Sommer über, und ihr üblicher Spaziergang den Hügel hinauf ließ sie atemlos und verschwitzt zurück. Auf dem Weg ins Gemeindehaus winkte Emily sie zu sich.

„Hast du etwas von ihnen gehört?", fragte sie.

„Nein", sagte Fran. Sie wollte sich gerade abwenden, entschied sich dann aber dagegen. „Wir haben sie vertrieben, weißt du. Es ist alles unsere Schuld."

Emilys Miene verhärtete sich und ihr Lächeln wurde zu einer dünnen Linie. „Wir alle wissen, dass du die Polizei gerufen hast, also rede nicht in diesem Ton mit mir."

Fran war fassungslos. „Wie?"

„Das hier ist ein kleines Dorf, Fran. Mein Neffe ist Polizeibeamter. Er hatte an diesem Tag Bereitschaftsdienst. Er hat sie sogar gesehen und ist ins Haus gegangen. Er ist ein Idiot, wohlgemerkt. Ich habe ihm gesagt, dass da etwas faul ist, aber er meinte, es sei alles gut. Sie haben die Ermittlungen eingestellt und jetzt schau. Sie haben sich aus dem Staub gemacht! Wenn das kein Zeichen dafür ist, dass sie schuldig sind, weiß ich auch nicht."

„Oder vielleicht sind sie unseretwegen gegangen. Es ist ja nicht so, dass wir sie willkommen geheißen hätten. Jemand hat Graffiti auf ihr Haus gesprüht!"

Sie rollte mit den Augen. „Komm von deinem hohen Ross runter. Das kleine Kind ist nicht ohne Grund immer wieder weggelaufen, weißt du. Sie gehörten nicht hierher."

„Wir haben ihnen keine Chance gegeben."

„Du hast die Polizei gerufen", erinnerte Emily sie. „Du weißt besser als jeder andere, dass da etwas nicht stimmte. Ich habe es den Polizisten selbst gesagt, als das Mädchen verschwand. Ich habe es ihnen gesagt. Er ist ein seltsamer Kerl, hab ich gesagt. Er ist derjenige, auf den man aufpassen muss. Sie haben nichts getan. Wenn die Polizei nichts tut, ist die Alternative, sie zu verjagen und zu verhindern, dass einem von uns etwas zustößt."

Fran stemmte die Hände in die Hüften. „Man kann nicht einfach jemanden des Kindesmissbrauchs beschuldigen."

„Hör zu, ich bin älter als du und habe ein paar Dinge gelernt. Ich weiß, was du von mir denkst. Die alte Emily, die den ganzen Tag nur rumtratscht. Ich verstehe die Menschen, weil ich über sie rede. Weißt du was? Wir alle haben Instinkte. Wir alle haben Instinkte und manchmal liegen sie richtig. Mein Instinkt sagte mir, dass es Ärger geben wird, als ich Elijah Whitaker zum ersten Mal sah. Es ist mir egal, woher sie kommen oder woran sie glauben. Ich habe es gespürt und du auch. Oder etwa nicht?"

Fran wollte der Frau nicht in die Augen sehen. Sie wollte nicht, dass sie die Wahrheit in ihrem Gesicht sah. Ja, natürlich hatte Fran denselben Instinkt verspürt. Sie hatte ihn an jenem Morgen gespürt, als Esther Whitaker ihren Blick gehoben und Fran gesagt hatte, dass sie auf ihren Vater warte. Ein Schauer war ihr über den Rücken gelaufen. Normale siebenjährige Kinder sprachen nicht so.

„Wenn du mich fragst, glaube ich nicht, dass das Kind von ihnen ist", sagte Emily. „Du hast sie doch gesehen, nicht wahr? Blauäugig, blond, blass. Und sie haben beide dunkles Haar und dunkle Augen."

„Das kommt vor", antwortete Fran. „Viele Eltern haben Kinder, die ihnen nicht ähnlich sehen. Oder sie könnten Esther adoptiert haben."

Emily schüttelte den Kopf und zog einen Mundwinkel hoch. „Adoption? Die Mutter kann nicht viel älter als zweiundzwanzig gewesen sein, sie sieht kaum wie neunzehn aus. Wie viele Frauen in diesem Alter kennst du, die nicht schwanger werden können?"

„Aber er ist älter", sagte Fran.

Emily zuckte mit den Schultern. „Du hast recht, das ist er. Aber es fällt mir trotzdem schwer zu glauben, dass eine Adoptionsagentur diesen beiden ein Kind geben würde. Mein Sohn hat sich beworben und ist durch Dutzende von Prüfungen gegangen, um auch nur in die Nähe einer Chance zu kommen."

„Es war allerdings in Amerika."

„Stimmt." Emily hielt inne. Ihre Augen waren weit aufgerissen, und ihr Kopf wippte ständig auf und ab und erinnerte Fran an ein altes Großmütterchen, das Weisheiten verteilte. „Was sagt dir dein Instinkt?"

Fran beobachtete die anderen Chormitglieder, die in den Saal strömten. Sie hob ihre Hand, um Hallo zu sagen. Der Saal war fast voll, als sie sich wieder Emily zuwandte. „Der sagt mir, dass in dieser Familie etwas schiefgelaufen ist. Aber was kann ich jetzt tun? Sie sind nicht mehr da."

Emily warf ihre große Umhängetasche auf einen Stuhl. „Das ist richtig. Sie sind nicht mehr unser Problem."

KAPITEL 34

Fran stürzte sich in den Laufsport. Ihre morgendlichen Läufe wurden länger und härter. Sie baute Hügel ein, lief abseits der Straße auf Pfaden. Sie lief im Regen. Sie lief auch am heißesten Tag des Jahres. Aber eines tat sie jeden Morgen: Sie lief über die Dorfwiese und blieb bei den Schaukeln stehen. Sie stellte sich vor, wie Esther Whitaker dort stand, in diesem gelben Kleid, zu zurückhaltend, um Frans Hand zu nehmen. Jedes Mal, wenn sie im Park stand, stellte sie sich Esthers Körper am Bach vor. Leblos. Das war es, woran Fran die ganze Zeit denken musste. Die unerträgliche Spannung, das zu sehen, was sie nicht sehen wollte – das ernste Kind, das wegläuft, das strenge, traditionelle Heim, die blauen Flecken, die sanftmütige Frau, der kontrollierende Ehemann. Die ganze Zeit über hatte sie Angst vor ihrer eigenen Paranoia und vor der Richtung, in die sich ihrer Meinung nach alles entwickelte. Diese Richtung war Esthers lebloser Körper am Bach.

Vielleicht ging es immer noch in diese Richtung, mit dem Unterschied, dass sie nicht sehen konnte, wie es geschah, und dass sie nichts tun konnte, um es aufzuhalten. Eine Woche lang ging sie keuchend nach Hause, der Schweiß lief ihr die Nase herunter. Sie stellte die Dusche auf eine Temperatur ein, die sie kaum ertragen konnte, und kam mit dampfender Haut heraus. Adrian kratzte sich an den Armen und runzelte die Stirn, wenn er sie so sah. Sie hatte bereits einen Ausschlag in seiner Ellenbeuge bemerkt. Ihr Stress breitete sich aus und steckte ihren Mann an. Wenn sie sich doch bloß kontrollieren könnte.

Eines Morgens wurde es ihr klar. Sie konnte mit ihrem Leben nicht weitermachen, egal wie sehr sie es versuchte. Es war kein Wasserhahn, den man abdrehen konnte. Sie konnte nicht aufhören, sich zu sorgen, nur weil die Familie nicht mehr in Leacroft wohnte. Das machte das Leben komplizierter, das wusste sie, aber sobald sie sich entschieden hatte, überkam sie ein Gefühl des Friedens. Sie hatte etwas zu tun. Nicht mehr und nicht weniger. Sie musste das Ganze so angehen, wie sie eine Geschichte angehen würde: mit Recherche. Und damit begann sie im Internet.

Sie nahm ihren Kaffee mit ihrem Laptop und einem Notizbuch mit auf die Veranda. Das Haar feucht in der Morgensonne. Die Haut kribbelte von der Sommerhitze. Sie atmete tief ein und tippte Marys Namen in die Suchleiste ein. Es war der Beginn eines neuen Tages, und zum ersten Mal seit Wochen fokussierte sie sich auf etwas.

Weder Elijah noch Mary Whitaker tauchten in den Ergebnissen auf. Zumindest nicht der Elijah und die Mary, die sie kannte. Sie fand einen Elijah Whitaker, der gerne in einem Fanforum der Boston Red Sox kommentierte, und eine Mary Whitaker auf IMDB, die als Tontechnikerin für einige Filme gearbeitet hatte. Es gab viele Ergebnisse auf diesen Websites, die die Abstammung verfolgten, aber sie konnte niemanden finden, der in Arizona lebte. Keiner der beiden hatte ein Profil in den sozialen Medien, zumindest nicht mehr, und die üblichen Websites, die Adressen verkaufen, waren nicht ergiebig gewesen. Das bedeutete, dass sie es woanders versuchen musste. Sie musste in die Welt hinausgehen.

In Chatsworth House hatte Mary Elijahs Cousin in Derby erwähnt. Aber sie hatte keine Einzelheiten genannt. Keine

Namen. Keinen bestimmten Teil von Derby. Aber was wäre, wenn jemand als Referenz gebraucht worden wäre, als die Whitakers das Haus in Leacroft mieteten? Fran kannte einige der Immobilienmakler in der Gegend. Könnte sie von ihnen Informationen erhalten?

Sie gab die Adresse des Hauses der Whitakers in die Suchmaschine ein und stellte fest, dass es wieder zu vermieten war. Die Agentur, die das Angebot kontrollierte, hieß Forest Taylor, und zufällig war sie mit Nick Taylor, dem Sohn des Eigentümers, zur Schule gegangen. Sie waren nicht gerade die besten Freunde, aber sie könnte ein paar Anrufe tätigen oder ihn sogar zum Abendessen einladen. Ihr Verstand setzte sich in Bewegung. Zunächst beschloss sie jedoch, für den nächsten Tag einen Besichtigungstermin in dem Haus zu vereinbaren.

KAPITEL 35

Ein junger Mann im Anzug wartete auf sie, als sie die Veranda betrat. Sein Anzug war schick, aber eindeutig von einer Kettenmarke, und das Material war eher glänzend als geschmackvoll. Er reichte ihr die Hand, sein Gesicht erhellt durch ein keckes Lächeln, und stellte sich ihr vor.

„Hallo, ich bin Malcolm, oder Malc, wenn Sie wollen. Sind Sie Mrs. Cole?"

Fran nickte.

„Sehr gut. Kommen Sie rein. Ich sollte die Schlüssel hier irgendwo haben." Er kramte in seiner Hosentasche und brachte ein Bündel Hausschlüssel zum Vorschein.

„Haben Sie viele Interessenten?", fragte Fran.

„Einige." Er gab der Tür einen kleinen Schubs und sie traten auf die Veranda hinaus. „Ich glaube, Sie sind die Fünfte diese Woche. Es ist ein schönes Haus. Ich bin überrascht, dass der Besitzer es nicht verkauft, um ehrlich zu sein. Sie würden hier einen guten Preis erzielen. Trotzdem kann man heutzutage mit der Vermietung ein gutes Geschäft machen."

Drinnen war es aufgeräumt. Der Vermieter, oder eine Reinigungskraft, hatte den Flur gesaugt. Als sie das Wohnzimmer betraten, war es gründlich abgestaubt und die Möbel waren neu gestellt worden. Die Vorhänge waren in ihre Raffhalter gesteckt, sodass die Sommersonne den Raum mit ihrer Wärme erfüllte. Fran starrte traurig auf den roten Samt-Sessel. Alles, was sie sehen konnte, war Marys schlanke Gestalt, die sich über ihre Knie beugte und für die sichere Rückkehr ihrer Tochter betete. Emilys Worte darüber, dass Esther womöglich entführt worden war, hallten in ihrem Kopf wider. Nein, dachte sie, nicht Mary. Nicht nach all der Liebe, die sie zwischen Mary und Esther gesehen hatte. Sie riss ihren Blick von dem Stuhl los und konzentrierte sich auf den Grund, aus dem sie hierhergekommen war.

„Oh, ich dachte, das Haus wäre leer." Fran zeigte auf einen alten Computer, der auf einem Schreibtisch in der Ecke des Raumes stand. Dort hatte Mary Esther zu Hause unterrichtet. „Gehört der zum Inventar?" Sie täuschte ihre Überraschung vor, da sie bereits wusste, dass Mary und Elijah ihre Küchengeräte zurückgelassen hatten, aber sie fragte sich, ob sie auf diese Weise vielleicht ein paar mehr Informationen bekommen könnte.

„Das kann sein", sagte er. „Die Vorbesitzer haben den hinterlassen. Aber wenn Sie Ihren eigenen mitbringen wollen, kann der Vermieter ihn für Sie entsorgen. Obwohl", sagte er und zuckte mit den Schultern, „ein kostenloser Computer ist doch nicht schlecht."

„Lassen Mieter oft Gegenstände zurück?", fragte sie und versuchte, locker zu bleiben.

„Nun, ich bin ziemlich neu in diesem Job. Aber ich wüsste nicht, warum jemand einen Computer zurücklassen sollte. Die meisten Leute würden ihn zumindest spenden oder so."

„Sieht so aus, als ob sie schnell wegmussten. Auf der Flucht, vielleicht?"

Er lachte. „Nein, nichts dergleichen. Der Ehemann musste zurück nach Amerika, um ein krankes Familienmitglied zu pflegen. Sie konnten nichts Großes mit ins Flugzeug nehmen. Es gibt immer eine langweilige Erklärung für alles, nicht wahr? Okay. Wollen Sie die Küche sehen?"

In der Küche tat Fran so, als würde sie die Schränke untersuchen. Sie täuschte Interesse an den Arbeitsflächen und den Geräten vor, während sie nach allem anderen suchte, was die Whitakers zurückgelassen haben könnten. Es gab ein paar alte Dosen. Eine Dose mit Kaffeepulver. Ein Sieb. Nichts Nützliches.

„Schöne Küche", sagte Fran. „Macht es Ihnen etwas aus, wenn ich allein die Treppe hinaufgehe?"

„Klar, gehen Sie nur", erwiderte Malcolm.

Er schien nicht beleidigt oder überrascht zu sein, und das war eine Erleichterung, denn sie wollte Zeit haben, um die Schlafzimmer gründlich zu durchsuchen. Wenn es einen Hinweis geben sollte, dann sicher in den Räumen, in denen Geheimnisse so leicht versteckt werden können. Sie bedankte sich beim Makler und eilte die steile Treppe hinauf. Sie erinnerte sich, welches Zimmer Esther gehört hatte, und beschloss, zuerst dorthin zu gehen.

Das Bettzeug war weg, aber das Bett, die Schränke und der Nachttisch waren noch da. Mit der hübschen Tapete und den kleineren Möbeln war es unverkennbar ein Kinderzimmer. Sie durchsuchte alle Schubladen in Esthers Schrank und versuchte, nicht zu viel Lärm zu machen. Geräusche übertragen sich leicht in leeren Häusern. Dann sah sie auf dem Nachttisch nach, wo sie eine Kinderbibel fand. Sie steckte sie in ihre Tragetasche.

Unter dem Bett war nichts zu finden. Im Kleiderschrank entdeckte Fran das gelbe Kleid, das allein auf dem Gestell hing. Ihr Herz setzte einen Schlag aus. Sie konnte nicht einordnen, was sie da sah. Es war, als ob Esther mit ihr im Zimmer wäre. Sie warf einen Blick über ihre Schulter, um sich zu vergewissern, dass Malc ihr nicht nach oben gefolgt war. Dann riss sie es vom Kleiderbügel, rollte es wie ein Strandtuch zusammen und steckte es in ihre Tasche. Die ganze Zeit über klopfte ihr Herz, als ob sie Diamanten aus einem Tresor stehlen würde. *Reiß dich zusammen, es ist nur ein Kleid*, sagte sie sich selbst.

Fran ging weiter zum Zimmer von Elijah und Mary und fragte sich, was sie zurückgelassen hatten. Das Bettzeug war auch hier abgezogen worden. Sie durchsuchte die Schubladen. Sie waren leer. Sie überprüfte den Kleiderschrank. Nichts. Sie schaute unter dem Bett nach. Auch nichts. Das Nachttischchen war ebenfalls leer. Sie hob sogar die Matratze an. Warum sollte Mary alles ausräumen, abgesehen von zwei Dingen: Esthers Bibel und Esthers Kleid?

„Wie finden Sie es?“, fragte Malcolm, als sie die Treppe wieder herunterkam.

„Es ist sehr schön“, antwortete Fran. „Ich bin nicht überrascht, dass Sie so viel Interessenten haben. Aber ich muss noch einmal darüber nachdenken, und werde mich dann bei Ihnen melden.“ Sie verließ das Haus, ihre Tasche fest umklammert, immer noch überzeugt davon, dass der bleiche junge Mann mit dem glänzenden Anzug sie auf dem Weg nach draußen anhalten und durchsuchen würde.

KAPITEL 36

„Spanisches Omelett?“

„Nur wenn wir Sangria und einen Strand dazu haben.“ Fran stellte ihre Tasche auf den Küchentisch und war sich irgendwie sicher, dass Adrian das Diebesgut darin sehen konnte. Sie hatte ihm nicht erzählt, dass sie das Haus besichtigen wollte. Zu ihm hatte sie gesagt, sie wolle mit einem Buch in ein Café gehen, um etwas Zeit allein zu verbringen.

„Wir haben Orangensaft und einen Garten.“ Er lächelte. „Wie war es im Café?“

„Wunderbar.“

„Wie war das Buch?“

„Sehr gut.“

„Hast du gegessen?“

„Nee, nur einen Kaffee. Ich nehme gern ein spanisches Omelett, wenn das Angebot noch gilt.“

Er schob die Eier auf einen Teller, streute etwas schwarzen Pfeffer darüber und belegte sie mit Rucola-Blättern.

„Weißt du, du hättest Koch werden können“, bemerkte Fran.

„Vielleicht werde ich das noch.“ Er warf ein Küchenhandtuch über seine Schulter und grinste.

Fran aß und war sich ihrer hektischen Bewegungen bewusst,

denn sie war noch immer aufgeregt von dem Stress und der Aufregung, die sie während der Hausbesichtigung erlebt hatte. Sie zwang sich, langsamer zu essen, damit Adrian ihre Nervosität nicht bemerkte. Ihn zu täuschen, hinterließ jedoch ein schlechtes Gefühl bei ihr.

„Wir könnten nach dem Mittagessen spazieren gehen", sagte er. „Oder vielleicht lieber ein Bierchen trinken gehen?"

„Klingt gut."

„Ist bei dir alles in Ordnung?", fragte er. „Du scheinst ein wenig abgelenkt zu sein."

Sie schob ein Stück ihres Omeletts auf dem Teller hin und her und überlegte, was sie sagen sollte. „Ich muss dir ein Geständnis machen, Adrian."

Er legte den Kopf schief, fast amüsiert. „Was meinst du?"

„Ich habe gestern beim Makler angerufen und einen Termin für die Besichtigung des Hauses der Whitakers vereinbart. Ich war heute Morgen dort."

„Oh", sagte er. Er wandte sich von ihr ab, sodass sie seinen Gesichtsausdruck nicht sehen konnte. „Okay, das ergibt Sinn. Ich dachte, du wärst so zittrig, weil du zu viel Kaffee getrunken hast."

„Dann wäre ich wohl damit durchgekommen."

„Ja, wärst du." Er drehte sich wieder zu ihr um und hob eine Augenbraue. Sie betrachtete sein Gesicht, suchte nach Missbilligung oder Unterstützung oder irgendetwas. Aber er blieb teilnahmslos. Sie war sich nicht sicher, aber sie vermutete, dass er sich ihr gegenüber verschloss. Mit jeder kleinen Täuschung, mit jedem Mal, wenn sie darauf bestand, über die Whitakers zu sprechen, wurde er besser darin, seine wahren Gefühle zu verbergen. Aber sie wusste es. Sie wusste, dass er es satthatte.

„Ich war noch nie gut darin, dich zu belügen." Fran streckte die Hand aus, um seine zu drücken.

„Dann erzähl mal." Adrian hob seine Gabel auf, seine Finger umklammerten den Stiel zu fest. „Komm schon. Wo ziehst du uns da rein? Du wirst sie suchen, richtig?"

„Ja, tut mir leid."

„Was hast du in dem Haus entdeckt?"

„Nun, ich habe mich ein bisschen umgesehen. Sie haben ihren Computer zurückgelassen. Alle Kleidungsstücke und Kleinigkeiten waren verschwunden, bis auf zwei Dinge. Esthers Kleid, das sie trug, als ich sie damals auf dem Dorfplatz fand. Und Esthers Bibel."

„Hmm. Seltsam."

„Das fand ich auch."

„Du hast die Sachen gestohlen, nicht wahr?"

Fran zuckte leicht mit den Schultern. "Ist es Diebstahl, wenn die Besitzer sie zurückgelassen haben?"

„Wahrscheinlich."

„Dann bist du mit einer Kriminellen verheiratet, fürchte ich."

Er spießte ein Rucola-Blatt mit seiner Gabel auf und stieß einen schweren Seufzer aus. „Ich war schon mit Schlimmerem verheiratet."

„Weißt du, wem das Haus gehört? Ist es jemand aus dem Dorf?"

„Ich dachte immer, es sei der Typ, der oben auf dem Hügel wohnt. Du weißt schon, Gesicht wie Rote Bete, trägt immer eine Tweedjacke."

„Rory Ellingham?"

„Ja, der. Obwohl ..." Er tippte mit der Gabelkante auf den Teller. „Ja, genau, jetzt fällt es mir wieder ein. Er und seine Frau haben ein paar Immobilien in und um Leacroft, aber seine Frau Anita kümmert sich um sie. Sie kassiert die Miete und so weiter. Er macht irgendwas an der Börse. Ich habe ihn einmal getroffen, vor Jahren, als meine Eltern noch lebten.

„Ich kenne Anita", sagte Fran. „Sie kam früher zu den Chorproben."

„Wie praktisch", sagte Adrian. „Fran ..."

„Außerdem sollten wir Nick Taylor vielleicht einmal zum Abendessen einladen, damit ich Informationen aus ihm herausholen kann", unterbrach sie ihn.

„Fran."

„Ich dachte, du könntest dein marokkanisches Lammfleisch und den würzigen Couscous machen."

„Fran. Ich will das nicht."

Ihre Lippen zitterten.

„Es ist Zeit, aufzuhören."

Ihre Augen füllten sich mit Tränen. „Ich kann nicht. Ich kann nicht aufhören. Ich muss wissen, was mit ihnen passiert ist."

Adrian senkte den Kopf, bis sein Kinn auf seiner Brust ruhte. Sein Rücken war gekrümmt und er wirkte müde. „Okay."

Sie wischte sich die Tränen mit dem Handrücken weg, räusperte sich und drehte ihren Kopf zur Seite, um seinem Blick nicht begegnen zu müssen. „In guten wie in schlechten Zeiten, hm?"

Und dann sagte er mit untypisch kühler Stimme: „Wann kommen die guten Zeiten zurück?" Dann nahm er seinen Teller und verließ die Küche.

KAPITEL 37

Fran hatte Anita Ellinghams Telefonnummer nicht, sodass sie gezwungen war, sie über Facebook zu kontaktieren. Sie hatte stundenlang darüber nachgedacht, was für eine Ausrede sie sich einfallen lassen sollte, um sie aus heiterem Himmel anzuschreiben. Ein lockerer Kaffee würde nicht funktionieren. Sie waren nie gute Freunde gewesen. Anita war weniger als sechs Monate im Chor gewesen, bevor sie aufhörte, was bedeutete, dass sie nie eine enge Beziehung aufgebaut hatten. Fran hatte immer den Eindruck, dass Anita über ihre Beziehung zu Adrian herzog. Sie gehörte zu denen, die spekulierten, dass Adrian und Fran ihre Beziehung begonnen hatten, als sie noch Studentin war, was nicht im Geringsten stimmte.

Sie konnte weder ein Schwelgen in Erinnerungen vortäuschen noch versuchen, sie zu überreden, wieder in den Chor zu kommen. Fran sah nur eine Möglichkeit, nämlich Anita persönlich zum Sommerfest des Chores einzuladen, obwohl es noch zwei Wochen hin war. Das schien der organischste Weg zu sein, um das Gespräch zwischen ihnen zu eröffnen.

Und wenn Anita zu der Party käme, dann könnten sie zusammen ein Glas Wein trinken und sie könnte sie beiläufig nach Elijah und Mary fragen. Es war nichts, wonach sie einfach so fragen konnte, ohne es auf natürliche Weise einzubinden. Fran hatte als Journalistin gelernt, dass die Leute einem keine Informationen geben, wenn sie den Verdacht haben, dass die Situation erzwungen wurde, aber in einem natürlichen Gespräch würden sie sie bereitwillig anbieten. Menschen reden gerne, sie mögen es nur nicht, wenn man sie zum Reden zwingt.

Sie verschickte die Nachricht an Anita ein paar Minuten nach dem katastrophalen Omelett-Mittagessen mit Adrian. Dann nahm sie ihre Tasche mit nach oben und breitete das Kleid auf dem Bett aus. Sie legte die Bibel daneben und stieß einen kleinen Seufzer aus. *Nimm meine Hand, Kleines*. Sie schloss die Augen und erinnerte sich an Esther allein in der Dunkelheit. Sie hatte nicht ängstlich gewirkt, nur widerwillig, einer Fremden irgendwohin zu folgen. Fran hob das Kleid hoch und durchsuchte die winzigen Taschen. Sie fand einen Bommel und ein gefaltetes Stück Papier. Sie faltete es vorsichtig auf, als ob ein Frosch oder ein Käfer auf sie zu springen würde.

Esther Whitaker. Sieben Jahre alt. Der Vater ist Elijah.

Fran starrte lange Zeit auf die Worte und runzelte die Stirn. Warum sollte Esther das in ihrer Tasche haben? Was bedeutete es? Für einen Moment glaubte sie, dass Mary es Esther in die Tasche gesteckt haben könnte, falls das Kind sich wieder verlaufen sollte. Aber dazu müsste derjenige, der sie fand, ihre Taschen durchsuchen, was seltsam war, und es gab auch keine Telefonnummer. Sicherlich würde Mary in so einem Fall Kontaktdaten angeben wollen. Fran drehte das Papier in ihren Händen. Es war fadenscheinig, dünn und zerknittert. Es ist möglich, dass die Idee von Mary nur halb durchdacht war. Wenn sie weitergedacht hätte, hätte sie Esther vielleicht eine Art Armband mit Gravur gekauft oder den Zettel zumindest laminiert. Fran ließ den Zettel auf das Kleid fallen und öffnete die Bibel.

Auf der Innenseite des Umschlags stand in kindlicher, aber recht ordentlicher Handschrift: *Mein Name ist Esther Whitaker.*

Nicht, dieses Buch gehört Esther, sondern: *Mein Name ist Esther Whitaker*.

Fran lief ein Schauer über den Rücken und über die Arme. Sie blätterte in dem Buch. Es war eher eine Sammlung beliebter Bibelgeschichten, deren Verse mit bunten Cartoons illustriert waren. Sie blätterte durch die Darstellung von Adam und Eva im Garten Eden. Die Arche Noah. Der Turmbau zu Babel. Erst später, als sich das Buch auf die Lehren Jesu konzentrierte, bemerkte Fran die Kritzeleien am Rande. Sie setzte sich auf das Bett und legte das geöffnete Buch auf ihrem Schoß. Esther hatte einen schwarzen Farbstift genommen und einige der Wörter durchgestrichen. Ganze Absätze waren durchgestrichen. Daneben standen Wörter in ihrer Handschrift. *Falsch. Nein.* Fran blätterte die Seiten um und fand weitere Kritzeleien. *Vater sagt, das ist falsch. Nicht Vaters Lektion. Vater will das nicht.* Fran schloss das Buch und schloss auch ihre Augen. Es war so seltsam für ein Kind, so etwas zu machen.

Mary hatte ihr gesagt, dass Esthers imaginärer Freund Gott sei, und wenn man sich das Buch ansah, schien es, dass sie damit recht hatte. Aber das Seltsame an diesen Worten war, dass sie im Widerspruch zu dem standen, was in der Bibel stand. Warum sollte Esther nicht an das heilige Buch ihrer eigenen Religion glauben? Erstens beunruhigte die Hingabe dieses siebenjährigen Kindes Fran, und zweitens schien sie widersprüchlich zu sein.

Es sei denn, Mary hatte gelogen. Was wäre, wenn Esther die ganze Zeit über Elijah gesprochen hätte? Was wäre, wenn Elijah Esther gesagt hätte, dass die Worte, die sie in ihrer scheinbar harmlosen Kinderbibel las, falsch waren? Sie erinnerte sich an einige der Gerüchte, die im Dorf kursierten. Es gab Gerüchte, dass Esther entführt worden sei und dass Elijah eine Art Pastor war. Nun, Esther trug einen Zettel bei sich, der sie daran erinnerte, wer sie war. Sie hatte auch eine autoritäre „Vater“-Figur in ihrem Leben, ob er nun ihr biologischer Vater war oder nicht.

Fran lehnte sich auf der Bettdecke zurück. Sie musste die beiden finden.

KAPITEL 38

Als Anita positiv auf ihre Nachricht reagierte, beschloss Fran, das Gespräch fortzusetzen, indem sie sie fragte, wie es ihr so ging und was sie nach dem Chor unternommen hatte, um sich zu beschäftigen. Sie hielt es zwanglos. Anita war nicht immer eine sympathische Person, mit einer stacheligen Persönlichkeit und hochnäsigen Tendenzen, was bedeutete, dass ihr Gespräch auf Facebook ein ungewöhnliches Ereignis war. Sie hoffte, dass Anita keinen Verdacht schöpfte.

Die Nachrichten trudelten langsam bei ihr ein. Eine oder zwei pro Tag. Wahrscheinlich, weil Anita ständig so beschäftigt war. Sie hatte in der Leacroft-Bibliothek einen Spanischkurs belegt, da sie und Rory jetzt ein Ferienhaus an der Costa del Sol besaßen. Sie fuhren alle paar Monate dorthin, sodass sie nicht viel Zeit für etwas anderes hatte. Sie fragte, wie es Fran gehe und ob sie noch mit Adrian zusammen sei. *Das hat nicht lange gedauert,* dachte Fran. Obwohl sie und Adrian seit fast zehn Jahren verheiratet waren, glaubten einige der Dorfbewohner immer noch, dass es nicht funktionieren würde und dass Adrian die Art von Mann sei, der sie für eine Jüngere verlassen würde, sobald er sich langweilte. Sie schluckte ihren Stolz hinunter und antwortete höflich, dass sie und Adrian so glücklich wie eh und je zusammen seien.

Aber es würde ein langsamer Prozess werden, Anita Informationen zu entlocken. Sie musste in der Zwischenzeit etwas anderes tun, sonst würde sie verrückt werden. Fran versuchte, nicht an Adrians Missbilligung während ihres Omelett-Essens zu denken, und setzte die Räder für eine fingierte Dinnerparty für Nick Taylor in Bewegung. Es stellte sich heraus, dass er sich kürzlich von seiner Frau hatte scheiden lassen, was Fran auf eine Idee brachte. Sie schickte eine Nachricht an Suki, eine ewige, extrovertierte Singlefrau und Adrians alte Kollegin. Ein vorgetäuschtes Blind Date könnte funktionieren. Sie biss sich auf die Lippe, als sie die E-Mail abtippte. Vielleicht würde sich aus diesem Schlamassel sogar eine Liebesbeziehung entwickeln.

Adrian zu überzeugen, war eine andere Sache gewesen, aber wenigstens konnte er bei dieser Gelegenheit seine Kochkünste unter Beweis stellen. Tatsächlich hatte er sich sogar gefreut, als sie Suki erwähnte und er kündigte an, dass es zu Ehren von Sukis japanischem Hintergrund Sushi geben würde. Fran beschloss, seinen Sinneswandel nicht zu hinterfragen. Sie umarmte ihn, dankte ihm und versprach ihm, dass alles in Ordnung sein würde. Ein Versprechen, von dem sie nicht garantieren konnte, dass sie es halten könnte.

Am Tag der Party wachte Fran mit den ersten Anzeichen von Spannungskopfschmerzen auf. Sie hatte nicht gut geschlafen und überlegte, ob sie das Richtige taten, aber Adrian war gut gelaunt. Er half ihr beim Aufräumen, und später am Abend pfiff er, während er den Lachs für das Sashimi schnitt. Er war in seinem Element, als er mit Nori-Blättern selbstgemachte Maki-Rollen zubereitete. Fran setzte sich auf einen Hocker in der Küche und lehnte sich an den Tresen, um ihm bei der Arbeit zuzusehen. Das erleichterte ihre Kopfschmerzen und beruhigte ihren Magen. Sie konnte ihm stundenlang dabei zusehen.

„Glaubst du, dass sie sich verstehen werden?" überlegte Fran.

Adrian lachte. „Suki versteht sich mit jedem, wenn sie genug Wodka Tonics getrunken hat. Wir haben doch Tonic Water, oder nicht?"

Fran ging, um nachzusehen. Es war kein Geheimnis, dass Adrian und Suki einmal intim gewesen waren, aber das war jetzt über zwanzig Jahre her, und alle Beteiligten hatten sich weiterentwickelt. Dennoch brachte der Gedanke, dass Adrians Ex-Geliebte in ihr Haus kam, ihr emotionales Gleichgewicht durcheinander. Vor allem, wenn man bedachte, wie glücklich er darüber zu sein schien. Sie holte eine Flasche Wodka und etwas Tonic Water aus der Speisekammer. Dann überprüfte sie ihr Handy. Keine Nachrichten, weder von Mary noch von Anita. Sie stellte fest, dass es 18:30 Uhr war, was bedeutete, dass ihre Gäste in einer Stunde hier sein würden. Sie brachte die Getränke in die Küche und fand dort Adrian, der essbare Blumen über dem aufgeschnittenen Fisch arrangierte.

„Meine Güte, du gibst wirklich alles."

„Das ist meine Chance, zu glänzen, Darling!" Er grinste sie an, die Zähne in voller Pracht. Fran lachte.

Sie kümmerte sich um das Obst für den Nachtisch, bevor sie nach oben ging, um sich schnell umzuziehen. Ehe sie sich versah, war Suki da und trank mit ihrem Mann in der Küche Wodka. Sie glättete ihr Kleid und zwang ihr Gesicht zu einem strahlenden Lächeln. Sie war Suki schon einige Male begegnet, aber jedes Mal war Fran von ihrer Größe, ihrer schlanken Gestalt und ihrem langen—jetzt komplett silbernen—Haar, das ihr über die Schultern fiel, überrascht. Suki küsste sie auf beide Wangen, ganz die Bohème. Sie trug ein schwarzes Kleid, das ihr bis zu den Knöcheln reichte. Ihre Füße waren nackt. Sie sah aus wie eine Frau, die am Strand heiraten wollte.

„Ich bin gespannt auf den *Mann,* mit dem du mich verkuppelt willst", sagte sie und fuhr mit dem Daumen durch das Kondenswasser auf ihrem Glas auf und ab. „Wie aufregend."

„Er ist sehr nett", sagte Fran, die versuchte, den Anschein zu erwecken, als ginge es den ganzen Abend darum, dass sich diese beiden Leute kennenlernen. „Er ist ein Immobilienmakler, aber überhaupt nicht spießig. Geschieden, aber er hat sie nicht betrogen. Sie war diejenige, die ihn betrogen hat."

„Oh nein!"

„Aber er ist nicht verbittert."

„Gut. Kinder?"

„Ein Sohn. An der Universität."

„Welche?"

„Warwick".

„Nicht schlecht. Clever also."

Fran nickte. Es läutete an der Tür. Adrian zwinkerte ihr zu, als er ging, um sie zu öffnen, und ließ sie und Suki allein.

Suki, die auf demselben Hocker saß wie Fran zuvor, warf ihr Haar über eine Schulter und beugte sich vor, wobei ihre Armbänder klapperten. „Warum bin ich hier? Du lädst mich nie zum Essen ein. Irgendetwas ist doch los. Nicht wahr?"

„Tu mir einfach einen Gefallen, okay? Spiel einfach mit ..." Fran gestikulierte mit den Armen. „Das hier. Diese ganze Nacht. Wir brauchen Informationen von dem Typen."

Frans Herz schlug bis zum Hals, denn sie erwartete fast, dass Suki direkt zur Tür hinausgehen würde. Stattdessen verzog die silberhaarige Frau ihre leuchtend roten Lippen zu einem breiten Lächeln. „Klingt interessant. Ich bin dabei."

KAPITEL 39

Fran hatte vergessen, wie langweilig Nick Taylor war. Seine Persönlichkeit glich einer Kartoffel und er verbrachte die gesamte Vorspeise – eine wunderbare Muschelsuppe, die Adrian zubereitet hatte – damit, über den Immobilienmarkt und insbesondere über Millionäre zu sprechen, die ihre Villen nicht verkaufen konnten. Oder über die *Neureichen,* die mehr bezahlen, als ein Haus wert ist, nur um in der richtigen Lage zu wohnen. Und die ganze Zeit über, während dieser langweiligen, langatmigen Erklärung, lehnte sich Suki zu ihm, ihr Kinn kokett auf ihre umgedrehte Handfläche stützend, und füllte Nicks Wein nach.

„Wie ist es, in einem so kleinen Dorf Häuser zu verkaufen?", fragte Suki. „Du musst ja jeden kennen. Ist es schwer, Geheimnisse zu bewahren?"

„Nun", erwiderte Nick, dessen Gesicht sowohl vom Wein als auch von Sukis Aufmerksamkeit gerötet war. „Es ist nicht so schlimm. Die Leute hier haben keine Geheimnisse voreinander. Wir kennen uns sowieso alle so gut."

„Oh, ich wette, es gibt *viele* Geheimnisse", sagte Suki. „Diese kleinen Dörfer sind voll davon. Und dann kommen immer mal wieder neue Familien und zerstören den Status quo."

„Das ist wahr“, stimmte Nick zu.

Adrian machte eine Bewegung, als wolle er die Vorspeisenplatten wegräumen, aber Fran legte ihm eine Hand aufs Handgelenk. Suki leistete hervorragende Arbeit, um Informationen aus Nick herauszubekommen. Jetzt freute sie sich, dass Adrians Ex-Geliebte zugestimmt hatte, heute Abend zu kommen. Es war ein Geniestreich.

„Das ist erst kürzlich wieder passiert“, sagte Fran. „Diese nette Familie, die Whitakers, kam aus Arizona. Sie schienen etwas problembeladen zu sein, nicht wahr, Nick? Trotzdem waren sie sehr nett. Und dann hat sich das Dorf gegen sie gewandt, und das hat nicht gut geendet.“

„Wie furchtbar. Ich hasse es, wenn gute Menschen ungerecht behandelt werden. Was ist mit ihnen passiert?“ Suki nippte unschuldig an ihrem Wodka Tonic.

Nicks Augen leuchteten auf. Es schien ihm Spaß zu machen, sein Insiderwissen teilen zu können. „Nun, wir haben das Haus vermietet, wie ihr wisst. Sie waren so erpicht darauf, einzuziehen, dass sie die Kaution schon am Tag der Besichtigung mitgebracht haben. Ich war im Büro, als es passierte.“

„Sehr merkwürdig“, sagte Suki.

„Ich habe sie ein wenig kennengelernt“, fügte Fran hinzu. „Nach dem, was Mary, die Ehefrau, sagte, kannten sie nicht viele Leute in England. Wahrscheinlich wollten sie unbedingt Wurzeln schlagen.“

„Ja, darüber haben wir auch im Büro gesprochen“, sagte Nick. „Sie brauchten Referenzen für den Mietvertrag, und hatten damit ein paar Probleme. Es dauerte länger, die Referenzen zu besorgen als das Geld, aber sie waren so scharf darauf, dass wir das Haus für sie reserviert haben. Am Ende hat es ein Freund aus Derby gemacht.“

Freund, stellte Fran fest. Nicht Familie. Mary hatte das Wort „Cousin“ benutzt. Vielleicht hatte sie gelogen, oder Elijah hatte sie belogen. Es sei denn, Nick hatte sich geirrt.

„Wie war dieser Freund?“, fragte Suki.

Nick zuckte mit den Schultern. „Da bin ich mir nicht sicher. Das ist alles, was ich weiß.“

„Soll ich …“ Adrian stand auf, als wolle er die Teller nehmen, aber Fran wies ihn an, sich zu setzen.

„Lass uns vor dem Hauptgang noch ein wenig den Wein genießen, Schatz.“ Frans Lächeln zuckte. Das hier war genau der Teil, den sie wissen musste. Die Namen. Wie sollte sie das aus Nick herausbekommen? „Ich mache mir ein bisschen Sorgen um die Whitakers, seit sie weg sind. Das kleine Mädchen von ihnen ist zweimal von zu Hause weggelaufen.“

„Oh, das ist ja furchtbar“, meinte Suki.

Nick fügte hinzu: „Ja, es war furchtbar“, bevor er einen weiteren Schluck Wein nahm.

„Ich habe überlegt, sie aufzuspüren, nur um zu sehen, ob es ihr gut geht.“

„Das wird schwierig werden“, sagte Nick. „Wahrscheinlich sind sie inzwischen wieder in Arizona. Was für ein grässlicher Ort zum Leben. Heiß und staubig.“

Fran blickte Adrian an und gab ihm das Zeichen, die Teller abzuräumen. Sie musste es dabei belassen und zu einem späteren Zeitpunkt auf das Gespräch zurückkommen. Der Abend musste für einen Moment atmen können. Sie half Adrian, die Vorspeisenteller abzuspülen, während Suki und Nick im Speisesaal weiter flirteten. Dann kamen sie mit Sashimi, Maki und Katsu-Curry mit Reis wieder herein. Suki klatschte aufgeregt in die Hände und schwärmte über die Vielfalt der Speisen.

„Woher hast du diesen köstlichen Fisch?“ Sie aß ihr Essen, wie die Fernsehköchin Nigella, wenn sie kochte, legte den Kopf zurück, um es genüsslich zu verschlingen, und leckte sich die Finger, während sie schmatzende Geräusche machte. Nick sabberte förmlich in seinen Wein.

Nach dem Hauptgang war Nick definitiv angetrunken. Er hatte begonnen, Sukis Arm zu berühren, sein Daumen streifte ihre blasse Haut. Fran und Adrian bemerkten es und verließen den Raum mit den Tellern. Sie kicherten über ihre Matchmaking-Fähigkeiten, während sie die Reisreste in den Mülleimer kippten.

Als sie mit einem Teller frischer Früchte und einem Krug Sahne zurückkehrten, wandte sich Suki wieder den Whitakers zu.

„Ich denke, Fran hat recht mit dieser Familie. Es ist traurig, wenn man an das verstörte Kind denkt."

Nicks Kopf wippte auf und ab.

Fran beschloss, hinzuzufügen: „Vor allem, wie das kleine Mädchen immer wieder von Zuhause weggelaufen ist. Man hatte immer das Gefühl, dass Hilfe gebrauchen könnte?"

Aus dem Augenwinkel sah sie, wie Adrian die Augen verdrehte.

„Armes Kind", sagte Suki. „Fran, du bist eine so liebe Person, die sich um sie kümmert. Weißt du, was ich unglaublich mitfühlend und fürsorglich finden würde? Was ich übrigens total anziehend finde."

Fran blickte ihren Mann mit weit aufgerissenen Augen an.

„Was?", fragte Nick und lallte leicht.

„Wenn du Fran helfen könntest, diesen Freund zu finden. Ich meine, du musst doch irgendwo den Namen in einer Akte haben, oder?"

„Den haben wir", sagte er.

Sie schob ihren Stuhl näher an seinen heran und legte ihre Hand auf seinen Arm. „Das sind außergewöhnliche Umstände, findest du nicht auch? Jeder, der diesem Kind hilft, wäre ein Held."

Er strich ihr mit dem Finger über die Wange, Fran versuchte, ihren Fisch im Magen zu behalten. „Magst du Helden?"

„Oh ja."

Nick holte sein Handy aus der Tasche. „Ich schreibe meiner Assistentin eine SMS. Sie wird mir morgen früh den Namen schicken."

Suki quietschte. „Du bist unglaublich."

Er leuchtete unter dem Licht in Frans Esszimmer.

KAPITEL 40

Morgen, Süße. Rate mal, wer mir den Namen geschickt hat? Er hat sein Versprechen gehalten. Auch kein schlechter Liebhaber. Ich freue mich schon auf deine nächste Dinnerparty mit Detektivarbeit. Pass auf dich auf, ja? Dieser Elijah Whitaker scheint ein übler Kerl zu sein. Suki xx Fran notierte sich den Namen aus Sukis Nachricht, bevor sie sich ihren Morgenkaffee einschenkte. Es war etwa 10.00 Uhr und Adrian war im Garten und beschnitt die Hecken. Sie rieb sich die müden Augen. Irgendwann nach Mitternacht letzte Nacht waren sie und Suki in den Garten gegangen, während Adrian Nick in der Küche beim Ausnüchtern half. Auf den Gartenmöbeln ausgestreckt, die Schuhe ausgezogen und die Schals über die Schultern gezogen, unterhielten sie sich, während in der Ferne Füchse ihre Paarungsrufe kreischten.

„Bist du dir bei all dem sicher, Fran? Diese Familie zu finden, meine ich“, hatte sie gesagt. „Du könntest dich auf gefährliches Terrain begeben, weißt du. Diese Art von kontrollsüchtigen Männern hasst es, in eine Ecke gedrängt zu werden. Dann schlagen sie um sich.“ Suki hatte ihr einen Joint gereicht und den Rauch in den Nachthimmel geblasen. Fran lächelte in sich hinein und stellte sich den Tratsch bei der Chorprobe vor, wenn die Frauen wüssten, dass sie Marihuana rauchte.

„Ich kann nicht anders“, antwortete Fran. Das war die einfache Antwort, die ihr die ganze Zeit durch den Kopf ging. Ja, sie hatte Momente, in denen sie zweifelte, aber es gab kein Entrinnen, es war ein Impuls, den sie nicht ignorieren konnte. „Ich glaube nicht, dass sie jemand anderen haben.“

„Und Adrian ist damit einverstanden?“

Fran zog den Rauch in ihre Lunge und unterdrückte einen Hustenanfall. Sie atmete aus. „Zuerst war er nicht einverstanden, aber ich glaube, er sieht es langsam ein. Er hat heute Abend alles gekocht und war mit dem Plan einverstanden. Er ist ein Schatz, wie immer.“

Suki nahm den Joint zurück und zog ihren Schal fest um ihre Schulter. „Er ist ein Schatz.“ Sie hielt inne. „Meistens zumindest.“

„Meistens?“

Suki winkte abweisend mit der Hand. „Ach, nichts.“

„Erzähl!“

„Er hat mich betrogen, weißt du. Und seine erste Frau.“

„Was? Bist du sicher?“

„Ja. Ich bin mir sicher.“ Suki hob die Hände, als sie ihre Stimme erhob. „Sophie hat ihn auf frischer Tat ertappt. Und ich habe Beweise gefunden. Lassen wir es dabei bewenden. Aber mit dir ist er ein anderer Mensch.“

Fran lehnte sich gegen die Holzmöbel. „Ich kann mir nicht vorstellen, dass Adrian jemanden betrügt.“

„Wie ich schon sagte, er ist jetzt ein anderer Mensch. Damals haben ihm die hübschen jungen Dinger auf dem Campus relativ leicht den Kopf verdreht.“ Sie verdrehte die Augen. „Jedes Jahr gab es eine Studentin. Das übliche Stereotyp. Kurze Röcke und Probleme mit dem Vater.“

Fran drehte sich der Magen um. „Er hat mit seinen Studentinnen geschlafen?“

„Er war der klischeehafte notgeile Professor, fürchte ich.

Und ein gutaussehender Bastard. Er hatte diesen leichten Akzent, weil er drei Jahre lang in Harvard studiert hat."

Fran seufzte. „Ich wünschte, ich hätte ihn damals schon gekannt. Ich kann mir das gar nicht vorstellen."

„Na ja, jetzt ist er nicht mehr so. Er will ein einfaches Leben. Er will, dass du glücklich bist, aber im Grunde will er einfach nur ein einfaches, unbeschwertes Leben. Tagsüber Gartenarbeit, abends lesen, ein Glas Rotwein und früh ins Bett." Suki zuckte mit den Schultern.

Fran hob eine Augenbraue und lachte fast. „Das ist der Adrian, den ich kenne."

„Mein Gott, sieh dir dein Gesicht an. Es tut mir so leid, ich hätte nichts erwähnen sollen. Das ist doch alles schon Jahre her."

„Ich weiß." Fran versuchte zu lächeln. „Er ist trotzdem der sanftmütige Adrian, den ich kenne, oder?"

Sie lachte kurz auf. „Aber natürlich! Ihr zwei seid ein tolles Paar. Sei bitte vorsichtig, ja? Ich will nicht zu weit gehen, aber ich hoffe, du weißt, dass du das, was du tust, genauso für dich selbst wie für das Kind tust."

Fran wippte mit den Fingern in Richtung des Joints, bis Suki ihn ihr reichte. Der zweite Zug fiel ihr leichter als der erste. Ein Gefühl der Entspannung breitete sich in ihren Muskeln aus und vertrieb das Unbehagen, das durch Sukis Erzählungen über Untreue entstanden war. „Ja, ich weiß. Alle weisen mich immer wieder darauf hin. Adrian. Irgendwelche Wichtigtuer im Dorf. Und jetzt du." Sie verdrehte wieder die Augen, aber dieses Mal halb im Scherz.

„Falls ich es nie gesagt haben sollte, denn ich glaube nicht, dass ich das getan habe, tut mir das mit Chloe sehr leid. Was euch beiden passiert ist, war einfach furchtbar."

Fran spürte, wie ihr Körper in sich zusammensackte. Ihre Gesichtsmuskeln zuckten, als sie versuchte, ihre Gefühle unter Kontrolle zu halten. „Danke. Ich weiß."

Dann waren die Männer wieder aus dem Haus gekommen –

Nick hatte sich mit Kaffee gestärkt – und die Party war kurz darauf vorbei.

Jetzt starrte Fran auf den Namen, den sie mit Kugelschreiber geschrieben hatte. Daneben stand eine Adresse. Noah Martinez. Er wohnte in Derby, wie Mary gesagt hatte, aber er schien nicht mit Elijah verwandt zu sein, jedenfalls nicht nach den Nachnamen zu urteilen. Außerdem hatte Nick ihn als Freund und nicht als Familie bezeichnet. Sie faltete das Papier zusammen und steckte es in ihre Gesäßtasche. Ihr Kopf pochte. Sie war um fünf Uhr morgens aufgewacht, nicht mit dem Wunsch, laufen zu gehen, sondern mit dem Drang, sich zu übergeben. Irgendwie hatte sie es geschafft, auf die Toilette im Erdgeschoss zu kriechen und alles hochzuwürgen, bevor Adrian es bemerkte. Dann schlüpfte sie zurück ins Bett und gab sich einer fröstelnden Paranoia hin, die ihre Gedanken verschlang, bis es Zeit war, aufzustehen. Und was hatte sie aus diesen paranoiden Gedanken gelernt? Dass sie Angst davor hatte, was sie entdecken würde, wenn sie die Whitakers ausfindig machte. Und dass sie auf einmal das Gefühl hatte, ihren Mann nicht wirklich zu kennen.

Das Schlimmste von allem. Was wäre, wenn sie die ganze Zeit nach den Whitakers suchen sollte, nur um sie sicher und glücklich vorzufinden? Es war nicht so, dass sie hoffte, dass es ihnen schlecht ginge, sie wollte einfach nicht wie eine Besessene rüberkommen. Aber vor allem würde es beweisen, dass sie ihre Hilfe nicht brauchten.

Fran ging in den Garten, um Adrian zu sagen, dass sie am Nachmittag weg sein würde. Sie setzte ihre Sonnenbrille auf, um ihre Augen vor der Sonne zu schützen, und stieg in ihr Auto.

KAPITEL 41

Fran benutzte das Navi, um zu ihm zu finden. Es war keine lange Fahrt, aber der Übergang vom Dorf in die Stadt war holprig. Sie war frustriert von den Autofahrern, verwirrt von den Einbahnstraßen und saß im Auto fest, während sie auf grüne Ampeln wartete. Sie hatte immer noch einen dumpfen Schmerz im Hinterkopf, und die Paracetamol-Tabletten konnten ihren Kater nicht ganz lindern.

Schließlich näherte sie sich der Wohnung im Stadtzentrum, aber das Gebäude lag direkt an einer Hauptstraße, an der es keine Parkplätze gab. Nachdem sie noch zehn Minuten herumgefahren war, fand sie ein Parkhaus in der Nähe und quetschte sich zwischen einen Betonpfeiler und einen Corsa. Mit Magendrücken schaffte sie es gerade noch aus dem Auto und die vielen Treppen hinunter. Die Stadt roch nach Mülltonnen und Abgasen.

Es war ein warmer Tag, und die Innenseiten ihrer Oberschenkel – den Stellen, denen selbst ihre morgendlichen Läufe nichts anhaben konnten – scheuerten, als sie zu ihrer Adresse eilte. Sie sehnte sich danach, Shorts zu tragen und ärgerte sich über ihre Entscheidung, an diesem Morgen ein Maxikleid zu tragen.

Sie hatte nicht vorher angerufen. Vielleicht arbeitete Noah am Wochenende oder war ans Meer gefahren, um die Sonne zu genießen. Vielleicht hatte sie aber auch Glück und fand tatsächlich Elijahs sogenannten Freund, der bereit war, ihr alles zu erzählen, was sie wissen wollte.

Fran stand vor dem Wohnblock über einem Game Shop und suchte auf der Tafel nach der richtigen Wohnungsnummer. Sie drückte auf den Buzzer und wartete. Es kam keine Antwort. Sie drückte erneut.

„Hey, besuchen Sie jemanden?“, fragte eine Stimme hinter ihr.

Fran drehte sich um und sah eine junge Frau von etwa achtzehn oder neunzehn Jahren, die sie anlächelte. Obwohl sie nur ein Trägertop und Shorts trug, war auf ihren Schultern und Unterarmen ein Hauch von Schweiß zu sehen.

„Ja, tatsächlich. Noah Martinez? Er wohnt in Wohnung C.“

„Oh ja, ich kenne Noah. Ich kann Sie hereinlassen, wenn Sie wollen, aber ich glaube, er ist in den Urlaub gefahren. Ich habe ihn schon seit ein paar Tagen nicht mehr gesehen.“

„Vielen Dank, das wäre großartig“, sagte Fran.

Sie benutzte eine Magnetkarte, um die Tür zu öffnen. „Es ist nur ein Stockwerk, wenn Sie nicht mit dem Aufzug fahren wollen. Was ich an ihrer Stelle nicht machen würde. Der geht jeden Monat kaputt.“ Ihre Sandalen klatschten auf die Stufen, als sie die Treppe hinaufging.

„Danke für den Tipp.“

Fran folgte ihr die Treppe hinauf und dachte darüber nach, wie sehr dieser Ort sie an das Treppenhaus eines Kaufhauses oder eines Parkhauses erinnerte, nicht an eine Wohnung. Sie konnte sich nicht vorstellen, im Herzen einer Stadt zu leben, auch nicht in einer relativ kleinen Stadt wie Derby. Die Atmosphäre war erdrückend. In dem unerträglich heißen Gebäude war sie froh über ihr kurz geschnittenes Haar. Trotzdem musste sie sich den Schweiß von der Stirn wischen, als sie sich der Wohnungstür näherte. Nachdem, was sie von Noahs Nachbarin gehört hatte, machte sie sich keine großen Hoffnungen mehr, aber sie klopfte trotzdem laut an die Tür.

Noahs Nachbarin wohnte in Wohnung B auf der anderen Seite des Flurs und drehte sich lächelnd zu ihr um, als sie ihre Wohnung betrat. Fran wartete, aber es kam keine Antwort. Sie beschloss, es noch einmal zu versuchen und klopfte so laut, dass ihre Knöchel schmerzten. Immer noch nichts.

Fran wollte sich gerade umdrehen und gehen, als sie ein Kratzen auf der anderen Seite der Tür hörte. Sie bückte sich und lauschte. Da war es wieder, ein Kratzen. Diesmal klang es eindringlicher. Einen Moment später hörte sie ein Miauen.

„Hallo, Kätzchen", sagte Fran.

Die Katze antwortete mit einem Jaulen, gefolgt von weiterem Kratzen. Ein verzweifeltes Kratzen, dachte sie.

Fran drehte sich um und starrte auf Wohnung B. Noahs Nachbarin hatte erwähnt, dass sie ihn seit ein paar Tagen nicht mehr gesehen hatte. Trotzdem war da eine Katze in der Wohnung, und sie klang, als ob sie in Not wäre. Sie hörte dem Miauen und Kratzen der Katze noch einen Moment lang zu und überlegte, was sie tun sollte. Sie ging zu Wohnung B und klopfte.

Als sich die Tür öffnete, schien die Frau überrascht zu sein, als sie Fran dort stehen sah.

„Entschuldigen Sie die Störung", sagte Fran. „Sie erwähnten, dass Sie Noah seit ein paar Tagen nicht mehr gesehen haben. Die Sache ist die, dass ich Noahs Katze auf der anderen Seite der Tür hören kann, und jetzt mache ich mir ein wenig Sorgen."

„Wirklich?" Sie öffnete die Tür weiter und trat in den Korridor. „Hm. Ich glaube nicht, dass Noah weggehen und seine Katze allein lassen würde." Die junge Frau runzelte die Stirn, als sie das laute Miauen hörte.

„Haben Sie einen Ersatzschlüssel?", schlug Fran vor. „Die Katze klingt verzweifelt."

„Ich nicht", sagte sie. „Aber es gibt unten ein Büro. Vielleicht kann dort jemand helfen."

KAPITEL 42

„Ich bin übrigens Fran. Tut mir leid, dass ich Ihnen so viel Ärger mache."

„Naomi. Ist schon okay. Um ehrlich zu sein, bin ich froh, dass Sie gekommen sind. Noah würde niemals seine Katze einfach so zurücklassen." Sie strich sich die dünnen Strähnen ihres Ponys aus den Augen, als sie das Erdgeschoss erreichten. „Das ist alles gar nicht seine Art. Er ist ziemlich ruhig. Wir gehen jeden Morgen zur gleichen Zeit zur Arbeit. Sonst wüsste ich nicht einmal seinen Namen. Aber eines weiß ich: Es ist das erste Mal, dass er weg ist. Ich erinnere mich an die eine Woche, in der er krank war, aber abgesehen davon geht er jeden Morgen um 8:00 Uhr die Treppe hinunter, genau wie ich." Sie lächelte schüchtern. „Tut mir leid, ich schweife ab."

Fran erwiderte das Lächeln. „Das haben Sie nicht, keine Sorge. Erinnern Sie sich an eine Familie, die eine Zeit lang bei ihm gewohnt hat? Eine junge Frau namens Mary, ihr Mann Elijah und ihre siebenjährige Esther?"

„Ja", sagte sie, als sie noch eine Etage tiefer in den Keller gingen. „Das war eine seltsame Familie. Ich weiß nicht, wer sie waren, aber sie waren seltsam. Vor allem das Mädchen."

„Esther?"

„Ja. Merkwürdiges Kind. Machte einmal einen missbilligenden, spöttischen Laut über meine Shorts. Ich wollte noch nie ein Kind ohrfeigen."

„Sie sind sehr religiös", sagte Fran. „Ich glaube, Esther übernimmt nur das, was man ihr beigebracht hat.

„Ja, den Eindruck hatte ich auch. Das mit der Ohrfeige war auch nur ein Scherz." Sie stieß ein nervöses Kichern aus.

„Das ist okay, ich hatte den gleichen Gedanken", gestand Fran. „Was ist mit Noah, ist er auch religiös?"

Als sie einen hellen Korridor entlanggingen, schlang Naomi ihre Arme um ihren Oberkörper, als ob sie sich wärmen wollte. „Ehrlich gesagt? Ich weiß es nicht." Sie warf einen Seitenblick auf Fran, als würde sie sich erst jetzt fragen, warum sie hier war. „Sind Sie keine Freundin von Noah?" Sie erreichten eine Tür mit der Aufschrift „Gebäudeverwaltung", und sie klopfte.

„Ich habe ihn noch nie getroffen. Ich kenne die Familie, die bei ihm gelebt hat."

„Okay." Sie klang verwirrt.

„Die Familie wird seit ein paar Wochen vermisst. Ich hatte gehofft, er wüsste vielleicht, wohin sie gegangen sind."

„Oh, wow."

Die Tür öffnete sich und ein stämmiger Mann im Polohemd antwortete. Er hatte lockiges rotes Haar und eine knallrote Nase.

„Kann ich Ihnen helfen?"

Naomi übernahm die Führung. „Ich wohne in Wohnung B. Diese Dame wollte Noah in Wohnung C besuchen, aber er antwortet nicht, und irgendetwas scheint nicht zu stimmen. Ich habe ihn seit Tagen nicht gesehen, aber seine Katze ist allein in der Wohnung und ..." Sie brach ab, und Fran konnte sehen, wie ihre Überzeugung schwand.

„Wir sind besorgt, dass ihm etwas zugestoßen sein könnte", fügte Fran hinzu.

„Hat einer von Ihnen ein Familienmitglied kontaktiert?", fragte der Manager.

„Wir kennen keine. Könnten Sie einfach bitte die Tür öffnen?"

Er runzelte die Stirn und steckte die Hände in die Hosentaschen seiner Khakihose. „Das sollte ich nicht. Es sei denn, es ist ein Notfall."

Fran biss sich auf die Unterlippe. Ihr Kopf hatte wieder zu pochen begonnen. „Wir glauben, dass es sich um einen Notfall *handelt*. In der Wohnung befindet sich ein Tier in Not."

„Ja, das stimmt", fügte Naomi hinzu. „Das arme Ding kratzt an der Tür."

„Ich suche mal die Schlüssel", sagte er und verschwand wieder in seinem Büro. Einen Moment später kam er mit zwei Schlüsseln an einem Ring mit einem Plastikanhänger zurück. Er drehte sich um, schloss sein Büro ab und schritt den Korridor hinauf. Fran dachte daran, den ganzen Weg zurück in den ersten Stock zu gehen, und ihr graute davor. Ihre verkatert wirkenden Muskeln schmerzten, als sie versuchte, mit dem Manager Schritt zu halten. Es war eine Erleichterung zu sehen, dass er direkt zu den Aufzügen ging.

„Ihr Mädels solltet mich besser nicht in Schwierigkeiten bringen", sagte er, als sie in den Aufzug traten. Die drei füllten den winzigen Raum aus und zogen alle ihre Arme eng an den Körper, um unnötigen Hautkontakt zu vermeiden.

Fran biss sich auf die Zunge, um nicht dagegen zu protestieren, als „Mädchen" bezeichnet zu werden. Naomi hingegen ließ ihre Frustration sichtbar werden.

„Du wirst noch mehr Ärger bekommen, wenn in der Wohnung etwas Schlimmes vor sich geht", schnauzte sie.

Der Mann warf ihr einen scharfen Blick zu und stieß einen verärgerten Seufzer aus. Als der Aufzug in der ersten Etage ankam und sich die Türen mit einem beängstigenden Geräusch öffneten, schwang er seinen Arm in einer übertriebenen Geste und ließ Naomi zuerst aussteigen. Fran folgte den beiden und fühlte sich peinlich berührt, da sie für diese Wendung der Ereignisse verantwortlich war.

Als sie die Wohnung von Noah Martinez erreichten, sträubten sich die Haare auf ihren Armrücken. Die Katze war immer noch an der Tür, kratzte und miaute, ihr Jaulen war noch verzweifelter als zuvor.

„Mein Gott", sagte er. „Das Ding klingt tollwütig!"

„Ich bin sicher, sie hat nur Angst", sagte Naomi. „Ich habe etwas gekochtes Hühnchen im Kühlschrank. Ich hole das mal."

Sie ging für einen Moment in ihre Wohnung, während der Verwalter die Tür aufschloss. sie warteten beide darauf, dass Naomi mit einem Teller mit aufgeschnittenen Hähnchenteilen zurückkam. Als sie zurückkam, nickte sie dem Verwalter zu, damit er die Tür öffnete.

Als die Tür geöffnet wurde, sprang sofort ein schwarzer Fellschopf heraus. Naomi stellte den Teller ab und sprach beruhigend auf die aufgeregte Katze ein. Sie begann sofort zu fressen, zwischen lauten, ängstlichen Schnurrlauten.

Doch als sich die Tür öffnete, strömte etwas noch viel Böseres aus der Wohnung. Sie reagierten gleichzeitig darauf und hielten sich Mund und Nase mit den Händen oder Unterarmen zu. Fran musste sich übergeben, als ihr der Geruch in die Kehle drang. Der giftige Gestank, der von der offenen Tür ausging, erinnerte sie an eine tote Ratte, die Adrian in der Kaminöffnung gefunden hatte. Aber das hier war schlimmer. Es war kränklich, verrottet und faulig. Fran wusste sofort, was es war, und sie war überzeugt, dass die anderen es auch wussten. Eine Leiche.

KAPITEL 43

Fran ging nicht weiter, sie blieb in der Tür stehen, wie erstarrt vor ihrer eigenen Furcht. Der Manager trat zurück in den Korridor, holte ein Handy aus seiner Tasche und rief die Polizei. Sie hörte ihn durch das dumpfe Pochen des Blutes in ihren Ohren sprechen. Neben ihr war sie sich vage bewusst, dass Naomi etwas sagte. Irgendetwas darüber, dass sie nicht hineingehen sollte, falls es ein Tatort war. Sie endete mit: „Armer Noah".

Fran starrte in die offene Wohnung. Sie sah einen an der Wand aufgehängten Macintosh, weiße Wände, die von der Sonne vergilbt waren, und einen dünnen Teppich. Sie sah die Ecke einer Küche, einen blassgrünen Schrank, von dessen Griff weiße Farbe abblätterte. Sie sah die Kante eines alten Sofas, dessen Armlehnen vom jahrelangen Gebrauch abgenutzt waren. Da war die Andeutung eines Vorhangs. Er bewegte sich nicht. Es ging kein Luftzug.

Als sie schließlich die Wohnung betrat, wurde sie von niemandem aufgehalten. Der Hausverwalter war mit sich selbst beschäftigt und ging im Flur vor der Wohnung auf und ab, vielleicht machte er sich Sorgen um seinen Job oder um die anderen Bewohner. Naomi hatte sich gebückt, um noch einmal nach der

Katze zu sehen. Niemand beobachtete Fran, als sie an dem Macintosh und dem Küchenschrank vorbei in den Wohnbereich ging.

Noah hing an der Rückseite einer Tür. Er befand sich am gegenüberliegenden Ende des Raumes, Fran gegenüber. Sein Kopf war gesenkt, und seine Arme und Beine hingen schlaff herab. Er war offensichtlich tot. Seine Socken waren an der Stelle, an der die Katze sie zerkratzt hatte, in Fetzen gerissen. Fran keuchte entsetzt und wandte sich ab, schloss die Augen und versuchte, den Anblick der Leiche zu verdrängen. Es gelang ihr nicht. Er war wie auf der Rückseite ihrer Augenlider eingebrannt wie die Inversion von hellem Licht. Ihr Magen krampfte sich zusammen, aber sie kämpfte hart, um ihren Körper unter Kontrolle zu halten. Nein, sie würde sich nicht übergeben. Nein. Sie öffnete die Augen und suchte den Raum ab, während sie versuchte, nicht auf Noahs Leiche zu achten,

Da sah sie die handgeschriebene Notiz auf einem Regal über dem Gaskamin. Sie trat näher und nahm den Zettel an sich. Die Botschaft war auf ein normales, gefaltetes A4-Blatt geschrieben worden. Auf der Seite, die nach außen zeigte, hatte Noah den Namen James geschrieben. Mit zitternden Händen entfaltete Fran den Zettel.

Es tut mir leid, dass ich gegangen bin. Das hier ist für dich und vielleicht bringt es mich zu dir zurück.

Ich entschuldige mich bei der Person, die das Pech hat, mich zu finden. Wenn es Sie tröstet, ich habe meinen Frieden gefunden.

Alles Gute für Sie.

Noah

• • •

„Was machen Sie da?“ Der Manager starrte Fran mit dem Zettel in der Hand entsetzt an. Dann wanderte sein Blick zu der Leiche hinüber und er rannte aus dem Zimmer. Aus der Küche oder aus dem Flur rief er. „Legen Sie das zurück und warten Sie hier draußen auf die Polizei. Sind Sie verrückt? Sie dürfen sich nicht einmischen.“

Fran faltete den Zettel, wie er war, und legte ihn ins Regal. Sie wusste, dass sie nichts hätte anfassen sollen, aber sie hatte nicht anders gekonnt. Auf dem Weg nach draußen versuchte sie, Noah nicht ein letztes Mal anzusehen, doch dann drehte sie sich um und sah die zerkratzten Socken. Zurück im Flur, wo Naomi Noahs Katze in ihren Armen wiegte, begann Fran zu weinen.

„Ihr Verlust tut mir sehr leid“, sagte Naomi und vergaß dabei vielleicht, dass Fran Noah noch nie getroffen hatte.

Die Polizei kam kurz darauf. Im Büro des Managers nahmen sie Aussagen auf und untersuchten den Tatort. Fran hinterließ ihnen ihre Daten, damit sie sie kontaktieren konnten, wenn sie etwas brauchten. Auch sie und Naomi tauschten ihre Telefonnummern aus. Diese Erfahrung verband sie jetzt. Abgesehen von dem düsteren Geruch und dem Zustand der Leiche wirkte die Polizei entspannt. Es schien sich um einen offensichtlichen Selbstmord zu handeln. Es gab die Leiche eines einsamen Mannes, der an einer Tür hing, und einen Zettel, auf dem stand, dass er sich das selbst angetan hatte.

Fran ging, sobald die Verhöre beendet waren. Sie warf einen kurzen Blick auf Naomi, welche die Katze in ihrer Wohnung gelassen hatte, und lächelte traurig. Nichts davon war so gelaufen, wie sie es sich erhofft hatte. Jetzt wollte Fran nur noch nach Hause gehen und versuchen, den Geruch von Noahs verwesendem Körper weg zu schrubben.

KAPITEL 44

Es war der Tag des Chor-Sommerfestes, und Frans Gruppe traf sich im Gemeinschaftshaus zu einem Lunchbuffet. Zum ersten Mal seit ihrem Streit mit Emily ging sie den Hügel hinauf, einen Laib von Adrians Bananenbrot in der Tasche und eine Flasche Wein in der Hand. Ihr Herz schlug heftiger als bei ihrem morgendlichen Lauf. Sie hatte das Gefühl, dass dies ihre letzte Chance war, Informationen über die Whitakers zu bekommen. Jetzt oder nie.

Sie war müde. Nachts sah sie Noah Martinez an der Rückseite einer Tür hängen, ein Ledergürtel schnitt in das Fleisch um seinen Hals. Sie sah ihn lebend, in seinen letzten Momenten seine Entscheidung bereuend, gegen den Gürtel kämpfend, strampelnd und gurgelnd. Weißer Schaum bildete sich in seinen Mundwinkeln. Dann wachte sie auf, ging joggen und versuchte, nicht daran zu denken. Sie sagte sich, dass das Ganze erst eine Woche her war und sie bald zur Normalität zurückkehren würde. Noah war niemand für sie gewesen. Eine zufällige Person mit einer Verbindung zu den Whitakers. Warum hatte der Anblick seiner Leiche sie so sehr berührt?

Schließlich war es nicht die erste Leiche, die sie gefunden

hatte. Natürlich kam sie wieder auf Chloe zurück, das war immer so.

Als Anita Ellingham ihr auf dem Parkplatz zuwinkte, drehte sich Frans Magen um. Wie immer war sie gut gekleidet, ihr himmelblaues Kleid passte perfekt zu den dunkelblauen Schuhen und der Tasche. Die Farbe passte zu ihrem olivfarbenen Hautton. Ihre Lippen hatten einen geschmackvollen Pflaumenton, ihr Haar war in Wellen geflochten. Sie zog Fran in eine Umarmung.

„Ich bin so froh, dass du dich gemeldet hast", schwärmte sie. „Ich habe den Chor vermisst."

„Es ist schön, dich wiederzusehen", sagte Fran, während sie in die Halle gingen.

„Was hast du mitgebracht?" Anita beugte sich um Fran herum und betrachtete die Weinflasche in ihrer Hand. „Pinot. Wunderbar."

„Und Adrians Bananenbrot. Nicht meins." Sie lachte. „Meins kommt immer mit einem matschigen Boden heraus." Sie gingen zu den Tischen hinüber, und Fran stellte ihre Flasche zu den anderen. Sie nahm zwei Plastikbecher in die Hand. „Willst du ein Glas?"

„Ja, gern." Anita stellte eine Flasche Champagner neben Frans Pinot Grigio. Dann griff sie in ihre übergroße Reisetasche und holte eine Backschachtel heraus. „Ich wusste nicht, was ich mitbringen sollte. Am Ende habe ich beschlossen, meine schrecklichen Backkünste nicht an der Gruppe auszulassen, also habe ich Donuts gekauft."

Fran hob die Augenbrauen, als sie das Etikett auf der Schachtel sah. „Butterfly Bakery. Wunderbar." Sie wusste, dass es keine gewöhnlichen Donuts waren, sondern ausgefallene, handgefertigte Donuts mit einem herrlich cremigen Kern. Ihr lief das Wasser im Mund zusammen, wenn sie nur daran dachte, einen Bissen zu nehmen, aber sie musste zugeben, dass Adrians großartiges Bananenbrot neben den bunten Leckereien ein wenig traurig aussah.

Als Fran ihr ein großes Glas Wein reichte, versammelte sich

der Rest des Chors um Anita und stellte ihr Fragen. Was hatte sie getrieben? Wo war sie gewesen? Wie war ihr Urlaub? Und so weiter. Fran nahm große Schlucke von ihrem Wein und bereute ihren Plan. Sie war davon überzeugt, dass es nicht funktionieren würde. Sie fühlte sich wie eine Versagerin, und das nicht nur, weil sie keinen teuren Champagner zu ihrer Feier mitgebracht hatte.

Den ganzen Nachmittag über gingen sich Fran und Emily aus dem Weg. Sie hörte häufig die Stimme der älteren Frau, verspürte aber nie den Drang, zu ihr zu gehen. Ein paar der anderen fragten sie, wo sie in den letzten Wochen gewesen sei, aber Fran erfand Ausreden, wie zum Beispiel eine Erkältung. Im Laufe des Tages und nachdem sie die Flasche Pinot fast ausgetrunken hatte, klang diese Ausrede sogar in ihren eigenen Ohren unecht. Aber sie war zu sehr damit beschäftigt, Anita zu beobachten, um sich darum zu kümmern.

Gegen 15.00 Uhr gelang es Fran, sich in Anitas Gesellschaft zu drängen und sich einen Stuhl neben sie zu ziehen. Anita hatte ihre Absätze abgestreift und rieb sich den Ballen ihres linken Fußes.

„Hast du genug?“, fragte Fran und deutete nickend auf Anitas nackte Füße.

„Ich bin immer noch dabei, sie einzulaufen. Oder, besser gesagt, sie laufen mich ein.“

Fran lachte. „Wenn es Adrian nicht gäbe, würde ich den ganzen Tag Crocs tragen, jeden Tag. Aber ich möchte schon noch, dass er mich attraktiv findet.“

„Oh, er würde dich sogar in einem Müllsack anschauen wollen“, antwortete sie und lächelte. Sie nahm einen Schluck von ihrem Wein. Dann verblasste das Lächeln. „Was brauchst du, Fran?“ Sie strich sich das Haar über eine Schulter und streckte ihre athletischen Beine aus, wobei sich die Wadenmuskeln anspannten.

„Was meinst du?“

„Komm schon. Du hast mich persönlich eingeladen. Es ist ja

nicht so, dass wir gute Freunde sind oder so. Und ich habe die E-Mail selbst bekommen, genau wie alle anderen auf der Mailingliste. Aber du wolltest sichergehen, dass ich komme, und dafür gibt es einen Grund. Ich bin die einzige reiche Schlampe in meiner Familie, ich *weiß*, wenn jemand etwas von mir will. Also raus mit der Sprache. Was willst du?"

„Ich möchte wissen, woher die Whitakers kommen. Ich will ihre frühere Adresse in Arizona, und ich glaube, du hast sie. Du warst ihre Vermieterin. Wenn sie es jemandem erzählt haben, dann dir."

„Warum willst du das wissen?", fragte sie, und schien dabei aufrichtig überrascht. Fran fragte sich, was sie erwartet hatte. Ein Darlehen vielleicht?

„Weil ich glaube, dass das kleine Mädchen in Gefahr ist und ich ihr helfen möchte. Aber ich weiß nicht, wo sie hingegangen sind."

„Was wirst du tun, wenn ich dir die Adresse gebe? Wirst du nach Arizona fliegen und verlangen, dass sie ihr Kind nicht missbrauchen? Was versprichst du dir davon?"

Frans Kehle wurde dick und trocken. Der Wein lag ihr säuerlich in der Magengrube. „Ja. Ich werde dorthin fliegen, wenn es das ist, was ich tun muss."

Anita schlug einen Fuß über den anderen. „Gut. Also gut. Ich werde dir alles sagen, was ich weiß. Es ist nicht viel, aber es könnte helfen."

KAPITEL 45

Wieder einmal wartete eine Textnachricht auf Fran, als sie aufwachte. Diese enthielt eine Adresse in Arizona, die sie in ihrem Notizbuch notierte. Danach saß sie eine Weile in ihrem Pyjama herum und dachte über alles nach, was sie bereits wusste.

Ein paar Minuten später kam eine zweite Nachricht von Naomi aus dem Wohnblock. Sie war kurz und bündig: Noahs Tod war offiziell als Selbstmord eingestuft worden, und man hatte seine Familie benachrichtigt. Fran bedankte sich für die Nachricht, woraufhin Naomi mit einem Foto von Noahs Katze antwortete: *Er hatte nicht viel Familie. Vielleicht muss ich die Beerdigung selbst organisieren und den kleinen Kerl behalten.*

Fran schrieb den Namen Noah Martinez auf und dahinter den Vermerk: Verstorben. Dann schrieb sie auf, woran sie sich aus seinem Abschiedsbrief erinnerte. Er hatte einen Mann namens James erwähnt sowie einige vage Reuebekundungen und den Glauben, dass sein Tod in gewisser Weise eine Sühne für sein Verschwinden war. Er hatte auch den Wunsch geäußert, sich mit James im Jenseits wiederzutreffen. Aber was hatte er hinterlassen? Eine Gemeinschaft? Einen Ort? Eine Beziehung?

Ich entschuldige mich bei der Person, die die Last hat, mich zu finden. Wenn es dich tröstet, ich bin in Frieden gegangen.

Noah hatte diese letzten Zeilen für sie geschrieben. Er würde sie nie kennenlernen. Niemals wissen, wie sie aussah, oder den Ausdruck des Entsetzens auf ihrem Gesicht sehen, als sie den Aufenthaltsraum betrat. Und doch hatte er diese Zeilen für sie geschrieben.

Sie lenkte ihre Gedanken auf das, was sie wusste. Noah musste ein spiritueller Mann gewesen sein, sonst wäre er sich nicht so sicher, dass er Frieden finden und James wiedersehen würde. Vielleicht war das der Faden, der ihn mit Mary, Elijah und Esther verband. Sie schrieb die Worte *Vater James* auf. Ja. Das war es. Esther hatte einmal von Pater James gesprochen, dem Pastor ihrer örtlichen Kirche. Vielleicht waren sie also in dieselbe Kirche gegangen. Aber wie und warum haben sie alle das Land verlassen, um in England einen Neuanfang zu wagen?

Mit einem Seufzer klappte sie ihr Notizbuch zu und öffnete stattdessen ihren Laptop. Adrian schlief immer noch im Schlafzimmer, während sie sich auf dem Sofa ausbreitete und recherchierte. In gewisser Weise war es das, was sie sich für ihr Journalismus-Studium vorgestellt hatte, außer dass es Nacht sein würde und sie Töpfe mit chinesischem Essen auf dem Schreibtisch stehen hätte, genau wie im Film. Aber es war nicht so gekommen. Es hatte nie so recht geklappt, und sie war dabei hängen geblieben, Persönlichkeitstests und Artikel über Brunch zu schreiben.

Da wurde ihr klar, dass sie mit Mitte vierzig mehr hätte erreichen müssen. Wenigstens Kinder. War es nicht das, was die Gesellschaft den Frauen vorschrieb? Sich fortzupflanzen, um ihren Wert zu beweisen. Was bist du sonst? Was bist du wert? Nun, vielleicht war es genau das hier. Die Rettung von Esther und Mary Whitaker. Immerhin hat sie die Polizei gerufen. Sie hatte das Chaos verursacht.

Fran gab die Adresse in Arizona in die Google-Suchleiste ein. Anita zufolge kamen Mary und Elijah aus einer kleinen Stadt außerhalb von Tucson. Die Straßenansicht zeigte eine lange, gerade Straße, die von Kakteen und wuchernden Wüstenpflanzen gesäumt war. Ungefähr so weit von Leacroft entfernt, wie man es sich nur vorstellen konnte. Die Holzhäuser standen weit auseinander, und ihre Grundstücke waren oft mit alten Drahtzäunen umgeben. Fran zoomte an das Gebäude heran, das Marys altes Haus zu sein schien. Es war groß genug für etwa drei Schlafzimmer. Die Außenwände hatten eine blasse Rostfarbe. Das Dach bestand aus einer Art gewelltem Material und nicht aus traditionellen Ziegeln. Am Tor, das schief in den Angeln hing, fehlte eine Stange. Sie versuchte näher zu zoomen, aber ohne Erfolg.

Sie ging mit dem Cursor weiter dieselbe Straße hinunter und fand eine Schule. Sie stellte sich vor, wie kleine Füße den Staub aufwirbelten, während die Kinder lachend von einem Ende des Hofes zum anderen rannten. Eine Rutsche würde sie direkt auf den sandigen Boden fallen lassen. Ein über zwei Meter hoher Kaktus ragte über den Zaun. Vielleicht war dies der Ort, an dem Mary zur Schule gegangen war. Fran stellte sie sich als ein ähnliches Kind wie Esther vor. Ruhig und schüchtern, aber sehr selbstbewusst. Dann verwarf sie diesen Gedanken wieder. Mary kannte sich selbst nicht, nicht einmal jetzt. Sie war zu unsicher.

Fran schloss die Website und öffnete eine neue. Sie suchte nach Flügen nach Tucson. Dann Flüge nach Phoenix mit Verbindungen nach Tucson. Sie verglich die Preise auf verschiedenen Websites und entschied sich für einen Flug. Wenige Augenblicke später kam Adrian gähnend ins Zimmer, streckte die Arme aus und seine Gelenke knackten und knackten.

„Lust auf Rührei heute Morgen? Warst du gar nicht joggen? Zu verkatert?“ Er beugte sich vor, um sie auf den Kopf zu küssen, hielt aber inne, bevor seine Lippen ihr unordentliches Haar erreichten, und sah auf den Computerbildschirm. „Was ist das?"

Fran hob ihren Kopf und sah ihren Mann von unten nach

oben an. „Ich fliege nach Tucson. Anita hat mir Marys frühere Adresse gegeben."

Adrian rückte um das Sofa herum, sodass sie sich gegenüberstanden. „Das kann nicht dein Ernst sein."

„Das ist mein voller Ernst."

Er schüttelte den Kopf und ließ sich auf den Couchtisch sinken. „Die ganze Geschichte ist völlig aus dem Ruder gelaufen. Das … das ist zu viel." Seine Augen weiteten sich und sein Kinn wackelte, als seine Stimme lauter wurde und den Raum erfüllte. „Es tut mir leid, ich habe versucht, dich dabei zu unterstützen, aber du *kannst nicht* nach Arizona gehen. Das ist völliger Wahnsinn. Völlig durchgeknallt! Das siehst du doch ein, oder, Franny? Oder nicht? Was denkst du dir eigentlich dabei?"

„Ich denke, dass ich viel freie Zeit habe und dass es ein Kind in Arizona gibt, das meine Hilfe brauchen könnte.

„Ach, ich bitte dich. Du hast nicht einmal einen Beweis dafür, dass sie in Gefahr ist."

„Das ist mir egal. Ich werde fliegen."

„Das ist Wahnsinn."

„Ja, das sagst du ständig. Du meinst damit, dass *ich* verrückt bin."

„Nein. Leg mir keine Worte in den Mund. So habe ich das nicht gemeint."

„Doch, das hast du."

Er seufzte und legte seinen Kopf in die Hände. „Ich mache mir Sorgen um dich. Darf ich mir keine Sorgen mehr um dich machen? Ist das jetzt politisch unkorrekt? Als dein Ehemann? Hmm?"

„Wenn du so besorgt bist, kannst du gern mitkommen." Fran reckte ihr Kinn vor. Eine Herausforderung.

Er ging aus dem Zimmer. Die zuschlagende Tür ließ das ganze Haus vibrieren.

KAPITEL 46

Im Taxi auf dem Weg zum Flughafen nutzte Fran weiterhin Google Street View auf ihrem Handy und stellte sich vor, wie es wäre, an dieser unbefestigten Straße aufzuwachsen: kilometerlanges flaches Land, eine beige und lindgrüne Landschaft. Weite Abstände zwischen den Häusern. Man konnte um ein einziges Grundstück herumlaufen, es mehrmals umrunden und brauchte sich nie in die Welt hinauszuwagen.

Es gab viele Fahnen, aber nur wenige Geschäfte. Nachdem sie einige Minuten lang gescrollt hatte, fand sie einen kleinen Laden und gegenüber eine Kirche. Es war eine geometrisch gebaute, moderne Kirche, das sauberste und ordentlichste Gebäude in der Straße. Hatten sich Mary und Elijah in dieser Kirche kennengelernt? Hat Pater James dort gepredigt? Sie versuchte, sich eine zwanzigjährige Mary vorzustellen, die sich in diesen älteren Mann verliebte. Es war ja nicht so, dass Fran noch nie von sogenannten Mai-Dezember-Romanzen gehört hätte. Diese fanden jedoch in der Regel zwischen unglaublich attraktiven älteren Männern – oft in einer Machtposition, wie etwa einem Professor – und einer ebenso attraktiven, wenn auch etwas unsicheren jungen Frau statt. Elijah war nicht besonders attraktiv, aber er hatte einen gewissen Charme, wie sie ihn sich bei den meisten Soziopathen vorstellte.

Der Taxifahrer setzte sie am Flughafen von Manchester ab. Dort schleppte sie ihren Koffer durch den Zoll und in ein Flugzeug nach Dublin. Es würde ein langer Tag werden. Sie hatte ein Stadthotel in Tucson gebucht und die Hotelleitung gewarnt, dass sie irgendwann in den frühen Morgenstunden ankommen würde. In England war es heiß, und sie erwartete, dass es dort sogar noch heißer werden könnte. Adrian würde unter der britischen Hitzewelle zu leiden haben, aber ihr würde es nicht viel besser gehen.

Er war nicht mitgekommen.

Als das erste Flugzeug schließlich abhob, lehnte sie ihren Kopf an das winzige Fenster und dachte über die schneidenden Worte ihres Mannes nach. Verrückt, durchgeknallt und wahnsinnig waren öfters wiederholt worden. Am Ende hatte sie ihre Habseligkeiten in einen Koffer geworfen, ein Taxi gebucht und war mitten im Streit abgereist. Es war der schlimmste Streit gewesen, den sie je gehabt hatten. Noch nie zuvor hatte sie diesen Ausdruck völligen Verrats auf seinem Gesicht gesehen. Adrian. Ein sanftmütiger, herzensguter Mann, der einfach nur für seine Frau kochen und in seinem Arbeitszimmer Bücher lesen wollte. Er hatte um sich geschlagen und geschrien und fast geweint, als sie aus der Tür ging.

Sie schloss ihre Augen.

Der zweite Teil der Reise, von Irland nach Phoenix, verging im Handumdrehen. Fran saß neben einer Frau, die ihr von ihrer Scheidung erzählte. Fran lächelte und nickte, überlegte, ob sie einen Whiskey bestellen sollte, lächelte und nickte noch mehr. Die heiße Sonne Arizonas war eine echte Erleichterung im Vergleich zu den Beleidigungen, die die Frau ihrem Ex-Mann entgegenschleuderte. *Wenn er einen Kampf will, dann bekommt er ihn*, war ihr Schlachtruf, und *er wird die Kinder nie wieder sehen*, war ihr Versprechen. Es war ein anstrengender Flug gewesen.

Danach wartete Fran auf einen Transfer von Phoenix nach

Tucson. Es war spät, sie war erschöpft und ihre Kleidung war schweißnass. Die Klimaanlage war ein Segen, als sie in den überraschend kleinen Geländewagen kletterte. Hier fand sie sich mit drei anderen Fahrgästen wieder, die alle sofort ihre Handys zückten und sie ignorierten. Sie atmete erleichtert auf, und tat das Gleiche. Noch nie hatte Stille so gutgetan. Sie hatte ganze zwei Stunden davon. Niemand sprach während der gesamten Zeit, in der sie zusammen waren, alle waren zu sehr mit ihrem eigenen Leben beschäftigt. Fran tastete ihre Gesichter ab. Zwei Männer in Anzügen, beide mittleren Alters, und eine junge Frau, die ihr Haar zu einem ordentlichen Zopf hochgesteckt hatte. Sie stellte sich vor, dass sie aus geschäftlichen Gründen hier waren. Sie war überrascht, als die drei den Geländewagen am selben Hotel verließen und einander mit ihren Koffern halfen. All die Zeit, und es stellte sich heraus, dass sie auf der gleichen Reise waren. Sie sah ihnen nach, wie sie zum Hotel gingen, immer noch ohne miteinander zu sprechen, bevor der SUV weiterfuhr.

Sie überprüfte ihr Handy. Nichts von Adrian. Ihr Herz pochte wie wild in ihrem Brustkorb. Es waren noch fünfzehn Minuten bis zu ihrem Hotel, und sie begann, sich vor Erschöpfung wie im Delirium zu fühlen. Der Wagen hielt an, und fast hätte sie dem Fahrer gesagt, er solle umdrehen und zurück nach Phoenix fahren. Ein Teil von ihr wollte zurück ins Flugzeug steigen, einer anderen Frau zuhören, die sich über ihr Liebesleben beklagte, und zurück zu ihrem Mann in ihr schönes Haus mit dem perfekt gepflegten Garten laufen.

Aber sie tat es nicht, weil sie die Polizei gerufen hatte. Sie hat sich am Klatsch und Tratsch beteiligt. Zu diesem Verhalten Mary Whitaker und ihrem Kind gegenüber, hatte sie beigetragen. Sie bedankte sich bei dem Fahrer. Dann schleppte sie ihren Koffer die Hoteltreppe zum Eingang hinauf. Sie stolperte ins Foyer und ließ sich von jemandem in ihr Zimmer führen. Als sie auf dem Bett saß, schweifte ihr Blick über die beigen Wände und die blumigen Kunstdrucke des Hotelzimmers. Sie war hier. Und was nun?

KAPITEL 47

Am nächsten Tag wachte sie um 3 Uhr nachmittags auf, nachdem sie alle Ratschläge über Jetlag und dessen Bewältigung ignoriert hatte. Es gab keine neuen Nachrichten auf ihrem Handy. Ihr Herz sank vor Enttäuschung und die harten Worte, die zwischen ihr und Adrian gefallen waren, kamen ihr wieder in den Sinn. Hatte sie ihm wirklich gesagt, dass sie nie mehr zurückkommen würde? Hatte er zurückgeschrien, gut? Unangenehme Worte schwirrten in ihrem Kopf herum. Seine Augen waren in ihrer Erinnerung hervorgetreten. Sie tippte eine Textnachricht an ihn: *Bin da, in Sicherheit,* denn sie konnte ihm nicht verschweigen, dass es ihr gut ging. Ganz gleich, was gesagt worden war, sie wusste, dass ihr Mann sich Sorgen um sie machen würde. Selbst wenn er nicht antwortete, wusste sie es. Kaum eine oder zwei Sekunden, nachdem sie die Nachricht abgeschickt hatte, sah sie, dass Adrian sie gelesen hatte. Sie wartete noch eine Minute, um zu sehen, ob er antworten würde. Er tat es nicht.

Das war untypisch für ihn. Er war nie jemand gewesen, der sie mit Schweigen bestrafte. Sie hatte ihn tief verletzt, als sie nach Arizona aufbrach, und das verstand sie. Dieses eine Mal ignorierte sie es absichtlich, und sie hoffte, dass sie das Richtige tat.

Fran schwang sich aus dem Bett, um zu duschen. Ihr Magen knurrte. Sie überlegte, ob sie Zimmerservice bestellen sollte, trocknete sich aber stattdessen die Haare und machte sich auf den Weg zur Hotelbar. Sie schlenderte durch die gemusterten Gänge und fühlte sich wie am Filmset von *The Shining*. An der Rezeption war jemand Neues, zweifellos war derjenige, der die Nachtschicht übernommen hatte, schon vor Stunden gegangen. Es war ein ziemlich kleines Hotel, in dem sich nicht allzu viele Leute tummelten. Die Art von Hotel der mittleren Preisklasse, die Menschen anzieht, die geschäftlich und nicht zum Vergnügen hier sind. Sie setzte sich an die Bar und versuchte sich daran zu erinnern, wie man in den Vereinigten Staaten Essen bestellt. Als Kind war sie in Florida gewesen und in ihren Zwanzigern in New York, und sie erinnerte sich vage daran, dass sogar einfache Drinks auf die Hotelrechnung gepackt wurden. Außerdem fiel ihr ein, dass sie sich ihr Essen schon lange nicht mehr selbst ausgesucht hatte. Adrian kümmerte sich um alle Einkäufe und das Kochen. Obwohl er nur Gerichte kochte, von denen er wusste, dass sie sie mochte, *wählte* sie sich nicht oft aus, was sie aßen. Das kam ihr auf einmal wichtig vor. Jetzt konnte sie alles essen, was sie wollte.

Sie bestellte einen Burger und eine Cola – man muss schließlich mit den Wölfen heulen – und verbrachte die Zeit damit, in einem Reiseführer zu blättern, den sie am Flughafen von Phoenix gekauft hatte. Das meiste war irrelevant, aber die Taxinummern würden sich als nützlich erweisen. Dann verbrachte sie einige Zeit damit, die Routen aus der Stadt zu Marys letzter bekannter Adresse vor ihrer Abreise nach Großbritannien durchzugehen. Zumindest bis der Burger kam und ihr das Wasser im Mund zusammenlief.

Es war lange her, dass sie so allein gewesen war. Sie war schon einmal allein gereist, als sie noch jünger und weniger introspektiv war. Dies war eine völlig andere Angelegenheit. Sie war allein, und sie hatte den Rückhalt ihrer engsten, liebsten Person verloren. Fran schüttelte leicht den Kopf und lenkte ihre Gedanken auf die bevorstehende Aufgabe. Adrian liebte sie und sie liebte ihn, vielleicht war es das Beste, es dabei zu belassen, bis sie die Whitakers gefunden hatte.

Was wollte sie als Nächstes tun? Ihr erster Tag war fast vorbei. Es hatte keinen Sinn, jetzt noch zu Marys altem Haus zu fahren, es war schon nach 17 Uhr. Nein, sie musste morgen früh fahren, wenn sie mehr Gelegenheit hatte, sich umzusehen. Stattdessen überprüfte sie erneut die Straßenansicht und durchstreifte virtuell die Gegend. Sie sah die Catalina-Berge und die kleine Stadt in den Ausläufern des Gebirges. Sie konnte das kleine Google Maps-Männchen sogar auf den Gipfel des Mount Lemmon ziehen und sich vorstellen, wie sie durch den Nationalpark wanderte. Heimweh machte sich breit. Die Ausblicke waren ihr fremd: struppiges, braunes Gestrüpp das zwischen sandigen Felsen herschaute. Hoch aufragende Kakteen und dünnes, stacheliges Gras. Sie vermisste Eichen, Trocken-Steinmauern und abfallende Wiesen in taufrischem Grün.

In dieser trockenen Stadt war Mary aufgewachsen. Sie konnte sich das junge, zerbrechliche Mädchen mit ihrer blassen Haut und ihrem dünnen Körperbau nicht in dieser ausgesprochen unwirtlichen Gegend vorstellen. Leichte Beute für einen Mann wie Elijah? Sie nahm Esthers Bibel aus ihrer Tasche und blätterte erneut darin. *Das würde Vater nicht gefallen*. Waren sie beide mit dem, was Elijah für wahr hielt, indoktriniert worden?

Gerade als Fran gehen wollte, klingelte ihr Handy. Adrian rief sie über WhatsApp an. Er hatte wohl beschlossen, dass das günstiger war. Ihr Herz setzte einen Schlag aus, als sie das Handy nahm und es an ihr Ohr hielt.

„Hallo."

„Hallo", erwiderte er.

„Können wir wieder Freunde sein?", fragte sie.

Er hielt inne. Es war eine lange Pause. Zu lang. Ihre Augen quollen über vor Tränen.

„Wir sind nie keine Freunde. Das weißt du doch."

„Ja, aber ..."

„Ich liebe dich", sagte er.

Aber er sagte nicht, dass er ihr verzieh oder sie unterstützte. Er konnte diese Worte nicht sagen, weil er sie nicht ernst gemeint hätte. Fran sagte ihm, dass sie ihn liebte und dass sie sich am nächsten Tag wieder bei ihm melden würde. Dann legte sie den Hörer auf und beschloss, dass sich diese Reise besser auszahlen sollte.

KAPITEL 48

Fran wachte unruhig auf, als ihr Wecker schrillte. Es war 7:30 Uhr und sie war fest entschlossen, die Jetlag-Schlaflosigkeit der vergangenen Nacht zu ignorieren. Anstatt zu schlafen, hatte sie sich durch die Fernsehkanäle gewühlt, Schokolade aus dem Automaten gekauft und war bis in die frühen Morgenstunden wach geblieben. Sie saß in einer Yogaposition am Kopfende des Bettes, die nackten Füße aneinander gedrückt, und umgeben von Verpackungen, die verstreut auf dem Bett lagen. So etwas würde ihr zu Hause nicht im Traum einfallen.

Nach einer ausgiebigen Dusche machte sie sich auf den Weg in die Lobby und bat den höflichen jungen Mann an der Rezeption, ihr ein Taxi zu rufen. Er nannte sie Ma'am und wünschte ihr einen schönen Tag.

Das Taxi kam und sie gab ihm die Adresse. Es war eine etwa vierzigminütige Fahrt aus Tucson hinaus in einen Vorort namens Dove Valley, etwas weiter nördlich als die Catalina Foothills. Auf dem Weg dorthin wies der Taxifahrer auf die Berge in der Ferne hin, auf die zerklüfteten rostbraunen Gipfel. Zerbrochene Zähne, die sich über den Tälern abzeichneten. Sie erinnerte sich daran, wie es sich angefühlt hatte, praktisch den Mount Lemmon zu besteigen und die Canyons zu sehen, die sich in der Weite ausbreiteten. Eine Gänsehaut breitete sich auf ihren Armen aus. Sie war den ganzen Weg hierhergekommen. Vielleicht war sie wirklich wahnsinnig.

Als er von der Route 77 abbog, wurden die Straßen schmaler, und die Häuser verstreuten sich. Überall gab es Drahtzäune, die Bereiche mit wuchernden Büschen und dünnbeinigen Kakteen absperrten. Hin und wieder entdeckten sie einen farbigen Fleck – gelbe Blätter an einem Busch, grünes Gras – bevor die Straße in einen staubigen Weg überging. Fran sah die Kirche, den winzigen Laden, die alten Trucks und gelegentlich ein Wohnmobil. Am Ende der Zufahrten standen klapprige Briefkästen.

„Darf ich Ihnen eine Frage stellen, Ma'am?“, sagte der Fahrer, dessen Schnurrbart im Rückspiegel auftauchte.

„Sicher“, antwortete sie.

„Wie wollen Sie zurück zum Hotel kommen? Ich glaube nämlich nicht, dass Sie hier irgendwo ein Taxi finden werden.“

Fran kaute auf der Innenseite ihres Mundes. „Ja, das könnte ein Problem sein. Vielleicht könnte ich Sie für den Tag engagieren. Würde das gehen?“

„Sie meinen, bei dieser Hitze im Auto sitzen?“, fragte er. „Auf keinen Fall.“ Er lachte. „Wenn Sie in Tucson bleiben, werden Sie bald lernen, dass man das Wetter nicht unterschätzen sollte. Wie wäre es, wenn ich Sie in einer Stunde abhole?"

Fran einigte sich mit dem Fahrer und er reichte ihr seine Karte. Sie öffnete die Tür und trat auf die sandige Fahrbahn, wo die Hitze der Sonne sofort auf ihre ungeschützte Haut brannte. Sie hatte sich an diesem Morgen mit Sonnencreme eingerieben, aber die Spätsommersonne in Arizona war immer noch sehr unangenehm. Das Taxi fuhr weg, und sie war allein in Dove Valley, wo sie sich mit Strohhut und Birkenstocks besonders blass und englisch vorkam.

Sie stand vor dem beigefarbenen Holzhaus, das sie bei Google Street View gesehen hatte. In natura erinnerte es sie an einen Legostein: gedrungen, quadratisch und an den Ecken spitz. Sie schob sich die Sonnenbrille auf die Nase und ging auf die Tür zu, wobei sie ein Metalltor auf dem Weg zur Einfahrt öffnete und wieder schloss. Mit ungeschickten Füßen stolperte sie über ein Gebüsch, aber sie konnte sich abfangen, bevor sie fiel. Die Demütigung ließ ihren Herzschlag schneller werden.

Dies war Marys letzte bekannte Adresse, bevor sie nach England gezogen war. Ein mit Farbe verunstaltetes Gebäude mit den Bergen im Hintergrund, umgeben von einer durstigen Landschaft. Fran bemerkte die Risse in den Fliegengittern an den Fenstern und die Morschheit der Bretter der Eingangstür. Sie trat näher heran und spürte die Stille, die dünne Staubschicht unter ihren Füßen, die Beständigkeit des Ortes. Es dauerte nicht lange, bis sie erkannte, dass dieses Haus nicht bewohnt war.

Aber sie klopfte trotzdem an die Tür und wartete. Dann spähte sie durch das nächstgelegene Fenster hinein. Ihr Herz klopfte wie wild. Sie legte die Finger um die Augen, um das Spiegelbild der Wüstenlandschaft auszublenden, und beugte sich vor. Fliegen schwirrten um sie herum. Schweiß sammelte sich an ihrem Haaransatz. Sie hinterließ Dampfflecken auf dem schmutzigen Glas.

Im Haus waren noch Möbel vorhanden. Sie blinzelte durch die Risse in der Scheibe und versuchte zu erkennen, ob noch jemand hier wohnte. Sie glaubte es nicht. Sie sah ein Sofa an einer Wand, Teppiche, hier und da einen Schrank. Es gab keine Bilder, keine elektronischen Geräte oder sonstigen Schnickschnack, den man von Menschen erwarten würde. Waren Mary und Elijah ausgezogen, ohne ihre Wohnung zu verkaufen? Oder hatten sie zur Miete gewohnt, und der Eigentümer hatte noch keinen neuen Mieter gefunden? Oder handelte es sich um das Haus von Marys Familie, das irgendwann von ihren Eltern verlassen worden war?

„Kann ich Ihnen helfen?“

Fran stieß einen hörbaren Schrei aus. Ihre Finger umklammerten ihre Arme so fest, dass ihre Fingerknöchel weiß wurden. Sie drehte sich um und entdeckte eine etwa sechzigjährige Frau in Sportkleidung und mit dunkler Sonnenbrille, die sie mit zusammengepressten, amüsierten Lippen anstarrte.

„Entschuldigung, ich hatte gehofft, Mary oder Elijah Whitaker zu finden."

Die Frau hob die Augenbrauen, als sie Fran sprechen hörte. Aber sie kommentierte Frans Akzent nicht. „Ich kenne keine Mary Whitaker, aber hier hat für eine Weile eine Familie gelebt. Sie blieben etwa einen Monat, bevor sie wieder abreisten. Seitdem steht das Haus leer."

Fran trat vorsichtig vor und holte ihr Handy aus der Tasche. Sie scrollte zu einem Bild von Mary und Esther von ihrem Besuch in Chatsworth House. „Kennen Sie die beiden?"

Die Frau hob ihre Sonnenbrille an, um besser sehen zu können. „Ja, das ist sie. Und das Kind. Wie ich schon sagte, eine ruhige Familie. Hat kaum das Haus verlassen, nicht dass es hier viel zu tun gäbe. Sie schien immer nervös zu sein. Wenn ich meinen täglichen Spaziergang auf der Straße machte, sah ich sie immer aus dem Fenster schauen und beobachten. Es war, als ob sie erwartete, dass jemand kommen würde."

KAPITEL 49

Fran erhielt noch ein paar weitere Informationen von der Frau und gab ihr ihre Kontaktdaten, für den Fall, dass sie sich an mehr erinnern sollte. Sie erfuhr, dass die Frau Patty hieß und fünf Häuser weiter wohnte. Sie ging jeden Tag die Straße rauf und runter, um Sport zu treiben, und ihr Sohn kam immer zu spät, um sie abzuholen und nach Target zu bringen.

„Sie war ein nervöses Ding. Aber hübsch. Und das Kind war schön und höflich, aber ich fand es immer seltsam, dass sie ihren Eltern nicht ähnlich sah", sagte Patty. „Er war anständig. Er hat wenigstens immer gegrüßt, aber sie, die Frau, hat nie gesprochen. Ich nannte sie Little Miss Lemon Lips. Sie sah immer aus, als würde sie eine Zitrone lutschen!"

Fran lachte höflich und zog sich sanft aus dem Gespräch zurück, indem sie Patty sagte, sie solle sie anrufen, wenn ihr noch etwas *Nützliches* einfiele. Dann beschloss Fran, ihre Stunde zu nutzen, ging die Straße auf und ab, klopfte an Türen, hielt ihr Handy hoch und fragte, ob sich einer der Nachbarn an Mary und Esther erinnerte. Es war eine relativ fruchtlose Aufgabe. Ja, sie erkannten sie, nein, sie hatten noch nie mit einer von ihnen gesprochen. Sie gaben ihr die gleichen Informationen wie Patty.

Die Whitakers lebten dort etwa einen Monat lang, blieben für sich und gingen nur selten aus. Es gab nur eine Person, die ihr mehr als das sagte, ein schlanker junger Mann in einem schmutzigen schwarzen T-Shirt, der am nächsten am Haus der Whitakers wohnte.

„Oh ja, ich erinnere mich an sie." Er kratzte sich an den Bartstoppeln am Kinn. „Sie hatten ein paar heiße Besucher."

„Was meinen Sie?"

Er deutete auf das Bild auf ihrem Handy. „Das Mädchen, Mary hieß die? Sie hatte ständig heiße Mädels zu Besuch. Dünn, aber süß, verstehen Sie?"

„Wie viele Besucher hatte sie? Viele verschiedene Leute oder immer wieder dieselbe Person?"

„Es waren zwei", sagte er. „Eine große Blondine mit einem schönen Arsch. Ich meine, sie hat ihn nicht zur Schau gestellt, aber man konnte ihn unter diesen Altweiber-Röcken sehen. Die andere war eine Rothaarige. Flachbrüstig, aber Haut wie Alabaster." Er lächelte wehmütig. „Mann, ich hätte eine von ihnen um ein Date bitten sollen."

„Wie alt waren sie?"

„Ungefähr im gleichen Alter wie Ihre Mary hier, schätze ich. Anfang zwanzig, oder so. Die Rothaarige war vielleicht neunzehn. Ist sie verschwunden?"

„Irgendwie schon", sagte Fran. Sie steckte das Handy zurück in ihre Tasche. „Erinnern Sie sich noch an etwas anderes?"

„Ein paar Tage vor ihrer Abreise ging ich mit meinem Hund Santo spazieren, und ich sah die Rothaarige ins Haus gehen. Ich habe sie in dem einen Monat, während sie hier wohnten, vielleicht drei oder vier Mal gesehen. Ungefähr zwanzig Minuten später, als ich Santo nach Hause brachte, sah ich das Mädchen verdammt wütend aus dem Haus stürmen. Mary kam heraus und folgte ihr bis zur Hälfte der Auffahrt, aber die Rothaarige stieg in ihren Wagen und fuhr davon, ohne Mary auch nur eines Blickes zu würdigen. Ich vermute, die haben sich gestritten oder so."

„Ich nehme an, Sie kennen die Namen dieser Frauen nicht?"

Er lehnte sich mit seinem Gewicht gegen die Tür und schüttelte den Kopf. „Wie gesagt, ich habe meine Chance verpasst, einen von ihnen um ein Date zu bitten. Hey, sind Sie Single?"

Fran hob die Hand mit ihrem Ehering hoch.

„Verdammt", sagte er, währen ein schiefes Grinsen sich auf seinem Gesicht ausbreitete, „das ist ein schöner Akzent, den Sie da haben."

Fran verdrehte die Augen, aber sie musste zugeben, dass er einen schelmischen Charme besaß. „Haben die Frauen Kleidung getragen, die Ihnen seltsam vorkam? Handgefertigte Kleidung?"

„Ich weiß nicht, ob sie handgemacht waren oder nicht, aber ja, sie waren irgendwie seltsam. Diese Mädchen verdeckten gerne ihre Vorzüge, wissen Sie? Blusen, die bis hierher reichen." Er deutete auf den Bereich unterhalb seines Kinns. „Röcke, die bis zu den Knöcheln reichen. Wenn Sie mich fragen, hat es sie nur noch heißer gemacht."

„Niemand hat Sie gefragt", sagte Fran und warf ihm einen Blick zu, den sie für einen großmütterlichen Blick hielt. „Hören Sie, ich gebe Ihnen meine Nummer, aber *nicht* aus *diesem* Grund, sondern weil ich Mary Whitaker finden muss und Sie sich vielleicht an etwas anderes erinnern, das wichtig ist. Wenn Sie sich erinnern, rufen Sie mich bitte an, okay?"

Er nahm die Karte und blinzelte. „Klar. Wie Sie wollen. Mein Name ist übrigens Francisco."

„Oh, jetzt weiß ich, dass es mit uns *niemals* klappen wird", sagte sie. „Mein Name ist Francesca."

Francisco lachte nur.

KAPITEL 50

Zurück im Hotel kühlte sich Fran unter der Klimaanlage in ihrem Zimmer. Etwa dreißig Minuten lang lag sie dort, bis auf die Unterwäsche entkleidet, und ließ die kühle Luft über ihre Haut gleiten. Dann nahm sie ihr Notizbuch heraus und schrieb die Beschreibung der beiden jungen Frauen auf, die Mary regelmäßig in ihrem Haus in Dove Valley besucht hatten. Sie notierte auch die Tatsache, dass Mary, Elijah und Esther einen Monat lang dort gelebt hatten, aber drei oder vier Mal von den Frauen besucht worden waren. Diese beiden Frauen trugen ähnliche Kleidung wie Mary. Bescheidene, selbstgemachte Kleidung.

An diesem Abend aß sie an der Hotelbar und versuchte, ihre Gedanken zu ordnen, basierend auf dem, was sie bisher gelernt hatte. Die Whitakers lebten seit einem Monat im Dove Valley. Sie wusste nicht, wo sie davor gelebt hatten, aber sie vermutete, dass es wahrscheinlich eine Art geschlossene Gemeinschaft war, wenn man die Art von Besuchern bedenkt, die sie hatten.

Je mehr sie über diese Familie erfuhr, desto mehr begann sie sich zu fragen, ob zumindest *einige* der Gerüchte in Leacroft wahr gewesen waren. Wenn Mary und Elijah aus einer Art geschlossener Gemeinschaft stammten, würde das einen Sinn ergeben. Es würde Marys Nervosität erklären, die von der Nachbarin Patty wahrgenommen wurde, und es würde die angespannte Beziehung zu ihren Besuchern erklären, die Francisco beobachtet hatte. Aber warum sollten sie in Leacroft darüber lügen? Hatten sie Vorurteile im Dorf befürchtet? Dazu hätten sie allen Grund gehabt, so viel war ihr klar. Die Erkenntnis machte sie traurig. Was, wenn sie auf der Suche nach einem sicheren Ort gekommen waren und das Dorf sie abgewiesen hatte? Was, wenn sie das Gefühl hatten, nirgendwo mehr hinzugehören? Was, wenn sie sie niemals finden und nie erfahren würde, wohin sie gegangen waren?

In dieser Nacht schlief sie ein und träumte von einem langen Feldweg, der zu einem hohen Kaktus führte. Darunter lag Esthers Körper. Sie wachte mit einem Schreck auf, als ihr Wecker klingelte. Jeder Teil ihres Körpers tat weh. Sie trank einen Schluck Wasser aus dem Mini-Kühlschrank und machte sich für ihren zweiten Tag in Tucson bereit. Diesmal wollte sie nicht zurück nach Dove Valley, sondern hier in der Stadt bleiben.

Auf ihrem Handy war eine Nachricht von Adrian. Ein Bild von einer Tasse Kaffee auf dem Terrassentisch mit der Bildunterschrift: *Morgen*. Sie lächelte und schickte ein Bild von ihrem Hotelwasser und einem Schokokeks zurück. *Frühstück in Arizona*.

Die rechte Seite ihres Bettes war kalt. Sie lehnte sich zurück und versuchte, einen bequemen Platz auf der harten Matratze zu finden. Nach Chloes Tod hatte sie sich stundenlang in den Armen ihres Mannes ausgeruht, ohne zu schlafen, ohne zu reden, ohne zu weinen. Frans Finger streiften über die Baumwolllaken und sehnten sich nach der Wärme seiner Arme. Der Schmerz in ihrem Körper war eine Sehnsucht nach ihm, das wurde ihr jetzt klar. Aber sie dachte nicht lange darüber nach, zog sich an und ging zum Frühstück.

Allein zu essen wurde immer einfacher. Diesmal aß sie einen riesigen Stapel Pfannkuchen, während sie den Standort des Polizeireviers von Tucson recherchierte. Es gab mehr als eines, und auch ein Sheriffdepartment, aber sie dachte, dass das Hauptdepartment in der South Stone Avenue die beste Wahl wäre. Sie hatte zwar kein Verbrechen zu melden, und Mary wurde auch nicht offiziell vermisst, aber gleichzeitig wusste sie, dass das, was vor sich ging, etwas Größeres war. Es war nicht damit getan, einfach nur durch die Viertel von Tucson zu laufen und an Türen zu klopfen, um Fragen zu stellen. Sie musste sich mit einem Beamten zusammensetzen und ihm ihre Sorgen schildern. Sie hoffte nur, dass derjenige, der mit ihr redete, ihr zuhören würde.

Nachdem sie ihr Essen beendet hatte, ließ sie sich von einem ihr bisher unbekannten Angestellten an der Rezeption ein Taxi bestellen, und ging für einen zweiten Tag in die Hitze Arizonas hinaus. Ihre Haut war dick mit Sonnencreme eingeschmiert. Sie fühlte sich fettig an. Ihre Poren waren verstopft. Ihre Sonnenbrille rutschte ihr beim Gehen die Nase herunter.

Im Inneren des Wagens herrschte eine himmlische Klimaanlage, während er über die breiten Straßen Tucsons brummte. In Amerika schien alles in die Länge gezogen zu sein. Es gab kein erkennbares Stadtzentrum wie die Fußgängerzonen in Großbritannien, stattdessen standen flache, terrakottafarbene Gebäude zwischen Parkplätzen verstreut. Als der Wagen vor dem Polizeirevier hielt, ließ sie den Fahrer dieses Mal weiterfahren, denn sie wusste, dass sie ein anderes Taxi rufen oder den Bus zurück zum Hotel nehmen konnte. Es war zu heiß, um zu Fuß zu gehen, auch wenn es nur eine kurze Strecke war.

Fran fächelte sich Luft in den Nacken, als sie vor dem Gebäude stand. Eine Fahne lag flach an ihrem Mast, schlaff in der windstillen Luft. Es war wahrscheinlich das größte Gebäude, das sie außerhalb des Hotels gesehen hatte, mit einer weitläufigen Rückseite und einer dreistöckigen geschwungenen Front. Das Äußere aus Sandstein verschmolz mit der bernsteinfarbenen Landschaft. Aber zumindest gab es hier Menschen und Leben um sie herum. Im Tal hatte sie sich gefühlt, als sei sie in den Schwebezustand eines anderen Menschen geraten.

In der Polizeiwache forderte eine brünette Frau in Uniform

Fran auf, sich zu setzen. Sie wartete mit schwitzenden Beinen auf dem Plastik, bis ein kleiner, bulliger Detektiv mit kurz geschnittenem schwarzem Haar sie in einen Befragungsraum führte.

Seine Uniform legte sich in Falten, als er sich Fran gegenübersetzte. Er lächelte und legte die Hände auf dem Tisch zusammen. Ein dünner, bleistiftartiger Schnurrbart zog sich über seine volle Oberlippe. „Heiß heute." Er zog die Augenbrauen hoch und atmete kurz aus. „Zu heiß, um in einem Polizeirevier mit beschissener Klimaanlage zu sein, das steht fest. Also, mein Name ist Detective Woodson. Wie kann ich Ihnen helfen?"

Die Schmetterlinge in ihrem Bauch beruhigten sich ein wenig, als sie sich mit seinem sympathischen Humor anfreundete. Sie lächelte dünn und suchte nach einem Weg, ihm ihre Geschichte zu erzählen. „Ich mache mir Sorgen um eine Frau aus Tucson", begann sie. „Ich habe sie in Großbritannien kennengelernt, und dann ist sie plötzlich mit ihrer Familie weggezogen. Ich glaube, dass sie hierher zurückgekommen ist, aber ich kann sie nicht finden, und sie ruft mich nicht zurück."

Er runzelte die Stirn. „Okay, kann ich einen Namen aufnehmen?"

Fran diktierte ihm die Details für Mary und Elijah. Sie zeigte ihm das Foto von Mary und Esther auf ihrem Handy und die letzte Nachricht, die Mary geschickt hatte. Sie erzählte von Esthers Weglaufen und Elijahs seltsamer Präsenz.

„Ich weiß, dass ich nicht zur Familie gehöre und dass es vielleicht nicht meine Aufgabe ist, Mary oder Esther als vermisst zu melden", sagte sie und war sich bewusst, wie seltsam ihre Geschichte klingen musste, „aber ich musste etwas tun."

„Dafür sind Sie den ganzen Weg nach Arizona gekommen?" Er lehnte sich in seinem Stuhl zurück. „Sie haben nicht einfach zum Telefon gegriffen und uns von Großbritannien aus angerufen?"

Ein schleichendes Gefühl des Grauens erfüllte den Raum zwischen ihr und dem Beamten. Es wurde ihr klar, wie besessen sie wirken musste. Ihr Gesicht erblühte vor Verlegenheit. „Ich … ich musste kommen und mich vergewissern, dass es ihr gut geht. Wenn sie von Elijah weg will, braucht sie eine Freundin, die ihr dabei hilft. Ich weiß nicht, ob sie hier Freunde hat, also … Hören Sie, ich weiß, es klingt verrückt, aber ich … ohne wie ein … Ich habe die Mittel zu reisen und ich will sichergehen, dass es ihr gut geht. Das ist alles, was ich will."

„Ist schon in Ordnung, Frau Cole. Ich habe Sie nicht beschuldigt, es ist nur eine ungewöhnliche Situation." Er tippte mit seinem Stift auf die Tischplatte, während er sprach. Seine warme Ausstrahlung blieb erhalten, aber sie hatte den Eindruck, dass er versuchte, sie zu durchschauen, weil seine Augen nicht blinzelten. „Ich werde Sie nicht anlügen, wir sind überlastet, wegen der Budgetkürzungen und so weiter, aber ich werde das für Sie überprüfen." Er schenkte ihr ein beruhigendes Lächeln, das sie nicht beruhigte.

Fran dankte ihm und ging. Er hatte nichts Schlimmes getan und nichts Unangenehmes gesagt, und doch hatte sie sich noch nie so klein gefühlt.

KAPITEL 51

Auch als sie ging, konnte sie das Gefühl, klein und unbedeutend zu sein, nicht abschütteln. War das alles? Was konnte sie sonst noch tun? Sie hatte Marys altes Haus besucht. Sie hatte sich an die Polizei gewandt. Sie hatte ihre Kontaktdaten an die Nachbarn weitergegeben, und nun musste sie warten.

Frans Beine fühlten sich an wie Wackelpudding, als sie über die breiten Bürgersteige lief, die parallel zur Hauptstraße verliefen. Es war mitten am Vormittag und sie fühlte sich bereits dehydriert. Menschen in kurzen Hosen und mit Baseballmützen gingen an ihr vorbei und schenkten ihr nicht einmal einen zweiten Blick. Dennoch fühlte sie sich mit ihrer rosa gefärbten, leicht verbrannten englischen Haut und ihrem Akzent wie eine Außerirdische.

Sie kam an einem Kunstmuseum vorbei und ging weiter. Ein winziger Platz mit grünem Rasen, der als Park durchging, lag zwischen zwei belebten Straßen. In der Mitte stand eine traurige weiße Bank. Sie ging weiter, bis sie eine Halle bemerkte, die von Restaurants umgeben war, und beschloss, einen Stopp einzulegen, um etwas mit Eis zu trinken, ob Kaffee, Tee oder Limonade, war ihr egal. Als sie über den Platz lief, bemerkte sie ein ausgebleichtes Flugblatt, das an einen Laternenpfahl geklebt war, und schaute genauer hin. *Vermisst*, stand da, *Jayden Ellis, sechs Jahre alt*. Der kleine Junge lächelte strahlend auf dem fotokopierten Bild. Wunderschöne gerade Zähne, dicht gelocktes Haar. Babyspeck um seine Wangenknochen. Fran schlang die Arme um ihren Körper und brauchte plötzlich Trost. Überall auf der Welt gingen Kinder verloren.

Sie ging in ein mexikanisches Restaurant und bestellte einen Eistee bei einer jungen Frau mit elfenhaftem Gesicht und roter Schürze. Dann setzte sie sich an einen Tisch, weg vom Fenster und der gleißenden Sonne.

„Darf ich fragen, woher Sie kommen?", fragte das Mädchen und stellte den Tee auf einem Papieruntersetzer ab. „Ich mag Ihren Akzent."

„England." Fran lächelte. „Derbyshire."

„Ist das in der Nähe von London?"

„Irgendwie schon."

„Cool."

Fran sah ihr hinterher und dachte darüber nach, wie klein das Vereinigte Königreich im Vergleich zu Amerika war und dass London eigentlich gar nicht so weit weg war, wenn man es in Relation setzte. Doch dann fiel ihr Blick wieder auf das Fenster und das verblasste Plakat. Könnte sie so etwas für Mary tun? Mit Flugblättern von Mary oder Esthers Gesicht in Tucson herumlaufen? Würde es funktionieren? Sie klopfte mit dem Fingernagel auf das Resopal. Vielleicht.

Sie trank die Hälfte des Tees und nahm dann ihr Notizbuch heraus, um etwas zu entwerfen. Sie würde zuerst ein Foto ausdrucken müssen, bevor sie einen Ort finden würde, der es für sie fotokopieren konnte. Ihre Telefonnummer musste auch auf das Plakat und dann musste sie hoffen, dass jemand anrufen würde. Das bedeutete aber auch, dass sie noch eine Weile in Arizona bleiben musste. Aber sie hatte nur ein Ticket für den Hinweg gekauft und wollte deshalb so lange bleiben, wie es nötig war.

Adrian würde das nicht gefallen. Er wollte sie zu Hause haben, das wusste sie. Sie stellte seine Geduld auf die Probe, natürlich tat sie das. Aber ihr Entschluss stand fest. Sie bezahlte ihre Rechnung und verließ das Lokal, wobei sie beschloss, ein wenig herumzulaufen, um zu sehen, ob sie einen Walmart oder etwas Ähnliches finden konnte, wo es vielleicht einen Drucker gab. Sie war abgelenkt, als sie das Restaurant verließ und mit gesenktem Kopf an ihrer Tasche herumfummelte. Daher bemerkte sie nicht, dass sie nicht allein war.

„Suchst du die Erlösung?"

Fran blieb stehen und drehte sich um. Sie sah einen blonden, blauäugigen Mann um die zwanzig Jahre alt. Er stand ganz still am Rande der Halle, neben einer Steintreppe. Fran konnte sich vorstellen, wie sehr er bei der Hitze in seinem eleganten Anzug schwitzen musste.

„Wie bitte?", fragte sie.

„Suchst du die Erlösung?"

Dann bemerkte sie den Stapel von Broschüren in seinen Händen. Sie betrachtete die braune Anzugsjacke, den Bartwuchs an seinem Kinn, den skurrilen Ernst in seinen Augen. „Oh. Nein, danke. Ich wurde schon erlöst." Es sollte ein Scherz sein, aber er lachte nicht.

„Sind Sie sich da sicher?" Er trat einen Schritt näher. „Sie sehen verloren aus."

„Nun, das liegt daran, dass ich nicht von hier bin. Ich bin im Urlaub", sagte sie und hoffte, ihn damit loszuwerden.

„In Tucson?" Seine Lippenwinkel hoben sich. „Seltsamer Ort, um Urlaub zu machen." Er hob den Arm und streckte die Hand mit dem Lesestoff aus. „Kann ich Ihnen das geben? Es ist an keine Bedingungen geknüpft. Ich schlage nur vor, dass Sie es lesen. Wir sind ein Unternehmen, das Menschen hilft, die nach mehr Sinn im Leben suchen. Sie können uns kontaktieren, wenn Sie mehr wissen wollen. Wir haben einen Interviewprozess, der Ihnen hilft, Ihre Lebensziele zu bestimmen. Es ist ein kostenloses

Beratungsgespräch und es gibt keinen Zwang, irgendetwas beizutreten."

Fran wollte nicht, spürte aber den sozialen Druck, das Flugblatt entgegenzunehmen. „Danke. Ich wusste nicht, dass das Setzen von Lebenszielen zur Erlösung führt." Sie lachte leicht und hasste sich dafür, dass sie nicht einfach wegging und das verdammte Ding in den Mülleimer warf.

„Würden Sie Erlösung nicht als Ziel bezeichnen?", fragte er.

„Ich denke schon."

Er öffnete seine Arme, als ob das die Frage beantworten würde.

„Nun, ich mache mich besser auf den Weg."

Der junge Mann neigte sein blasses Haupt. „Es wäre schön, Sie wiederzusehen. Ich hoffe, Sie kommen zu einem Vorstellungsgespräch. Ich denke, Sie würden finden, wonach Sie suchen."

„Das bezweifle ich, aber danke", sagte Fran und begann, sich zu ärgern. Sie stürmte in die entgegengesetzte Richtung und ärgerte sich noch mehr über sich selbst, weil sie sich auf ein Gespräch mit dem Kerl eingelassen hatte. Als sie wieder auf dem Bürgersteig stand, ließ sie ihren Blick über die Straße schweifen, auf der Suche nach einem Mülleimer, um die nervende Broschüre loszuwerden.

Und dann hielt sie inne.

Sie blieb stocksteif stehen. Eine Frau, die einen Kinderwagen in die entgegengesetzte Richtung schob, bekam von der Kante ihrer Handtasche einen Stoß in die Rippen. Sie nahm es kaum wahr und hörte auch nicht das verärgerte Fluchen, als der Kinderwagen wegrollte. Das alles war nicht wichtig, denn jetzt wusste sie es.

Sie wusste, wo Mary und Esther waren.

KAPITEL 52
DAMALS

Es war noch vor Sonnenaufgang, und Esther stand vollständig angezogen in ihrem Schlafzimmer. Ihr Herz klopfte schnell gegen ihre Rippen, und trotz der Kälte spürte sie, wie sich ein wenig Schweiß auf ihrem Rücken bildete. Sie blieb still. Hatte sie etwas gehört?

Nachdem sie noch einen Moment gewartet hatte, beschloss Esther, dass es niemandem auffallen würde, wenn sie auf Zehenspitzen aus ihrem Schlafzimmer schlich. Sie trug ihre Mary-Jane-Schuhe aus Lackleder in der Hand, als sie die Treppe hinunterging, die Füße auf den Zehenspitzen, die Finger leicht über das Treppengeländer streichend. Der Duft von frischer Frühlingsluft wehte vom Flur herein. Am Fuß der Treppe erstarrte Esther. Warum war die Eingangstür offen?

Esther hielt den Atem an und bewegte sich nicht. Sie wartete, bis sie das Geräusch von Plastik gegen Plastik hörte. Es war der Deckel der Mülltonne, der geöffnet und geschlossen wurde. Mary brachte den Müll raus, wahrscheinlich weil sie es gestern Abend vergessen hatte. Sie atmete langsam aus und ihre Muskeln begannen sich zu entspannen. Jetzt musste sie nur noch schnell und leise sein.

Sie zog ihre Schuhe an der Tür an, ohne sich die Mühe zu

machen, sie zuzumachen, und rannte aus dem Haus. Sie lief geradeaus, ohne zu wissen, wohin, aber sie wusste, dass sie nicht mehr in diesem Haus sein wollte. Sie hasste es dort. Sie hasste Elijah und die Art, wie er sie beide herumkommandierte. Sie hasste Mary und das dumme Buch, das sie ihr vorlesen musste, das mit den Bildern über Jesus und Moses. Sie hasste die Worte, denn sie waren alle falsch. Es waren nicht die Worte von *Vater*.

Sie würde Vater finden. Er hatte ihr gesagt, dass er sie immer finden würde, egal was passiert. Sie brauchte nur in den Nachthimmel zu schauen. Dort stand er und funkelte auf sie herab, sein Geist war ein heller Stern. Er wusste, was richtig und was gut war in dieser Welt. Er würde all die komischen Gefühle in ihrem Bauch verschwinden lassen. All die Bedenken, die ihr sagten, dass Mary und Elijah alles *falsch* machten.

Aber Esther wusste nicht, wohin sie ging, und sie hatte ein wenig Angst. Als sie den Dorfplatz erreichte, blieb sie bei den Schaukeln stehen und schnürte ihre Schuhe zu. Überall war es dunkel, aber nicht so dunkel wie in Arizona. Nicht so offen und leer wie ihr Zuhause. Hier roch es nach Osterglocken und Tautropfen, die an den grünen Grashalmen hingen. Es war anders hier. Sie hasste es.

Als sie dumpfe Schritte und einen rhythmisch keuchenden Atem hörte, ballte Esther ihre Fäuste fest. Sie dachte daran, sich irgendwo zu verstecken, aber sie konnte ihre Beine nicht bewegen. Eine Frau kam in ihr Blickfeld. Sie trug enge Kleidung, und ihr Haar war mit einem Stirnband nach hinten gekämmt. Als die Frau sie sah, stieß sie einen Schrei aus, hielt sich die Hand vor den Mund und blieb stehen. Esther fühlte sich wie ein Gespenst. Die Frau hatte Angst vor ihr.

„Hallo", sagte die Frau und kam näher. „Was machst du hier draußen so ganz allein?"

Esther sprach nicht. Sie ballte ihre kleinen Fäuste.

„Wo ist deine Mami? Warum bist du nicht zu Hause?"

Sie sagte nichts. Vater hatte ihr immer gesagt, sie solle

niemandem außerhalb der Familie vertrauen. Diese Frau gehörte nicht zu ihrer Familie und sie konnte ihr nicht trauen.

„Nimm meine Hand, Kleines", sagte die Frau sanft. „Du bist jetzt in Sicherheit."

Aber sie wollte nicht. Sie stand dort und blickte finster drein. Was, wenn sie ein Dämon war? Die, von denen Vater sagte, dass sie menschliche Haut wie Kleidung tragen. Nein, Esther konnte dieser Frau nicht trauen, nicht einmal, wenn sie mit sanfter Stimme sprach und sanft ihre Hand ausstreckte.

Sie waren in eine Sackgasse geraten. Esther wollte nicht sprechen, und die Frau konnte sie nicht in Ruhe lassen. Als die Frau Esther schließlich nach ihrem Namen fragte, sprach sie.

„Vater wird kommen. Er wird mich hier finden."

„Wenn du willst, können wir deinen Papa gemeinsam suchen."

Esther betrachtete diese Person, die sich auf ihre Höhe heruntergebeugt hatte, mit Verachtung. Diese Person verstand nicht, wer Vater war und wie viel besser er war als alle anderen. Sie brauchten nicht nach ihm zu suchen, denn er beobachtete sie in diesem Moment. Er war da, funkelte am Himmel und führte sie jeden Tag. Sie vermisste ihn mehr als alles andere.

„Wie heißt du?"

„Esther."

„Wo wohnt dein Papa? Wir können ihn jetzt suchen."

„Arizona".

Und in den Sternen, dachte Esther.

Die Frau runzelte die Stirn und holte ihr Mobiltelefon aus der Tasche. Deshalb hatte Vater gesagt, man solle niemandem trauen, denn sie würden immer jemand anderen anrufen. Und wer taucht dann auf? Die Polizei. Vater sagte, sie seien die Schlimmsten. Er sagte immer, man solle nie mit einem Polizisten mitgehen, sondern so schnell wie möglich wegrennen.

Doch bevor die Frau ihr Telefon benutzen konnte, sah Esther Mary auf dem nassen Gras auf sie zu rennen. Esther erschauderte, als Mary ausrutschte, auf die Knie fiel und sie in eine Umarmung zog. Jetzt musste sie zurück in dieses Haus. Sie hasste es dort. Alles, was sie wollte, war, in ihr richtiges Zuhause zurückzukehren. Sie verrenkte sich den Hals und starrte in die Sterne, während die Erwachsenen sich unterhielten. Sie hörte ihre Stimmen kaum, bis auf den Namen der Frau: Fran.

KAPITEL 53
DAMALS

Ihr Krach drang durch die Dielen bis zu Esther, die auf ihrem Bett lag. Sie hatte sich in ihrer Bilderbibel Notizen über all die Dinge gemacht, die laut Vater falsch waren. Aber sie konnte sich nicht konzentrieren, weil Elijah und Mary unten stritten. Schon wieder. Sie hatten nicht aufgehört zu streiten, seit sie nach Leacroft gezogen waren. Esther legte ihren Stift weg und beschloss, sich auf den Treppenabsatz zu schleichen, um den beiden eine Weile zuzuhören. Sie wollte wissen, was sie sagten, und sie wollte vor allem wissen, ob sie etwas über sie sagten.

Sie schlich sich barfuß hinaus. Es war nach 22.00 Uhr und sie trug ihr Nachthemd. Mary hatte ihr Haar so geflochten, dass es ihr über eine Schulter fiel. Sie kniete sich neben das Treppengeländer und lauschte.

„Du bist blind, Mary“, sagte Elijah. „Leute wie wir können nicht mit Leuten wie ihnen befreundet sein. Wenn du älter wärst, würdest du das verstehen.“ Esther konnte sich vorstellen, wie er den Kopf schüttelte, während er sprach. Das tat er oft, wenn er einen Vortrag hielt.

„Was verstehen?“, antwortete Mary.

„Dass sie keine Freundin ist, die man haben möchte.“

„Warum?“

„Das ist nicht *angemessen*, Mary. *Komm schon*, benutze deinen *Kopf*. Du weißt es doch. Du bist zu ihrer lächerlichen Chorprobe gegangen und hast gehört, was die Leute hier von uns denken.“

„Aber du hast der Dinnerparty zugestimmt …“

„Ich dachte, du würdest es sehen“, antwortete er. „Ich dachte, du würdest aufwachen.“

„Du mochtest sie“, sagte Mary.

„Na und? Man kann eine Stunde lang die Gesellschaft von jemandem genießen, aber dann muss man verstehen, wann es mal gut ist. Das ist alles nur Blödsinn, du bist einfach zu jung, um das zu verstehen, das ist alles.“

Esther hörte Elijahs Schritte, als er sich im Raum bewegte. Und mit seinen Bewegungen verschwand auch seine Stimme. Danach konnte sie seine Worte nicht mehr verstehen, aber sie hörte ein Stoßen und ein Stöhnen. Dann wurde alles still.

In den letzten Wochen hatte Mary sich mit Fran angefreundet, und sie trafen sich im Café und in dem großen Anwesen, das Esther hasste. Sie mochte Fran nicht. Fran war eine Außenseiterin und Esther wusste, dass Vater das nicht gutheißen würde. Ein Teil von ihr hasste Mary dafür, dass sie Zeit mit dieser Engländerin verbringen musste. Aber Esther hatte kein Mitspracherecht, weil sie ein Kind war. Sie hasste es, ein Kind zu sein. Sie wäre gerne erwachsen gewesen.

Schließlich stand sie auf und ging zurück in ihr Schlafzimmer. Dort öffnete sie die Vorhänge und starrte hinaus in die Dunkelheit. Leacroft war ruhig, aber nie so still wie ihr Zuhause in Arizona. Ständig ging jemand mit seinem Hund spazieren oder joggte. Es gab immer Straßenlaternen in den engen Gassen und geparkte Autos. Und heute Abend waren zu viele Wolken am Himmel, um die Sterne zu sehen, und das hasste sie. Sie hasste es.

Vielleicht schaffte sie es, wegzulaufen. Diesmal richtig. Sie setzte sich auf ihr Bett und dachte einen Moment lang darüber nach. Kleine Mädchen wie sie reisten nicht auf eigene Faust, und

Esther wusste, dass sie nicht von England nach Arizona laufen konnte. Aber vielleicht konnte sie weglaufen und irgendwo versteckt aufwachsen und dann den Weg zurück finden. Sie stand auf. Das war es, sie konnte verschwinden und allein leben, weit weg von Elijahs Vorträgen und Marys Tränen. Sie konnte in den Wäldern leben, bis sie alt genug war, um in ein Flugzeug zu steigen, ohne dass die Leute die Polizei riefen. Vater sagte immer, dass die Kinder Gott am nächsten sind, wenn sie in der Wildnis leben. Er sagte, jeder müsse lernen, in der Wildnis zu überleben, sonst sei er keinen Cent wert.

In diesem Moment beschloss Esther, dass sie das Mädchen sein wollte, das in der Wüste leben würde, so wie es die Menschen vor Tausenden von Jahren getan hatten. Das hatte Vater jedenfalls gesagt, dass Kinder kein Recht hätten, mit Spielzeug zu spielen oder herumzulaufen und nichts zu tun. Das war die Art von Müßiggang, die den Teufel hereinließ, die Seele verwüstete und jede Chance auf Erlösung zunichtemachte. Kinder wie Esther hatten einen Vorsprung im Leben, weil sie lernten, zu arbeiten. Sie lernten, wie man überlebt. Man stelle sich nur die Geschichten vor, die sie dem Vater erzählen könnte, wenn sie nach Jahren des Lebens in der Wildnis ohne Aufsicht von Erwachsenen nach Hause käme. Sie stellte es sich vor. Sie sah sein wohlwollendes und stolzes Lächeln, als sie ihre Geschichte erzählte.

Esther zog sich schnell ein Kleid an und eilte zurück zum Treppenabsatz, wobei sie fast vergaß, leise zu sein. Sie wollte gerade auf Zehenspitzen die Treppe hinuntergehen, als sie Mary aus dem Wohnzimmer kommen sah, die sich ein paar Tränen von den Wangen wischte. Esther hielt den Atem an und beobachtete, wie Mary ihre Schlüssel aus dem Regal der Familie nahm und aus dem Blickfeld verschwand. Esther konnte aus diesem Blickwinkel nichts sehen, aber sie hörte, wie Mary sich ihren Schal und ihre Schuhe anzog. Sie ging hinaus. Die Haustür öffnete und schloss sich.

Elijah saß still im Wohnzimmer. Aus welchem Grund auch

immer, folgte er Mary nicht aus dem Haus, sondern blieb dort. Esthers Herz klopfte wie wild, denn sie spürte, dass etwas passieren würde. Sie wusste nicht, was, aber sie wusste, dass es wichtig, vielleicht sogar gefährlich sein würde. Ein Teil von ihr wollte zurück ins Bett gehen und das Licht ausmachen, aber sie tat es nicht. Sie schlich die Treppe hinunter, ging zur Wohnzimmertür und hielt den Atem an, während sie lauschte. Mit dem Ohr an die Tür gepresst, hörte sie Elijah schnarchen. Er war bereits eingeschlafen.

Genau wie Mary ging sie in den Flur, nahm ihren Mantel vom Haken und zog ihre Leinenschuhe an. Dann schlüpfte sie durch die Tür in die Dunkelheit.

KAPITEL 54
DAMALS

Marys Sportschuhe schlurften über den Asphalt vor ihr und machten ein knirschendes Geräusch. Esther begann zu rennen, um ihre Mutter einzuholen. Aber dann hörte sie die Geräusche ihrer eigenen Schuhe und beschloss, dass sie nicht gesehen werden wollte. Wenn Maria sich umdrehte und sie sah, musste sie zum Haus zurückkehren, und alle ihre Träume von einer Flucht wären dahin. Sie trat auf das Gras neben der Straße, um das trappelnde Geräusch ihrer kleinen Füße zu dämpfen.

Um sie herum war die Welt dunkel und still. Sie sah ein paar Menschen, die sich in ihren Häusern bewegten, wie Puppen in einem Puppenhaus. Der gelbe Schein der Lampen und Leuchten fiel auf ihre Vorgärten. In der Ferne ging jemand mit seinem Hund auf der Wiese spazieren, aber er hatte sie nicht gesehen. Esther sah nach vorn, um zu sehen, ob Mary noch da war. Das war sie. Kurz überlegte sie, ihr gar nicht zu folgen, denn jetzt wäre die perfekte Gelegenheit für Esther, unbemerkt von Mary davonzulaufen. Doch dann kam ihr ein Gedanke in den Sinn. *Was wäre, wenn Mary sich mit Vater treffen würde? Mary verließ das Haus nie so spät in der Nacht. Es musste einen Grund dafür geben. Was, wenn Esther wegging und ihre Chance verpasste, ihn wiederzusehen?*

Vor ihr, gerade noch unter den Straßenlaternen sichtbar, bog Mary von der Straße ab und ging auf den Wald zu, der sich entlang des Dorfes erstreckte. Natürlich würde Vater Mary an einem solchen Ort treffen wollen. Er liebte wilde Orte. In Arizona war er jeden Tag in die Berge geritten und hatte hoch oben an den staubigen Hängen stundenlang meditiert. Sie dachte an die Frühstücke auf der Ranch, wo die Familie an langen Tischen saß und darauf wartete, zu erfahren, wen Vater mitnehmen würde. Mary erzählte Esther, dass Vater sie oft auswählte, um mitzukommen. So war Esther geschaffen worden. Sie gingen auf den Berg, meditierten zusammen und Mary kam mit Esther im Bauch zurück zur Ranch. Der Vater hatte ihr ein Geschenk gemacht.

Die Dichte der Häuser lichtete sich, bis sie weit von der Straße entfernt waren. Esthers Herzschlag beschleunigte sich, als sie den Eingang zum Wald passierte. Hier gab es keine Straßenlaternen, und Esther begann sich Sorgen zu machen, dass sie fallen könnte. Ihre Füße stolperten über Steine. Dünne Streifen des Mondlichts zeigten den schmalen Pfad, der sich durch die Bäume schlängelte, aber es zeigte ihr nicht immer die losen Steine unter ihren Füßen. In der Ferne konnte sie gerade noch ihre Mutter sehen, aber jedes Mal, wenn Mary vom Weg abkam, krampfte sich Esthers Brust vor Panik zusammen. Für den Bruchteil einer Sekunde dachte Esther regelmäßig, sie sei allein, aber dann holte sie auf und sah Marys blasse Gestalt in der Ferne. Sie war froh, dass Mary beschlossen hatte, das cremefarbene Wolltuch zu tragen, das sie in Sommernächten als Mantel benutzte. Wenigstens bildete es einen Kontrast zur Dunkelheit.

Ein Stück weiter spürte Esther, dass Mary langsamer wurde. An einem Punkt blieb Mary stehen und starrte in die Ferne, als ob sie auf jemanden warten würde. Esther musste hinter einen Baum springen, um sicherzugehen, dass sie nicht entdeckt wurde. Sie spähte um den Baumstamm herum, die Augen an die Dunkelheit gewöhnt, und beobachtete, wie Mary ein Handy aus ihrer Tasche zog. Hatte sie eine Nachricht von Vater? Esther klammerte sich fest an den Baumstamm und wartete darauf, dass etwas passierte. Würde Vater aus den Schatten hervortreten? Oder war Mary hier, um jemand anderen zu treffen?

Wenige Augenblicke später steckte Mary ihr Handy weg und ging einen schmalen Pfad hinauf. Auf zittrigen Beinen folgte Esther ihr. Sie stolperte einen steilen Abhang hinauf, als sich die Dornen des Unterholzes in ihren Socken verfingen und an ihren Beinen hängen blieben. Die Kratzer der spitzen Dornen ließen sie zusammenzucken, bevor sie sich daran erinnerte, tapfer zu sein. Dies war eine Prüfung, und sie konnte sie bestehen oder durchfallen. Vater mochte keine verängstigten Kinder.

Mary wanderte in das tiefste, dunkelste Dickicht des Waldes, und Esther geriet in Panik, weil sie befürchtete, Mary überhaupt nicht mehr sehen zu können. Sie zwang sich zur Eile und ignorierte das Klatschen der dünnen Äste gegen ihre Arme und Schultern. Esther eilte vom Weg ab und rannte mit aller Kraft in den Wald hinein. Ihr Herz pochte. Normalerweise war sie für ihr Alter reif und selbstbewusst, aber in diesem Moment hatte sie sich noch nie so sehr wie ein dummes kleines Mädchen gefühlt, das seine Mutter brauchte. Ein Schrei blieb ihr in der Kehle stecken. Der Schrei einer Siebenjährigen, die sich nachts im Wald verirrt hatte, aber sie hatte in der Panik ihre Stimme verloren. Sie versuchte nicht mehr, sich vor Mary zu verstecken, sie rannte so schnell sie konnte. Aber Mary war nicht mehr in Sicht. Da war nichts als die eng stehenden Bäume und die losen Steine unter ihren Füßen.

Stumme Tränen kullerten über ihr Gesicht. Sie versuchte erneut zu schreien, aber ihre Kehle war kalt und rau. Ein jämmerliches Wimmern entrang sich ihrer Kehle und erstarb auf ihren Lippen. In der Ferne glaubte sie eine laute Männerstimme zu hören, als würde er Mary züchtigen, und Esther versuchte, so gut sie konnte, das Wort *Vater zu* rufen. Aber als sie den Atem in ihre Lungen zog, um ihn zu rufen, rutschte sie eine Böschung hinunter. Sie schlug hart auf, stieß mit dem Kopf gegen einen Felsen und stürzte, bis nur noch Dunkelheit sie umgab.

Während ihr Bewusstsein schwand, war Esthers letzter Gedanke, ob es wirklich Vater gewesen war, den sie gehört hatte. Sie zweifelte daran.

KAPITEL 55
DAMALS

Esther wachte bei hellem Licht und unter Marys tränenverschleiertem Blick auf. Sie war durstig und griff nach dem Plastikbecher auf dem Tisch neben ihrem Bett. Ihr Verstand war ziemlich vernebelt, und sie nahm nur langsam ihre Umgebung wahr, von den blinkenden Lichtbändern über die steifen Laken über ihrem Körper bis hin zu den Schwingtüren, die in den Raum führten.

„Esther? Esther, geht es dir gut?"

Der Stuhl knirschte auf dem Harzboden, als Mary aufstand. Sie reichte Esther den Becher mit Wasser und führte ihn an ihre Lippen. Die zimmerwarme Flüssigkeit reichte aus, um Esthers trockene Kehle zu beruhigen und sie in die Realität zurückzubringen. Ihre Erinnerungen kamen in Blitzen zurück. Mary und Elijah hatten sich im Wohnzimmer gestritten. Dann verließ Mary spät in der Nacht das Haus. Sie rannte durch den Wald. Sie fiel hart gegen einen Felsen. Sie erinnerte sich, wie sie stundenlang halb bewusstlos im Schlamm gelegen hatte und sich den Klang einer Männerstimme einbildete. Die Stimme von Vater. Er sagte ihr, sie solle still sein, weil er bald zu ihr zurückkommen würde und sie ein braves Mädchen sein solle.

„Es tut mir so leid, mein Schatz“, weinte Mary und strich Esther über das Haar. „Wegen allem.“

Ihre Worte bedeuteten Esther nichts mehr. Alles, was sie wollte, war die Wahrheit. Draußen im Zimmer bemerkte sie das geschäftige Treiben im Krankenhaus und fragte sich, wo Elijah war. Sie blinzelte, nahm einen Schluck Wasser und unterdrückte ihre Tränen.

„Wo ist Vater, Mami?“, fragte Esther.

Mary reagierte so wie immer, wenn Esther von Vater sprach. Sie zuckte zurück und schnitt eine Grimasse. Dann warf sie einen Blick zur Tür und ließ die Schultern sinken.

„Du weißt, wo er ist. Er ist in Arizona.“

„Auf der Ranch?“

„Ja.“

„Mit wem hast du dann im Wald gesprochen?“

Sie runzelte verwirrt die Stirn.

„Mit niemandem, Schatz.“

„Warum bist du in den Wald gegangen?“

Mary seufzte, hob ihren Kopf und wischte sich die Tränen weg. „Ich wollte mich mit Fran treffen. Ich dachte, sie könnte vielleicht helfen. Ich war traurig, weil ich mich mit Daddy gestritten hatte. Aber sie ist nicht aufgetaucht.“

Esther hielt einen Moment lang inne. Hatte sie gelogen? „Vater war also nicht da? Aber ich habe ihn gehört.“ Ihre Erinnerungen waren völlig durcheinander. Als sie im Schlamm lag und kaum bei Bewusstsein war, hatte sie gehört, wie Vater mit ihr sprach, und deshalb hatte sie sich vorgestellt, dass er mit Mary dort sein musste. Aber sie hatte es sich nur eingebildet.

Marys Worte kamen langsam und zittrig heraus, als sie antwortete. „Es tut mir leid, dass du mir gefolgt bist und verletzt wurdest. Ich hatte keine Ahnung, dass du da warst.“ Sie streichelte Esther wieder über das Haar. „Ich dachte, du wärst im Bett, wie ein braves Mädchen.“

Esther begann zu weinen. „Bin ich in Schwierigkeiten?“

Mary drückte ihr einen Kuss auf die Stirn. „Nein, Schätzchen, das bist du nicht. Aber …“ Sie blickte wieder in Richtung Tür. „Aber du musst mir versprechen, dass du niemandem erzählst, dass du mich im Wald gesehen hast. Okay?“

„Warum nicht?“

„Weil sie mir die Schuld daran geben werden, dass du verletzt wurdest, darum.“ Jetzt begann Mary wieder zu weinen. „Sie werden mich beschimpfen. Sie werden sagen, dass ich eine schreckliche Mutter bin und dass ich dich nicht verdiene. Sie mögen mich hier nicht, das ist offensichtlich.“ Wütend wischte sie sich die Tränen von den Wangen. „Vielleicht würden sie versuchen, dich mir wegzunehmen, und das würde dir nicht gefallen, oder?“

Esther zögerte, aber sie schüttelte den Kopf.

„Ich schwöre, ich habe dich nicht im Wald gesehen, Esther. Das schwöre ich dir. Du weißt, dass ich dich nach Hause gebracht hätte, oder? Du weißt, dass ich mich immer um dich kümmern werde. Ich liebe dich mehr als alles andere. Du bist meine Tochter. *Meine Tochter*. Das weißt du doch, oder?“

Esther nickte mit dem Kopf. Mary sagte solche Dinge oft und jedes Mal war ihre Intensität erschreckend.

„Du bist mein süßes kleines Mädchen.“ Sie küsste sie wieder auf die Stirn. „Es tut mir so leid, dass ich dich nicht gesehen habe. Es tut mir so leid, dass du verletzt wurdest.“ Die Schritte wurden lauter und näherten sich dem Zimmer. Mary ergriff Esthers Hand. „Bitte sag Daddy nicht, dass du mich im Wald gesehen hast. Er wäre wütend auf mich.“

Bevor Esther antworten konnte, öffnete sich die Tür und Elijah kam herein. Mary blickte besorgt auf, aber Esther runzelte nur die Stirn.

Elijahs Augen weiteten sich. Sein Gesichtsausdruck ging in ein breites Lächeln über. „Sie ist wach!“ Er eilte zum Bett hinüber und küsste Esther auf die Wange. „Gott sei Dank.“ Er zog Mary in eine Umarmung und schien die Spannung im Raum nicht zu bemerken.

Esther sah mit Verachtung zu. Sie konnte Marys Bitte, nichts über den Wald zu sagen, akzeptieren, aber sie würde niemals glauben, dass Elijah ihr Vater war oder dass er sich um sie sorgte. Nein, sie hatte nur einen Vater, und sie wollte zurück zu ihm.

KAPITEL 56
JETZT

Fran eilte mit der Broschüre zwischen ihren verschwitzten Fingern zurück zur Polizeistation. Für die Menschen in Tucson musste sie ein seltsamer Anblick sein, eine gehetzt wirkende Frau in Birkenstocks und einem schlecht sitzenden Strohhut, die schweißgebadet über den Bürgersteig eilte. Als Fran ihren Lichtblick hatte, wandte sie sich dem jungen Mann im Anzug zu, um ihm ein paar Fragen zu stellen, aber er war bereits dabei, wegzugehen. Sie rannte ihm hinterher und winkte mit dem Flugblatt, aber er bog um eine Ecke und verschwand in einem Laden oder einem Restaurant. Sie hielt inne, um Luft zu schnappen, als sie eine Adresse auf der Broschüre entdeckte. Vielleicht war das genug. Sie drehte sich wieder um und lief in Richtung Polizeistation, vorbei an der Kunstgalerie, während ihre Füße über den heißen Asphalt huschten.

Als sie das Gebäude betrat, nahm sie den Hut ab, damit die Klimaanlage ihre feuchte Kopfhaut kühlen konnte. Während sie in der Warteschlange hinter einem Mann mit breitem Cowboyhut und einer Frau in Jeansshorts wartete, betrachtete sie das helle Foto auf dem Prospekt. Junge Menschen mit attraktiven Gesichtern, die sich unter einem wolkenlosen blauen

Himmel umarmten, lächelten ihr entgegen. Sie wusste, dass es sich nicht um die echten Mitglieder der Organisation handelte. Es waren Models. Es war ein sorgfältig gestaltetes Bild, das ein gewisses Maß an Sicherheit vermitteln sollte. *„Finde das Heil in der Liebe" lautete* der Slogan.

Die Beamtin an der Rezeption räusperte sich und Fran merkte, dass sie an der Reihe war. Sie fragte nach Detective Woodson.

„Er hat die Station gerade verlassen", sagte sie. „Außerhalb der Stadt wurde er zu einem Fall gerufen. Möchten Sie eine Nachricht hinterlassen?"

„Könnten Sie ihm sagen, dass Fran Cole hier war? Und könnten Sie ihm sagen, dass es um die … die …" Fran blickte auf den Zettel hinunter. „Die Children of James" geht.

Die Beamtin verdrehte die Augen. „Was haben diese Spinner denn jetzt schon wieder angestellt? Hat einer von ihnen etwas von Ihnen gestohlen?"

„Nein, nichts dergleichen. Sind sie hier als Unruhestifter bekannt?"

Sie hob die Augenbrauen. „Früher nicht. Sie blieben eher für sich, aber in letzter Zeit … ja."

„Warum in letzter Zeit?", erkundigte sich Fran.

„Ich habe da ein paar Dinge gehört", erklärte die Frau. „Gerüchte hier und da. Es hört sich so an, als hätten sie eine schwere Zeit hinter sich, und ein Haufen von ihnen kommt in die Stadt, um zu klauen und so weiter. Wir erhalten diesbezüglich eine Menge Anrufe. Haben Sie Ihre Handtasche überprüft? Das sollten Sie nämlich tun."

Fran blickte einen Moment lang auf ihre Handtasche, abgelenkt durch diese neuen Informationen. Sie versuchte, sich wieder auf die Sache zu konzentrieren. „Danke, das werde ich. Dann gibt es sie also schon eine Weile?"

„Soweit ich weiß, sind sie in den neunziger Jahren aus einem anderen Bundesstaat hierhergezogen. Die Leute waren nicht sehr glücklich darüber, sie hier zu haben, und es gab einige

Proteste, aber sie blieben, und um fair zu sein, hielten sie sich meistens aus Schwierigkeiten heraus und schienen ziemlich harmlos zu sein. Damals waren es nur Wall-Street-Broker und Werbefachleute. Warum sind es immer die Hochgestressten, die einen Zusammenbruch erleiden und in die Wüste ziehen, um zu meditieren und Salat zu essen? Auf der Ranch machen sie jeden Scheiß, den sie wollen, und wir lassen sie verdammt noch mal in Ruhe, solange sie keinen Ärger machen."

„Wie kommt es, dass sie in eine schwierige Zeit geraten sind?"

Sie zuckte mit den Schultern. „Da müssen Sie sie schon selbst fragen. Ich vermute, reiche Leute sind heute nicht mehr so an Sekten interessiert wie in den achtziger und neunziger Jahren. Die Welt hat sich verändert. Die Leute haben begriffen, dass sie keinen Gott finden werden, wenn sie ihr Geld an Betrüger verschenken. Was wollen Sie denn von denen?"

Fran entsperrte ihr Handy und zeigte der Beamtin das Bild von Mary und Esther. „Ich habe diese beiden Mädchen gerade als vermisst gemeldet. Aber jetzt glaube ich, dass sie zu der Sekte gehören könnten."

„Kleiden sie sich wie die Pioniere, die in die westlichen Kolonien zogen?"

„Ja!", sagte Fran.

„Dann werden sie sicher dort sein."

KAPITEL 57
DAMALS

Esther war so glücklich wie seit Monaten nicht mehr. Es war ein sonniger Tag, und die Luft war warm, wenn auch nicht so heiß und trocken wie in Arizona. Sie saß auf der Rückbank des Mietwagens mit heruntergekurbeltem Fenster und wartete, während Mary und Elijah die letzten Koffer in den Kofferraum packten. Elijah hatte die Ankündigung gemacht, kurz nachdem sie das Graffiti an der Tür ihres Hauses entdeckt hatten.

„Genug ist genug. Wir gehen", hatte er gesagt und auf die Farbe gestarrt. „Es ist Zeit, dorthin zurückzukehren, wo wir hingehören, und du weißt, was das bedeutet, Mary. Du weißt, dass wir uns etwas vorgemacht haben, als wir versucht haben, hier zu leben, weit weg von der Familie."

Das war Musik in ihren Ohren gewesen. Esther konnte gar nicht in Worte fassen, wie sehr sie Leacroft hasste. Sie hatte Elijah sogar umarmt und ihm gedankt, was sie sonst nie tat.

Elijah fuhr kurz nach der Ankündigung weg und ignorierte Marys Bitten. „Ich werde kurz das Auto los", hatte er gesagt. „Wir brauchen das Geld. In der Nähe gibt es ein Autohaus, dort können wir es schnell verkaufen. Aber ich nehme deinen Pass mit, Mary. Komm nicht auf dumme Gedanken." Er packte sie an der Kehle. „Wenn du wegläufst, werde ich dich finden." Sobald er weggefahren war, hatte sie angefangen zu weinen, und seitdem hatte sie nicht mehr aufgehört. Ihr Schluchzen drang durch die Dielen, als Esther ihren Koffer packte.

Sie versuchte, Marys Schluchzen zu ignorieren, während sie ihre Kleidung zusammenlegte. Sie ging methodisch vor und achtete darauf, sich jedes Teil zu merken. Das gelbe Kleid mit den Schleifen lag oben auf dem Stapel. Aber etwas, das sie nicht eingepackt hatte, war dieses blöde Buch, das keinen Sinn ergab. Nein, das würde sie in Leacroft lassen.

Nachdem Mary sich zusammengerissen hatte und Elijah mit dem Mietwagen zurückgekommen war, hatte sie darauf bestanden, dass Esther im Auto wartete, während sie die letzten Sachen packte. Sie hatte Esther sogar ihren kleinen Koffer weggenommen. Sie tat alles mit feuchten Augen und ungewaschenem Haar, das ihr schlaff um das dünne Gesicht hing. Wenn sie sprach, was nicht oft der Fall war, schniefte sie nach jedem Satz heftig. Aber Esther konnte nicht verstehen, warum sie so aufgebracht war. Wollte Mary nicht zurück nach Hause? Wollte sie Vater nicht wiedersehen? Es ergab für sie keinen Sinn. Auf der Ranch waren sie eine glückliche Familie gewesen.

Es dauerte nicht lange, bis der Mietwagen voll war, und schon bald fuhren sie aus der Einfahrt und rollten durch das Dorf. Esther starrte auf die winzigen Häuser, die blassen Gesichter und silbernen Haare der Bewohner, den grünen Rasen mit dem armseligen Spielplatz, die Ampeln und den Laden an der Ecke, und dann hatte sie den Ort verlassen. Sie lehnte sich gegen den Sitz, als sie auf die Autobahn fuhren, und stellte sich vor, dass ihre Finger eine Axt waren, die alles, was an ihren Augen vorbeizog, entzwei schlug. Als sie ausatmete, war es, als würde sie sich von Leacroft und allem, wofür es stand, befreien: das schlimmste Gefühl für ein Kind, das Gefühl von Kontrolle und Einschränkung und völliger Stille. Bald würde das alles weg sein.

Irgendwann schlief Esther ein und lehnte ihren Kopf gegen

das Leder. Sie erwachte mit einem trockenen Mund und dem Geräusch hallender Automotoren in einem geschlossenen Raum. Ihre Tür war offen, und Mary war dabei, ihren Sicherheitsgurt zu lösen. Sie rieb sich die Augen und sah, wie Elijah Koffer auf einen Wagen stapelte.

„Komm schon, Essie, wach auf", sagte Mary. „Wir müssen zum Terminal laufen."

Esther kletterte aus dem Fahrzeug und streckte ihre schmerzenden Muskeln, als sie die Tür hinter sich schloss. Sie befanden sich in einem lauten Parkhaus. Jedes Quietschen der Reifen und jeder aufgedrehte Motor hallte von einer Betonwand zur anderen. Mary nahm ihre Hand, und sie gingen in Richtung des Hauptgebäudes, wobei sie Taxen und Lieferwagen auswichen, die an ihnen vorbeirauschten. Zum ersten Mal fühlte sich Esther nervös. Die Blicke der anderen Leute halfen ihr nicht. Sie versuchte, sich daran zu gewöhnen, aber sie verstand es nicht. Manchmal verstand sie die Erwachsenen überhaupt nicht. Mary hatte versucht, ihr zu erklären, dass ihre Familie sich ein wenig anders kleidete und andere Leute dazu neigten, ihr Aussehen zu bemerken. Sie erklärte, dass anders sein manchmal beängstigend sein kann, wenn man den Hintergrund der anderen nicht kennt. Dann hatte sie Esther erzählt, dass Vater einer dieser Menschen war. Er erlaubte keine Veränderungen. Niemand, der anders war, durfte zu ihrer Familie gehören, und sie hatte beschlossen, dass Mary doch nicht die richtige Person war, auf die man hören sollte.

Sie liefen eine gefühlte Ewigkeit, bevor sie sich in einem überfüllten, aber riesigen Warteraum auf Metallbänke setzten. Ständig ertönten *Bing-Bongs* wie laute Türklingeln und kratzige Stimmen sprachen in verschiedenen Sprachen über die Lautsprecher. Nach stundenlangem Sitzen standen sie noch eine Weile in der Schlange, bis sie endlich ihre Papiere abgaben. Elijah scherzte und lachte mit jedem, den er traf. Immer wieder legte er Esther den Arm um die Schulter und führte sie vor, als wäre sie eine Puppe, eine Trophäe oder ein Laborexemplar.

Sogar Mary bemühte sich ab und zu um ein Lächeln und nickte, als sich eine Flugbegleiterin zu Esther beugte und sie „Süße" nannte.

Aber Mary war nicht entspannt wie Elijah, sie war angespannt und seltsam ruhig. Ihr Blick verweilte auf den Dokumenten, die Elijah den Flugbegleitern und dem Sicherheitspersonal überreichte. Esther beobachtete sie und fragte sich, was Mary wohl dachte. Dann gab sie es auf und beschloss, dass ihre Mutter seltsam war, weil sie sich nicht auf die Rückkehr nach Arizona freute.

Schließlich stiegen sie in das Flugzeug. Nach langem Laufen, Warten und dem Einatmen der Gerüche anderer Leute fanden sie ihre Plätze und ließen sich darauf fallen.

„Es wird eine lange Reise werden, Mädchen", sagte Elijah. „Das ist erst der Anfang."

Mary zog ihr langes Haar als Schutzschild über ihr Gesicht. Esther vermutete, dass sie damit verhindern wollte, dass andere Leute ihr Weinen bemerkten. Aber Esther sah es.

„Keine Sorge, Schatz." Elijah tätschelte Marys Handrücken. „Alles wird gut werden. Pater James wird uns wieder willkommen heißen, das weißt du."

Esther beschloss, dass dies eine der wenigen vernünftigen Aussagen war, die Elijah je von sich gegeben hatte.

„Wir sind eine Zeit lang vom Weg abgekommen", fuhr Elijah fort. „Aber jetzt kehren wir zu *Ihm* zurück, und alles wird uns vergeben werden. Er liebt dich."

„Genau davor habe ich Angst", sagte Mary.

„Komm schon, Baby", sagte Elijah. „Ich weiß, dass du wütend bist, aber du weißt auch, dass wir gehen mussten, nicht wahr? Das weißt du doch, oder? Mit den Menschen in diesem Dorf und der nahenden Abrechnung …" Elijah schüttelte den Kopf. Er senkte seine Stimme leicht. „Wir müssen gehen. Wir müssen bei ihnen sein, wenn die Abrechnung kommt."

Mary schniefte und wischte sich mit dem Handrücken über die Nase, während Esther mit dem Kopf nickte. Ausnahmsweise stimmte sie Elijah zu. Sie mussten für die Abrechnung wieder auf der Ranch sein. Wie sonst sollten sie endlich Erlösung finden? Das hatte Pater James ihnen versprochen, und bald würden sie es erhalten. Sie lächelte in sich hinein, als das Flugzeug über die Startbahn rollte.

KAPITEL 58
JETZT

Fran ging in ihrem Hotelzimmer auf und ab, einen Daumennagel zwischen den Vorderzähnen eingeklemmt. Sie war müde und hungrig, und ihre Haut brannte vom Tag in der Hitze. Sie hatte begonnen, Informationen über die Sekte Children of James zu recherchieren. Etwas in ihr drängte sie, direkt zu der Adresse auf dem Flugblatt fahren und die Freilassung von Mary und Esther zu verlangen. Aber sie musste dabei klug vorgehen.

Sie bestellte den Zimmerservice, zog die Vorhänge zu, um die Sonne zu verdrängen, und drehte die Klimaanlage aufs Maximum. Während sie hin- und herlief, schimpfte sie in Gedanken mit sich selbst, weil sie die Hinweise nicht früher erkannt hatte. Die Kleidung. Das Misstrauen. Esthers seltsames Auftreten.

Fran öffnete die Broschüre, begann die Informationen zu lesen und war überrascht. Nicht ein einziges Mal wurde Religion erwähnt, und die meisten Verweise auf die „Children of James“ waren auf die Rückseite verbannt worden, wo sie in viel kleinerer Schrift geschrieben standen, sodass sie kaum auffielen. Nein, das Material konzentrierte sich auf ihr modernes und hochwissenschaftliches Screening-Verfahren, das potenziellen „Kunden“ helfen sollte, ihr Ziel der Erlösung zu erreichen. Auf der nächsten Seite waren Bilder einer Sonne zu sehen, die hinter einigen Gebäuden unterging, und im Vordergrund ein Mann mit Sonnenbrille, der auf einem Pferd ritt. In dem Text ging es darum, sich wieder mit der Natur zu verbinden und den Stress des modernen Lebens abzulegen. Es ging um Landwirtschaft, körperliche Arbeit und das Erlernen von Meditation.

Wer war James? Das Faltblatt enthielt nur wenige Informationen über ihn. Fran klappte ihren Laptop auf und suchte nach „Children of James-Kult". Es gab viele Ergebnisse, darunter auch eine Podcast-Folge, die ihnen gewidmet war. Sie begann, sich durch die Ergebnisse zu klicken, als ihr Burger ankam.

Fran ließ sich wieder auf das Bett sinken, tauchte Pommes in Tomatenketchup und blätterte durch die Informationen. Das meiste davon war rein sachlich. Die Sekte wurde 1985 von Roger Devon gegründet, der die Sekte anscheinend ursprünglich „Body and Soul" nannte. Doch dann änderte er seinen Namen in Pater James und die Sekte drehte sich nur noch um ihn. Die *Children of James*. Es schien ein klassischer Schachzug eines Narzissten zu sein. Sie begannen als kleine Kommune in Nebraska, bevor sie in den späten Neunzigern auf eine weitläufige Ranch in Tucson umzogen. Bevor sie sich in Tucson niederließen, gab es zwei Standorte, von denen angenommen wurde, dass sie Teil der Sekte waren, wobei der andere von einem von Devons Handlangern – der in dem Artikel nicht genannt wurde – in Colorado gegründet wurde. Es schien, dass sich die Kommune in Colorado schließlich auflöste, wobei einige Mitglieder ganz austraten und andere nach Tucson zogen.

Fran nahm einen Bissen von ihrem Burger. Diese Organisation kam ihr nicht harmlos vor. Kein einziges ehemaliges Mitglied hatte Interviews über seine Erfahrungen in James' „Familie" gegeben, ein Name, der auf unheimliche Weise an die Mansons erinnerte. Je mehr Fran las, desto mehr schien es, dass die ehemaligen Mitglieder zu viel Angst hatten, ihre Geschichte zu erzählen. Es handelte sich zwar um eine kleine Sekte, aber sie hatte im Internet einen gewissen Bekanntheitsgrad. Sie war dafür bekannt, dass sie eng zusammenhielt und vom Rest der Welt isoliert war. Man nahm an, dass Pater James eine Gruppe von Leibwächtern hatte, die ihn vor Feinden – die sie als „Drains“ bezeichneten – beschützten, und nur wenige Menschen verließen die Sekte, wenn sie ihr einmal beigetreten waren.

Ein halber Burger lag noch auf ihrem Teller, aber sie hatte keine Lust, ihn zu essen. Sie war nervös. Nach einigen Dokumentarfilmen zu urteilen, die sie über Sekten in den siebziger Jahren gesehen hatte, war es schwierig, eine indoktrinierte Person dort herauszuholen.

Während sie noch über ihren nächsten Schritt nachdachte, klingelte ihr Handy. Fran entsperrte den Bildschirm und lächelte. Adrian hatte ihr ein Bild des Gartens geschickt. Es war immer noch sonnig. Die Fuchsien standen in voller Blüte und baumelten hübsch über dem Gartenzaun. Sie seufzte und wünschte sich, sie wäre zu Hause. Doch gleichzeitig musste sie zugeben, dass ein Teil von ihr das hier genoss. Zum ersten Mal seit vielen Jahren *recherchierte* sie, und zwar ernsthafte Nachforschungen zu einem Thema, das ihr wichtig war. Als sie ihre Notizen betrachtete, stellte sie fest, dass nicht alle davon für Mary und Esther hilfreich waren. Einige von ihnen betrafen eher die Sekte selbst. Könnte sie einen Artikel über dieses Thema schreiben, sobald es ihr gelungen war, die Whitakers aus der Sekte herauszuholen? Sie wollte es, so viel wusste sie.

Sie schickte Adrian einen Smiley, bevor sie zu ihrem Laptop zurückkehrte und die Internetadresse der Sekte eintippte. Es war genau das, was sie erwartet hatte: ein schickes Design mit bunten Farben und Logos. Man hatte sich viel Zeit genommen, um diese Organisation seriös erscheinen zu lassen. Der Name „Children of James“ wurde sparsam verwendet. Mit der Zeit hatten sie gelernt, ihre Exzentrik zu zügeln. Die siebziger und achtziger Jahre waren reif für die Hippie-Ästhetik gewesen, aber das würde für die neuen Generationen nicht ausreichen.

Auf dem Faltblatt wurden Fran Anweisungen gegeben, wie sie einen Persönlichkeitstest organisieren konnte, der dazu beitragen würde, Frans Chancen auf Rettung zu „optimieren". Sie befolgte die Anweisungen und buchte einen Termin mit einem Kundenbetreuer, um ihre Optionen zu besprechen. Das Treffen wurde für morgen im Stadtzentrum von Tucson angesetzt.

KAPITEL 59

DAMALS

Als sie in Tucson landeten, beobachtete Esther, wie Mary zur Toilette rannte, als ob ihr schlecht war. Elijah ignorierte sie. Er nahm Esthers Hand und begleitete sie zur Gepäckausgabe.

„Sie wird schon wieder", sagte er. „Es ist die Hitze, das ist alles. Es ist eine große Umstellung im Vergleich zu England und sie braucht einen Moment, um sich daran zu gewöhnen."

„Gehen wir direkt zur Familie?", fragte Esther. Sie freute sich darauf, sie zu sehen. Ihre Freunde waren dort. Grace, Paul und Delilah. „Können wir unterwegs etwas Schokolade kaufen?"

„Sicher, Schatz." Er ließ ihre Hand los, als sie sich dem rotierenden Gepäckband näherten.

„Wird Pater James dort sein?"

„Ja, das wird er."

„Wird die Abrechnung bald kommen?"

„Vater meint, irgendwann gegen Ende des Monats." Elijah ging in die Hocke, sodass sie auf gleicher Höhe waren. Er blickte sich um. „Hör zu, es ist wahrscheinlich das Beste, nicht in der Öffentlichkeit darüber zu sprechen. Es könnte andere Leute nervös machen."

Esther nickte feierlich. Sie mochte Elijah nicht, aber in dieser

Sache hatte er recht. Sie beobachtete, wie er sich über das Transportband beugte und einen ihrer Koffer herausnahm. Mary kam aus dem Bad zurück und verdeckte ihr Gesicht mit ihrem Haar. Sie zog die Ärmel über ihre Finger und ließ ihren Blick umherschweifen. Als sie Esther anlächelte, sah sie traurig aus.

„Sind wir bereit?", fragte Elijah Mary, das Kinn nach unten geneigt. Esther beobachtete die Interaktion der beiden Erwachsenen. Wie Mary ihren Kopf so schnell bewegte, als hätte sie Angst, und wie Elijah sie seltsam anstarrte. Obwohl sie ein Kind war, spürte sie, dass etwas vor sich ging, das sie nicht ganz verstand.

Aber Mary musste sich einfach beruhigen. Alles würde gut werden, sobald sie die Ranch erreichten.

Elijah riss die restlichen Koffer vom Band und stapelte sie auf einen anderen Wagen. Er ließ Esther sogar oben sitzen, als er den Wagen durch den Flughafen rollte. Wie versprochen hielten sie an, um ein paar Hershey's-Riegel aus dem Souvenirshop zu kaufen. Grace liebte Hershey's-Schokolade. Ein Bild ihres sommersprossigen Gesichts kam Esther in den Sinn. Sie begann, sich an vieles auf der Ranch zu erinnern. Der Gedanke an die Routine, die dort herrschte, beruhigte sie. Bei Sonnenaufgang wurde gebetet, danach gab es selbst gebackenes Brot und Brei zum Frühstück, bevor die Kinder die Wäsche zu den Maschinen brachten. Dann gossen sie und die anderen Kinder den Gemüsegarten und pflegten ihn. Danach arbeiteten sie bis zum Sonnenuntergang, fegten die Böden, wischten Staub im Bauernhaus, halfen in der Küche oder in den Ställen, wenn es nötig war. Sie ernteten das Gemüse, wenn es fertig war, und säten die Samen, wenn es Zeit zum Säen war. Die Ranch passte sich den Jahreszeiten an. Im Herbst wurde eingelegt und eingemacht, im Winter wurden Orangen und Pekannüsse geerntet, im Frühjahr wurde gesät und im Sommer wurden Melonen gegessen. Schokolade war ein seltener Genuss, den es vielleicht ein- oder zweimal im Jahr gab. Sie lächelte, als sie daran dachte, wie sehr Grace sich freuen würde.

Aber sie war schon einmal böse gewesen. Sie und Paul hatten sich über das Tor an der Straße hinaus gewagt. Sie wollten sehen, wie es außerhalb der Ranch aussieht. Vater sagte ihnen, wenn es ihnen außerhalb der Ranch so gut gefiele, sollten sie in dieser Nacht unter den Sternen schlafen. Die Natur würde Kinder stärker machen. Dadurch würden sie zu Überlebenskünstlern. Sie erinnerte sich daran, wie sie sich mit Paul eine Decke teilten und ihre Körper in der Kälte zitterten, während in der Ferne Kojoten zu hören waren. Sie hatte kaum geschlafen, weil sie Angst hatte, eine Tarantel würde über ihr Gesicht krabbeln. Esther hatte noch nie so viel Angst gehabt. Aber das war der Punkt. Jeder musste einmal Angst empfinden.

Am Eingang des Flughafens stand ein Mann, der auf sie wartete. Esther sah ihn, bevor sie die anderen Leute sah, die um sie herum wimmelten. Er war so groß wie Elijah, aber schlanker, hatte rote Haare, die nicht gebürstet waren, und seine Stiefel waren noch staubig von der Arbeit. Esther lächelte, als sie ihn sah.

„Caleb." Elijah klopfte dem Mann auf die Schulter. „Schau dich an. Mir scheint, du bist größer geworden. Es ist schön, dich zu sehen."

„Und dich, Bruder. Ich bin froh, dass du zu Hause bist." Caleb lächelte und drückte die Mütze, die er zwischen seinen Fingern hielt, zusammen.

„Es ist schön, wieder da zu sein." lachte Elijah.

Esther hüpfte vom Kofferwagen herunter und ging ein paar Schritte auf Caleb zu. Er war eines der jüngeren Mitglieder der Familie, etwas älter und breiter als ein schlaksiger Teenager, aber nicht viel größer.

„Hallo, Esther", sagte Caleb. „Du bist auch gewachsen."

„Das stimmt", antwortete Esther.

Er lachte und drückte ihre Schulter. „Na dann. Sollen wir dein Gepäck zum Truck bringen?" Er hatte Mary kaum beachtet.

„Ja, gerne", erwiderte Elijah. „Mann, ich kann es kaum

erwarten, wieder auf die Ranch zu kommen."

Mary sagte nichts, während Caleb Elijah mit den Koffern half. Sie zupfte weiter verlegen an ihren Ärmeln.

„Vater wird auf mich warten", sagte Esther. Sie wollte, dass sich alle beeilten.

Mary begann zu weinen. „Ich werde nicht gehen." Sie griff nach Esthers Hand und drückte sie fest. Esther stieß ein Wimmern aus. Sie hatte noch nie zuvor gespürt, dass Mary ihre Hand so fest drückte. Es tat weh. Es fühlte sich an, als würden ihre Knochen brechen. Als Mary begann, rückwärtszugehen, drückte Esther ihre Fersen so fest sie konnte nach unten, aber Mary war so stark, dass es sie fast von den Füßen riss.

„Jetzt hör auf damit." Elijah ließ einen Koffer fallen, um Mary fest am Ellbogen zu packen. „Ich dulde dieses Getue nicht von meiner Frau."

„Ich bin nicht deine Frau!", zischte Mary.

„Doch, das bist du. Caleb, hilf mir mal kurz."

Die beiden Männer hielten Mary fest und trieben sie vorwärts. Schließlich befreite Mary Esther aus ihrem Griff und sackte schluchzend in sich zusammen. Sie schien den Kampf zu verlieren, und Elijah konnte die Koffer wieder aufheben. Caleb hielt eine Hand auf Marys Ellbogen. Esther bemerkte, dass die Leute sie anstarrten, aber als sie sie ansah, wandten sie sich ab.

„Alles wird gut, Mary. Er ist nicht böse auf dich", sagte Caleb. „Wenn du dir deswegen Sorgen machst, musst du das nicht. Er kann es nicht erwarten, dich zu sehen."

„Halt die Klappe, Caleb", schnauzte Mary. „Okay. Ich komme mit, weil ich auf Esther aufpassen muss, und ich weiß, dass du mich nicht mit ihr gehen lässt. Ich hasse das hier, und ich hasse *ihn*."

Esthers Blick schoss zu ihrer Mutter hoch. Sie hasste *ihn*? Den Vater? Wie konnte ihre Mutter ihren Vater hassen? Sie fühlte sich auf einmal traurig und verachtete Mary dafür. Jetzt musste sie sich auch an die schlechten Dinge erinnern, und sie hatte so sehr versucht, es nicht zu tun.

KAPITEL 60
JETZT

Auf dem Telefon von Fran waren Fragen. Allesamt von Adrian. *Wie geht es dir? Wann kommst du nach Hause? Was hast du gefunden?* Sie drehte sich im Hotelbett um und atmete in die kühlende Bettwäsche ein und aus. Sie wusste, dass er das, was sie vorhatte, nicht gutheißen würde, und deshalb erzählte sie ihm auch nicht alles. *Es geht mir gut. Ich bin mir noch nicht sicher. Nicht sehr viel. Aber ich habe sie als vermisst gemeldet, und jetzt muss ich wohl abwarten, ob die Polizei etwas findet.* Sie hatte ihm nichts über die Sekte erzählt und vor allem nicht, dass sie ein Treffen mit Caleb hatte.

Das schlechte Gewissen beschlich sie. Sie war ohnehin nervös wegen des Treffens, also beschloss sie, das Frühstück ausfallen zu lassen und etwas mehr Zeit unter der Dusche zu verbringen, um das kalte Wasser über sich laufen zu lassen. Vor lauter Angst bekam sie Heimweh nach ihren morgendlichen Läufen, den Händen ihres Mannes, der Vertrautheit ihres Gartens oder ihres Lieblingssessels. Aber sie war diejenige gewesen, die die Polizei zu den Whitakers gerufen hatte, und das machte sie in ihren Augen mitschuldig an den Konsequenzen, die sich aus diesem Szenario ergeben hatten. Und … nun, sie wollte nicht zugeben, wie sehr sie es genoss, dieser Spur zu folgen.

Sie trug eine Leinenhose und ein Neckholder-Top, packte ihr Notizbuch, ihren Stift und die Sektenbroschüre in eine Tasche und rief auf dem Weg aus dem Hotel ein Taxi. Es war ein weiterer heißer Tag und sie wartete im Foyer, bis das Taxi kam.

Es war überraschend, aber logisch, dass das erste Treffen mit der Sekte in der Stadt Tucson und nicht auf der Ranch stattfinden würde. Offensichtlich wollte man ihr auf den Zahn fühlen, bevor man ihr Zugang zur Familie der Children of James gewährte. Sie stellte sie sich als einen inneren Kreis von Messdienern vor. Eine geschlossene, paranoide Gemeinschaft von Anhängern.

Das Taxi setzte sie vor einem Bürogebäude ab, das neben einem stillgelegten Warenhaus und einer kleinen Apotheke lag. Es war ein trister, grauer Ort, von dem man annehmen würde, dass er zu einer Regierungsbehörde gehörte. Sie fand den Klingelknopf für die gesuchte Etage und drückte ihn.

Einen Moment später meldete sich eine Männerstimme über den Lautsprecher.

„Hallo, ich bin Francesca, ich bin wegen des Treffens hier", antwortete sie.

„Großartig. Kommen Sie rein. Nehmen Sie den Aufzug in den dritten Stock, ich treffe Sie am Eingang." Er hatte genau die Art von beruhigender, optimistischer, aber nicht intensiver Stimme, die man von einem Sektenanwerber erwarten würde.

Fran stieß die Tür auf und ging hinein. Die Wände waren kühl blau, wie seichtes Wasser. Es war ein alter Aufzug, aber bei weitem nicht so knarrend wie der in Noah Martinez' Wohnblock. Die Erinnerung daran ließ sie nervös schlucken. Doch die Fahrt dauerte nicht lange, und die Türen öffneten sich für einen Mann mit rotem Haar, der auf seinen Absätzen hin und her wippte. Er trug ein kariertes Baumwollhemd und Arbeiterstiefel. Er begrüßte sie mit einem leichten Lächeln und trat vor, um ihr die Hand zu schütteln.

„Hallo Francesca, ich bin Caleb. Es freut mich, dich kennenzulernen."

„Freut mich auch."

„Folge mir, es ist gleich in diesem Besprechungsraum. Nicht weit. Hast du uns gut gefunden?" Er füllte die Stille mit Geplauder, während sie einen Korridor mit grauem Teppichboden, weißen Türen und getäfelten Wänden durchquerten. Sie traten in einen kleinen Besprechungsraum mit einer weiteren weißen Tür neben einem Computertisch.

„Oh ja, kein Problem."

„Dein Akzent ist einfach reizend, wenn ich das mal so sagen darf."

„Das darfst du", sagte Fran mit einem gezwungenen Lächeln.

Caleb setzte sich auf die eine Seite des Schreibtisches und deutete ihr an, sich auf die andere Seite zu setzen. Sie nahm vor dem Computer Platz und ahnte, dass sie ihn irgendwann einmal benutzen würde.

„Ich weiß, dass du hierhergekommen bist und eine Art Verkaufsgespräch erwartest. Ich bin sicher, du hast alle möglichen Meinungen zu dem, was wir hier tun, und eine Menge Bedenken. Das ist alles völlig in Ordnung. Wenn du schon eine Weile in Arizona bist, hast du vielleicht schon gehört, dass die Leute nicht gerade nette Dinge über uns sagen. Ich werde dir nicht in den Ohren liegen und versuchen, dich umzustimmen. Ehrlich gesagt, unsere Methoden sprechen für sich selbst, und ich bin sicher, du wirst angenehm überrascht sein. Bei den Children of James geht es darum, inneren Frieden zu finden. Die Erlösung, wenn du so willst. Es erfordert harte Arbeit, diese zu erlangen, aber wenn du es geschafft hast, wirst du dich fragen, warum du nicht schon dein ganzes Leben so gelebt hast."

„Wow, das spricht sehr klar dafür", sagte Fran.

Caleb lachte. „Ich habe doch versprochen, dass ich dir nichts aufschwatzen werde, nicht wahr? Es tut mir leid, ich bin nur ein bisschen zu enthusiastisch. Hast du noch irgendwelche Fragen an mich, bevor du den Test machst?"

„Woraus besteht dieser Persönlichkeitstest?", fragte Fran.

„Oh, sicher. Na ja, es tut nicht weh." Er wartete darauf, dass sie lachte. „Es gibt keine Abschlussprüfung. Es ist genau das, wonach es sich anhört, eine Reihe von Fragen, um deine Ziele, deine Stärken und vielleicht auch ein paar deiner Schwächen zu ermitteln. Wir alle haben sie." Er lächelte.

„Wie lange wird es dauern?", fragte Fran.

„Eine Stunde, mehr oder weniger. Aber fühl dich nicht gehetzt. Nimm dir Zeit dafür. Danach werden wir uns über deine Antworten unterhalten. Klingt das in Ordnung? Nicht zu beängstigend, oder?"

„Überhaupt nicht beängstigend", erwiderte Fran.

„Gut. Ich bereite alles für dich vor."

Fran schob ihren Stuhl zurück, damit Caleb die Maus antippen und den Fragebogen laden konnte. Seine Beschreibung des Fragebogens erinnerte stark an die Persönlichkeitstests, die man online machen kann, wie z. B. den Myers-Briggs-Test oder „Welche Geisteskrankheit habe ich".

„Keine Sorge, ich lasse dich in Ruhe arbeiten. Ich bin nebenan, wenn du etwas brauchst. Klopf einfach. In der Ecke stehen ein Wasserspender und Becher. Du kannst loslegen, Francesca. Es war eine gute Entscheidung von dir, heute hierherzukommen. Ich habe ein gutes Gefühl bei dir."

„Ich wette, das sagst du zu allen Mädchen", scherzte Fran.

Caleb lachte. „Glaub mir, das tue ich nicht. Aber ich bin ein guter Menschenkenner, und du machst einen guten Eindruck auf mich. Viel Glück mit dem Test. Sag Bescheid, wenn du mich brauchst."

Und damit überließ er ihr den Computer. Fran begann, die Fragen zu lesen.

Sie denken oft über die Existenz eines Lebens nach dem Tod nach. Stimme voll und ganz zu. Stimme zu. Stimme etwas zu. Neutral. Stimme nicht ganz zu. Stimme nicht zu. Stimme überhaupt nicht zu. Fran kreuzte „Stimme voll und ganz zu" an und ging zu Frage zwei über.

KAPITEL 61

DAMALS

Caleb musste den Truck anhalten, damit Mary sich übergeben konnte. Es gab einige Aufregung, als Elijah sie festhielt, während sie sich am Straßenrand erbrach. Er sagte Caleb, dass er sie nicht weglaufen lassen würde, weil Vater sie zurückhaben wollte. Er wollte Vater nicht enttäuschen.

Zum ersten Mal, seit Esther erfahren hatte, dass sie nach Hause fahren würden, spürte sie, wie die Angst über ihre Haut kroch, wie Hunderte von krabbelnden Insekten, die auf ihren Armen auf und ab liefen. In den Augen der Siebenjährigen war ihre Mutter immer die Erwachsene gewesen, die sie an Dingen gehindert hatte, die sie am meisten wollte, wie zu Pater James zurückzukehren oder gar nicht erst nach England zu gehen. Aber jetzt färbte Marys offensichtliche Angst auf sie ab. Es brachte sie dazu, sich etwas zu stellen – ihrem Schmerz.

Sie hatte so viel Liebe von der Familie gespürt. Es gab Tage, an denen sie davon berauscht war. Umarmungen und freundliche Worte gab es in Hülle und Fülle. Und dann gab es Tage, an denen das überhaupt nicht der Fall war, an denen sie sich unsichtbar fühlte, oder noch schlimmer. Esther saß im Wagen und stützte ihre Hände auf die Oberschenkel. Sie dachte daran, ihre Daumen tief ins Fleisch zu drücken, damit alles aufhörte. Das tat sie oft, tat sich selbst weh, um diese Gedanken zu stoppen. Sie drückte so fest zu, dass manchmal ein kleiner, violetter Bluterguss zurückblieb.

Obwohl es bereits Nacht war, als sie die Ranch erreichten, wartete die ganze Familie vor dem Farmhaus auf sie. Esther hörte Marys schweres Atmen, das Knirschen der Reifen auf dem Weg. Drei oder vier Reihen von Gesichtern warteten auf sie. Sie suchte nach Grace, Paul und Delilah, aber sie konnte sie nicht finden. Vielleicht waren sie schon im Bett. Ein Gesicht, das sie sah, lächelte sie an, und ihr Herz setzte einen Schlag aus. Ihn zu sehen, beruhigte sie augenblicklich von all ihren Sorgen.

„Oh Gott", sagte Mary. „Nein, Elijah. Ich bitte dich. Ich wollte weg von all dem, und jetzt hast du mich zu ihnen zurückgebracht."

„Hör auf zu jammern, Weib!" Er schlug ihr auf den Hinterkopf und packte sie an den Haaren. „Ich habe nie gesagt, dass ich mich von der Abrechnung fernhalten werde. Das habe ich dir auch nie versprochen."

Mary streckte die Hand aus und nahm Esthers Hand. „Ich werde auf dich aufpassen. Das verspreche ich dir. Egal, was passiert."

„Ach, komm schon, Mary", sagte Caleb lächelnd. „Gerade du weißt doch, dass wir Kindern in der Familie nicht wehtun."

„Ja", sagte sie, „gerade ich." Ihre Augen leuchteten wie Perlen in der Dunkelheit.

Esther hatte keine Zeit, sich zu fragen, was das zu bedeuten hatte, denn der Truck kam zum Stehen. Caleb warf Mary einen strengen Blick zu, bevor er seine Tür öffnete und die vier ausstiegen. Die Gruppe von Leuten, die sie begrüßten, war größer geworden seit Esthers letztem Besuch auf der Ranch. Es gab einige Gesichter, die sie überhaupt nicht erkannte. Aber das machte nichts, und es machte ihr auch keine Angst. Sie wusste, dass sie freundlich und nett sein würden, denn Vater war ein guter Menschenkenner. Wenn er sagte, jemand sei gut, dann war er auch gut.

Als sie um das Fahrzeug herum zu der Gruppe gingen, gab es einen Ansturm. Alle Frauen drängten sich um Mary, mit einem strahlenden Lächeln im Gesicht und weit geöffneten Armen. Sie umschlangen Mary und zogen sie in ihre Mitte. Dann streichelten sie ihr Haar, küssten sie auf die Wangen und legten ihre Arme um sie. „Schwester", riefen sie zuerst einzeln und dann gemeinsam im Chor. „Schwester." Mary schmiegte sich an sie, ein dünner Körper, umgeben von einer Masse von Gliedern.

Die Männer umarmten Elijah auf die gleiche Weise. Sie klopften ihm auf den Rücken und strichen über sein Haar. Sie umarmten ihn und zogen ihn in die Gruppe hinein. Elijah standen die Tränen in den Augen. „Bruder", sagten sie. „Bruder", erwiderte Elijah. Esther sah zu und wartete. Bald lösten sich die Erwachsenen voneinander und wandten sich ihr zu. Sie traten näher und öffneten ihre Arme weit. Esther schloss die Lücke zwischen ihnen, bereit, von der Wärme ihrer Körper erdrückt zu werden. Sie legten ihre Arme um sie, und während sie sich an die Gruppe schmiegte, hörte sie das Summen des Refrains von „Tochter".

Liebe.

Esther wusste nicht viel über die Außenwelt, weil sie so wenig Zeit dort verbracht hatte. Aber nach dem, was sie von Leacroft gesehen hatte, kannte keiner dieser Menschen die Liebe so wie sie. Das hier war Liebe. Das war Akzeptanz.

Sie zogen sich zurück, sodass Esther in der Mitte eines großen Kreises stand. Mary stand zu ihrer Rechten, Elijah zu ihrer Linken. Er weinte Freudentränen, während Mary aufrecht und ruhig dastand, den Blick auf den Mann vor ihnen gerichtet. Auf Vater.

Er trug seine Predige-Kleidung. Eine weiße Leinenhose und ein weißes Hemd mit einem goldenen Faden, der sich durch den

Stoff zog. Eine goldene Uhr, die sowohl zum Anzug als auch zu seiner Bräune passte. Er trug eine Sonnenbrille, obwohl es Nacht war. Esther verstand, warum. Sie kannte die Macht seines Blicks. Seine weißen Zähne bildeten einen fast beängstigenden Kontrast zum Nachthimmel. Er hob die Arme und breitete sie aus, als wolle er alle auf einmal umarmen. Jeder Finger war mit einem Goldring geschmückt, am linken kleinen Finger waren es sogar zwei. Er wurde von mehreren großen Männern flankiert, die Esther schon immer besonders beängstigend gefunden hatte. Die Leibwächter des Vaters.

Er stand da und ließ die Stille auf sich wirken. Esther starrte ihn verwundert an.

Er wandte sich zuerst an Elijah. „Ich bin voller Freude. Mein Sohn ist zurückgekehrt."

Elijah schniefte, als er sprach, und seine Stimme überschlug sich. „Es ist ein Wunder, wieder in deinem Licht zu stehen, Vater. Kannst du mir verzeihen, dass ich von deinem Weg abgewichen bin?"

Pater James brachte ihn zum Schweigen. Elijah wischte sich mit dem Handrücken die Nase ab. Dann rückte der Pater näher an Esther heran, und ein Schauer freudiger Aufregung kroch ihr den Rücken hinauf. Bedachtsam beugte er sich tiefer und legte einen Finger unter ihr Kinn. „Meine Tochter. Es ist ein Privileg, dein Gesicht wiederzusehen. Es ist schon zu lange her, kleine Esther. Ich trauere um die Monate, die ich verpasst habe, um dich kennenzulernen."

Esther errötete. Sie spürte von ganzem Herzen die Kraft seiner Worte.

Pater James richtete sich auf und ging langsam auf Mary zu. Er lächelte sie an, scheinbar ohne die Anspannung zu bemerken, die selbst Esther im ganzen Körper spürte, vom zusammengebissenen Kiefer bis zu den weiß verkrampften Fäusten.

„Mary, Mary", sagte er. Seine Stimme war sanft, fast wie ein Singsang. „Du bist vor mir weggelaufen. Und du hast Geld von mir gestohlen. Aber ich glaube, dich habe ich am meisten vermisst. Meine liebe Frau. Wir sind wieder miteinander verbunden.“ Er hob seine Hand und ließ sie über ihr Gesicht gleiten. Esther sah, wie ein Zittern durch den Körper ihrer Mutter lief.

KAPITEL 62

JETZT

Fran hatte eigentlich geplant, die Fragen so schnell wie möglich abzuarbeiten, um zum Interviewteil des Aufnahmeverfahrens zu gelangen, aber stattdessen wurde sie in den Bann gezogen. Auch die Einschätzung der Bearbeitungszeit lag weit daneben. Nach einer Stunde hatte sie kaum die Hälfte geschafft. Die Fragen und Aussagen reichten von skurril: *Sie singen oft, wenn Sie allein sind.* Sie kreuzte ‚Stimme zu' an. Bis hin zu sehr persönlich: *Sie masturbieren oft.* Sie zuckte zusammen und kreuzte ‚Stimme zu' an. Aber es gab eine Frage, die in der Mitte des Fragebogens versteckt war, in einem separaten Unterabschnitt mit direkten Fragen: *Haben Sie jemals ein Kind verloren?*

Fran antwortete mit Ja. Unter der Frage war ein Textfeld für zusätzliche Informationen eingefügt worden. Darin schrieb sie über Chloes plötzlichen Kindstod. Nachdem sie fünf Zeilen geschrieben hatte, fühlte sie sich völlig ausgelaugt und ging zum Wasserspender, um sich einen Becher Wasser einzugießen. Untätig schaute sie den Blasen zu, die durch den Behälter nach oben gluckerten. Sie nahm sich einen Moment Zeit, um auf ihr Handy zu schauen, während sie Wasser trank. Adrian hatte weitere Fragen an sie. *Kann die Polizei dich nicht anrufen, wenn du wieder in England bist? Du hast doch jetzt wirklich genug für diese Familie getan? Vielleicht solltest du nach Hause kommen?* Sie schürzte die Lippen und ignorierte die Fragen, bevor sie sich wieder dem Persönlichkeitstest widmete. Plötzlich erschien ihr die Frage, wie oft sie sich Pornos anschaute, gar nicht mehr so schlimm.

Nachdem sie über zwei Stunden im Testzentrum verbracht hatte, konnte Fran sich endlich mit Caleb zusammensetzen, um die Ergebnisse zu besprechen. Er hatte eine Tabelle ausgedruckt, die nun auf dem Tisch zwischen ihnen lag.

„Das mit Chloe tut mir leid", sagte er. „Danke, dass du ihre Geschichte mit mir geteilt hast."

Sie hatte nicht erwartet, dass er irgendetwas hervorheben würde. Als sie diese Worte hörte, ging ein Ruck durch ihren Körper. „Es fällt mir immer schwer, darüber zu sprechen."

„Natürlich", sagte er. „Das kann ich voll und ganz verstehen. Dies ist ein sicherer Ort, Fran. Ich möchte, dass du das weißt. Alles, was die Children of James betrifft, ist sicher. Was auch immer in diesem Raum gesagt wird, dringt niemals nach außen. Ich möchte, dass du das Gefühl hast, dass du dich ausdrücken kannst. Jede Emotion, die du fühlst, ist berechtigt."

Dieser Mann – dieser junge Mann, kaum älter als zwanzig – sagte Dinge zu ihr, von denen sie nicht wusste, dass sie sie hören musste. Sie stieß ein nervöses Lachen aus, aber innerlich fühlte sie sich, als hätte man ihr die Luft aus den Lungen gesaugt. Es war nichts Neues oder Bahnbrechendes, aber gleichzeitig hatte sie nicht bemerkt, wie entkräftet sie sich zu Hause gefühlt hatte.

„Ich gehe jetzt mit dir deine Punkte durch", sagte Caleb. „Es ist wichtig zu wissen, dass du nichts bestanden oder nicht bestanden hast. Das hier ist keine Prüfung."

„Bekomme ich trotzdem einen goldenen Stern?", fragte Fran, die nervös versuchte, das Gespräch locker zu halten, und insgeheim Angst vor dem Ergebnis hatte. Am Ende hatte sie die Fragen natürlich wahrheitsgemäß beantwortet, weil es in der menschlichen Natur lag, dies zu tun. Jetzt hatte sie das Gefühl, dass sie die Ergebnisse nicht ertragen konnte.

Caleb schenkte ihr ein jungenhaftes Grinsen. „Ich fürchte, die sind mir gerade ausgegangen." Sein Lächeln verblasste, als er seine Aufmerksamkeit wieder auf die Tabelle zwischen ihnen auf dem Schreibtisch richtete. „Also, es gibt hier einige Unterabschnitte. Wir sehen uns dein inneres Wohlbefinden, deine äußeren Ziele und deine Seele an. Ist dir aufgefallen, dass du depressiv bist?"

Fran lachte. „Ich bin nicht depressiv."

„Du bist emotional zutiefst traumatisch belastet. Hast du jemals aufgehört, um Chloe zu trauern?"

„Natürlich nicht, aber das bedeutet nicht, dass ich depressiv bin."

„Heißt es nicht?" Er zeigte auf einige Höhen und Tiefen. „Sieh dir den Aufruhr deines inneren Wohlbefindens an. Es ist alles durcheinander."

„Was ist mit meinen externen Zielen?"

„Ich sehe jemanden, der mehr vom Leben will. Du stimmst der Aussage zu, dass du dich ohne Ziel im Leben herumtreibst", sagte er.

„Tue ich das? Ich erinnere mich nicht."

Er hob einen Stift, als hätten sie gemeinsam einen Heureka-Moment gehabt. „Ah. Dein Unterbewusstsein hat übernommen. Das ist gut so. Je instinktiver du bei diesen Tests vorgehst, desto besser sind die Ergebnisse."

„Okay." Sie erinnerte sich daran, dass es sich um eine Pseudowissenschaft handelte, die dazu diente, verletzliche Menschen aufzuspüren. Sie erinnerte sich daran, dass er Unsinn redete.

„Dein inneres Wohlbefinden und deine äußeren Ziele bilden zusammen dein vollständiges Selbst. Oder deine Seele." Er verschränkte seine Finger. „Ich sehe, dass du an ein Leben nach dem Tod glaubst."

„Ich bin mein ganzes Leben lang Christ gewesen", sagte Fran.

„Dann glaubst du wohl auch an die Seele."

„Ja."

„In meiner Familie, und damit meine ich die Familie, die ich mir ausgesucht habe, nicht die, in die ich hineingeboren wurde, gehen wir mit dem Konzept der Seele noch ein Stückchen weiter. Wir geben der Seele den Vorrang vor allem anderen. Du bist ein ganzheitliches Wesen. Das Selbst ist Ihr Ein und Alles. Deine Seele, deine Lebensessenz, alles. Warum hast du deine Seele vernachlässigt, Francesca?"

Sie starrte ihn an, unfähig zu blinzeln, und hatte plötzlich das Gefühl, dass dieser Junge – der halb so alt war wie sie – sie zurechtwies.

„Ich glaube nicht, dass ich das habe."

„Es passiert schnell mal. Die meisten von uns vernachlässigen ihre wertvollste Essenz." Er zeigte auf den Fragebogen. „Aber die Antworten sind alle hier. Inneres Wohlergehen und äußere Ziele. Hier fängst du an."

KAPITEL 63

DAMALS

Esther wachte auf und war immer noch aufgeregt. Sie hatte in dieser Nacht im Bauernhaus schlafen dürfen, ein Privileg, das den meisten Kindern der Familie nicht zuteilwurde. Sie hatte zwar auf dem Sofa im Wohnzimmer geschlafen, aber es war trotzdem viel bequemer als bei den anderen Kindern. Am nächsten Morgen ging sie mit Maria und Pater James in den Andachtsraum, wo vor dem Frühstück gebetet wurde. Sie waren zu viele, um alle in der Küche unterzubringen, also wurden zwei lange Tische in der umgebauten Scheune aufgestellt. Sie steckte ihren Kopf zu den Balken über ihnen hoch. Es roch noch immer nach trockenem Stroh, und in der Luft lag Staub, der im Sonnenlicht golden schimmerte. Sie vermisste das Gefühl von Staub in ihrem Nacken, wenn sie auf der Ranch herumlief.

Zwei Bedienungen standen hinter Behältern mit Brei und Schalen mit Obst und teilten das Essen aus. Esther nahm ihre Schüssel und setzte sich zu den Kindern. Sie setzte sich zwischen Grace und Delilah. Auf der anderen Seite des Tisches rührte Mary untätig in ihrem Essen herum. Esther wusste, dass etwas mit ihr nicht stimmte, aber sie wusste nicht, was. Die Art, wie ihre Augen glasig wurden, erinnerte Esther an die Wochen nach dem Vorfall im Wald. Vielleicht war sie von Dämonen besessen. Pater James hatte ihr erklärt, wie Dämonen das eigene Ich angreifen. In Esthers Vorstellung waren sie dunkle Schatten, die um die infizierte Person herumschwebten und wie Adler im Sturzflug auf ihre Beute losgingen. Sie zitterte.

„Paul sagt, dass du nach England gegangen bist."

Esther drehte sich um und sah Grace an. Sie waren einmal beste Freundinnen gewesen. Natürlich waren sie Schwestern, auch wenn sie sich nicht ähnlich sahen. Grace hatte olivfarbene Haut und Sommersprossen auf der Nase. Delilah hatte schwarzes Haar und blaue Augen. Paul war groß und hatte aschblondes Haar. So war das eben in ihrer Familie.

„Ja, wir waren an diesem *schrecklichen* Ort namens Leacroft. Es war der reinste Gully." Sie nahm einen Schluck Wasser und wischte sich mit dem Handrücken den Mund ab.

Grace stieß einen angewiderten Laut aus. „Warum bist du gegangen?" Sie warf einen Blick auf Mary und hob dann ihre Hand, um Esther ins Ohr zu flüstern. „Bist du weggelaufen?"

Esther nahm ihre Hand und flüsterte Grace etwas zu. „*Sie* hat uns gezwungen, zu gehen."

Grace runzelte die Stirn und dachte über Esthers Worte nach, bevor sie zurück flüsterte: „Warum sollte sie gehen wollen? Sie ist doch Vaters Liebling?"

Esther zuckte mit den Schultern. Sie wusste es auch nicht. Dann überlegte sie, ob Mary die ganze Zeit der Gully gewesen war. Drains waren schädlich für das Heim, das sie als Familie aufgebaut hatten. Vater James beschrieb sie wie Vampire, die alles Gute wegsaugten. Sie entziehen einem die innere Gesundheit. Vor allem, so sagte er, weil sie nicht an etwas Gutes glauben konnten. Sie glaubten zum Beispiel nicht an Vaters Kräfte.

Sie wollte Grace gerade wieder etwas zuflüstern, als Pater James den Andachtsraum betrat. Seine Schritte waren langsamer, als Esther es in Erinnerung hatte, und sie befürchtete, dass er krank gewesen oder jetzt vielleicht krank war. Er wurde von vier Leibwächtern begleitet, denselben großen, einschüchternden Männern wie am Vorabend. Sie wusste, dass einer von ihnen Isaiah hieß. Er war bärtig und korpulent. Der größte von ihnen, meinte sie, hieße Zachary. Die anderen waren neu.

An diesem Morgen trug Pater James eine Hose, ein schwarzes T-Shirt und eine dicke, goldene Halskette. Sofort stand die gesamte Gruppe auf und verneigte sich ehrfürchtig.

Esther wagte einen Blick nach oben, als Pater James an den ersten Tisch trat. Sie sah, wie Isaiah einen Stuhl für ihn zurückzog und er Platz nahm. Die hölzernen Stuhlbeine kratzten über den Beton, als die Familie sich setzte. Sie aßen schweigend und warteten darauf, ob Vater James etwas sagen würde. Esther zupfte an einer Erdbeere.

„Heute werde ich in der Hütte in den Bergen meditieren", sagte Vater. „Und ich werde Mary mitnehmen."

Esther beobachtete die Reaktion ihrer Mutter, aber sie blieb teilnahmslos. Sie setzte nur ihren Löffel ab und starrte ins Leere. Sie blickte zu Elijah hinüber, der mit Caleb an einem anderen Tisch saß. Er hatte an diesem Morgen noch nicht mit ihr gesprochen, aber das war ihr egal. Sie freute sich darauf, nicht mehr mit ihm zusammenzuleben, wie sie es in Leacroft getan hatten. Er war nicht ihr Vater, und sie war nicht seine Tochter. In Leacroft war alles nur vorgetäuscht gewesen, als ob sie ein Theaterstück für die Engländer aufführten.

„Es gab eine illegale Ehe zwischen Mary und Elijah, während sie weg waren", sagte Pater James. „Diese Ehe war illegal, weil keiner der beiden vor der Eheschließung um meine Erlaubnis gebeten hat. Ich habe nun beschlossen, dass diese Ehe annulliert wird. Mary wird weiterhin eine meiner Ehefrauen sein. Elijah, du kannst Hannah heiraten."

Esther blickte zu Hannah hinüber, einer rothaarigen Frau mit spitzem Kinn, die etwa so alt war wie Caleb. Esther erinnerte sich an sie als eines der Mädchen, die sie immer wieder besucht hatten, als sie in einem alten Haus im Dove Valley gewohnt hatten. Sie beobachtete, wie Hannahs Augen sich vor Schreck weiteten und ihr Mund sich öffnete, als ob sie etwas sagen wollte. Das Mädchen blickte zu einem anderen Jungen, Jude, hinüber, und ihre Augen glitzerten vor Tränen. Plötzlich richtete sich Hannah auf.

„Es tut mir leid, Vater", sagte sie. „Ich bin so dankbar, dass du mich von allen auserwählt hast, aber ich muss zugeben, dass ich gehofft habe, Jude und ich …"

„*Du* wünschst? *Du*? Sag mir, Mädchen, sitzt du auf meinem Stuhl?"

„N-nein", stotterte sie.

„Schläfst du in meinem Bett?"

Sie senkte ihren Blick und schüttelte den Kopf.

„Heilst du die Kranken? Sprichst du das Wort Gottes? Hilfst du Menschen, das Heil zu erlangen? Hat Gott dir von der Abrechnung erzählt?"

Sie weinte jetzt. Winzige Tränen fielen auf die Tischplatte. „Nein."

„Sieh mich an, Kind." Vater James riss seine Brille ab, und die Familie schnappte nach Luft, auch Esther. „Sieh mir in die Augen."

Hannah hob langsam den Kopf und betrachtete ihn. Ihr ganzer Körper zitterte vom Schluchzen. Ihr Gesicht verzerrte sich zu einer Grimasse. Die beiden starrten einander an, während alle anderen den Atem anhielten. Esther spürte, wie die Angst sie durchströmte. Sie hatte die Macht von Vaters Blick schon einmal erlebt. Allmählich ließ das Schluchzen nach, und Hannah stand da und atmete normal. Zuerst spürte Esther Erleichterung, doch dann rollten Hannahs Augen zurück in ihren Kopf, und sie sackte auf den Boden der Scheune, wobei sie einen Löffel vom Tisch schmiss. Jude stand sofort auf, aber er bewegte sich nicht. Er starrte einfach nur. Esther richtete ihre Aufmerksamkeit auf Elijah, der starr auf seinem Platz sitzen blieb.

Es war Isaiah, der die junge Frau hochhob und aus der Scheune trug. Der Vater nahm seine Sonnenbrille und setzte sie wieder auf. Dann hob er den Löffel und aß von seinem Brei.

KAPITEL 64

JETZT

Als Fran das Testzentrum verließ, war es bereits Mittag und sie war erschöpft von dem ganzen Prozess. Sie wanderte etwa zehn Minuten lang ziellos umher und versuchte, ihre Gedanken zu ordnen, dann hielt sie an einem Restaurant an und bestellte sich ein gegrilltes Käsesandwich und einen Eistee. Ihr Magen beschwerte sich schon über das viele Brot, den Käse und den Zucker, den sie aß, aber es schmeckte gut und gab ihr die nötige Energie, um das Geschehene zu verarbeiten.

Sie hatte noch nie mit einer Sekte zu tun gehabt, und sie war auch noch nie von einer rekrutiert worden. Sie war schockiert, wie effektiv das Ganze war. Die persönlichen Fragen, der freundliche, therapeutische „Kundenbetreuer", der Kummer und Schmerz, den sie schließlich mit ihm teilte. Und die Tatsache, dass sie etwa drei Stunden dort war und ihre Zeit bereits in dieses Unternehmen investiert hatte. Sie hatte sich für die erweiterte Version der Beratung entschieden, mit einer ausführlichen Analyse ihrer Ergebnisse, und das hatte sie 75 Dollar gekostet. Und dann waren da noch all die anderen versteckten Kosten.

Es erinnerte sie an ein Gespräch, das sie einmal mit Adrian über das Geschäft ihrer Freundin geführt hatte. Fran hatte

Mitleid mit Deepa, die in Buxton ihre eigene Cupcake-Bäckerei eröffnet hatte. Sie hatte ihr ganzes Erspartes dafür verwendet, aber der Laden lief nicht gut. Adrian hatte eine etwas unsensible Bemerkung darüber gemacht, dass sie den Laden aufgeben, ihn verkaufen und ihre Verluste eingrenzen sollte, als Deepa verkündete, dass sie bereits einen Bankkredit erhalten hatte. Es hatte nicht gut geendet. Sie hatte Tausende an Krediten aufgenommen, stundenlang gearbeitet, war schließlich bankrott und hatte sogar Freunde um Geld angefleht. Wenn Deepa nicht direkt zu Beginn so viel Geld in die Hand genommen und dadurch eine emotionale Bindung aufgebaut hätte, wäre es wohl nicht wahrscheinlich gewesen, dass sie das Ganze so lange weitergeführt hätte?

Jetzt, da Fran für ihre Persönlichkeitsanalyse bezahlt hatte – deren Ergebnisse sie in ihrer Tasche hatte – fühlte sie sich mit dieser Organisation verbunden. Und das Gesicht dieser Organisation war bisher der lächelnde, bescheidene Caleb, der ihr sanft gesagt hatte, dass sie depressiv sei.

Nach dem Sandwich überprüfte Fran ihr Handy und fand eine neue E-Mail von Caleb. Er hatte weniger als eine Stunde gebraucht, um ihre Konsultation fortzusetzen.

Liebe Francesca,

Vielen Dank, dass du heute das Children of James-Testzentrum besucht hast. Ich hoffe, du hast die Ergebnisse deiner Prüfung als aufschlussreich empfunden. Hoffentlich hast du nichts dagegen, dass ich mich so schnell melde, aber ich hatte das Gefühl, dass wir heute die erste Hürde überwunden haben. Ich will dich nicht unter Druck setzen, aber ich würde mich freuen, wenn wir in Kontakt bleiben.

Ich habe die ersten fünf Kapitel des Jakobusbuches beigefügt, in denen ausführlicher auf die Erlösung eingegangen wird, die du durch die Arbeit an deinem inneren Wohlbefinden und deinen äußeren Zielen erreichen kannst. Wenn dir diese Kapitel gefallen, kannst du den Rest als E-Book kaufen, für nur 3,99 $. Es ist gerade im Angebot!

Ich möchte noch hinzufügen, wie sehr ich das heutige Gespräch mit dir genossen habe. Da du nun den ersten Schritt gemacht hast, wollte ich wissen, ob du an einem zweiten interessiert bist. Die Children of James bieten Workshops auf unserer friedlichen und idyllischen Ranch in den Catalina Mountains an. Unten findest du einen Link, über den du sie besuchen kannst. Diese Workshops dauern jeweils einen Tag und konzentrieren sich auf die Heilung der Seele. Ich kann dir gar nicht sagen, wie wichtig es für dich ist, an deinem tiefsten Inneren zu arbeiten. Sicherlich bist du mit deiner Seele diese Anstrengung wert.

Ich glaube an dich, Francesca.

Du kannst die Erlösung erreichen.

Dein Freund,

Caleb

Fran schloss ihre E-Mail-App und biss sich auf die Unterlippe. Das war also die nächste Etappe. Ein Buch und ein Workshop. Zweifellos würde das Buch voll von vagen, unsinnigen Aussagen über die Seele und das Selbst und die ganzheitliche Natur der beiden sein, und was auch immer diese Erlösung bedeutete. Der Workshop würde mit anderen Sektenmitgliedern gefüllt sein, die vorgeben würden, ein neuer Rekrut wie sie zu sein.

Der Workshop fand jedoch auf der Ranch statt, auf der sie Mary und Esther vermutete. Das war die perfekte Gelegenheit für sie, den Ort zu durchsuchen. Sie öffnete das E-Mail-Postfach erneut und klickte die E-Mail an. Sie las sie noch einmal und klickte dann auf den Link zu den Workshop-Preisen. Ein eintägiger Kurs kostete 200 Dollar. Da war er wieder: der Trugschluss der versteckten Kosten. Sie stellte sich vor, sie sei verloren und auf der Suche nach einem Sinn. Sie stellte sich vor, dass sie in einem Kreislauf des Selbsthasses gefangen war. Sie stellte sich das Gespräch mit dem freundlichen Caleb vor und dann den darauffolgenden Kurs. Ja, jetzt sah sie es. Sie sah, wie leicht es war, in diese Religion hineingezogen zu werden. Fast wollte sie nicht mehr antworten. Ein Teil von ihr wollte direkt zum Flughafen fahren und den nächsten Flug zurück nach Großbritannien nehmen. Zur Hölle, sie würde jeden Ort in Europa akzeptieren, Hauptsache weit weg von hier.

Aber das wäre doch feige, oder? Sie antwortete Caleb und teilte ihm mit, welchen Kurs sie buchen wollte. Er schickte ihr einen Zeitplan und eine Rechnung.

KAPITEL 65

DAMALS

Arizona war heißer und staubiger, als Esther es in Erinnerung hatte. Am Vormittag rochen ihre Finger nach Waschmittel und ihre Arme schmerzten vom Wäschefalten. Aber sie fand sich schnell in die Routine ein und verbrachte Zeit mit den anderen Kindern. Aaron und Angel, ein Ehepaar in der Familie, hatten jetzt ein sechs Monate altes Baby namens Judith, das Esther gerne hielt und sanft in ihren Armen wiegte. Sie und Grace hielten das Baby gewickelt in einem Bettchen in der Nähe der Waschmaschinen, während sie die Bettwäsche reinigten. Sie wechselten sich ab, um die Windel zu wechseln und Judith mit der Flasche zu füttern. Angel konnte ihr Baby tagsüber nicht sehen, denn sie hatte andere Aufgaben zu erledigen, entweder auf der Ranch oder in Tucson, wo sie Flugblätter verteilte und Leute zum Rekrutieren suchte.

So funktionierte es in der Familie. Die Kinder kümmerten sich umeinander. Sie schliefen zusammen in einem Raum außerhalb des Haupthauses, in dem, was früher der Sturmkeller war. Kinder, die älter als vier Jahre waren, schliefen dort zusammen. Säuglinge und Kleinkinder blieben nachts bei ihren Eltern in einer umgebauten Scheune.

Esther hatte das Geflüster und Gekicher nach Einbruch der

Dunkelheit vermisst. Sie spielten nachts ein Spiel. Jeder von ihnen sagte ein Gebet auf, aber sie änderten die Worte zu Unsinn. Die anderen mussten allein aufgrund des Rhythmus erraten, welches Gebet sie vortrugen. Wenn ihnen dieses Spiel zu langweilig wurde, redeten sie übereinander. Esther flüsterte Grace zu, dass der kleine David, der Jüngste, den ganzen Tag eine Rotznase hatte, oder dass Delilah im Schlaf redete.

Es gab ein weiteres neues Kind namens John. Er war sechs Jahre alt und weinte jede Nacht. Oft weigerte er sich, mit ihnen zu sprechen, was den anderen Kindern auf die Nerven ging. Deshalb wurden Esther und Grace immer feindseliger gegenüber John, riefen ihm erst Anweisungen auf dem Hof zu und gaben ihm dann gemeine Spitznamen. Der einzige, der hängen blieb, war Stinky.

Es war ungerecht, und das wussten sie auch, denn er roch nicht besonders schlecht. Nur abends nach einem langen Arbeitstag auf der Ranch. Aber Stinky ärgerte sie, weil er nie glücklich war. Er schniefte und weinte sich durch jeden Tag und jede Nacht. Beim Frühstück aß er nur kleine, magere Bissen von seinem Brei, bevor er ganz aufgab. Einmal musste Vater Zachary holen, um ihn zum Essen zu zwingen. Er erinnerte sich nie an seine Gebete und trug sie bei den Predigten nicht vor. Er sagte oft blasphemische Dinge darüber, wie sehr er Pater James hasste. Auch war er nicht dankbar, dass er auf der Ranch war, und das war Esther zuwider, vor allem, nachdem sie eine Zeit lang weggeschickt worden war.

Stinky schien immer unter der Obhut von Esther und Grace zu stehen. Sie musste ihm zeigen, wie man Laken faltete und Zwiebeln schnitt. Sie schimpfte mehrmals am Tag mit ihm, und sie und Grace lachten, wenn er nicht mit dem Gemüseschäler umgehen oder Zucker abmessen konnte. *Sie* kannten die Ranch in- und auswendig. Sie kannten die Regeln. *Sie* hatten die Macht, und das genossen sie.

Meistens zumindest.

Manchmal, spät in der Nacht, konnte Esther nicht schlafen.

Sie hörte das Schniefen von Stinky und bekam Bauchschmerzen. Sie drückte ihre Daumen in ihre Beine, um die Schmerzen zu vertreiben, denn sie wusste, dass Grace am nächsten Tag über ihre klugen, bissigen Beleidigungen kichern würde, und sie würden den Kreislauf fortsetzen. Nachts fühlte sie sich schlecht, aber es gefiel ihr auch, Grace zum Lachen zu bringen.

Sie waren seit fast einer Woche zurück auf der Ranch und Esther hatte Mary ein- oder zweimal gesehen, aber Elijah hatte sie überhaupt nicht gesehen. Sie nahm an, dass er Zeit mit Hannah, seiner neuen Frau, verbrachte. Manchmal vermisste sie Mary, auch wenn sie versuchte, sich einzureden, dass sie sie nicht vermisste. Vater wollte, dass Mary immer bei ihm war. Sie durfte in seinem privaten Schlafzimmer schlafen, und tagsüber begleitete sie ihn bei Ausritten auf den Berg. Das war das größte Privileg, das man in der Familie haben konnte. Und doch war Mary genau wie Stinky, schniefend und weinend, wann immer Esther sie sah. Wenn sich ihre Wege tagsüber kreuzten, öffnete Mary ihre Arme und wollte, dass Esther auf sie zuging. Aber Esther tat es nicht. Und dann ging ein schmerzlicher Ausdruck über Marys Gesicht, so mitleiderregend, dass Esther sich abwenden musste. Mary schlang ihre Arme um ihre Brust und ging mit unsicherem Gang davon.

Nachts wünschte sie sich oft, sie wäre Mary in die Arme gelaufen und hätte sie festgehalten.

Eines Tages sammelte Esther Eier aus dem Hühnerstall, als sie Mary und Vater von den Bergen zurückreiten sah. Marys Schultern waren nach vorne gebeugt, die Zügel hingen schlaff am Hals des Pferdes. Sie ritt Oakley, einen Fuchswallach, den Esther nicht mochte, weil er schnell in Panik geriet und sein Führstrick riss, wenn er gestriegelt werden musste. Hinter ihnen ritt ein Leibwächter, den Esther nicht kannte. Sie blieb im Stall und beobachtete, während sie die Eier in ihrem Korb ordnete. Sie war allein. Stinky arbeitete in der Küche. Grace und Delilah wickelten das Baby. David und Paul fegten die Scheune.

Mary begann zu sprechen, was in diesen Tagen ungewöhnlich war, und ihre Stimme drang bis dorthin, wo Esther sich aufhielt. „Denkst du darüber nach, was ich gesagt habe?"

Pater James brachte sein Pferd zum Stillstand und betrachtete sie. Sie standen Seite an Seite. „Ich habe bereits darüber nachgedacht."

„Und?"

„Süße, süße Mary. Ich liebe dich, Kind, aber du strapazierst meine Geduld. Höre mir zu. Gott hat einen Plan und ich habe ihn gesehen. Du weißt, dass er durch mich spricht. Du weißt, dass ich sein Bote bin. Es beunruhigt mich, dass du mich weiterhin auf die Probe stellst. Ich sehe, dass deine äußeren Ziele völlig falsch sind. Ich habe dich schon einmal davor gewarnt. Habe ich das nicht? Du fängst an, dich wie ein *Gully* zu verhalten, und du weißt, wie sehr ich Drains hasse." Esther sah nur die Sonnenbrille des Vaters, nicht seinen Gesichtsausdruck, aber er lächelte nicht.

Marys Stimme klang hoch, wie die eines in Panik geratenen Tieres. „Was machst du mit mir? Ich bin müde und mir ist ständig schwindlig. Manchmal spreche ich undeutlich. Nachts zittere ich. Setzt du mich unter Drogen? Verwandelst du mich in einen deiner passiven Zombies? Es wird nicht funktionieren."

„Die *Medikamente* sind nur zu deinem Besten." Lässig streckte er die Hand aus, klopfte Oakley auf den Hals und fuhr mit den Fingern durch die Mähne des Pferdes.

„Damit du mich kontrollieren kannst", sagte sie. Ihre Stimme war klein und hart, als hätte sie eine saure Zitrone im Hals stecken. „Wie damals, als du mich geheiratet hast, als ich zwölf Jahre alt war. Das ist es, was du bist. Das ist genau, was du bist. Ich habe zu lange gebraucht, um das zu erkennen. Ich habe zu dir aufgeschaut. Ich habe dich *angebetet* und du hast mich immer wieder verletzt. Ich hätte gegen Elijah ankämpfen sollen. Ich hätte Esther nehmen und nach England fliehen sollen … Ich …"

„Kind, du brauchst Führung, das ist alles. Lass den Hass jetzt raus, um die Liebe zu akzeptieren. Dies hier ist deine Familie und wir verzeihen dir." Vater zerrte an Oakleys Mähne und das

Pferd begann zu zappeln. Er zerrte fester daran, woraufhin Oakley protestierte und sich losriss.

Mary griff schnell nach den Zügeln, als Oakley begann, seitwärts über den Weg zu tänzeln. Esther wusste, dass Mary Reiten nicht besonders mochte. Eine der Stuten hatte sie heruntergeschmissen und seitdem hasste sie es. Pater James wusste das auch, denn er war dabei gewesen. Esthers Körper spannte sich an, als sie befürchtete, Mary würde abspringen, aber das Pferd beruhigte sich und scharrte mit den Füßen. Sobald sich das Tier beruhigt hatte, senkte Mary ihren Kopf auf Oakleys Widerrist. Esther konnte ihr Weinen bis in den Hühnerstall hinein hören. *Schwach*, dachte sie, aber ihre Muskeln entspannten sich, jetzt, da ihre Mutter in Sicherheit war.

Vater stieg ab und ging hinüber, um das Pferd zu beruhigen. Er streichelte das glänzende Kastanienfell und legte eine Hand auf Marys Oberschenkel. „Ich werde dich heilen, Mary, und wenn du geheilt bist, kannst du die Erlösung annehmen. Ich möchte dich bei der Abrechnung an meiner Seite haben. Ich will nicht, dass du zurückgelassen wirst, mein kleines Mädchen. Du bist meine Nummer eins, und das warst du schon immer. Sag, dass du bei mir sein wirst."

Mary hob ihren Kopf. Rotz kam ihr aus der Nase. „Ich muss bei Esther sein. Sie ist mein Kind."

„Unser Kind", korrigierte er.

„Lass sie leben, Vater." Mary beugte sich herunter, nahm seine Hände und küsste seine Finger. „Lass sie leben und ich werde alles tun und alles sein, was du willst."

KAPITEL 66

JETZT

Fran hatte nichts vom Detective Woodson gehört. Sie nutzte WhatsApp, um Adrian anzurufen und ihm mitzuteilen, dass sie noch mindestens eine Woche in Arizona bleiben würde. Fran wusste, dass sie die Zeit brauchen würde. Es war ihr klar, dass es bei der Infiltration einer Sekte darauf ankam, ihr Vertrauen zu gewinnen, und das bedeutete, sie mit ihren eigenen Waffen zu schlagen. Natürlich erzählte sie ihm nichts davon. Er hatte die Nachricht so gut aufgenommen, wie man es erwarten konnte, mit wenig mehr als einem *na gut, wenn du das willst*. Sie hatten das Gespräch abrupt beendet.

Nachdem sie sich für den nächsten freien Kurs angemeldet hatte, tat Fran etwas, was sie schon lange nicht mehr getan hatte. Sie öffnete ein Word-Dokument und begann zu schreiben. Sie fing mit einer Zusammenstellung von Fakten über die Sekte. Über ihre Anfänge, wer sie gegründet hatte, wann sie nach Arizona gezogen waren. Dann schilderte sie detailliert den Rekrutierungsprozess, von der Übergabe des Flugblatts auf der Straße über das Treffen mit Caleb im Testzentrum bis hin zur Auswahl der Kurse. Sie bezog auch Mary und Esther in ihren Bericht mit ein. Die Art und Weise, wie sie sich kennengelernt hatten. Die Kleidung, die sie trugen. Das strenge kleine

Mädchen, das ihre Moral am Esstisch infrage stellte. Sie schrieb über ihren eigenen Glauben an Gott und wie die Existenz dieser Sekte sie erschreckte und sogar ihren eigenen Glauben erschütterte.

Da sie noch einen Tag Zeit hatte, bevor der Kurs auf der Ranch begann, ging Fran hinunter in die Lobby und beschloss, so viele Leute wie möglich über die *Children of James* zu befragen. Sie begann mit dem Hotelpersonal. Die meisten zuckten zusammen, als sie den Namen der Sekte erwähnte. Sie waren oft nicht bereit, ausführlich über sie zu sprechen, sondern gaben lediglich zu, dass sie existierten, und erklärten, dass die Gemeinschaft dazu neige, sich zurückzuziehen. Sie erwähnten oft die Anwerber, die mit ihren Stapeln von Lesematerial durch das Stadtzentrum von Tucson zogen. Einige erzählten ihr von den elegant gekleideten jungen Leuten, die an die Türen klopften und versuchten, die Bewohner zu Debatten über das Seelenheil zu verleiten. Eine Reinigungskraft erzählte Fran, dass ihr Cousin in einer Jugendherberge rekrutiert worden war.

Fran tippte all dies in ihr Word-Dokument ein. Sie war sich nicht sicher, was daraus werden sollte. Ein Artikel? Eine Biografie? Aber es entwickelte sich zu etwas.

Später in der Nacht rief Adrian erneut an. Es war ein Videoanruf, aber er hatte Probleme mit der App, sodass sie am Ende mit einem schwarzen Bildschirm sprach. Sie war in ihren Artikel vertieft und überlegte, den Anruf zu ignorieren, aber dann überlegte sie es sich anders und nahm ab.

„Ich vermisse dich, Franny“, sagte er, und sie wusste, dass er es ernst meinte. „Wir haben das Ganze vorhin nicht so gut beendet, oder?“

„Nein“, stimmte sie zu.

„Ich mache mir Sorgen um dich.“

„Es gibt keinen Grund zur Sorge“, betonte sie. „Wie ich schon sagte, ich warte eine Woche oder so, um zu sehen, ob sich etwas ergibt, und dann komme ich nach Hause. Das ist alles.“

„Ist das ein Versprechen? Denn, ich werde dich daran erinnern?“

„Ja“, bestätigte sie. „Das ist ein Versprechen.“

Obwohl sie ihre Worte ernst meinte, wusste sie, dass es eine Lüge war. Wäre es die Wahrheit, hätte sie sich nicht so unwohl gefühlt, während sie es sagte. Andererseits hatte sie genug gesagt, um ihr hoffentlich die Freiheit zu geben, die sie brauchte, um Mary zu finden, und gleichzeitig ihre Ehe zu retten. Adrian wusste nicht, wie sehr sie das hier brauchte, da war sie sich sicher. Und obwohl sie mit einem mulmigen Gefühl ins Bett ging, wachte sie mit einem Gefühl der Entschlossenheit auf. Heute war der Tag, an dem sie ihren *Kurs Children of James 101* begann, der alternativ den Titel trug: „Was ist dein inneres Wohlbefinden und warum hast du es ignoriert?“

Bei der Buchung des Kurses hatte sie Anweisungen erhalten. Sie sollte bequeme Kleidung und feste Schuhe tragen. Nichts mit offenen Zehen. Das machte ihr ein wenig Angst, aber sie holte das heraus, was sie in ihrem Koffer hatte, und fand eine gute Option.

Noch ein Taxi, und die Kosten stiegen. Sie war froh, ein eigenes Bankkonto zu haben, auf das Adrian keinen Zugriff hatte, aber gleichzeitig waren ihre Mittel darauf begrenzt. Es war mehr ein Notfallkonto als eines, das sie regelmäßig nutzte. Sie redete sich ein, dass das auf lange Sicht keine Rolle spielen würde. Nicht, wenn sie Maria und Esther fand.

„Ich kann Sie nicht ganz bis dorthin fahren“, sagte der Fahrer. „Es gibt Regeln. Keine Außenseiter.“

„Oh“, antwortete Fran. „Wie nah können Sie heranfahren?“

„Bis zum äußeren Tor, denke ich. Der Anführer hat seine Leibwächter überall verteilt. Sie müssen durch das Tor gehen und durch die Felder laufen.“

Sie willigte ein, und sie fuhren los. Auf dem Weg dorthin fragte Fran ihn, was er von der Sekte hielt.

„Alle denken, sie seien harmlos, aber ich nicht. In den Bergen können sie machen, was sie wollen. Gott weiß, wie viele

Menschen dort leben, denn niemand sagt etwas, nicht wahr? Es könnten hundert sein, vielleicht auch nur ein Dutzend. Wo schlafen sie? Wie essen sie? Wie viel Geld ergaunert dieser Anführer von ihnen? Jemand muss ihm das Handwerk legen. Von wegen Religion.“ Er hielt inne und holte tief Luft. „Keiner will es aussprechen. Sie sind alle zu besorgt, jemanden zu beleidigen. Dabei könnten sie alles Mögliche im Schilde führen.“

„Was ist mit der Polizei? Schaut die jemals bei ihnen vorbei?“

„Nicht, dass ich wüsste. Vielleicht, wenn sie ein Verbrechen begehen. Vor ein paar Jahren war die Lage ziemlich angespannt.“

„Ach ja, was ist passiert?“

„Ein kleines Mädchen ist verschwunden. Sie war vier oder fünf Jahre alt; hab ich vergessen. Jedenfalls behaupteten die Eltern, sie hätten ein *Sektenmitglied* in der Nähe ihres Hauses herumhängen sehen. Jemand vom Sheriff-Department ging hin, um es zu überprüfen und stellte fest, wie viele Mitglieder Waffen besitzen.“

„Wurde jemand verletzt?“

Er schüttelte den Kopf. „Sie haben das Haus durchsuchen lassen, aber das Mädchen wurde nicht gefunden. Offenbar gibt es dort überhaupt keine Kinder.“

„Oh“, sagte Fran. Das schien unwahrscheinlich.

„Hätte ein neues *Waco* werden können.“

„Ja.“ Fran starrte aus dem Fenster auf die Berge. Gewehre. Sie hatte nicht an Waffen gedacht. Aber natürlich würde es Waffen geben.

„Wie auch immer, weiter kann ich Sie nicht bringen. Seien Sie vorsichtig, ja? Bitte sagen Sie mir, dass Sie nicht vorhaben, da beizutreten.“

„Nein“, antwortete Fran. „Ich will nur sehen, wie es dort ist.“

„Ja“, meinte er. „Das habe ich schon mal gehört.“

KAPITEL 67

DAMALS

Esther hatte sich bemüht, nicht daran zu denken, was Mary während ihres Gesprächs auf dem Pferd zu Vater gesagt hatte. Aber gleichzeitig war es auch schwer, es nicht zu tun.

Sie und Grace waren allein im Pferdestall und kehrten das heruntergefallene Heu zusammen. Die Bürste strich über den Beton, während die Pferde unruhig wurden. Sie hörte, wie Champion wieder mit den Zähnen knirschte. Pepper schwang den Schweif. Bert schüttelte den Kopf, schnaufte und schnaubte Heustaub aus seinen Nüstern. Oakley lag schlafend im Stroh, die langen Beine unter ihrem Körper gekreuzt, ihr runder Bauch hob und senkte sich. Sie wollte es genießen, wieder hier zu sein und den Geräuschen der entspannten Tiere zu lauschen, aber ihre Gedanken konnten sich nicht auf die angenehmen Dinge konzentrieren und schweiften immer wieder zu ihrer Mutter und ihrem Vater ab.

Esther ging zu Grace hinüber und setzte sich auf einen Heuballen. „Was machen verheiratete Menschen miteinander? Du weißt schon …, wenn sie Kinder machen.“

„Sie legen sich zusammen hin“, sagte Grace.

„Ist das alles?“

Grace runzelte die Stirn. „Ich glaube, sie reiben sich nackt aneinander. Aber Gott ist auch irgendwie da."

„Nachdem sie Mann und Frau geworden sind?"

„Ja, genau."

Esther stellte ihren Besen an die Wand. Sie hatten spezielle leichte Plastikbesen, die ihnen bei der Arbeit halfen. Die hölzernen Besen für Erwachsene waren zu schwer.

„Aber wie *alt* muss man sein, um mit jemandem zu schlafen?"

„Ich weiß es nicht", sagte Grace. „Alt."

„Also, erwachsen alt? So alt wie Vater?"

„Nicht so alt", sagte sie. „Aber älter als wir."

„Was ist mit zwölf?"

Grace dachte eine Minute lang darüber nach. „Nein, älter als das."

Esther dachte an Paul, der zehn Jahre alt war. Sie konnte sich nicht vorstellen, dass er in zwei Jahren jemanden heiraten würde. Er bohrte immer noch in der Nase und aß die Popel auf. Esther konnte sich auch nicht vorstellen, mit zwölf Jahren eine Frau zu sein. Warum also hatte Mary diese Dinge gesagt? Sie beschloss, Grace alles darüber zu erzählen. Sie setzten sich zusammen auf den Heuballen, während Esther das ganze Gespräch wiederholte.

„Vielleicht hat sie nicht bei ihm gelegen", sagte Grace. „Vielleicht bist du von woanders gekommen, so wie ich."

„Vielleicht wurden wir beide gefunden." Esther hatte plötzlich den Drang, Grace bei der Hand zu nehmen. Sie tat es. „Das würde mir gefallen."

„Mir auch", sagte Grace.

Später an diesem Tag brachte Esther frisch geernteten Salat in die Küche des Bauernhauses und ging dann in die Waschküche, um die Wäsche zu stapeln. Als sie sich auf den Weg dorthin machte, sah sie Vater James im Flur neben der Treppe stehen.

„Esther, nicht wahr?", fragte er. Er trug seine Sonnenbrille und seinen Goldschmuck. Isaiah stand schweigend zu seiner Rechten.

„Ja, Vater." Esther verbeugte sich.

„Ich würde mich gern mit dir unterhalten." Er gab ihr ein Zeichen, ihm zu folgen, und dann gingen sie zur Rückseite des Hauses. Er öffnete die Tür zu einem Arbeitszimmer und sie ging hinein.

Esthers Herz schlug schnell, als er sie zu einem Stuhl gegenüber einem Schreibtisch führte und dann die Tür hinter ihnen schloss. Isaiah blieb draußen vor dem Raum.

„Wie geht es dir heute?", fragte er.

„Sehr gut, Vater. Ich danke dir."

„Braves Mädchen. Lass mich dich ansehen." Zu ihrer Überraschung nahm er seine Sonnenbrille ab und hob sanft ihr Kinn an. „Sieh an, sieh an. Du erinnerst mich wirklich an deine Mutter. So ein hübscher Mund."

Sie zitterte. Die Kraft seiner blauen Augen bohrte sich in sie, drang unter ihre Haut bis in die Knochen und direkt in ihre Seele. Pater James besaß die Fähigkeit, mit diesen Augen zu heilen. Einige der anderen Mitglieder trugen Fläschchen mit seinen Tränen um den Hals, um ihnen bei Arthritis und Darmproblemen zu helfen.

Er lehnte sich in seinem Stuhl zurück und verschränkte die Hände hinter seinem Kopf. „Hast du an dir als ganzheitliches, seelenvolles Wesen gearbeitet?"

„Ja, Vater."

„Akzeptierst du den Willen Gottes auf deinem Weg zur Erlösung?"

„Ja, Vater."

„Glaubst du, dass ich der Prophet, das Gefäß und die Zunge Gottes bin?"

„Ja, Vater."

„Gut", sagte er. „Und was hältst du von deiner Mutter, Mary?"

Esther zögerte. Ihr Blick fiel auf ihre im Schoß gefalteten Hände. Dann wanderte ihr Blick hinüber zum Bücherregal. Keinem der anderen Sektenmitglieder war es erlaubt, Bücher zu lesen, aber Vater hatte eine kleine Auswahl. Da gab es natürlich das Jakobusbuch, die Bibel, die so blasphemisch war, ein Wörterbuch, eine Enzyklopädie und ein großes Buch über Medizin. Mary hatte ihr das Lesen beigebracht, als sie noch klein war. Das einzige Buch, das sie besaßen, war das Jakobusbuch, und darin lernte sie alles, was sie wissen musste.

„Sie liebt mich", antwortete Esther.

„Ja, das tut sie. Und was noch."

Esther umklammerte ihre Knie und spürte, wie sich ein vertrauter Schmerz in ihrem Bauch bildete. „Sie lügt."

Pater James zog die Augenbrauen hoch. Er wollte gerade etwas sagen, als es an der Tür klopfte. „Ja?"

Isaiah lehnte sich vor. „Entschuldige die Unterbrechung, Vater. Eine Besucherin ist eingetroffen."

„Sag ihr, sie soll im Andachtsraum warten, ja?" Vater entließ den Mann mit einer Handbewegung, bevor er seine Aufmerksamkeit wieder auf Esther richtete. „Ich sehe vor mir eine große Gläubige. Ein Mädchen, das auf dem richtigen Weg ist. Ich bin beeindruckt, Esther. Wirklich sehr beeindruckt. Also, was weißt du über die Abrechnung?"

„Die Abrechnung ist der Zeitpunkt, an dem wir von Gott gerettet werden".

„Das ist richtig." Vater James lächelte. „Ich habe gehört, dass du die Kinder ganz allein organisierst. Und in seiner Weisheit hat Gott mir gesagt, dass du bei der Abrechnung eine wichtige Rolle zu spielen hast. Möchtest du, dass ich dir sage, was das ist?"

Esther nickte eifrig.

KAPITEL 68

JETZT

Caleb stand neben einem fünfsprossigen Tor und hatte die Hände lässig in die Taschen gesteckt. Es war niemand da, nur er. Fran hob eine Hand zum Gruß und dachte über die Tatsache nach, dass niemand bei ihm war. War sie die einzige Teilnehmerin? Das wäre doch seltsam, oder?

„Es ist so schön, dich wiederzusehen", sagte er und öffnete ihr das Tor. Er lächelte breit. Es war fast ein bisschen unheimlich, irgendwo zwischen einladend und gezwungen.

Das Tor öffnete sich zu einem Feldweg, der zwischen den Feldern verlief. Ein paar Pferde standen kauend im Gras und schüttelten ihre Mähnen gegen die schwirrenden Fliegenwolken. Eine kleine Anzahl von Rindern und Ziegen brüllte und schnaubte. Die Rinder hielten sich vom Zaun fern, während die Ziegen angelaufen kamen.

„Ihr seid also ein landwirtschaftlicher Betrieb hier draußen?", fragte Fran.

„Teilweise", antwortete Caleb. „Wir sind mehr Selbstversorger als Arbeiter. Wir verkaufen einen Teil unserer Produkte, aber nicht an Lebensmittelgeschäfte. Die Rinder und Ziegen sind aus Schlachthäusern gerettet worden. Die Ziegen geben noch Milch, aber wir halten die Kühe aus reiner Nächstenliebe.

Im Sommer und Herbst stellen wir manchmal einen Stand an der Straße auf, um unsere Produkte zu verkaufen, oder wir spenden sie an Lebensmittelbanken."

„Und jedes Mitglied trägt dazu bei, dass der Laden läuft?"

„Ja, genau", sagte er. „Das ist hier unsere Art zu leben."

„Aber was ist mit externen Zielen?", fragte Fran.

Calebs einladendes Lächeln verwandelte sich in ein wissendes Grinsen. „Keine Sorge, wir werden das alles im heutigen Kurs durchgehen."

„Okay."

„Es gibt keinen Grund, nervös zu sein. Es wird ein großartiger Tag. Ich verspreche es." Er warf einen Blick auf seine Uhr. „Es warten noch ein paar andere Teilnehmer in der Halle. Wir sollten pünktlich anfangen, aber ich muss noch ein paar andere am Tor abholen."

Fran versuchte, sich ein Bild von allem zu machen, was sie sah, als sie sich der Ranch näherten. Sie sah ein Bauernhaus, das groß, aber nicht riesig war. Es hatte eine aus Holz gebaute Veranda und an den Fenstern hingen Spitzengardinen. Es gab mehrere Nebengebäude, von denen einige offensichtlich für die Tiere bestimmt waren, während andere ihrer Meinung nach als Unterkunft für die Bewohner dienten. An den Wänden dieser Scheunen gab es mehr Fenster, und sie wirkten im Allgemeinen sauberer. Caleb wies ihr den Weg zu einem der sauberen Nebengebäude und sagte ihr, sie solle dort hineingehen und warten. Dann drehte er sich um und ging den Feldweg weiter hinunter.

Es war verlockend, sich hinauszuschleichen und herumzuschnüffeln, aber Fran beschloss, der Anweisung zu folgen. Auf dem Weg dorthin musterte sie die Gesichter aller Menschen, die sie sah, und suchte nach Mary, Esther oder Elijah. Aber was würde passieren, wenn sie sie sah? Sie würden sowieso nicht zustimmen, mit ihr zu gehen. Elijah könnte sie sogar abführen lassen und ihr verbieten, wiederzukommen. Jetzt, wo sie hier war, klopfte ihr Herz wie wild. Würde das hier überhaupt funktionieren?

Gleichzeitig hatte Fran das Gefühl, dass Adrian über sie lachen würde, über die seltsame Situation, in die sie sich gebracht hatte. Nein, das stimmte nicht. Er würde nicht lachen, er würde Angst um sie haben. Er würde sich große Sorgen machen.

Sie betrat die Scheune, die Caleb ihr gezeigt hatte, und ein nervöses Ziehen machte sich in ihrem Magen breit. Innen war es brütend heiß. Sie zog ihr Oberteil aus ihrer Hose, in der Hoffnung, dass es ihr helfen würde, sich abzukühlen. In der Halle waren noch vier weitere Personen, die sich neben einem Stuhlkreis aufhielten. Die Scheune war zu einem Raum umgebaut worden, der sie an das Dorfgemeinschaftshaus von Leacroft erinnerte, mit einer Bühne am hinteren Ende und Platz für das Publikum. Aber er war offener als der Dorfsaal, und der Betonboden sorgte dafür, dass jeder Schritt sich wie ein kleiner Schlag anfühlte. Hoch oben in den Dachsparren hingen fröhliche Dreiecke aus bunten Wimpeln.

Eine schlanke Frau in einem bunten Maxikleid reichte ihr eine Flasche Wasser. „Sie werden es brauchen“, sagte sie.

Fran bedankte sich bei ihr. „Waren sie schon einmal bei so einer Veranstaltung?“

Sie hatte glatte, mahagonifarbene Haut und zwei etwas dunklere Halbmonde unter ihren Augen. Fran schätzte sie auf Ende dreißig. „Ja. Das ist wohl mein zweiter Versuch.“

„Das erste Mal hat Sie nicht überzeugt?“

Sie lächelte. „Nein, aber es hat mich auch nicht abgeschreckt. Ich bin noch dabei, es zu begreifen. Es ist …“, sie hielt inne, suchte nach den Worten. „Eine Menge.“

Fran lachte. „Ja, das ist es allerdings. Ich bin übrigens Fran.“ Sie reichte der Frau die Hand.

„Talisa.“

Fran nahm einen Schluck Wasser. Wenigstens kannte sie eine freundliche Person, mit der sie sich zusammentun konnte, wenn dieser Tag eine Art Rollenspiel beinhaltete. Fran unterdrückte ein Schaudern bei dem Gedanken an Rollenspiele, etwas, das sie bei Betriebsausflügen immer gefürchtet hatte.

Während sie warteten, stellte Talisa ihr einige höfliche Fragen zu ihrem Akzent, und Fran fragte sie, ob sie aus Tucson stamme. Die Unterhaltung war gestelzt, aber angenehm. Wenn sie neue Leute kennenlernte und unbeholfene Gespräche führte, fühlte sie sich immer jünger, als wäre sie wieder an der Universität und würde ihre Kommilitonen zum ersten Mal treffen.

„So, da bin ich wieder. Tut mir leid, dass ihr warten musstet." Caleb kam mit drei anderen Leuten wieder hereinspaziert. Sie waren jung, Mitte zwanzig, von strohblond bis aschblond. Zwei Mädchen und ein Mann. Caleb klatschte in die Hände. „Toll! Alle sind da, dann lasst uns mal anfangen!"

Fran suchte sich einen Stuhl und blieb in der Nähe von Talisa. Sie stellte fest, dass alle modern gekleidet waren, aber sie vermutete trotzdem, dass sich in der Gruppe Sektenmitglieder versteckten. Sie war sicher, dass sie einen Vorrat an verschiedenen Outfits für diese Art von Veranstaltung hatten. Ihr fiel auf, dass es unverhältnismäßig viele Frauen in der Gruppe gab und dass die meisten anderen nicht älter als dreißig waren. Sie war der Dinosaurier, wie Adrian sagen würde.

Sie begannen mit einer Vorstellungsrunde, dann folgte ein Workshop über externe Ziele, bei dem sich Fran und Talisa mit Filzstiften über ein Whiteboard beugten. Und dann bemerkte Fran eine leichte Veränderung im Ton. Calebs Kurs begann mit einem direkten Angriff auf das Konsumverhalten.

„Was wäre, wenn ich euch einen Weg zeigen würde, wie ihr euch von euren materiellen Gütern trennen könntet? Was wäre, wenn ich euch sagen würde, dass sich eure äußeren Ziele nicht darum drehen müssen, welches iPhone ihr besitzt? Was, wenn ich euch sagen würde, dass das Erreichen eures besten Selbst nichts mit diesen Dingen zu tun hat?" Caleb klopfte sich mit den Handflächen auf die Knie. „Kommt mal mit."

Sie gingen zurück in den Hof und Frans Blick schweifte über

die Landschaft. Jetzt war es mitten am Vormittag und sie stellte sich Mary hinter jeder Ecke vor. Was würde passieren, wenn sie vor Caleb erkannt würde? Nichts Gutes. Sie hielt ihren Kopf gesenkt. In der Ferne sah sie einen Mann, der die gleiche Größe und Gestalt wie Elijah hatte. Er trug auch einen Bart. Könnte er es sein? Sie wandte den Kopf ab und schimpfte mit sich selbst, dass sie nicht so vorausschauend gewesen war, einen Hut mit breiter Krempe zu tragen. Ihr Strohhut verbarg kaum ihr Gesicht.

Caleb führte sie zu einer kleinen Pferdekoppel. Sie war etwas verwahrlost, mit Steinen, Felsen und Unkraut, das sich mit dem harten Boden vermischte. Am Zaun waren verschiedene Werkzeuge aufgereiht. Schaufeln, Kellen, Harken und mehr. Fran musste über diese Dreistigkeit fast lachen. Wollten sie sie wirklich dazu bringen, landwirtschaftliche Arbeiten zu verrichten, nachdem sie für einen Kurs bezahlt hatten?

Talisa formulierte ihre Gedanken. „Das kann doch nicht dein Ernst sein? Das ist ja die reinste Ausbeutung."

„Ich meine es ernst", sagte Caleb. „Räumt dieses Feld. Und während ihr das tut, denkt an eines: Ich nähre meinen Geist. Ich ernähre meine Seele. Ich möchte, dass ihr mir diese Worte nachsprecht."

Die Gruppe wiederholte die Worte. Auch Fran.

„Ihr werdet nicht miteinander sprechen. Ihr werdet meditieren und dieses Feld räumen."

„Und was wirst du tun?", fragte Talisa.

„Ich werde hier sein", sagte Caleb. „Ich werde mit euch meditieren."

Eine der Blondinen meldete sich zu Wort: „Ich räume euer verdammtes Feld nicht. Das ist doch Schwachsinn."

Caleb schüttelte den Kopf. „Nein, ist es nicht. Wir benutzen dieses Feld nicht, und dass es geräumt ist, bedeutet nichts für uns. Das ist für euch. Aber wenn ihr gehen wollt, dann geht. Niemand zwingt euch dazu. Wenn ihr aber bleiben wollt und lernen wollt, wie ihr eure Seele nähren könnt, dann wisst ihr, wo die Werkzeuge sind." Er gestikulierte zu den Schaufeln und

Harken. So entschieden hatte sie den sonst so sanften Caleb noch nie sprechen hören, und es hatte eine Wirkung auf sie, die sie nicht erwartet hatte. Fast *wollte* sie gehorchen, aber sie konnte nicht genau sagen, warum. Vielleicht war es, um die jungen blonden Mädels zu ärgern.

Die Teilnehmer zögerten. Die meisten tauschten Blicke miteinander aus, während sich die Stille ausdehnte. Ein Mann nahm eine Schaufel in die Hand. Ein paar andere folgten. Fran stieß einen langen Seufzer aus und nahm eine Kelle in die Hand. Schließlich verdrehte auch das wütende blonde Mädchen die Augen und schnappte sich eine Harke.

Fran machte sich an die Arbeit, aber während sie das Unkraut heraus hackte, änderte sie ihr Bekenntnis. Es lautete: Ich werde sie finden. Ich werde sie retten.

KAPITEL 69

Esther versuchte, im Bunker zu schlafen, aber Stinky schnarchte. Das war der Grund, warum sie nicht schlafen konnte, seinetwegen, nicht wegen dem, was Vater James von ihr verlangt hatte. Nein, denn Vater James war gut und alles, was er sagte, war wahr. Er war das Sprachrohr Gottes. Das bedeutete, dass alles, was er verlangte, direkt von Gott kam. Nicht wahr? Aber was war noch mal ein Sprachrohr? Sie konnte sich nicht erinnern. Jemand, der viel redete? Nein, das war nicht richtig. Es bedeutete, dass Gott dem Vater sagte, was er tun sollte, und dass er die Botschaft dann an sie weitergab. Wenn sie genau das taten, was er sagte, würden sie die Erlösung finden, die sie brauchten, weil die Abrechnung vor der Tür stand.

Ihr Magen tat weh. Sie hatte nicht viel gegessen, aber ihr war trotzdem übel. In der Unterkunft gab es eine Toilette, aber die war nicht in Sichtweite, und sie wollte sich nicht vor den anderen übergeben. Stattdessen hielt sie die Augen geschlossen und betete leise. *Lieber Gott, danke, dass du mich in Sicherheit bringst. Danke, dass du uns die Gabe von Pater James gegeben hast und durch ihn deine Wahrheit verkündest.* Die Worte gingen ihr leicht über die Lippen, denn sie hatte sie gelernt, solange sie denken konnte.

Dann fügte sie ihre eigenen Worte hinzu. *Ich will ein gutes Mädchen sein. Ich möchte das Richtige tun. Kannst du mir helfen, mich zu entscheiden? Was Vater sagt, ist richtig, und was Mutter sagt, ist richtig, aber es sind zwei verschiedene Dinge. Vielleicht kannst du es mir morgen zeigen. Aber woher soll ich das wissen? Ich glaube nicht, dass du mit mir so reden kannst, wie du mit Vater redest. Warte, jetzt weiß ich es. Wenn Missy morgen ein Ei legt, dann hat Mutter recht mit Vater. Wenn sie recht hat, sollte ich nicht tun, worum Vater mich gebeten hat. Aber wenn Missy zwei Eier legt, dann weiß ich, dass du durch Vater sprichst. Wenn ich zwei Eier finde, werde ich tun, worum Vater mich gebeten hat. Ist das in Ordnung, Herr? Ich habe dich sehr lieb. Esther.*

Danach fühlte sich ihr Bauch besser und sie brauchte sich nicht mehr zu übergeben. Tatsächlich schlief sie danach sogar sehr gut.

Den ganzen nächsten Tag über beobachtete Esther Missy. Sie war ein braunes Huhn mit cremeweißen Flecken auf ihren Flügeln. Obwohl sie jetzt älter war und manchmal hinkte, war sie immer noch eine der zuverlässigsten Legehennen der Hühnerschar. Es war jedoch sehr selten, dass Missy mehr als ein Ei an einem Tag legte. Ein Huhn, das zwei Eier an einem Tag legte, war eine Seltenheit, aber wenn ein Huhn das schaffte, dann Missy.

Esther wusste, dass Missy einen bestimmten Platz im Stall hatte, an dem sie ihre Eier legte. Es war ein Eckplatz, den Missy sehr schützte. Die anderen waren oft genug gepickt worden, um zu wissen, dass sie ihr nicht zu nahe kommen sollten. Esther kontrollierte Missys Platz etwa alle fünfzehn Minuten, um sicher zu sein, dass sie die erste war, die ein Ei fand. Grace warf ihr komische Blicke zu, als sie den Salat im Garten wässerten.

„Kann ich mitkommen?“, fragte sie immer wieder.

„Nein. Ich möchte sie mir allein ansehen.“

Esther hatte gelogen und Grace erzählt, dass sie nachsehen wollte, ob eine der Hennen auf ihren Eiern saß. Mary hatte ihr einmal erzählt, dass Hennen „brüten“ würden, was bedeutete, dass sie wollten, dass aus ihren Eiern Küken wurden. Sie sagte, dass die Hennen, sobald sie brüten, ihre Eier um jeden Preis beschützen und nicht zulassen, dass jemand anderes ihnen etwas antut.

„Das ist nicht fair", beschwerte sich Grace.

Esther verdrehte die Augen, erlaubte Grace aber schließlich, sie zu begleiten. Sie mussten um die Rückseite des Bauernhauses herumgehen, anstatt durch den Hof, weil Caleb wieder einen Kurs für neue Leute leitete. Das bedeutete, dass sie sich nicht im Freien aufhalten durften. Wahrscheinlich arbeiteten sie deshalb heute im Garten, weil sie so vor neugierigen Blicken geschützt waren. Aber das hielt Esther nicht davon ab, nach Missy zu sehen. Sie war der Meinung, dass der Wille Gottes sowieso wichtiger war.

Als sie zum Stall kamen, fand Esther ein Ei in Missys Ecke. Sie hob es auf und lächelte. Das war schonmal eins. Dann runzelte sie die Stirn. Wollte sie, dass Missy zwei Eier legte? Wollte sie das tun, worum Pater James sie gebeten hatte? Jetzt war sie sich nicht mehr sicher, aber sie mochte die Vorstellung, dass Gott sowohl zu ihr als auch zu Pater James sprach.

„Langweilig", sagte Grace. „Es ist nur ein Ei."

„Dann ist wohl keine von ihnen legebereit", sagte Esther.

Sie gingen zurück in den Garten und jäteten und gossen weiter. Das nächste Mal sah sie zur Mittagszeit nach. Nichts. Sie rannte den ganzen Weg zurück zum Bauernhaus. Die Kinder durften heute nicht in den Andachtsraum gehen, sie mussten am Tisch im Esszimmer essen. Mary hatte sich aber zu ihnen gesellt. Sie schlang ihre Arme um Esthers Schultern.

„Ich vermisse dich, Essie", sagte sie und Tränen liefen ihr über die Wangen.

Esther erschauderte. Warum sah sie so schrecklich aus? Die Augen ragten aus ihrem Kopf, die Haut war straff und gelb, und ihr Körper war ein Haufen Knochen. Verstand Mary nicht, dass sie sich darum so schlecht fühlte?

Mary saß unangenehm nahe bei Esther und beobachtete sie beim Essen mit einem Lächeln im Gesicht. Es war unheimlich.

Und Mary aß gar nichts, sondern trank nur Kaffee, während ihr Körper zitterte. Manchmal murmelte sie laut Dinge, die wie ihre Gedanken klangen.

„Ich bringe uns hier raus“, sagte sie. „… die Abrechnung … muss sein. Raus. Wir kommen raus.“

Nichts davon ergab einen Sinn, und das machte Esther Angst. Weil sie es kaum erwarten konnte, wegzukommen, verschlang Esther ihr Essen und redete sich heraus. Aber Mary hörte gar nicht zu. Sie murmelte weiter vor sich hin, wobei sich ihre rissigen Lippen wie bei einem brabbelnden Baby auf und ab bewegten und ihre emotionslosen Augen ins Leere starrten. Das begann Esther zu beunruhigen. Sie versteckte sich sogar hinter den Tomatenpflanzen und weinte eine Weile, bevor sie sich wieder aufraffen konnte. Gott wartete auf sie.

Als sie in Missys Ecke nachschaute, war dort kein zweites Ei zu sehen. Sie wusste nicht, ob sie froh sein sollte, dass sie der Bitte von Vater James nicht nachkommen musste, oder wütend, dass Gott nicht zu ihr sprechen wollte. Sie ging zurück in den Garten und pflückte Tomaten, wobei sie sich bei der Arbeit dicht über den Boden beugte. Grace lächelte und winkte begeistert, aber obwohl Esther zurücklächelte, hoffte sie insgeheim, dass ihre Freundin nicht vorbeikommen würde. Leider bemerkte Grace Esthers schlechte Laune nicht und kam zu ihr hinüber. Sie hatte denselben schmutzigen Overall an wie Esther und wischte sich die Erde von den Handflächen.

„Glaubst du, dass es Mary gut geht?“, fragte sie. Sie stand über Esther, ihr Körper verdeckte die Sonne.

Esther zuckte mit den Schultern.

„Hast du mit ihr gesprochen?“

„Nein.“ Sie wollte nicht über Mary sprechen. Sie wollte überhaupt nicht reden. „Ich werde da drüben Unkraut jäten.“ Sie entfernte sich von Grace und bearbeitete den Boden mit ihrer Kelle.

Für den Rest des Tages weigerte sich Esther, in Missys Ecke zu schauen. Sie schnitt sich beim Jäten des Borstengrases im unteren Teil des Gartens in die Finger. Sie trug Körbe mit Tomaten in die Küche. Sie wusch die Kartoffeln und schälte die Möhren für das Abendessen. Sie wusch einige der Kleider für die Frauen. Sie wischte sich öfter den Schweiß von der Stirn, als sie zählen konnte. Sie aß ihr Abendessen schweigend im Andachtsraum, nachdem die Kursbesucher gegangen waren. Sie wich Marys Blicken aus, während sie aß. Sie sah auch Pater James nicht an, der neben Mary saß und ihr gelegentlich von seiner Gabel zu essen gab. Sie ignorierte ihre Magenbeschwerden und aß den Gemüseauflauf trotzdem.

Und dann … nun, dann rannte sie zu Missys Ecke, um einen letzten Blick darauf zu werfen. Da war das zweite Ei.

KAPITEL 70

Sie räumten das verdammte Feld. Fran beobachtete, wie Talisa sich aufrichtete und einen Schluck aus ihrer Wasserflasche nahm. Sie beschwerte sich nicht mehr, sie lächelte. Das Feld war frei von Steinen, der ganze Schutt war weg geharkt. Und das alles war passiert, während sie wie benommen war. Ein seltsamer, meditativer Taumel. Eine der jungen Blondinen brach dramatisch auf dem Boden zusammen und lachte. Ein Lächeln breitete sich in der Gruppe aus, denn sie hatten etwas Bemerkenswertes erreicht, während die Sommersonne auf sie niederbrannte.

Ihr Körper tat weh und sie war erschöpft. Sie war auch schmutzig und hoffte, dass es wenigstens ein Waschbecken geben würde, um sich die Hände und das Gesicht zu waschen, bevor sie nach Hause gingen. Keiner sprach. Caleb gab ihnen ein Zeichen, ihm zu folgen. Er verließ das frisch gepflügte Feld und ging auf eine grasbewachsene Wiese. Fran fragte sich kurz, wie viel Land die Sekte besaß. Aber dieser Gedanke verflog und wurde durch die Wertschätzung der Natur um sie herum ersetzt, denn sie war wunderschön. Von den fernen terrakottafarbenen Gipfeln bis zu den Feldern mit trockenem Gras und Mesquite-Sträuchern, die in die gitterartigen Straßen der Stadt Tucson übergingen. Die Autos huschten wie Ameisen in einer Formation über die geraden Straßen.

Caleb setzte sich ins Gras und lud sie ein, es ihm gleichzutun. Es war etwas stachelig, weniger bequem als das weiche, britische Gras, das immer feucht zu sein schien. Er schlug die Beine übereinander und sie taten es ihm nach. Er schloss die Augen, und sie taten dasselbe. Fran rutschte hin und her und versuchte, sich zu entspannen. Sie war immer noch angespannt. Sie schluckte heftig. Dann begann Caleb zu sprechen.

„Ich nähre meinen Geist. Ich nähre meine Seele. Ich nähre meinen Geist. Ich nähre meine Seele. Ihr braucht es nicht mit mir zu sagen, entspannt euch einfach und konzentriert euch auf meine Worte.“ Und dann fuhr er fort, immer und immer wieder. *Ich nähre meinen Geist. Ich nähre meine Seele.*

Fran öffnete die Augen und sah, dass Caleb sie beobachtete. Er zwinkerte ihr zu und ließ sie nicht aus den Augen. *Ich nähre meinen Geist. Ich nähre meine Seele.* Sie schloss die Augen, verlegen darüber, dass sie ertappt worden war.

Sie wusste, dass das alles ein Haufen Unsinn war und dass die Sekte es geschafft hatte, sie dafür bezahlen zu lassen, dass sie ihr Feld bestellten, und dass es höchstwahrscheinlich Sektenmitglieder in der Gruppe gab, die mitspielten, um die Sache authentischer erscheinen zu lassen. Dennoch fühlte sie, wie ein ungeheures Gefühl des Friedens sie überkam. Als sie aufhörte, gegen dieses Gefühl anzukämpfen, sank ihr Körper in den Boden und sie fühlte sich schwer und schwerelos zugleich. Ein Teil der Anspannung verließ ihren Körper. Ihr Geist klärte sich für einen Moment vollständig. Zwei Augenblicke. Es war ein Glücksgefühl, aber flüchtig. Nach diesem beruhigenden Gefühl sah sie Mary und Esther, die ihr in dem Café in Leacroft gegenübersaßen. Esthers Gesichtsausdruck war streng wie immer. Mary lachte, ihre Augenwinkel kräuselten sich vergnügt. Dann sah sie Esther in der Mitte der Dorfwiese stehen, ganz allein im Dunkeln. Die Hände hinter dem Rücken. Schwarze Schuhe, dicht nebeneinander. Sie spürte das Gefühl von schmerzenden

Waden, als wäre sie gelaufen. Sie streckte ihre Hand aus, aber Esther starrte sie nur an.

Und schließlich sah Fran Chloe. Sie sah ihr winziges Gesicht unter der Babydecke hervorschauen. Sie war schon oft ins Kinderzimmer gegangen und hatte Chloes Pausbäckchen über der weichen, rosa Wolle gesehen. Sie war hineingegangen, um Chloe lächelnd, glucksend oder entspannt im Schlaf vorzufinden. Aber dieses Mal spürte sie einen Schlag in den Magen. Eine Abrissbirne in den Unterleib. Ihr Körper wusste es, bevor ihr Verstand es mitbekam. Chloes perfekter, pfirsichfarbener Teint hatte sich blau verfärbt. Sie erinnerte sich an die Stille auf dem Babyfon. Diese lila Zehen, die unter der Wolle hervorlugten.

Fran schnappte nach Luft. Sie stand auf, ging von der Gruppe weg und hielt sich die Hand vor den Mund. Sie konnte nicht atmen. Ehe sie sich versah, war Caleb neben ihr, eine warme Hand auf ihrem Rücken, die sie sanft mit kreisenden Bewegungen massierte. Fran brach schluchzend zusammen, ein unerträglicher Schmerz strahlte aus ihrem Unterleib.

„Du bist in Sicherheit", sagte er. „Lass deinen Schmerz raus. Lass ihn raus."

„Nein", stieß Fran hervor. „Das ist alles, was ich noch von ihr habe. Es ist alles, was ich habe."

Sie spürte, wie weitere Hände auf ihre Schultern und ihren Rücken gelegt wurden. Die anderen hatten sich ihr angeschlossen. Sie prüften, ob es ihr gut ging. Sie rieben, streichelten und tätschelten sie. Sie spürte die Wärme ihrer Haut auf der ihren.

„Wir sind für dich da", sagte Talisa.

„Ich … Ich …", stotterte Fran, immer noch von Schluchzern gequält. „Ich. Kann. Sie. Nicht. Gehen. Lassen."

„Atme einfach, Francesca", sagte Caleb. „Atme es aus. Komm schon, atme mit mir." Er half ihr, sich aufzurichten. Er atmete durch die Nase ein und durch den Mund aus. Sie tat es ihm gleich. „Ein ... Aus …" Die anderen taten dasselbe. Sie atmeten ein und aus. Ein und aus. Sie atmeten gemeinsam.

„Lass los", flüsterte Caleb.

Fran starrte in diese Gesichter. Sie starrten alle zurück, von den jungen blonden Kindern über die beiden Jungs bis zu Talisa, die ihr aufmunternd zunickte, wie eine Hebamme. Sie kannte keinen dieser Menschen, und doch fühlte sie sich sicher. Sie fühlte sich gesehen. Sie drehte sich um und wandte sich dem Bauernhaus zu. Sie sah die Einfachheit, den Charme des Hauses. Dann zurück auf die Felder, in die Stadt, zu den Ameisen. Adrian hatte ihr nie gesagt, sie solle loslassen. Er hatte ihr nie gesagt, sie solle es herauslassen. Machte es ihm Angst, ihren Schmerz zu sehen? Sie hatte all das fein säuberlich in einem Raum in ihrem Inneren verstaut. Sie hatten das Kinderzimmer mit einem Klecks Farbe neu dekoriert und das wars.

Sie fiel besiegt zu Boden, und die anderen setzten sich um sie herum. Jeder von ihnen legte eine Hand auf sie. Sie schloss die Augen, dachte an Chloe und stellte sich das Mädchen vor, das sie einmal geworden wäre. Fran hatte es nie jemandem gegenüber zugegeben, aber sie mochte Kinder in traditioneller Kleidung. Sie mochte kleine Mädchen mit Zöpfen und schicken Lederschuhen. Richtige Strumpfhosen und Kleider. Nicht die Leggings und T-Shirts, die die meisten Kinder jetzt trugen.

Chloe wäre natürlich aufgeweckt gewesen. Interessiert an Büchern, vielleicht. Gut in Englisch. Durchschnittlich in Mathe. Einfühlsam, immer freundlich, aber nie ein Schwächling. Ordentlich, aber nicht zwanghaft. Eine Geigenspielerin. Schön, aber nicht aufdringlich, mit einer subtilen Anmut. Ja, das waren Fantasien von dem Mädchen, das Fran sein wollte und nie war.

Sie ließ los.

Sie erkannte das Ganze jetzt als sinnlos. All diese Dinge waren nicht Chloe. Ihre Tochter hatte nie die Möglichkeit gehabt, ihre eigene Persönlichkeit zu entwickeln. Fran quälte sich selbst, indem sie sie für sie schuf. Sie zwang einem Geist eine Zukunft auf. Es war an der Zeit, damit aufzuhören, ein Leben zu erfinden, das – wie sie fand – durch Grausamkeit entrissen worden war. Stattdessen klammerte sie sich an die stundenlangen blutigen Qualen im Krankenhaus, an das Gefühl von Chloe an ihrer Brust und daran, wie bizarr und doch tröstlich es war. Der Anblick ihrer Spuckeblasen. Der Geruch ihres Kopfes. Das pausbäckige Gesichtchen. Die trockenen Flocken über ihren Augenbrauen. Die gurgelnden Geräusche. Die Schreie beim ersten Windelwechsel. Ihre Wärme, wenn sie an ihrer Brust lag.

Ehe Fran sich versah, lag sie auf dem Boden, den Kopf in das stachelige Gras gebettet. Sie lächelte zum Himmel hinauf. Sie hatte losgelassen.

KAPITEL 71

Fran war mit Caleb zum Mittagessen verabredet. Es war der Tag nach dem Kurs Children of James 101, und er hatte ihr gesagt, dass er sich gerne noch einmal mit ihr unterhalten würde, um zu sehen, wie es ihr ging. Der Kurs war für Fran besonders intensiv gewesen. Er spürte, dass sie eine große Last losgelassen hatte, und er wollte sichergehen, dass es ihr gut ging. Eine so große Umstellung könne für Menschen schwierig sein.

Sie stimmte zu, ihn in demselben mexikanischen Restaurant zu treffen, das sie in der Nähe des Polizeireviers gefunden hatte, denn das war der einzige Ort, an den sie sich erinnerte. Außerdem konnte sie, falls sie ein ungutes Gefühl oder eine böse Vorahnung bezüglich der Sekte bekommen sollte, direkt zum Revier gehen und Detective Woodson suchen.

Sie ging in das Stadtzentrum. Es war ein etwas kühlerer Tag, mit einer frischen Brise, die von den Bergen herabwehte. Sie hatte ihr Haar mit Spangen aus dem Gesicht gehalten und trug ein Oberteil mit Weste und einen Rock. Es hatte sie geärgert, Geld für den überteuerten Wäscheservice im Hotel auszugeben, aber sie hatte keine Lust, ihren Koffer in einen Waschsalon zu schleppen. Als sie das Restaurant betrat, strich sie nervös ihren Rock glatt. Die gleiche elfenhafte Kellnerin schenkte ihr ein halbherziges Lächeln, bevor ihr Blick ängstlich zu Caleb wanderte. Fran hatte nicht darüber nachgedacht, wie andere Leute auf ein Sektenmitglied reagieren würden. Natürlich würde sich die Kellnerin unwohl fühlen, wenn Caleb allein in ihrem Restaurant saß. Sie warf dem Mädchen ein schuldbewusstes Lächeln zu, bevor sie sich zu ihm setzte.

Er drückte ihr zur Begrüßung die Hand. „Es ist so schön, dich zu sehen, Francesca. Ich habe die ganze letzte Nacht an dich gedacht."

Aus dem Zusammenhang gerissen, klangen die Worte fast romantisch. Sie errötete vor Hitze.

Ihre Verlegenheit musste sichtbar gewesen sein, denn Caleb fügte hinzu: „Über dein Wohlbefinden, meine ich. Gestern muss ein … seltsames Erlebnis gewesen sein."

„So könnte man es auch nennen." Fran lächelte verlegen, als die Kellnerin kam, um ihre Bestellung aufzunehmen. Sie verlangte eine Limonade, dann tauschten sie sich kurz darüber aus, welches Essen sie bestellen sollten. Fran entschied sich für einen Gemüse-Burrito, Caleb bestellte einen gemischten Bohnensalat.

„Das wird sich auch merkwürdig anhören, aber hör mir erstmal zu", sagte Caleb. „Als ich gestern deine Reaktion gesehen habe, ist mein Herz vor Freude aufgegangen."

Fran hob die Augenbrauen.

„Nicht, weil ich wollte, dass du den Schmerz durchlebst, sondern weil ich wollte, dass du ihn loslässt. Spürst du nicht, wie deine Seele heilt?"

„Ja", sagte sie. „Ich nehme an, das tue ich."

„Genau." Er sprach schneller und gestikulierte vor Aufregung. „Deshalb bist du wie geschaffen für unsere Familie. Ich kann es kaum erwarten, dass du alle kennenlernst."

„Du meinst, ich bin angenommen worden?"

„Ja, Ma'am, das bist du! Ich habe Pater James am Ende des

Tages alles über dich erzählt. Er will dich auf der Ranch treffen. Das macht er selten."

„Muss ich nicht noch mehr Kurse absolvieren?"

Caleb schüttelte den Kopf. „Ich glaube nicht, dass du das brauchst. Außerdem kannst du sie alle umsonst mitnehmen, wenn du dich uns anschließt."

„Heißt das, auf der Ranch zu leben?"

„Ja, genau", sagte er. „Das ist ein großer Schritt, ich weiß. Wir wollen nicht, dass du überstürzt handelst. Lass dir Zeit. Aber, Francesca, ich muss sagen, ich weiß, dass es dir dort gefallen würde. Alles ist friedlich. Stell dir diese Befreiung vor, die du gestern gespürt hast, und dann stell dir vor, dass du jeden toxischen Teil deines Lebens loslässt. Genau so ist es auf der Ranch. Du lässt die Erwartungen, die die Gesellschaft an dich stellt, die Verlockungen des materiellen Reichtums, die Gier und die Maßlosigkeit der Menschen um dich herum hinter dir."

„Was ist mit Freunden und Familie?", fragte sie. „Ich habe einen Ehemann."

„Du kannst immer noch mit ihnen in Kontakt bleiben. Vielleicht kann auch dein Mann mit der Zeit auf die Ranch kommen. Nicht alle Ehegatten wollen das. Es kann schwierig für sie sein. Deshalb empfehlen wir, dir Zeit zu lassen. Es gibt keinen Druck, wir wollen nur, dass du dich von uns geliebt fühlst, weil wir glauben, dass du eine perfekte Ergänzung für unsere Familie wärst. Das ist alles."

Fran senkte einen Moment lang den Kopf und dachte über seine Worte nach, dachte an Adrian und Mary und Esther. Das Essen kam, bevor sie antworten konnte. Auf halbem Weg durch ihren Burrito fragte Fran, ob sie Pater James noch heute treffen könne. Caleb musste nach draußen gehen, um zu telefonieren, aber er kam lächelnd zurück.

„Vater sagt, er würde sich freuen, dich kennenzulernen. Wir können gleich nach dem Mittagessen zur Ranch fahren."

„Das ging aber schnell", antwortete Fran.

Caleb nippte an seinem Kaffee. „Du hast Glück. Pater James

war in letzter Zeit sehr beschäftigt. Wir hatten in den letzten Wochen einen besonderen Besucher bei uns."

Fran hob ihr Gesicht zu ihm, ihr Interesse war geweckt. „Wirklich? Was für eine Art von Besucher?"

„Jemand, der früher zur Familie gehörte, aber vor langer Zeit wegging. Er ist zu uns zurückgekommen."

„Und du hast sie wieder aufgenommen? Das ist sehr versöhnlich."

Caleb lächelte. „Vergebung gehört zur Ernährung und Pflege der Seele."

Sie aßen weiter und Caleb sprach weiter über die Bedeutung von Selbstliebe. Mehr als einmal sah sie, wie die Kellnerin sie beobachtete und ihre Augen misstrauisch verengte. Es war ihr so unangenehm, dass sie ein großzügiges Trinkgeld gab, als sie bezahlten. Caleb bemerkte das, sagte aber nichts.

Auf dem Weg aus dem Restaurant bemerkte Fran, dass sie einen verpassten Anruf von Detektive Woodson erhalten hatte. Sie warf einen Blick in Richtung Polizeirevier. Er könnte jetzt und hier für ein Gespräch zur Verfügung stehen. Aber sie beschloss, nicht hinzugehen. Stattdessen stieg sie in Calebs Wagen. Vielleicht konnte sie einen ruhigen Moment finden, um später zurückzurufen. Andererseits brauchte sie Woodsons Hilfe vielleicht doch nicht. Bald würde sie Teil der Children of James-Familie sein, und dann konnte sie Mary und Esther von innen heraus helfen.

KAPITEL 72

Esther hatte dem Besucher in den letzten Wochen nicht viel Aufmerksamkeit geschenkt. Sie war zu sehr mit der Arbeit auf der Ranch und der Aufgabe beschäftigt, um die sie Vater James gebeten hatte, wenn die Abrechnung kam. Sie hatte ihn jedoch im Hintergrund bemerkt, immer in der Nähe von Vater. Manchmal sah Esther sie in der Nähe des Gemüsegartens oder im Obstgarten in ein Gespräch vertieft. Sie spürte seine Blicke auf sich – den des Besuchers –, aber sie ignorierte ihn, und er ignorierte sie weitgehend ebenso.

Seit sie das zweite Ei in Missys Ecke gefunden hatte, dachte Esther über die Abrechnung nach. Vater hielt Predigten auf der Ranch, während sie arbeiteten, seine Stimme war kratzig und dünn über die Lautsprecheranlage. Die Erwachsenen pflückten Melonen und ritten auf den Feldern, während Esther und die anderen Kinder im Gemüsegarten waren und zuhörten, während sie die Pflanzen gossen und beschnitten.

„Der Tag der Abrechnung kommt, meine schönen, schönen Kinder. Es gibt Milliarden von Menschen da draußen, die sich nicht vorbereitet haben, die ihn nicht kommen sehen werden und die nicht die Weitsicht haben werden, zu überleben. Aber wir werden es tun. Merkt euch meine Worte, wir werden es tun.

Gott hat zu mir gesprochen. Er hat mir gesagt, dass wir unsere Seelen genährt haben. Wir haben unser inneres Wohlbefinden genährt. Wir sind diejenigen, die von ihm auserwählt wurden, aufzusteigen. Wir werden aufsteigen. Es wird glorreich sein, und wir *werden* aufsteigen.

Merkt euch meine Worte, Kinder, der Tag ist bald da. Es werden Lichter am Himmel zu sehen sein. Sie leuchten hell. Niemand wird die Funken sehen, außer euch. Niemand hat die Funken je gesehen, außer euch, meiner auserwählten Familie. Unser Geist ist voller Liebe, und unser äußeres Ziel ist nun die Erlösung. Wir *werden die* Erlösung erreichen. Wir werden es leben. Die Zeit ist gekommen, mit mir ins Feuer zu gehen. Um wiedergeboren zu werden."

„Ich will, dass er jetzt aufhört zu reden", sagte Grace. Sie ließ sich ins Gras neben dem Salat plumpsen und rückte ihren Sonnenhut zurecht. „Das gefällt mir nicht."

Stinky war in der Nähe. Er setzte sich auch hin. „Er macht mir Angst."

Delilah nickte.

Esther warf angewidert ihre Kelle hin. „Wie *kannst* du es *wagen*? Er ist dein *Vater*."

„Nein, ist er nicht!" Stinky starrte sie an.

„Doch, das ist er!"

„Nein, ist er nicht! Mein Daddy …"

Grace breitete ihre Arme aus, als würde sie sie von einem Faustkampf abhalten. „Hört auf! Hört auf, euch zu streiten. Ich hasse es, euch ständig streiten zu hören."

Esther verschränkte die Arme und blickte finster auf ihre Schuhe. Am Tag der Abrechnung würden sie alle sehen, wie falsch sie lagen. Sie würde es ihnen zeigen.

Einige Minuten später verstummte die Lautsprecheranlage, und Esther spürte, wie sich ihre Brust lockerte. Sie hatte sich eingeredet, dass sie sich auf die Worte ihres Vaters konzentrierte, aber jetzt wusste sie, dass sich diese Wörter fest um sie gelegt hatten.

„Er ist ein schlechter Mensch“, sagte Stinky. „Gute Väter tun Menschen nicht weh. Sie lassen sie nicht in heißen Sturmlöchern mit Spinnen und Eidechsen schlafen.“

Esther wollte sich die Ohren mit Watte zustopfen, aber sie entschied sich stattdessen dafür, ihre Hände über die Ohren zu legen. Stinky versuchte, sie von ihrem Gesicht wegzuziehen.

„Er ist böse“, sagte Stinky. „Er wird uns wehtun.“

Nach einem Gerangel stand Esther auf und ging in einen anderen Teil des Gartens, so weit weg von den anderen, wie sie nur konnte. Sie hatte erwartet, dass Grace sie begleiten würde, aber das tat sie nicht, sie blieb bei den anderen Kindern. Esther war allein. Sie zeichnete mit ihrem kleinen Finger die Umrisse eines Blattes nach. Laut, aber gedämpft, sagte sie: „Es waren zwei Eier. Gott hat mir gesagt, was ich tun soll. Vater ist gut. Ich muss tun, was Vater mir gesagt hat. Ich muss es tun.“ Sie saß lange Zeit da und konnte kaum atmen. Eine Zeit lang schloss sie die Augen und dachte an das Feuer und die Funken und an die Wiedergeburt. Sie fragte sich, ob es wehtun würde. Feuer klang schmerzhaft, aber Vater würde ihnen doch nicht wehtun, oder?

Doch, es wurde ihr auf einmal klar. Er würde ihnen wehtun, aber das war in Ordnung, denn dieser Schmerz führte immer zu etwas Besserem. Wie damals, als Vater Stinky verprügelte, weil er immer wieder versuchte, wegzulaufen. Stinky hörte auf wegzulaufen und alles wurde besser. Oder die Nacht in den Bergen, als ihr kalt war und sie Angst vor den Kojoten hatte. Das lehrte sie, stark zu sein. Es lehrte sie, ihre Brüder und Schwestern zu lieben und zu schätzen. Und vielleicht hatte er Mary wehgetan, aber wenn Vater sie nicht geheiratet hätte, gäbe es Esther nicht.

Esther hörte Schritte im Gras knirschen. Sie hob ihr Kinn und sah, wie Pater Adam, der Besucher, auf sie herabblickte.

„Wie geht es dir heute?“, fragte er. Er beugte sich leicht vor, damit er sie nicht überragte. „Geht es dir gut? Du siehst mitgenommen aus.“

Esther wischte verlegen ihre Tränen weg. „Es geht mir gut." Eilig fügte sie hinzu: „Vater."

Er lachte. „Du brauchst mich nicht so zu nennen." Er lehnte sich auf seinen Fersen zurück und starrte auf die Reihen der Tomatenpflanzen hinaus. „Ich wünschte, ich wäre nicht der Vater von irgendetwas. Ich wünschte, ich hätte nicht diese … diese Ungeheuerlichkeit erschaffen."

Aber sie wusste nicht, was Ungeheuerlichkeit bedeutete oder warum es auf einen Gemüsegarten zutreffen sollte.

„Aber ich werde dem Ganzen ein Ende setzen", sagte er. „Es muss alles aufhören."

Esther verstand auch nicht, warum jemand einen Gemüsegarten aufgeben wollte. Sie mochte Vater Adam nicht. Sie stand auf und ging weg.

KAPITEL 73

Als der Truck direkt auf das Haupthaus der Ranch zufuhr, setzte Frans Herz einen Schlag aus. Was, wenn die erste Person, die sie sah, Elijah war? Wenn sie sich die schlimmsten Szenarien vorstellte, stand das Zusammentreffen mit Elijah immer ganz oben auf der Liste, abgesehen davon, dass sie innerhalb der ersten Stunde von der Sekte ermordet werden könnte. Sie traute Elijah nicht, und sie vermutete immer noch, dass er ein kontrollsüchtiges Stück Scheiße war. Vielleicht hatte er Mary sogar gezwungen, zur Sekte zurückzukehren, obwohl sie wohl keine voreiligen Vermutungen anstellen sollte.

Sie stiegen aus dem Fahrzeug und gingen an einer Gruppe von vier jungen Sektenmitgliedern vorbei. Es waren hübsche Mädchen, etwa zwanzig Jahre alt, in langen Kleidern, die Haare hochgesteckt, Schürzen über der Kleidung und die Ärmel hochgekrempelt. Sie plauderten und lächelten und trugen Kannen mit Milch.

"Wir melken unsere Ziegen hier", sagte Caleb und nickte in Richtung der Mädchen. "Das ist frische Milch. Köstlich. Erinnert mich daran, dir etwas Käse einzupacken, wenn du gehst."

Fran lächelte und beschloss, die Tatsache, dass sie in einem Hotel wohnte, am besten nicht zu erwähnen. Sie war erleichtert, dass er von ihrer Abreise sprach, denn ein Teil von ihr hatte sich gefragt, ob man sie zum Bleiben überreden oder sogar dazu zwingen würde. Aber das wäre es doch wert, oder? Mary zu finden, die Aufgabe, die sie sich gestellt hatte, zu Ende zu führen. Genau darum war sie schließlich hier, oder? Als Außenseiterin, als Journalistin, und … und was? Retterin?

Sie nickte den jungen Frauen zum Abschied zu und dachte flüchtig darüber nach, dass diese Menschen glücklich waren. Bisher hatte sie noch keine unglücklichen Menschen gesehen. Caleb predigte über Liebe und Wohlbefinden. In ihrem Tagesmodul hatte sie selbst etwas davon erfahren. Nichts hatte ihr bisher dieses Gefühl gegeben, nicht in den fünf langen Jahren der Trauer. Nicht in der Therapie, nicht bei der Gartenarbeit, nicht beim Laufen. Es jagte ihr einen Schauer über den Rücken, kitzelte ihr unruhiges Inneres an den Nerven. Wovor hatte sie mehr Angst? Die Begegnung mit diesem charismatischen Sektenführer? Oder dass sie sich zu diesem einfachen Leben hingezogen fühlte?

Im Inneren des Bauernhauses fiel Fran auf, dass es hier sehr viel Holz gab. Von der lackierten Kiefertreppe und den Dielen bis hin zu den Bilderrahmen aus Mahagoni. In einem kurzen Flur waren die Wände mit lächelnden Bildern von Männern und Frauen bedeckt, die alle dieselbe traditionelle Kleidung trugen. In der Mitte jedes Bildes stand ein älterer Mann, fast immer weiß gekleidet, mit einer großen, dunklen Sonnenbrille im Gesicht. Auf einem Bild gestikulierte er, als wäre er mitten in einer Predigt, auf einem anderen hatte er die Arme weit ausgebreitet, als würde er auf eine Umarmung warten. Sie blieb stehen, um ihn genauer zu betrachten. Das war also Pater James: ein Mann in einem weißen Anzug und mit Sonnenbrille. Sie erkannte ihn als den Mann auf dem Pferd, der in der Informationsbroschüre abgebildet war.

Caleb blieb vor einer Tür stehen und klopfte an das Holz. Dies war nicht ganz die beeindruckende Einrichtung, die Fran sich vorgestellt hatte. Sie hatte sich ihn in einem großen Raum vorgestellt, wahrscheinlich in der Mitte eines mit Kissen gefüllten Bodens sitzend, mit klischeehaften psychedelischen Gemälden an den Wänden. Vielleicht ein paar spärlich bekleidete junge Frauen zu seinen Füßen. Die Tür öffnete sich ruckartig und ein großer, breitschultriger Mann um die vierzig trat heraus.

„Hey Isaiah, wie gehts?“, fragte Caleb.

„Gut, Bruder.“

„Das ist die neue Rekrutin für Vater. Er erwartet uns.“

„Okay“, sagte Isaiah. „Ich warte draußen.“ Er warf einen Blick auf seine Uhr. „Pater Adam sollte heute Nachmittag auch kommen, also lass dir nicht zu viel Zeit.“

Dieser Name erregte Frans Interesse. Pater Adam. Caleb hatte keinen zweiten Vater erwähnt. Das Wort schien von Bedeutung zu sein. In dieser Sekte hatte der „Vater“ eine Machtposition inne. Könnte Adam das Mitglied sein, das eine Untergruppe der Sekte nach Colorado gebracht hat? Vielleicht könnte sie versuchen, auch mit ihm zu sprechen, für ihren Artikel.

Isaiah verließ das Büro und Fran betrat es. Pater James wartete hinter einem großen Mahagonischreibtisch, wie sie ihn in einer altmodischen Bibliothek erwarten würde. Er war älter, als die Fotos in der Halle vermuten ließen, aber vielleicht war er einfach nicht gut gealtert. Seine Kleider hingen an seinem Körper, was auf einen kürzlichen Gewichtsverlust hindeutete, und sie war sich fast sicher, dass er eine Perücke trug. Er saß vornübergebeugt, die Finger unter dem Kinn verschränkt, die Sonnenbrille noch aufgesetzt. Es war schon seltsam, dass er sie in geschlossenen Räumen trug, aber vielleicht hatte er eine Art Augenleiden.

Caleb erklärte ihm, wer sie war und warum sie hier war, dann ließ er sie mit James und seiner Sonnenbrille allein und schenkte ihr ein ermutigendes Lächeln, als er das Büro verließ. Sie kaute nervös auf der Innenseite ihrer Wange und nahm nun die Bürowände und die geschlossene Tür deutlicher wahr.

„Francesca Stevens“, sagte er langsam. Sie hatte den

Geburtsnamen ihrer Mutter benutzt, damit man bei einer Überprüfung nicht auf ihre frühere journalistische Tätigkeit stoßen würde. „Setz dich, Kind."

Es war ein seltsames Gefühl, Kind genannt zu werden, aber sie tat, was er verlangte.

„Wir haben hier viel junges Blut", sagte er. „Endlich mal eine richtige Frau." Er lächelte und deutete mit einer Geste auf sie, wie ein Großvater auf sein Enkelkind. Seine Stimme war weich und sanft. Entspannend. Sie sah die Goldringe an seinen Fingern und die goldene Rolex an seinem Handgelenk. So viel zum Verzicht auf Konsum, dachte sie. „Erzähl mir ein bisschen von dir."

Fran fuhr mit der Zunge über ihre Zähne, bevor sie sprach. Sie ertappte sich dabei, dass sie auf den Schreibtisch starrte und nicht auf ihn. Vielleicht war es die Sonnenbrille, die sie ablenkte. „Nun, ich komme aus England, wie Sie wahrscheinlich wissen. Ich bin verheiratet. Mein Mann ist noch nicht nach Arizona gezogen …" Sie stockte und wurde von einer Gefühlswallung überrascht. Ihre Kehle wurde rau, aber sie fuhr fort. „Er ist ein pensionierter Dozent. Ich bin auch in den Vorruhestand gegangen. Wir leben ... ich meine, lebten in einem kleinen Dorf ..."

„Nein", sagte er. „Erzähl mir von *dir*. Wovor hast du Angst?" Er legte die Hände auf dem Schreibtisch zusammen. Die schwere Uhr landete dabei mit einem lauten Geräusch auf der Tischplatte.

„Ich weiß nicht, wovor ich Angst habe." Fran rutschte auf ihrem Sitz hin und her. In dem kleinen Raum war es unerträglich heiß. Rechts von James befand sich ein kleines Fenster. Es war geschlossen. Ihr Blick schweifte umher, während sie sich mühsam eine Antwort ausdachte. Sie bemerkte seinen Füllfederhalter, der auf einem Notizbuch ruhte, daneben lag ein Stapel von Dokumenten. Hatten Sektenführer eine Ablage?

„Doch, das weißt du." Er nahm seine Sonnenbrille ab und enthüllte verblüffend blaue Augen. Blasse kornblumenblaue Iris, umrandet von tiefem Kobalt. Seine Pupillen waren winzig, wie zwei Nadelstiche in einer Fläche aus Eis.

Fran konnte ihn nicht ansehen. Sie starrte auf ihre Hände. „Ich habe Angst, nicht geliebt zu werden. Ich werde nie eine Mutter sein und ich werde nie die Liebe eines Kindes erfahren. Mein Mann liebt mich, das weiß ich, aber es ist nicht dasselbe." Sie presste die Lippen zusammen, wollte nicht mehr sagen, weil sie Angst hatte, dass sie sonst nie mehr aufhören würde zu reden oder dass sie vor diesem Mann weinen würde.

Der Vater nickte nachdenklich mit dem Kopf. „Wenn du eine Familie brauchst, bist du hier genau richtig. Wir glauben nicht an Blutsbande, wir glauben, dass wir alle die Fähigkeit haben, unsere Familie zu wählen. Glaubst du das auch?"

„Ich denke, es kommt darauf an", sagte sie. „Ich kenne Familien, die ihre Kinder adoptieren und sie so sehr lieben, wie es leibliche Eltern tun würden." Sie hielt inne, atmete tief durch und wählte ihre Worte sorgfältig. „Ich habe mir das nie zugetraut. Als mein Baby starb, brach meine Welt zusammen. Alles andere als ein Kind von mir fühlte sich zu sehr wie ein Ersatz für ein Weihnachtsgeschenk an." Sie wischte sich mit dem Handrücken über die Nase und stellte überrascht fest, dass sie nass war. „Aber Gott hatte eine andere Idee und nahm mir die Fähigkeit, Kinder zu bekommen." Sie blickte auf die Wand über seinem Kopf, immer noch nicht in der Lage, ihm in die Augen zu sehen. Dort hingen Fotos von ihm mit Gruppen von Menschen. Immer lächelnd.

„Du bist wütend auf Gott."

„Natürlich bin ich wütend", brauste sie auf. „Ich habe weiter geglaubt, weiter gebetet und er hat mich bestraft."

„War es eine Bestrafung oder war es ein Weg, dich dorthin zu bringen, wo du sein sollst?"

Fran stieß ein humorloses Lachen aus. „Sie meinen hier? Das ist clever." Jetzt starrte sie in seine Augen. Sie sah dort keinen Ausdruck, nur Neutralität, als würde er das Telefonbuch aufsagen und nicht über den Glauben sprechen.

„Warum nicht hier? Oder am nächsten Ort. Oder der Ort danach. Nur du wirst es wissen."

Das entspannte sie ein wenig. Sie hatte mit einer Flut von Gründen gerechnet, warum sie auf der Ranch bleiben sollte.

„Sie haben hier keine Kinder", sagte Fran. Sie deutete auf die Bilder an der Wand. „Ich sehe keine auf den Fotos."

Pater James drehte sich nicht um, um sie selbst zu betrachten, sondern starrte sie weiterhin an. „Ist das ein Problem?"

„Ja", sagte sie. „Ich bin mir nicht sicher, ob ich den Rest meiner Tage leben könnte, ohne das Lachen von Kindern zu hören oder sie spielen zu sehen."

„Ist das das Einzige, was dich davon abhält, der Familie beizutreten?"

Fran machte eine Pause, denn sie hoffte, etwas Zeit zu haben, um so lange wie möglich über seine Worte nachzudenken. „Ja, sieht so aus."

Pater James kratzte sich am Handrücken und betrachtete sie mit zusammengekniffenen Augen. „Interessant."

„Wollen Sie andeuten, dass es hier doch Kinder gibt?", fragte sie.

„Nein", antwortete er. „Vielleicht ist es Zeit für dich zu gehen."

„Warten Sie", sagte Fran. „Es tut mir leid. Ich hätte nicht fragen sollen." Sie versuchte, ihn anzulächeln und spürte, wie ihre Mundwinkel vor Nervosität zuckten. Sie hatte hier eine Chance, aber sie war dabei, sie zu verspielen.

„Es gibt Paare, die sich vereinigen und Geschenke von Gott erhalten. Wir neigen nur nicht dazu, Fotos von ihnen zu machen", sagte er.

Ihr fiel die Kinnlade herunter. Er hatte es ihr gesagt. Er hat es tatsächlich zugegeben. Sie beruhigte sich und fuhr mit der Besprechung fort.

„Wie kommt das?", fragte Fran. „Mischen sich die Leute ein? Machen Sie sich Sorgen über die Konsequenzen?"

Seine Augen blitzten vor Wut. „Die Behörden … die

wunderbaren, weltbekannten Vorboten des Guten – die amerikanische Polizei – sind nicht besonders nett zu uns. Sie haben nichts für uns übrig. Sie reißen die Kinder aus den Armen ihrer Mütter und bringen sie zu Pflegefamilien. Einmal in diesen Familien gefangen, empfinden die Kinder keine Liebe, sondern nur Hass und Schmerz. Ich kann nicht mit gutem Gewissen zulassen, dass das weiter geschieht. Deshalb haben wir, was diese gottesfürchtigen Säulen der Gemeinschaft betrifft, keine Kinder auf unserer Ranch."

Da wurde Fran klar, dass sie die richtigen Knöpfe gedrückt hatte. Pater James war genau die Art von Narzisst, der es mochte, wenn seine Meinung von einem Außenseiter geteilt wurde. „Es muss schrecklich sein, solchen Vorurteilen ausgesetzt zu sein."

„Ja. Aber Gott ist gut, und wir haben ihn auf unserer Seite." Er lächelte breit, zwei Reihen perfekter Zähne – mit Sicherheit Implantate oder Kronen – zeigten sich zwischen seinen vollen Lippen. „Ich sehe in dir eine große Verbündete, Francesca. Ich sehe jemanden, der bereit ist, in diese Familie einzutreten. Aber ich muss dich noch um eine letzte Sache bitten. Zumindest wird Caleb dich auf dem Weg nach draußen darum bitten. Bitte erzähle nichts von diesem Gespräch außerhalb dieser Ranch. Ist das klar?"

„Ja", sagte Fran.

„Du bist eine gute Frau. Ich mag dich sehr. Ich glaube, du wirst gut hierher passen. Hast du schon das Jakobusbuch gelesen?"

Fran schüttelte den Kopf. „Ich habe das E-Book."

Der Vater schnaubte. „Das ist nicht gut. Du brauchst ein richtiges Buch. Hier." Er öffnete eine Schreibtischschublade und nahm ein schmales Taschenbuch heraus. Er schob es über den Schreibtisch. „Na los. Nimm es, Kind."

Fran nahm das Buch in die Hand und legte es auf ihr Knie.

„Du gehst nach Hause, liest das Buch und kommst zurück."

Fran spürte, dass er sie loswerden wollte. Sie stand auf und wusste nicht, ob sie sich verbeugen oder rückwärts gehen sollte, als ob sie bei einer königlichen Audienz gewesen wäre.

„Caleb wird auf dem Weg nach draußen etwas für dich zum Unterschreiben haben", sagte er. „Mach dir keine Sorgen deswegen." Er winkte mit einer Hand ab. „Da steht nur, dass unser privates Gespräch privat bleiben wird. So sollte es doch bei allen Gesprächen sein, nicht wahr?"

Fran strich mit dem Daumen über den glänzenden Einband des Buches, während sie sich auf den Weg zur Tür machte. „Ja, natürlich."

„Gut. Dann wird es kein Problem sein. Ich freue mich darauf, dich wiederzusehen, mein Kind. Es gibt hier viel für dich. Halte dein Herz offen."

Mit zitternden Beinen verließ sie den Raum. Der Leibwächter, Isaiah, sah sie desinteressiert an, aber Caleb eilte mit einem breiten Grinsen herbei. Er ging mit ihr durch den holzverkleideten Flur zu einem Aufenthaltsraum, wo er ihr ein Glas Wasser hinstellte. Noch bevor sie einen Schluck getrunken hatte, hielt er ihr die Vertraulichkeitsvereinbarung unter die Nase.

„Pater James hat es erklärt, nicht wahr?"

„Ja", sagte sie. Sie schwitzte. Dann unterschrieb sie mit ihrem falschen Namen. Alles, bloß um von diesem Ort wegzukommen. Wäre die Unterschrift noch rechtlich bindend, wenn sie den Geburtsnamen ihrer Mutter benutzte? Müsste ein Anwalt anwesend sein? Vielleicht war Caleb, so unwahrscheinlich das auch klingen mochte, selbst ein Anwalt.

„Wie ist es gelaufen?", fragte er.

Sie bemühte sich, ihre Miene aufzuhellen. „Gut, denke ich. Aber ich gehe jetzt besser zurück." Sie schaute auf ihre Uhr, als ob sie noch woanders sein müsste.

„Klar. Ich fahre dich nach Hause."

Auf dem Weg nach draußen suchten ihre Augen den Hof ab. Sie sehnte sich danach, die nervöse Mary unter den Leuten zu entdecken, die sich auf dem Platz tummelten. Oder die ernste kleine Esther in ihren Mary-Jane-Schuhen. Etwas, das ihr bewies, dass sie das Richtige tat.

„Es ist schwer zu sagen, wenn man Vater zum ersten Mal trifft." Caleb schloss den Wagen auf. „Mir ging es genauso. Oh, er hat dir ein Buch gegeben. Sehr gut."

Fran fühlte sich wie betäubt, als sie in das Führerhaus des Trucks kletterte. Sie blätterte untätig in dem Buch. Ihr Herz hämmerte immer noch. Das *Hin- und Herblättern* der Seiten verschaffte ihr zumindest eine gewisse Erleichterung. Auf der Innenseite des Einbands fiel ihr ein weiterer Name neben Pater James auf. Pater Adam. Vielleicht würde sie ihn auch bald kennenlernen.

Auf dem Rückweg ins Stadtzentrum von Tucson plauderte Caleb ununterbrochen, sodass Fran so tat, als würde sie das Buch lesen.

„Wow, du bist aber eifrig", sagte er. „Ich bin beeindruckt."

Er setzte sie vor dem Restaurant ab und umarmte sie. Fran wich zurück, zu verschwitzt für Körperkontakt. Einen Moment später saß Caleb wieder in seinem Wagen und fuhr davon.

Sie stand da und atmete tief durch. Es gab einen Teil des Gesprächs, der ihr immer wieder durch den Kopf ging. Sie konnte nicht aufhören, daran zu denken, zusammen mit diesen durchdringenden Augen. Ja, er war charismatisch gewesen, das hatte sie erwartet. Und obwohl er offensichtlich dazu neigte, zu schwafeln, war es interessant, mit ihm zu reden. Aber es gab einen Teil des Gesprächs, der sie bis ins Mark erschreckt hatte.

Sie warf einen Blick auf die Polizeiwache. Und dann lief sie in die Richtung.

KAPITEL 74

Missy war tot. Sie lag auf der Seite im Hühnerstall, ihre Augen waren glasig wie trübe Murmeln. Esther hockte sich hin und starrte die alte Henne an. Sie musste die vorwitzige Miss Betsy verscheuchen, die versuchte, Missys Augen auszuhacken.

Was bedeutete das jetzt? Was bedeutete ihr Zeichen? Gott hatte ihr das zweite Ei geschickt, aber jetzt hatte er Missy getötet und sie verstand es nicht. Hatten beide Dinge etwas miteinander zu tun? Sie wollte Pater James fragen, aber das bedeutete, zuzugeben, dass sie an ihm gezweifelt hatte. Was, wenn er wütend auf sie wurde? Er hatte sie ausdrücklich gebeten, ihn nicht zu enttäuschen, und das war das Letzte, was sie tun wollte.

Esther nahm Missy an den Beinen hoch und trug sie aus dem Stall. Sie wollte nicht, dass die anderen Hühner nach ihr pickten. Sie suchte sich einen Platz im Obstgarten im Schatten eines Pekannussbaums, fand eine Schaufel, die klein genug war, um sie zu tragen, und begann, ein Grab zu graben. Der Boden war fest, aber nicht so hart wie die gebrannte Erde auf den Feldern.

Es dauerte eine Weile. Jedes Mal, wenn sie dachte, sie hätte genug gegraben, merkte sie, dass sie noch tiefer gehen musste. Esther hatte einmal gesehen, wie Elijah ein totes Pferd vergraben hatte, und er hatte gesagt, wenn man nicht tief genug grub, würde ein Kojote es ausgraben und fressen. Esther wollte nicht, dass ein Kojote Missy frisst. Sie war es Missy schuldig, dafür zu sorgen, dass das nicht passierte. Immerhin hatte Missy mit Gott zusammengearbeitet, um das Zeichen zu überbringen, auch wenn sie sich jetzt nicht sicher war, was es bedeutete.

Nachdem sie Missy in die Erde gebracht und ihr Grab zugeschüttet hatte, ging Esther zurück zum Bauernhaus, um den anderen zu erzählen, was geschehen war. Es war schon spät am Nachmittag und ihr Magen knurrte. Ihre Latzhose war voller Schlamm und Dreck, und auch ihr Gesicht war verschmiert. Sie fühlte sich nicht nur dreckig von der Erde, sondern auch schmutzig, nachdem sie ein totes Tier angefasst hatte, auch wenn es eines war, das sie gemocht hatte.

Sie folgte dem üblichen Weg, der sie vom Hof und allen neugierigen Blicken fernhielt. Die Children of James liefen nicht herum, wo immer sie wollten, sie hatten spezielle Wege zu nehmen, damit Besucher sie nicht bemerken würden. Und ganz sicher arbeiteten sie nie im Hof oder in den Nebengebäuden, wenn die Kurse stattfanden oder Pater James eine Besprechung mit einem Außenstehenden hatte. Sie ging die Treppe an der Rückseite des Hauses hinunter und durch die Kellertür hinein. In der Toilette im Erdgeschoss konnte sie sich den Schmutz von den Händen waschen. Das Gefühl von Missys kalten Hühnerfüßen in ihrer Faust wegspülen.

Sie war müde. Nicht nur von der körperlichen Arbeit, sondern auch von den Gedanken und Sorgen und der Frage, was als Nächstes passieren würde. Sie musste immer wieder an Vater Adam denken und an die seltsamen Worte, die er zu ihr gesagt hatte, darüber, den Dingen ein Ende zu setzen. Erst später, im Kinderbunker, wurde ihr klar, dass er nicht nur den Gemüsegarten gemeint hatte, sondern die ganze Familie, oder vielleicht die Abrechnung, sie war sich nicht sicher. Aber seitdem hatte sie beschlossen, Pater James alles zu erzählen, wenn sie ihn erreichen konnte. Er war immer beschäftigt, und Esther mochte seine Leibwächter nicht. Sie wollte nicht mit ihnen reden.

Sie trocknete sich Hände und Gesicht ab, trat dann aus dem Waschraum und bürstete sich mit einer kleinen Drahtbürste, die neben der Tür stand, den Schlamm von den Schuhen. Sie ging die Treppe hinauf in die Küche, wo Mary Zwiebeln und Knoblauch hackte. Vielleicht kam es von den Zwiebeldämpfen, aber wahrscheinlicher war, dass Mary wieder weinerlich zumute war, denn ihr liefen wieder Tränen über die Wangen, von ihren rotgeränderten Augen bis zu ihrem pickeligen Kinn.

„Hallo, Baby", sagte sie. „Warum sind deine Sachen schmutzig?"

„Ich musste Missy begraben", antwortete Esther.

Mary legte das Messer weg und öffnete ihre Arme. „Willst du eine Umarmung? Ich weiß, dass sie dein Lieblingshuhn war."

Esther stand einen langen Moment lang da, starrte auf diese offenen Arme und wog ihre Möglichkeiten ab. Wenigstens war Mary heute bei klarem Verstand. Wenigstens schien sie sich ihrer Umgebung bewusst zu sein. Esther beschloss, dass sie eine Umarmung wollte, und sie schmiegte sich in die Arme ihrer Mutter, so wie sie es seit Wochen nicht mehr getan hatte. Mary umarmte sie ganz fest. Sie roch nach Zwiebeln und Salzwasser.

„Können wir bitte von hier weggehen, Esther?", flüsterte Mary. Kommst du mit mir, wenn ich uns hier raushole?"

Esther zog sich zurück. „Nein."

Marys Augen waren riesengroß. Aus der Nähe sah Esther, dass sich rote Adern über das Weiße ihrer Augäpfel zogen und dass Tränenspuren ihre Haut bis hinunter zum Schlüsselbein zeichneten. „Wir können hier nicht bleiben, Schatz. Ich kann nicht hierbleiben. Du hast keine Ahnung, was er mit mir macht. Das … das solltest du nicht. Kein Kind sollte wissen, was er tut. Und ich weiß nicht, wer der Nächste sein wird, aber es wird jemand sein. Er redet über Grace auf eine Art, die mir nicht gefällt, Esther. Bitte, Baby, du musst aufwachen. Du musst verstehen, wer er ist." Sie schniefte. „Ich bin inzwischen süchtig, ich weiß es. Ich weiß nicht, was er mir gibt, aber ich weiß, dass ich es brauche.“ Sie umarmte Esthers winzigen Körper mit ihren dünnen, zerbrechlichen Ärmchen. „Vielleicht bin ich nicht stark genug, um uns hier rauszubringen. Ich weiß sowieso nicht, wohin wir gehen sollen. Wir haben kein Geld mehr. Von Noah habe ich seit Monaten nichts mehr gehört. Elijah will mir nicht mehr helfen. Es ist … es ist sinnlos, nicht wahr?“

„Ich muss jetzt gehen.“ Esther wich ängstlich von ihr zurück. Das war der Grund, warum sie Mary mied, wegen ihrer Tiraden und Ausschweifungen. Sie zu sehen, löste bei ihr nur nächtliche Krämpfe aus.

„Er wird uns umbringen“, fuhr Mary fort. „Er wird uns bei der Abrechnung umbringen. Er redet so, als würde es bald geschehen, als hätte er bereits einen Plan. Er wird ihn in die Tat umsetzen. Er. Nicht Gott. Er. Er will nur, dass wir alle sterben.“

Esther eilte auf den Flur hinaus und war erleichtert, dass ihre Mutter ihr nicht folgte. Esther wollte weg von ihrem Geschwafel, von diesen Worten, die bei ihr eine Gänsehaut verursachten. Doch als sie aus der Küche kam, stieß sie direkt mit Isaiah zusammen, und wurde von seinem vorstehenden Bauch zurückgeworfen. Er verschränkte die Arme und starrte sie an.

„Verschwinde, Maus.“

„Ich … ich muss mit Vater sprechen“, sagte sie und reckte den Hals, um sein Gesicht zu sehen.

Der bärtige Mann lehnte an der Wand. Er kaute auf etwas herum. Vielleicht Tabak. Sie war nicht nah genug dran, um es zu riechen. „In Ordnung. Er hatte gerade Besuch und ich glaube, er hat zehn Minuten Zeit.“

Esthers Beklemmung ließ etwas nach. Sie wandte sich in Richtung von Vaters Büro, doch als sie sich umdrehte, bemerkte sie eine Bewegung vor dem Haus. Die Wohnzimmertür stand offen, und sie konnte durch die Tür zum Fenster sehen, das auf den Hof hinausging. Es war normal, Leute auf der Ranch herumlaufen zu sehen, aber das war etwas anderes. Dies hier war ein Außenstehender. Esther erkannte die Größe, die Gestalt und den Schritt der Person, die über den Hof ging. Es war Mrs. Cole, die Frau, mit der sich ihre Mutter in England angefreundet hatte. *Fran*. Was hatte sie hier zu suchen? Sie erstarrte und beobachtete, wie Fran lässig mit Caleb über den Hof schlenderte. Esther wusste, dass er sich um die neuen Rekruten kümmerte, bedeutete das also, dass Fran der Sekte beitrat?

„Kommst du oder was?"

Esther wandte ihren Blick vom Fenster ab und sah wieder zu Isaiah. Sie nickte und folgte dem großen Mann den Flur hinunter zum Büro von Pater James.

KAPITEL 75

Detective Woodson ließ sie nicht lange warten. Vielmehr führte er sie fast sofort in einen Besprechungsraum. „Ich weiß, dass Sie schon zum zweiten Mal vorbeigekommen sind. Tut mir leid, dass ich so lange gebraucht habe, um Sie anzurufen. Ich musste dem vermissten Jungen Vorrang einräumen."

„Das stimmt. Jayden. Ich habe die Plakate gesehen. Hat man ihn schon gefunden?"

Woodson seufzte, als er sich ihr gegenüber hinsetzte. „Bis jetzt nur kleine Details. Genau genommen wollte ich deshalb mit Ihnen sprechen. Officer Garcia erwähnte, dass Sie nach den Children of James gefragt haben. Sie erinnerte sich daran, dass Sie sagten, Ihre Freundin und ihre Tochter seien Teil der Sekte. Während der Ermittlungen zum Verschwinden von Jayden kamen die Children of James in einigen Aussagen zur Sprache. Jemand hat ein Sektenmitglied in der Nähe der Wohnung des Jungen herumhängen sehen. Das könnte nichts bedeuten. Diese Sektenmitglieder haben die Angewohnheit, sich in verschiedenen Vierteln herumzutreiben und um Spenden zu bitten. Aber dasselbe geschah vor ein paar Jahren in einem anderen Vermisstenfall, Lucy Caruso. Das hat mich beunruhigt, und in Anbetracht des Alters der Tochter Ihrer Freundin dachte ich, dass wir uns besser noch einmal unterhalten sollten.

„Ich glaube, da haben Sie recht", sagte Fran. „Ich war auf der Ranch. Ich hatte ein persönliches Gespräch mit Pater James, und", sie griff in ihre Tasche und holte ihr Handy heraus, „ich habe es aufgenommen."

Woodson lehnte sich über den Tisch, den Blick auf das Handy gerichtet. "Sie haben was getan?" Er hob seinen Blick, um ihren zu treffen. „Wie haben Sie sich Zugang verschafft?"

„Einer ihrer Anwerber gab mir auf der Straße ein Flugblatt. Ich setzte mich mit ihnen in Verbindung und buchte einen Beratungstermin. Dann habe ich den Tageskurs besucht. Danach habe ich mit einem der Rekruten zu Mittag gegessen, und er hat mich davon überzeugt, dass ich die perfekte Kandidatin für die Familie bin. Er sagte mir, Pater James wolle mich treffen. Sie halten mich für einen Volltreffer. Ich gebe wohl das perfekte Bild einer gebrochenen Frau ab." Sie lachte ein wenig, aber es war ein hohles Lachen.

Woodson hob die Augenbrauen. „Sind Sie etwa hinter meinem Job her, Mrs. Cole?" Doch ein Lächeln umspielte seine Lippen. „Ich bin kein Fan dieser Amateurdetektivarbeit, die Sie hier veranstalten, aber erzählen Sie mir alles, woran Sie sich erinnern können." Er klappte sein Notizbuch auf und klickte seinen Kugelschreiber. „Es könnte wichtig sein, besonders für Jayden und Lucy."

„Nun", sagte sie, „zum einen habe ich keine Kinder gesehen und auch nichts, was mit Kindern zu tun hat, wie Kleidung oder Spielzeug. Im Inneren des Bauernhauses gibt es überhaupt keine Bilder von Kindern. Aber James hat mir erzählt, dass es Kinder auf der Farm gibt, nachdem ich ihn darauf angesprochen habe. Das hier ist vielleicht ein wenig gedämpft. Es war in meiner Tasche." Sie entsperrte den Bildschirm und scrollte bis zur richtigen App. Dann tippte sie auf Play und drehte die Lautstärke bis zum Anschlag auf.

Woodson legte den Kopf schief und hörte zu. Sie spulte nicht vor, aber sie zuckte zusammen, als sie hörte, wie sie ihre Ängste gestand. Als Pater James anfing, über Kinder zu sprechen, legte Woodson sein Ohr noch näher an das Telefon.

„Was haben Sie unterschrieben?", fragte er, als es vorbei war.

„Eine Vertraulichkeitsvereinbarung. Aber ich habe es mit dem Geburtsnamen meiner Mutter unterschrieben. Ich hoffe, dass es dadurch nicht rechtsbindend ist."

Er seufzte. „Das ist Betrug, Frau Cole." Doch dann schürzte er die Lippen und fügte hinzu: „Ohne die von Ihnen unterzeichnete Vertraulichkeitsvereinbarung zu sehen oder mit einem Anwalt zu sprechen, kann ich nicht mit Sicherheit sagen, ob das, was Sie unterschrieben haben, rechtlich bindend ist oder nicht. Aber wahrscheinlich sollten Sie diese Aufnahme löschen und wir vergessen, dass wir dieses Gespräch geführt haben. Es war gewiss nützlich, sich anzuhören, was Sie hier haben, aber er spricht nicht über irgendwelche kriminellen Aktivitäten. Zwar belastet er sich damit nicht selbst, aber es sagt mir, dass er über die Kinder auf der Ranch gelogen hat. Wir haben den Ort nach Lucy Carusos Verschwinden gründlich durchsucht und nicht die geringste Spur eines Kindes gefunden. Kein Spielzeug, keine Kleidung, kein Essen für Kinder. Es gab eine schwangere Frau, die dort lebte, aber das war alles. Wenn es in der Sekte Kinder gibt, hat er sie absichtlich versteckt, als wir sie besuchten.

Woodson bat Fran, die Aufnahme zurückzuspulen, damit er sich den Abschnitt anhören konnte, in dem James darüber sprach, dass die Strafverfolgungsbehörden Kinder in Obhut nahmen.

„Ich weiß nicht, wovon er hier spricht", sagte er. „Soweit ich weiß, wurden nie Kinder aus der Sekte entfernt, denn soweit die Behörden wussten, lebten dort keine Kinder. Er versucht, Sie von Anfang an auf seine Seite zu bringen."

„Soll ich zurückgehen und mehr herausfinden?", fragte Fran.

„Nein", sagte er scharf. „Wir wissen nicht, wie gefährlich diese Sekte sein könnte, und ich möchte mir keine Sorgen um Sie machen, Mrs. Cole." Seine Augen funkelten. „Angesichts der

Zeugenaussagen, die besagen, dass sich Sektenmitglieder bei Jaydens Haus herumgetrieben haben, werde ich einen weiteren Durchsuchungsbefehl für die Ranch beantragen. Der Job ist jetzt in unserer Hand. Es gibt keinen Grund, sich in Gefahr zu begeben."

„Glauben Sie, dass sie so gefährlich sind?"

„Ich weiß nicht, was ich denken soll", gab er zu. „Es besteht die Möglichkeit, dass sie absichtlich Kinder auf ihrem Grundstück versteckt haben. Gute Menschen neigen nicht dazu, so etwas zu tun. Wenn dann noch zwei Kinder vermisst werden, ist das für mich ziemlich verdächtig."

Sie musste ihm zustimmen, was ihr das Blut aus dem Gesicht trieb. „Was ist mit Mary und Esther?"

„Wenn wir vermisste Kinder auf dem Gelände finden, wird jemand verhaftet, und wahrscheinlich wird es James selbst sein. Oder Roger, oder wer auch immer er ist. Wenn der Anführer verhaftet wird, kann ich mir vorstellen, dass der Kult vorbei ist. Sie sind ja schließlich die Children of James. Und wenn der Kult vorbei ist, werden Ihre Freunde in Sicherheit sein. Aber eine Sache macht mich jetzt misstrauisch."

„Esther", sagte Fran. „Sie glauben nicht, dass sie Marys Tochter ist."

„Und Sie?", fragte er.

Aber Fran war sich nicht sicher. Schweren Herzens ging sie fort. Könnte Mary Esther entführt haben? Sie war in einem ähnlichen Alter wie das vermisste Mädchen – Lucy –, obwohl Fran nicht wusste, wie sie aussah. Und wären die beiden in Sicherheit, wenn Pater James verhaftet würde? Vielleicht würde dieser Pater Adam einspringen, oder einer der Handlanger. Sie hatte schon von Sekten gehört, die noch lange nach der Inhaftierung oder sogar dem Tod des Anführers weiter bestanden. Indoktrinierte Menschen ließen nicht so leicht los. Trotz ihrer Befürchtungen hatte sie sich mit Woodson darauf geeinigt, sich aus den Ermittlungen herauszuhalten. Er schien ihr Versprechen bereitwillig zu akzeptieren und gab ihr sein eigenes – sie anzurufen, wenn er herausfand, dass Mary und Esther auf der Ranch lebten. Sie nahm ein Taxi zurück zum Hotel, das Jakobusbuch immer noch in ihrer Tasche. Ein beklemmendes Gefühl machte sich in ihrem Bauch breit und sagte ihr, dass es noch nicht vorbei war.

KAPITEL 76

Esther konnte Pater James an diesem Nachmittag nicht sehen, weil Pater Adam ins Büro kam und ihren Termin übernahm. Für Adam war es offenbar wichtiger, mit ihm zu sprechen, und sie konnte ihm nichts sagen, weil sie ihm nicht vertraute. Stattdessen ging Esther nach draußen und kümmerte sich um den Rest ihrer Arbeit. Sie half Paul, einen von einer Ziege beschädigten Drahtzaun zu entwirren und fütterte die Hühner. Seit dem Frühstück hatte sie nichts mehr gegessen, aber sie wollte auch nicht essen. Sie genoss dieses neue Gefühl, das an ihren Eingeweiden kratzte. Der Hunger vertrieb all ihre schlechten Gedanken, denn wenn sie hungrig war, dachte sie nur ans Essen und an die Schmerzen in ihrem Bauch. Sie machte sich keine Gedanken mehr über Pater James und Gott und Missy und Mary und Pater Adam und Fran.

Vor dem Abendessen ging sie zum Sturmkeller, um zu duschen und endlich den letzten Schmutz abzuschrubben. Grace war auch da, und sie spielten zusammen im Wasser, wie sie es an den meisten Tagen taten, planschten und warfen die Seife herum. Sie fühlte sich schwindelig und musste sich einen Moment hinsetzen. Glücklicherweise schien keines der anderen Kinder zu bemerken, dass es ihr nicht gut ging. Sie trocknete sich ab und zog sich an. Esther flocht Grace und Delilahs Haare zu Zöpfen, bevor Grace ihr bei ihren eigenen half. Sie half Paul mit einer Krawatte. Zum Abendessen waren sie immer schick gekleidet. Keiner half Stinky. Er saß mürrisch auf seiner Matratze. Zuerst wollte er nicht gehen, bis Paul ihn dazu zwang.

Obwohl sie mit Grace gespielt hatte, war Esther immer noch ein wenig verärgert über ihren Streit. Aber sie saß trotzdem neben Grace im Andachtsraum. Esthers Herz setzte einen Schlag aus, als sie Mary sah, aber Pater James hielt ihre Mutter an seiner Seite. Esther musste ihren Blick von ihrem hageren Aussehen und ihren glasigen Augen abwenden. Es zerrte an etwas in ihr, an einem Teil von ihr, den sie versuchte, tief in sich zu verbergen.

Sie hatte Rahmspinat, Pinienkerne, Ziegenkäse und Tomaten auf ihrem Teller. Caleb schnitt das Sauerteigbrot auf und verteilte die Butter. Es war eine gute Mahlzeit, und Esther mochte alles, aber am Ende gab sie den größten Teil ihres Essens an Paul und den kleinen David ab. Grace aß ihr ganzes Essen auf, brauchte aber keinen Nachschlag.

„Was ist denn los?", fragte Grace. „Geht es dir nicht gut?"

„Mein Bauch tut weh", sagte Esther.

„Hast du beim Frühstück etwas Schlechtes gegessen?"

„Nein, es tut schon seit langem weh."

„Du solltest zu Ruth gehen."

„Mir geht es gut."

Esther zwang sich, ein weiteres Stück Brot herunterzuschlingen, um zu versuchen, Grace zum Schweigen zu bringen. Aus den Augenwinkeln konnte sie den besorgten Blick ihrer Freundin sehen.

Ein klirrendes Geräusch unterbrach das Abendessen, als Isaiah mit einem Löffel gegen ein Glas klopfte. Eine allmähliche Stille breitete sich in der Halle aus. Lächelnde Gesichter drehten sich zu ihrem Patriarchen, Pater James.

Der Vater stand mithilfe seines Stocks und schwankte unsicher hin und her. Doch als Isaiah und Zachary nach vorne stürmten, winkte er ihre Hilfe ab. Der Rest der Familie stand bei ihm. „Es ist an der Zeit, ein neues Mitglied in unserer Gemeinschaft willkommen zu heißen. Viele von euch werden Vater Adam schon auf der Ranch gesehen haben. Jetzt möchte ich ihn euch vorstellen. Diejenigen von euch, die sich der Familie gleich zu Beginn unserer Reise angeschlossen haben, kennen Vater Adam sehr gut." Der Vater richtete seinen Blick auf die älteren Mitglieder. Es gab nicht mehr viele von ihnen, und sie blieben eher unter sich, anstatt sich unter die neueren zu mischen. Sie hoben ihre Gläser, als ob sie auf sich selbst anstoßen wollten. „Damals, an diesen besonderen Tagen, hörten Pater Adam und ich auf Gott und wir hörten, was er uns sagte. Wir wussten, dass er wollte, dass wir eine heilige Gemeinschaft aufbauen." Er hob die Augenbrauen und senkte die Stimme. „Und genau das haben wir getan. Ziegel für Ziegel. Von den Fundamenten aufwärts. Wir haben auf Gott gehört, als er uns sagte, welche Art von Himmel er sich wünscht. Und dann haben wir die richtigen Leute gefunden, die sich unserem Garten anschließen wollten. Und jetzt, all diese Jahre später, sind wir hier und sind eins. Adam, mein Bruder, ich bin dankbar für deine Rückkehr. Wir werden uns der Abrechnung gemeinsam stellen." Der Vater hob sein Glas und die Familie jubelte, alle hoben ihre Gläser mit Apfelwein.

Esther spürte, wie sich eine Hitzewallung von ihrem Nacken aufwärts bewegte und sich wie ein Ausschlag auf ihrer Haut ausbreitete. Sie schnappte nach Luft, als die unerträgliche Hitze sie mit aller Kraft verschlang, aber sie konnte nicht mehr atmen. Es war. als hätte man ihr die Luft aus den Lungen gestohlen. Ein einziger Gedanke schoss ihr durch den Kopf, heiß und scharf wie ein Brandeisen: Sie würde sterben. Sie würde nie wieder einen vollen Atemzug nehmen können. Das Pulsieren in ihren Ohren hörte sich an, als wären sie entweder mit Flüssigkeit gefüllt oder als wäre sie unter Wasser. Vor ihren Augen öffnete und schloss sich Graces Mund, als würde sie ihr Worte entgegenschreien, aber Esther hörte keine einzige Silbe. Ihre Beine fühlten sich an wie Gelee. Sie stolperte rückwärts. Sie war sich vage bewusst, dass sie auf dem Boden aufschlug und dass sich Schmerzen in ihrer Hüfte und ihrem Rücken ausbreiteten. Als alle auf sie zustürzten, sah sie nur noch flüchtig ihre Oberkörper, bevor die Welt um sie im Dunkel versank.

KAPITEL 77

Esther wachte auf, als sie Ruths Stimme hörte, die vor sich hin plapperte. Die Frau hatte eine unangenehm raue Stimme, die immer wie eine Zurechtweisung klang. Zuerst klang sie weit weg, aber dann ganz nah. Zu nah. Esther zuckte zusammen. Ihr Kopf fühlte sich immer noch schwindlig an und pochte. Es fiel ihr schwer, sich zu konzentrieren. Sie hörte, wie Ruth über Schlafen, Essen und die trockene Sommerhitze sprach. Esther ließ ihre Hände über die Oberfläche um sie herum gleiten und stellte fest, dass sie auf weichen Laken auf einer festen, aber bequemen Matratze lag und nicht auf den dünnen, schmutzigen Matratzen, auf denen sie im Keller geschlafen hatten. Sie lag da und sah zu, wie die Frau ein Tuch auswusch, bevor sie es in eine Schüssel mit Eis tauchte. Ruth war eines der ältesten Mitglieder der Familie, etwas jünger als Vater, aber nicht viel. Sie hatte kurzgeschnittenes graues Haar, war fettleibig um die Taille und hatte große Brüste, die unter ihrem Kleid frei schwangen.

„Wie fühlt sich das an?" Ruth drückte Esther das kalte Tuch auf die Stirn.

„Es ist gut", antwortete Esther. Es fühlte sich gut an. Die Kühle breitete sich in ihr aus und linderte die Überbleibsel der plötzlichen Hitze, die sie im Andachtsraum verzehrt hatte. Als die Erinnerung an ihre Bewusstlosigkeit zurückkam, kam auch die Angst zurück. So etwas hatte sie noch nie gefühlt. Nicht einmal in der Nacht, als sie draußen bei den Kojoten geschlafen hatte.

„Woran erinnerst du dich?“, fragte Ruth.

„Ich konnte nicht atmen“, antwortete sie. „Ich fühlte mich ohnmächtig.“

„Was sonst.“

„Ich hatte Angst.“

Ruth schürzte einen Moment lang die Lippen und nickte dann vor sich hin. „Okay. Ich glaube, ich weiß, was passiert ist. Für eine Panikattacke bist du aber noch ziemlich jung. Hast du heute alles aufgegessen? Ich habe dich nicht beim Mittagessen gesehen.“

„Ich war nicht da“, gab Esther zu.

„Du hast also nicht richtig gegessen. Nun, das könnte der Grund sein.“ Sie drückte auf das Tuch, und Wasser rann über Esthers Schläfen. „Du bist wirklich nur noch Haut und Knochen.“ Sie nahm ihre Hand von dem Tuch und richtete sich auf. „Ich habe dich in ein Gästezimmer gebracht und Pater James gesagt, dass du heute Nacht hier bleiben sollst. Du musst dich ausruhen. Morgen bist du von deinen Pflichten entbunden, hast du das verstanden?“

„Ja, Schwester“, erwiderte Esther.

„Gut. Angel wird dir in ein paar Stunden das Abendessen und eine heiße Schokolade bringen. Ich schlage vor, du schläfst ein wenig und bleibst bis dahin im Bett. Morgen früh wird es dir wieder gut gehen.“

„Danke, Schwester“, sagte Esther.

„Gott will, dass wir für die Abrechnung in guter Verfassung sind, Esther. Daran solltest du denken.“

„Ja, Schwester.“

Ruth trat hinaus, schloss die Tür und ließ Esther allein zurück. Sie spreizte ihre Finger auf den weichen Laken aus. Sie waren schlicht weiß, aber sie waren luxuriös. Darüber befanden sich ein verzierter Wandleuchter mit einem kleinen Lampenschirm in Form einer Rose. Das Bett war aus massivem Kiefernholz und auch die Fensterbank war aus Holz. Sie sah eine Kommode und eine Tür, von der sie annahm, dass sie in einen Wandschrank führte. Das Zimmer war warm, und viel Sonnenlicht fiel ein, um die dunkleren Ecken zu erhellen. Es war ein schönes Zimmer, und Esther war zum ersten Mal in ihm. Sie zog das nasse Laken ab, rollte sich auf die Seite und beschloss, Ruths Ratschlag zu beherzigen und zu schlafen. Warum sollte man ein so bequemes Bett verschwenden? Doch gerade als sie am Einschlafen war, hörte sie laute Stimmen außerhalb des Zimmers.

Esther schwang ihre Beine über die Bettkante und stand langsam auf. Sie tippelte leichtfüßig über die Holzdielen und lauschte an der Tür. Als sie Pater James sprechen hörte, wurde ihr klar, dass sie sich in dem Zimmer über seinem Büro befand. Esther ging auf die Knie und presste ihr Ohr an eine Ritze zwischen zwei Dielen. Sie konnte Pater James und jemand anderen hören. Eine tiefe, hallende Stimme mit einem abgehackten Akzent. Pater Adam.

„Du glaubst inzwischen an deinen eigenen Schwachsinn, Roger. Ich glaube, du hast deinen Verstand verloren. Und was noch schlimmer ist, diese Leute da draußen schlucken jedes Wort. Das ist in keiner Weise das, was wir vereinbart haben, und ich habe es satt, bei diesem Blödsinn mitzuspielen."

„Du sagst mir, ich sei verrückt, aber du bist derjenige, der sich nicht an meinen Namen erinnern kann. Es gibt hier keinen Roger, *Adam*."

„Doch, gibt es. Das war schon immer so. Ich weiß, wer du bist, und ich weiß, woher du kommst. Ich war von Anfang an dabei. *Die Children of James. Mit Leib und Seele.* Ich war derjenige, der sich das ganze Kauderwelsch über inneres Wohlbefinden und äußere Ziele ausgedacht hat. Ich habe das vor drei Jahrzehnten getan. Es war das uneheliche Kind eines betrunkenen, törichten Mannes und eines Philosophie-Lehrbuchs. Du hast diesen ganzen religiösen Unsinn daraus gemacht und erzählst den Leuten, dass du mit Gott sprechen kannst, Rog, das ist … das ist … *gefährlich*."

„Gott spricht tatsächlich zu mir, Adam."

„NEIN, DAS TUT ER NICHT! Es ist eine Lüge. Du willst einen Massenmord wegen einer Lüge begehen? Wir haben diese Sekte gegründet, um Sex zu haben und Geld zu verdienen!" Esther hörte stampfende Schritte, als Adam durch den Raum schritt. Ihre Fingerspitzen begannen zu schwitzen, als sie auf Händen und Knien sitzen blieb und zuhörte. „Es ist zu weit gegangen. Du bist zu weit gegangen. Die Dinge, die du *getan* hast. Ich habe versucht, nichts zu sagen, das habe ich wirklich, aber ich kann mir nicht länger auf die Zunge beißen. Du hast *Kinder* geheiratet, Roger. Du bist ein Pädophiler!"

„Sie waren über zwölf", sagte Vater. „Genau wie in der Bibel und in jeder antiken Zivilisation und in jedem Mittelalter …"

„Hör dir an, wie du dich rechtfertigst." Adam hörte sich an, als würde er halb schluchzen. „Das muss aufhören. Du musst die Ranch schließen, wegziehen und woanders deinen Frieden finden, ohne all diese unschuldigen Menschen mit dir zu schleppen. Du kannst das nicht weiter tun. Nicht mit diesen Kindern. Komm schon." Pater James schwieg. „Komm schon, bitte. Du musst mir doch zustimmen, Roger. Komm schon." Immer noch Schweigen. „Bitte hör auf. Das ist der einzige Grund, warum ich zurückgekommen bin. Ich will nicht in die Familie eintreten, ich will sie auflösen."

Esther hielt ihren Atem an. In dieser Stille war sie sich sicher, dass sie ihren röchelnden Atem durch den Spalt hören konnten.

„Ich glaube, es ist das Beste, wenn du gehst", sagte Pater James.

„Von der Ranch?"

Eine weitere Pause.

„Nein", sagte Vater. „Du kannst im Haus bleiben, aber du musst mein Büro verlassen."

„Ist es mir erlaubt, die Ranch zu verlassen, wenn ich das will?“, fragte Adam.

„Natürlich“, sagte Pater James. „Nach der Abrechnung. Keine Sorge, du wirst nicht lange warten müssen.“

Esther erhob sich vom Boden und kletterte zurück ins Bett. Sie zog sich die Bettdecke über den Kopf und presste sich die Hände auf die Ohren. Sie wollte nichts mehr hören.

KAPITEL 78

Endlich tippte Fran auf Adrians Symbol in der Videoanruf-App. Sein Gesicht erschien auf dem Bildschirm, und ihr zwiegespaltenes Herz begann zu beben. Ein Teil von ihr sehnte sich nach ihm, nach der Wärme seiner Arme und dem Trost seiner Stimme. Ein anderer Teil von ihr ärgerte sich über ihn. Jedes Mal, wenn sie über ihre Beziehung oder über Chloe nachdachte, wanderten ihre Gedanken zurück zu der Wiese in den Catalina-Bergen. Die anderen um sie herum, die mit ihr atmeten, sie berührten, ihren Schmerz teilten. Fran und Adrian hatten gemeinsam ein Kind verloren und doch getrennt getrauert. Das war ein Phänomen, das ihr bis zu diesem Tag nicht aufgefallen war. Vielleicht war sie blind dafür gewesen, vielleicht hatte sie es auch absichtlich ignoriert.

Sie atmete zittrig aus und wartete auf seine Antwort. Er antwortete nicht. Mit einer gewissen Enttäuschung beendete sie den Anruf und setzte sich auf das Bett. Es war spät und sie war müde. Sie hob die Füße an, legte den Kopf auf das Kissen und schlief bald ein. Als sie die Augen schloss, dachte sie daran, dass er nie erfahren würde, wie sie ihn in der Hoffnung angerufen hatte, er würde ihr ausreden, was sie geplant hatte.

Am nächsten Morgen stand Fran früh auf und zog sich an.

Sie ließ sich das Frühstück aufs Zimmer bringen und arbeitete dann an ihrem Artikel, in dem sie die Anziehungskraft der Sekte, die dunkle Ausstrahlung des Anführers und das Gemeinschaftsgefühl, das die dunkle Seite verbarg, beschrieb. Am Vormittag erhielt sie eine weitere E-Mail von Caleb.

Hallo Francesca,

Wir würden dich sehr gerne wieder auf der Ranch sehen. Pater James war sehr beeindruckt von dir und fand, dass du hervorragend zu uns passt. Ich finde das auch. Hattest du schon Zeit, das Jakobusbuch zu lesen? Ich würde mich gerne mit dir treffen und über deine Fragen sprechen. Wenn du nichts dagegen hast, habe ich noch einen weiteren Fragebogen beigefügt. Hier geht es mehr um demografische Daten und Ähnliches. Er ist nur für unsere Unterlagen gedacht.

Bis bald,

Caleb

Fran öffnete das Dokument und las es flüchtig. Fast musste sie lachen. Wenn es noch eine Versuchung gegeben haben sollte, fiel es ihr jetzt wirklich wie Schuppen von den Augen. Der Fragebogen zu den demografischen Daten war ein offensichtlicher Versuch, herauszufinden, wie viel Geld sie hatte. Die Fragen konzentrierten sich auf ihre Karriere, wie viel sie verdiente, wie vorsichtig sie mit ihren Ersparnissen war, die Größe ihres Hauses, die Anzahl der Autos, die sie besaß, solche Dinge. Sie wollten herausfinden, ob sie einen finanziellen Beitrag zur Sekte leisten konnte.

„Vater will einen neuen Goldring", sagte Fran laut.

Sie schnappte sich eine Waffel von ihrem Frühstücksteller, aß sie und trank zum Schluss einen Schluck Orangensaft. Das bestätigte zumindest den Betrug hinter der ganzen Sache. Nachdem Fran ihren Laptop zugeklappt und den leeren Frühstücksteller auf den Couchtisch des Hotels gestellt hatte, fühlte sie sich müde. Ja, die unverhohlene Geldgier hatte sie einen Moment lang amüsiert, aber dann dachte sie an die Heimtücke hinter dem lächelnden Gesicht der Sekte. Die vermissten Kinder, die offensichtliche Abneigung gegen Behörden, der Mann mit der Sonnenbrille.

Ihre Beziehung zu Caleb trübte die Situation. Es fiel ihr schwer, in ihm etwas anderes zu sehen als einen netten Jungen, der vom Weg abgekommen war. Aber war er unschuldig? War irgendeiner der Anhänger unschuldig? Wenn Kinder versteckt, verletzt oder Schlimmeres geschehen war und die Mitglieder der Sekte davon wussten, dann verdienten sie vielleicht alle eine Strafe. Vielleicht sogar Mary. Sie legte sich auf das Bett und kreuzte ihre Knöchel. Fran dachte an ihre Erziehung: die Kirchenchöre, die Sonntagsschule, die Krippenspiele. Sie hatte eine mittelenglische Erfahrung mit Religion gemacht und ihr ganzes Leben lang gemäßigte Ansichten vertreten. War sie deshalb qualifiziert, die Handlungen von jemandem zu analysieren, der in einer Sekte indoktriniert wurde?

Zum ersten Mal seit einer Weile dachte sie daran, ihre Mutter anzurufen. Aber sie hatte keinem ihrer Eltern von ihrer Reise nach Arizona erzählt, und es erschien ihr zu schwierig, zu erklären, warum sie so darauf fixiert war, Mary und Esther zu retten.

Sie schaute auf ihr Handy und fand eine neue SMS von Adrian. *Tut mir leid, dass ich deinen Anruf verpasst habe. Wie geht es dir denn? Willst du mit mir reden?* Fran schrieb zurück. *Nein, das ist okay, es war ein Gute-Nacht-Anruf. Ist alles in Ordnung im Dorf?* Einen Moment später antwortete er. *Es wird geredet.* Sie wartete und sah zu, wie die Nachricht *Adrian schreibt …* über den Bildschirm flimmerte. *Emily denkt, du hast mich verlassen. Manche Leute sagen, du seist lesbisch!* Fran schickte ihm ein lachendes Emoji. *Meine Güte, die finden mich wirklich interessant,* tippte sie. Adrian schickte ihr ein Emoji von einer tanzenden Frau, aber sie war sich nicht sicher, was er meinte. *Ich gehe jetzt in die Bibliothek, Franny. Ich vermisse dich.* Fran stieß einen Seufzer aus und tippte zurück: *Ich vermisse dich auch.*

Nachdem sie sich an der Hotelmaschine eine Tasse Kaffee eingegossen hatte, klappte sie ihren Laptop auf und schrieb eine Antwort an Caleb.

Hallo Caleb,

Vielen Dank für deine Nachricht. Ich werde es euch so schnell wie möglich zurückschicken, aber ich muss einige der Antworten mit meinem Mann abklären. In der Zwischenzeit habe ich mich gefragt, ob ich die Ranch wieder besuchen kann? Es hat mir dort so gut gefallen. Vielleicht kannst du eine Führung für mich machen? Es wäre toll, über das Jakobusbuch zu plaudern. Ich bin fast fertig.

Alles Gute,
Fran

KAPITEL 79

Grace nahm Esthers Hände und zog sie aus dem Gras hoch. „Wir können heute Nacht lange aufbleiben. Pater James hat gesagt, wir sollen eine Andacht abhalten!“ Ihre Wangen waren vor Aufregung ganz rot. Sie quietschte vor Freude, ließ Esthers Hände los und rannte dann zu Delilah und Paul, um ihnen die Nachricht zu überbringen.

Esther kniete sich wieder hin und hob ihre Kelle auf. Ihre Hände zitterten. Eine Andacht bedeutete eine Feier. Es bedeutete, dass der Konsum von Alkohol erlaubt war (für die Erwachsenen) und dass zum Tanzen aufgefordert wurde (für alle). Die Kinder konnten so lange aufbleiben, wie sie wollten. Normalerweise machten sie ein Feuer und Elijah spielte auf der Fiedel. Sie machten sowas nicht oft, vielleicht zwei oder drei Mal im Jahr, und selten in der Hitze des Sommers wie jetzt. Es war eine seltsame Zeit für eine Andacht, was nur eines bedeuten konnte: Es kam jemand Neues auf die Farm. Pater James machte sich nur dann solche Mühe, wenn es einen Rekruten gab, den er aufnehmen wollte. Aber das war doch gut, oder? Wenn Vater James davon besessen war, weitere Familienmitglieder zu rekrutieren, bedeutete das, dass die Abrechnung nicht so bald stattfinden würde, egal, was Vater James in seiner Wut vor ein paar Nächten gesagt hatte.

Sie grub in der harten Erde und drehte sie ohne wirklichen Zweck um. Es gab nichts Neues zu pflanzen und sie hatte bereits alles Unkraut entfernt, das sie finden konnte. Sie hörte Grace mit den anderen Kindern lachen und grub noch fester in der Erde. Sie ärgerte sich jetzt über sie. Keiner von ihnen hatte jemals Magenschmerzen wie sie oder war im Andachtsraum in Ohnmacht gefallen. Esther war diejenige, welche die ganze Last zu tragen hatte. Sie war diejenige, die Pater James für seine besondere Aufgabe bei der Abrechnung ausgewählt hatte. Und nun wusste Esther mehr, als sie wissen sollte. Sie wusste, dass Vater Adam und Vater James sich stritten.

Am Tag, nachdem sie den Streit mit angehört hatte, war Esther überrascht, dass Vater Adam immer noch auf der Ranch war. Warum war er nicht rausgeworfen worden? Vielleicht lag es daran, dass sie Brüder waren. Mary hatte gesagt, dass sich die Familie zwar ab und zu stritt, sich aber trotzdem liebte. Das musste der Grund sein. Vater James war zu nett, um Adam aus der Familie zu werfen. Das musste es sein.

Esther beschloss jedoch, Vater nicht zu sagen, wer Fran war oder dass Mary in der Küche seltsame Dinge sagte. Sie beschloss auch, Mary nichts von Fran zu erzählen. Es wurde alles zu kompliziert und sie wollte nicht in all das hineingezogen werden. Außerdem war Mary so verwirrt, dass es ihr wahrscheinlich sowieso nicht helfen würde, es ihr zu sagen.

Esther fiel es schwer, überhaupt zu sprechen. Sie hatte den ganzen Tag noch mit niemandem gesprochen. Selbst als Grace mit ihr sprach, nickte sie nur zu den Worten, ohne wirklich zuzuhören.

Für den Rest des Tages ging sie ihrer Arbeit nach und distanzierte sich von den anderen Kindern. Sie beobachtete, wie sie sich in Gruppen versammelten, hinter vorgehaltener Hand flüsterten und ihr mitleidige Blicke zuwarfen. Grace und Delilah schaukelten eine quengelige Judith im Kinderwagen hin und her und starrten sie direkt an, wenn sie kicherten. Esther fühlte sich, als würde sie dahinwelken. Sie konnte es nicht so recht in Worte fassen, wenn sie darüber nachdachte, aber sie wusste, dass sie sich ausgetrocknet und hohl fühlte. Trotzdem arbeitete sie weiter, sammelte Eier, schnitt Zwiebeln in der Küche und wusch Bettwäsche.

Diesmal duschte sie allein, zog sich dann in der Ecke des Sturmkellers an und lauschte dem Gelächter der anderen Kinder. Auch Stinky lachte mit, und zur Abwechslung nannten sie ihn John. Als Esther versuchte, sich selbst einen Zopf zu flechten, wurde ihr klar, dass sie Stinky als Außenseiter abgelöst hatte. Sie war diejenige geworden, über die sich die anderen Kinder lustig machten. In ihrem Magen kochte der Hass. Sie würde es ihnen zeigen. Am Tag der Abrechnung würde sie es ihnen zeigen. Esther band sich die Haare zusammen, verließ die Unterkunft und stieg die Stufen zur Ranch hinauf. Sie waren nicht weit von den übrigen Nebengebäuden entfernt, und der Eingang war durch ein Beet aus Kreosotsträuchern und Mesquite versteckt. Sie sah eine Eidechse die Treppe hinunterklettern und bückte sich, um sie zu fangen. Einmal hatte sich eine Vogelspinne in den Sturmkeller verirrt. Esther war aufgewacht und hatte gesehen, wie sie langsam über Graces Schlafsack lief. Ihr Herz hatte geklopft, aber sie wusste, dass sie harmlos waren. Sie hatte sie leise in eine Schüssel geschöpft, ohne Grace zu wecken, und sie nach draußen gebracht. Jetzt wünschte sie sich, sie hätte die Spinne dort gelassen.

Draußen stand die Sonne schon tief, aber es würde noch ein paar Stunden dauern, bis sie unterging. Die Zikaden zirpten in den buschigen Bermudagrasfeldern. Ihre Schuhe waren fast sofort mit Staub bedeckt, obwohl sie sie vor dem Rausgehen geputzt hatte. Esther hörte außer dem Gezirpe der Zikaden noch mehr Lachen. Sie ging um die Ställe herum in Richtung des Gebetsraums. Ein Jubelschrei ertönte, und sie stellte fest, dass das Lagerfeuer bereits angezündet worden war. Normalerweise würde sie bei einem Gottesdienst direkt nach vorne laufen, um die tanzenden Flammen zu sehen, aber irgendetwas an diesem Anlass gefiel ihr nicht. Sie blieb zurück, verlangsamte ihren Schritt und wedelte mit der Hand gegen die Mücken. Die anderen versammelten sich um sie, gingen, wo sie ging, plauderten, lachten und lächelten. Sie beachteten sie nicht - die Erwachsenen schenkten den Kindern auf der Ranch selten Aufmerksamkeit. Nur während der Predigten von Pater James zeigten die Erwachsenen ihre Liebe zu den Kindern. Esther fragte sich, warum sie das nicht schon früher bemerkt hatte.

Auf einmal rannten alle anderen Kinder in sie hinein und warfen Esther in den Dreck. Sie landete schwer auf ihren Händen, schürfte sich ein Knie auf und stieß sich die Nase an der ausgetrockneten Erde. Am liebsten hätte sie sofort geweint. Sie wollte schluchzen und nach ihrer Mutter rufen, aber Mary würde alles nur noch schlimmer machen, und es würde niemanden interessieren, wenn sie weinte. Als sie aufstand, drehte sich Grace um und sah sie an, Augen voller Schuld oder vielleicht auch Mitleid, Esther verstand nicht ganz, was sie darin sah, aber sie wusste, dass sie es hasste. Dann drehte sich Grace um und rannte fröhlich mit den anderen davon.

Ihr Knie tat weh, aber es blutete nicht, also bürstete sie sich ab und ging weiter in Richtung des Lagerfeuers. Lange, weiße Körperformen flackerten vor dem Feuer und schimmerten fast so hell wie die Flammen. Esther konnte erkennen, dass das Feuer erst vor kurzem angezündet worden war, denn die Flammen waren niedrig und sammelten noch ihre Kraft. Sie sah, wie sich die Familie auf dem Feld verteilte; eine kleine Gruppe versammelte sich in der Nähe der Stelle, an der Elijah auf seiner Geige spielte. Sie beobachtete, wie sein Bogen hin und her kratzte, hektisch, schwindelerregend. Vater James stand neben seinen Leibwächtern und schwang die Hüften zur Musik. Wegen des Feuers und des warmen Abends trugen die meisten der Gruppe leichte Leinentuniken mit hochgekrempelten Ärmeln und Röcke. Sie sah ihre Mutter auf einem Stuhl in der Nähe des Feuers sitzen, und ihr Anblick ließ Esthers Körper vor Abscheu zusammenzucken. Ihre Haut leuchtete gelb vom Feuer und war durch den Rauch verschwommen, aber selbst mit diesem Hauch von Farbe glich sie einem Geist. Esther stolperte davon und lehnte sich gegen einen Elefantenbaum.

Von dort aus beobachtete sie die anderen für eine kurze Weile. Delilah und Grace tanzten Hand in Hand, die Zöpfe flogen, als sie sich ausgelassen um die Flammen drehten. Elijah wippte mit dem Fuß und mit den Knien im Takt. Ihre Zeit in England kam ihm vor, als sei sie eine Million Jahre her. Wenn man bedachtet, dass Mary von ihr erwartet hatte, ihn Daddy zu nennen. Seit seiner Heirat mit Hannah hatte er kaum ein Wort mit ihr gesprochen.

Angel stand neben ihrem Mann Aaron und kuschelte Judith eng an ihre Brust. Ihre dunkle Haut glühte mit einem bernsteinfarbenen Schimmer. Ruth saß auf einem Stuhl und trank einen Schluck Bier aus einer Dose und lächelte den anderen grauhaarigen Alten zu. Isaiah stand mit verschränkten Armen hinter Pater James. Esther bemerkte die Waffe an seiner Hüfte und starrte sie eine Weile an. Sie sah sich Zachary und die neuen Leibwächter an, die sie nicht kannte. Sie alle trugen Waffen. Es war kein ungewöhnlicher Anblick, aber er erschreckte sie dennoch.

Dann schweifte ihr Blick ab zu einer Bewegung, die vom Hof kam. Sie sah Caleb, der neben einer Fremden herging. Sie waren aus der Ferne immer leicht zu erkennen, da ihre Kleidung viel heller und enger war. Die Frau war leicht sonnengebräunt, schlank, ging mit geradem Rücken, ihr Haar war kurz. Sie wusste sofort, dass es Fran war. Sie drückte sich an den Baum und dachte daran, wie sie mitten in diesem schrecklichen Dorf im Park stand, das Haar von Fran mit einem Schweißband nach hinten gezogen, die Hand ausgestreckt. Damals hatte sie sich dagegen gewehrt, aber vielleicht würde sie sie jetzt nehmen.

Panik stieg von ihrem Unterleib über ihre Brust bis zu ihrer Kehle auf. Sie konnte nicht mehr atmen. Sie klammerte sich an den Baum, die Kraft des Holzes hielt sie aufrecht. Für eine kurze

Sekunde wollte sie gerettet werden. Sie wollte weg. Ihr Blick huschte über die Landschaft zu den dunklen Gipfeln der Berge. Konnte sie dorthin fliehen? Nein, da draußen würde sie nicht überleben. Sie würde sich verirren und von einer Schlange gebissen oder von einem Kojoten gefressen werden. Aber hier zu bleiben, machte ihr auch Angst. Esthers Instinkt sagte ihr, dass die Ankunft von Fran auf der Ranch aus vielen Gründen gefährlich war. Der Schweiß rann ihr die Stirn hinunter. Schließlich, bevor Fran nahe genug war, um sie zu sehen, wandte sie sich vom Feuer ab und rannte zurück in den Schutzraum. Wenigstens konnte sie sich dort verstecken, bis alles vorbei war. Doch als sie um die Ecke des Pferdestalls rannte, lief sie direkt in Pater Adam hinein.

Er fasste sie an den Schultern und beugte sich auf ihre Höhe hinunter. „Meine Güte. Geht es dir nicht gut?" Esther antwortete nicht. Er legte ihr den Handrücken auf die Stirn. „Lass mich dich zu deiner Mutter bringen."

„Nein", weigerte sich Esther.

Adam richtete sich zu voller Größe auf und versuchte, ihre Hand zu ergreifen. Sie riss sich los. „Komm schon, Esther. Du kannst dich nicht so benehmen."

„Ich komme nicht mit dir mit." Sie machte einen Schritt rückwärts.

Vater Adam stieß ein kleines, nervöses Lachen aus. „Warum vertraust du mir nicht, Süße?"

Sie schlang ihre Arme um ihren Körper. „Weil ich dich im Wald mit Mutter gehört habe. Ich habe dich gehört, bevor ich gefallen bin."

Darauf reagierte er kaum. Er steckte einfach die Hände in die Taschen und drehte den Kopf zum Feuer. „Ah, ich verstehe."

Da hatte Esther eine Idee. Sie holte ein paar Mal tief Luft und wischte sich den Schweiß von der Stirn. „Okay, ich komme mit dir. Ich gehe und setze mich zu Mutter."

„Sehr gut", sagte Adam, dann kehrten sie zum Lagerfeuer zurück.

KAPITEL 80

Fran hatte am nächsten Tag eine Antwort von Caleb erhalten, in der er ihr von einer Veranstaltung namens „Die Andacht“ erzählte. Laut Caleb war es eine Sommerfeier und eine Gelegenheit, im Laufe des Jahres alle Feinde des inneren Wohlbefindens, wie innere Dämonen oder die sogenannten Drains, loszuwerden. So wie er es beschrieb, klang es wie das Burning Man Festival und der Wicker Man in einem. Der Gedanke an ein Feuer in der Hitze von Arizona klang wahnsinnig. Aber Caleb versicherte ihr, dass sie Wasserschläuche bereithielten, falls das Feuer außer Kontrolle geriete, und dass in den Jahren, seitdem sie es machten, noch nie etwas Schlimmes passiert sei. *Wir warten, bis die Bedingungen genau richtig sind,* hatte er in seiner E-Mail gesagt. *Wenn die Wahrscheinlichkeit eines Staubsturms gering ist und für später in der Woche Regen vorhergesagt ist. Wir machen es abends, wenn es kühler ist, und achten darauf, dass nicht zu viel Wind weht, um die Glut zu verteilen.*

Sie fand es merkwürdig, dass Caleb noch nie von der Andacht gesprochen hatte. Er hatte es erst erwähnt, als sie darum gebeten hatte, die Ranch noch einmal zu sehen. Ein Teil von ihr fragte sich, ob diese Veranstaltung nur für sie war. War das verrückt? War das überhaupt wichtig? Sie willigte ein, hinzugehen. Natürlich tat sie das. Das war eine weitere Chance für sie, Mary und Esther zu finden. Auf einem Gemeinschaftsfest wie diesem würden sie sicher beide anwesend sein. Sie fühlte sich schuldig, weil sie Detective Woodson angelogen hatte, und sie erkannte, dass sie wahrscheinlich zu sehr in die Sache verstrickt war, um all die anderen Möglichkeiten zu erkennen, die sich ihr boten, aber das war ihr egal. Sie *wollte* hingehen. Dies war eine Gelegenheit für zwei Dinge: Mary zu finden und einem Kultritual beizuwohnen. Wie viele Außenstehende bekamen diese Chance?

In Tucson vertrieb sie sich die Zeit damit, in Souvenirläden nach Andenken zu suchen. Sie kaufte Adrian eine neue Schürze mit einem Umriss der Catalina-Berge auf der Vorderseite. Für die Kinder ihrer Freundin kaufte sie Kaktus-Plüschtiere und Pekannuss-Kekse in einer bunten Dose. Sie kaufte sich ein Stück Pekannusskuchen und aß es später im Hotel, bevor sie ins Bett ging. Der Zucker machte ihre Träume surreal. Pater James saß hinter seinem Schreibtisch, so wie er es bei ihrem Treffen getan hatte. Er nahm seine Sonnenbrille ab, genau wie an dem Tag, an dem sie ihn kennengelernt hatte, aber dieses Mal schossen Laserstrahlen aus seiner Iris, blendend hell und glühend rot. Ihre Hände schossen nach oben, um ihr Gesicht zu schützen, aber die Laser durchbohrten ihre Haut.

Sie wachte kurzatmig und schweißgebadet auf, und ihre Nerven machten sich mit einem kribbelnden Gefühl in ihrem Bauch bemerkbar. Es war der Tag der Andacht und sie musste sich zusammenreißen. Sie verbrachte den Vormittag schreibend in der Hotelbar und aß zum Mittagessen einen Cobb-Salat. Danach ging sie zurück auf ihr Zimmer, um sich umzuziehen. Sie atmete immer noch hektisch, als sie ein lockeres Baumwollkleid anzog und frische Unterwäsche und eine Zahnbürste in eine Tasche packte. Caleb hatte ihr gesagt, sie könne in einem Gästezimmer übernachten. Sie war im Begriff, eine ganze Nacht mit einer Sekte zu verbringen. Sie konnte es kaum glauben.

Auf dem Weg aus dem Hotel rief Adrian an. Fran hielt das Telefon lange in der Hand, aber schließlich ging sie nicht ran.

Im Taxi kaute sie auf ihrer Unterlippe. Das Kribbeln der Nerven hatte sich in scharfe Fingernägel verwandelt, die sich in ihr Inneres krallten. Irgendetwas sagte ihr, dass sie nicht gehen sollte. Ein Instinkt, vielleicht. Die gute altmodische weibliche Intuition. Adrian würde deswegen die Augen verdrehen. Ein Teil von ihr bedauerte, dass sie seinen Anruf nicht angenommen hatte. Was wäre, wenn ihr etwas zustoßen würde und sie nie die Gelegenheit hätte, sich zu verabschieden? Fran starrte eine lange Minute auf ihr Telefon, dann entsperrte sie den Bildschirm und ging zu ihren Kontakten. Sie scrollte durch und tippte auf das Telefonsymbol. Dreimal klingelte es an ihrem Ohr, bevor er abnahm.

„Woodson".

„Detective", sagte sie.

„Mrs. Cole." Seine Stimme klang etwas überrascht, aber vor allem zurückhaltend. Sie konnte praktisch hören, wie die Gedanken in seinem Kopf kreisten. „Wie kann ich Ihnen helfen?"

„Ich gehe hin", sagte sie. „Ich weiß, dass ich gesagt habe, ich würde es lassen, aber ich wurde zu einer Art Ritual eingeladen."

Er atmete scharf durch die Nase aus.

„Es fühlt sich nicht richtig an", fuhr sie fort. „Haben Sie schon einen Durchsuchungsbefehl?"

„Ja", sagte er.

„Vielleicht sollten Sie mitkommen. Oder ich könnte Ihnen eine SMS schicken, wenn es schlecht läuft."

„Ich werde ein Team in Bereitschaft halten. Wenn ich kann. Man kann nicht einfach eine weitläufige Ranch ohne Planung überfallen." Seine Stimme war ruhig, aber verärgert. „Aber schicken Sie mir diese SMS, wenn Sie Kinder, Drogen oder Waffen sehen. Und dann verschwinden Sie. Ich kümmere mich um den Rest."

„Das werde ich, ich verspreche es", sagte sie.

„Nun, Sie haben mir schon einmal etwas versprochen, Mrs. Cole. Und sehen Sie, wohin uns das geführt hat."

Ihre Haut prickelte aufgrund seiner Schelte, aber sie hatte es verdient, das wusste sie.

Der Taxifahrer setzte sie am unteren Tor ab, aber das war in Ordnung, denn Caleb wartete bereits auf sie.

„Das ist ein schönes Kleid, Francesca", sagte er.

Mit zittrigen Fingern strich sie ihren Rock glatt.

Er ging mit ihr zum Lagerfeuer, das goldfarben loderte. Die Familie war nur eine Silhouette, die um die Flammen herum wippte, schwankte und Pirouetten drehte, wie Kobolde in einem Volkslied. Der Anblick hatte etwas Altertümliches. Urzeitlich. Eine alte oder neue Zivilisation, es war unmöglich zu sagen. Sie wollte näher herankommen, um sie zu beobachten, aber bevor sie in Reichweite des knisternden Holzes waren, hielt Caleb sie auf.

„Damit du mitmachen kannst, muss ich dir dein Handy abnehmen".

„Oh", sagte sie. „Nun, ich habe keins dabei."

„Was dagegen, wenn ich kurz in deine Tasche schaue?"

Fran öffnete ihre Tasche und kramte darin herum. Sie tat so, als würde sie darin einen Gegenstand finden, den sie dort vergessen hatte. „Oh, ups, ich hab's doch in meine Tasche gesteckt. Es tut mir so leid. Mein Gedächtnis ist in letzter Zeit wie ein Sieb. Das liegt an den Wechseljahren."

Sie wandte den Blick von ihm ab, als sie das Telefon weiterreichte, und war sich nicht sicher, ob er das Spiel durchschaute oder nicht. Er müsste ein Idiot sein, um es nicht gemerkt zu haben.

Dann gingen sie weiter zum Feuer, wo Fran endlich einen genaueren Blick auf die Familienmitglieder werfen konnte, die ihre Andacht abhielten. Sie trugen ihre übliche traditionelle Kleidung, wenn auch etwas lockerer für die heiße Sommernacht. Die jungen Frauen trugen ihr Haar um die Schultern, und die weichen Wellen flatterten, als sie tanzten. Unbeschwert und entspannt hielten sie sich an den Händen und wirbelten einander im Kreis herum, lachten und lächelten in den sich verdunkelnden Himmel. Es war ein wunderschöner, unbestreitbar bezaubernder Anblick, aber Fran spürte immer noch, wie die Unruhe auf ihren Körper drückte. Sie zwang sich, aufrecht zu stehen. Sie wollte nicht, dass Caleb ihre Angst sah.

Im Mittelpunkt des Geschehens stand Pater James, der die Aufmerksamkeit auf sich zog. Sie sah, wie er sich zur Musik wiegte, seine Hüften bewegten sich viel zu geschmeidig für einen Mann, den sie als abstoßend empfand. Trotz der seltsamen Hüftbewegung standen seine Füße wie angewurzelt auf dem Boden. Seinen Rücken hielt er mithilfe eines Stocks gerade. Sie bemerkte, dass seine Haut so wächsern war, dass es nach einer Krankheit aussah. Beinahe hätte sie sich umgedreht und wäre weggelaufen, doch stattdessen erlaubte sie ihrem Blick endlich, die Gesichter der Menschen um ihn herum zu betrachten. Von den breitschultrigen Leibwächtern über die hübschen jungen Mädchen bis hin zu der Gruppe schwatzhafter Menschen mittleren Alters, die dasaßen und mit den Köpfen wippten. Doch dann sah sie eine schrecklich abgemagerte Frau auf einem Stuhl neben dem Feuer sitzen, und der Ekel kehrte zurück. Das arme Geschöpf trug einen weiten Rock und eine Tunika, die ihr mindestens zwei Nummern zu groß waren. Ihre Ellbogen ragten aus den Armlehnen heraus, als sie sich in ihrem Stuhl nach vorne lehnte. Ihr schütteres, lebloses Haar fiel in dicken, fettigen Strähnen über ihr Gesicht. Diese Frau war entweder ziemlich gebrechlich und alt, oder sie war krank. Das dunkle Haar deutete darauf hin, dass sie krank war, nicht alt.

„Komm“, sagte Caleb und führte sie durch die Menge. „Pater James wird gleich sprechen.“

Als sie das Gedränge umgingen, bemerkte Fran zum ersten Mal die Schusswaffen. An den Hüften der hochgewachsenen Gefolgsleute, die in der Nähe ihres Anführers standen, steckten Pistolen in ihren Halftern. Sie suchte in Calebs Gesichtsausdruck nach einem Anhaltspunkt dafür, dass etwas nicht stimmte.

Er schenkte den Männern nicht einmal einen zweiten Blick. Und jetzt hatte sie kein Handy mehr, um Detective Woodson eine SMS zu schicken. Zitternd atmete sie aus. Das ungute Gefühl wollte einfach nicht verschwinden. Fran versuchte sich einzureden, dass sie als Journalistin hier war und als Frau, die hoffte, ihre Freundin zu retten. Aus diesen Gründen musste sie tapfer sein.

Caleb führte sie zu einer Holzbank, die in der Nähe des Feuers aufgestellt war. Ein paar der anderen Mitglieder winkten ihr mit einem freundlichen Lächeln zu. Sie setzten sich geordnet hin. Die Musik hörte auf, und zum ersten Mal sah Fran, dass Elijah der Geiger gewesen war. Sie senkte ihren Blick auf den Boden und hoffte, dass er sie nicht bemerken würde, wenn sie den Kopf hängen ließ und sich zurücklehnte. Als sie das nächste Mal aufzublicken wagte, war Elijah in der Menge untergetaucht. Sie sah auch Talisa aus dem Kurs, die Sektenkleidung trug und ein Baby im Arm hielt, das etwa sechs Monate alt war. Talisa war also ein Spitzel gewesen. Fran war zwar misstrauisch gewesen, aber die Erkenntnis schmerzte trotzdem.

Als Pater James zu sprechen begann, half einer der Leibwächter der gebrechlichen Frau von ihrem Sitz und ging mit ihr zu den Bänken hinüber. Sie hob ihren Kopf leicht an und Fran sah die erweiterten Pupillen einer Person auf Drogen. Das war der zweite Aspekt der Andacht, der sie erschreckte. Nicht nur Schusswaffen, sondern auch Drogen. Sie warf einen Blick auf ihre Tasche und sehnte sich nach ihrem Handy.

Die gebrechliche Frau setzte sich auf die Bank und drehte sich in ihre Richtung. Ihre Blicke trafen sich und der Moment währte lange. Dann zogen sich die Augenbrauen der Frau zusammen und sie runzelte die Stirn. Fran schnappte hörbar nach Luft, ihre Hand schnellte zu ihrem Gesicht.

"Geht es dir gut?", flüsterte Caleb.

Pater James begann zu sprechen und gab ihr damit die Gelegenheit, sich nicht erklären zu müssen. Sie nickte. Caleb akzeptierte es. Er hatte keine Ahnung, wie sehr ihr Herz gegen ihre

Rippen hämmerte. Er bemerkte nicht, dass sie die Tränen zurückhielt. Pater James hielt eine tiefgründige und bedeutungsvolle Predigt, aber alles, woran sie denken konnte, war die süße, nervöse junge Frau, die zu einem apathischen Skelett reduziert worden war. Was hatten sie mit ihr gemacht? Das schöne dunkle Haar, auf das Fran so neidisch gewesen war, hing jetzt in fettigen, glanzlosen Strähnen herab. Sie biss sich auf die Lippe, um die Tränen zurückzuhalten. Konnte sie Mary heute Abend hier rausholen? Wo war Esther? Ihr Blick wanderte unruhig zu den Leibwächtern hinüber. Hinter Pater James schien sich das Lagerfeuer auszudehnen und zusammenzuziehen, als würde es atmen.

Sie konnte sich nicht auf das konzentrieren, was er sagte. Es war eine Art Predigt über den Sommer und über die Erlösung. Sie hörte vage, wie er ab und zu das Wort Abrechnung erwähnte. Schweiß perlte auf seiner Stirn und lief ihm die Nase herunter, während die Glut knisterte und in den Himmel flog. Fran rieb ihre Handflächen an ihrem Kleid ab und wagte einen weiteren Blick auf die arme Mary. Wenn es ihr gelänge, sie von der Gruppe wegzubringen, könnten sie vielleicht zur Straße laufen und ein Auto anhalten? Mary wirkte so zerbrechlich, wie ein gebrochener Vogel. Sie wandte ihren Blick von Mary ab und suchte den Rest der Menge nach Esther ab. Beinahe wäre sie erneut zusammengezuckt, als sie ein kleines Mädchen auf der vorderen Bank sah. Aber es war nicht Esther. Sie hatte ein viel runderes Gesicht und olivfarbene Haut. Zu beiden Seiten von ihr saßen zwei Jungen, von denen der eine ihr bekannt vorkam.

Da erkannte Fran, dass der Junge rechts neben dem Mädchen das vermisste Kind von den Plakaten in Tucson war. Ihr Blick huschte zu Pater James hinüber. Wie konnte er nur so unvorsichtig sein? Glaubte er, dass die von ihr unterzeichnete Geheimhaltungsvereinbarung ihn schützen würde? Sie fühlte sich von ihm angewidert, als er immer wieder davon sprach, das Wort Gottes zu sprechen. Sie war fast so abgelenkt, dass sie nicht weiter nach Esther suchte. Aber nicht ganz.

Ein Kind und ein Mann näherten sich der Gruppe aus Richtung des Bauernhauses. Das Kind hatte sich die Haare aus dem Gesicht gestrichen. Sie ging mit geradem Rücken und hocherhobenem Kopf. Sie hielt die Hand des Mannes. Er war groß, grauhaarig und in seinen Fünfzigern. Er trug die gleiche traditionelle Kleidung wie der Rest der Gruppe. Dieses Mal hörte sie völlig auf zu atmen. Der Mann blieb stehen. Das Mädchen neben ihm machte noch einen Schritt und blieb dann ebenfalls stehen. Das Kind starrte sie direkt an. Der Mann starrte sie auch an. Natürlich war es Esther. Sie kannte diesen altklugen Ausdruck, diese leichte Selbstgefälligkeit, die Selbstbeherrschung, das strohblonde Haar. Und neben ihr stand Adrian und hielt ihre Hand wie ein Beschützer.

KAPITEL 81

Fran sprang auf ihre Füße. Sie ballte ihre Hände zu Fäusten, ihr Körper war starr, gefangen in einer Flucht- oder Kampfreaktion. Sie starrte auf ihren Mann auf der anderen Seite des Feldes, seine Stiefel staubig von der harten Erde. Die Ärmel seines Hemdes waren hochgekrempelt. Sie wollte sprechen, aber ihr Kiefer fühlte sich wie verdrahtet an. Das Feuer knisterte und zischte wie die halb geformten Worte, die ihr im Hals steckten. Ihre Augen brannten von der Hitze und doch konnte sie nicht blinzeln. Pater James' Predigt wurde mitten im Satz unterbrochen und ein leises Flüstern ging durch die Gruppe. Fran spürte, wie sie angestarrt wurde.

„Kennst du Vater Adam?", fragte James. Seine Stimme, tief und klar über dem Knistern des Feuers, klang eher amüsiert als wütend.

Sie nahm eine Bewegung zu ihrer Rechten wahr. Ein Leibwächter, Isaiah, dachte sie, machte ein paar Schritte in ihre Richtung, die Hand in der Nähe seines Pistolenhalfters schwebend. Der Pater hob eine Hand und der Mann blieb stehen. Da ihr Körper und ihr Geist in Bewegung waren, hatte sie nicht einmal Zeit, auf das Vorrücken des Leibwächters zu reagieren.

Am Ende war es Adrian, der sich ihr näherte. Adrian, der Mann, der ihr falsche Fotos von ihrem Garten geschickt hatte und ihr alles über den Klatsch und Tratsch in Leacroft erzählte, als ob er gerade mittendrin wäre. Und natürlich merkte sie erst jetzt, dass er gelegentlich die Zeitverschiebung vergessen hatte und ihr sagte, er würde in die Bibliothek gehen, obwohl diese hätte geschlossen sein müssen. Sie dachte an die Lügen, die Manipulation und den Wagemut und überlegte, was sie ihm entgegnen könnte. *Vater Adam*. Ihr Körper zitterte. Zwei Feuer brannten in diesem Feld in Arizona.

„Franny, ich kann es erklären", sagte er und ging auf sie zu.

„Fran." Mary versuchte aufzustehen, aber ein großer Mann hielt sie fest umklammert.

Sie machte einen Schritt zurück und stolperte dabei fast über die Bank hinter ihr.

„Francesca?" Caleb streckte eine Hand aus, um sie zu beruhigen, aber Fran schlug sie weg.

Sie fühlte sich, als ob ihr Verstand zersplittert wäre. Sie betrachtete jeden von ihnen der Reihe nach. Wen sollte sie zuerst ansprechen? Mary und Esther, die Mädchen, nach denen sie gesucht hatte? Den vermissten Jungen, der in der Gruppe saß, gekleidet wie ein Sektenmitglied, dessen Eltern irgendwo in Tucson um ihn trauerten? Oder ihren Ehemann, der allem Anschein nach vor Jahren eine Sekte gegründet, dies aber in den fast zehn Jahren ihrer Ehe nie erwähnt hatte?

Adrian hob seine Hände. „Können wir reden?"

Fran hatte diese Hände vermisst. Sie hatte sich nachts nach ihnen gesehnt, wenn sie einsam war. Und jetzt hielt er sie hoch und sie hatte Lust, sie ihm abzuhacken. Irgendwie quetschte sie sich zwischen den Bänken hindurch und stolperte auf tauben Beinen über das Feld. Adrian versuchte, ihr eine Hand auf die Schulter zu legen, um sie wegzuführen, aber sie ließ ihn nicht. Zuerst schaute sie Esther an. Das kleine Mädchen hob ihr Gesicht, so teilnahmslos wie bei ihrer ersten Begegnung.

„Bleibst du bei deiner Mutter, bis ich mit *Vater Adam* gesprochen habe?" Der Name schmeckte wie Sägemehl in ihrem Mund.

„Geh zu Mary und warte dort", sagte Adrian. Schon der Klang seiner Stimme schockierte sie. Er hatte die Kontrolle. Ein Anführer. Er hatte sogar einen amerikanischen Akzent, als hätte er sich so gut akklimatisiert, dass er anfing, wie die Leute um ihn herum zu sprechen.

Fran sah Esther zu, wie sie tat, was man ihr sagte, bevor sie sich wieder Adrian zuwandte. Sie ging mit ihm etwa drei oder vier Minuten lang vom Feuer weg, Seite an Seite, als würden sie gemeinsam durch Leacroft spazieren. Es war etwas, das sie schon hunderte Male getan hatte, und doch war es ihr jetzt fremder als die seltsamen Traditionen der Sekte, die sie um sich herum erlebte.

Er blieb zuerst stehen. Er sprach zuerst.

„Fran, hör zu", begann er.

Aber nein, das würde sie nicht zulassen. Kein weiterer Vortrag, nicht dieses Mal. „Du Scheißkerl", spuckte sie. „Du schwacher, verachtenswerter Mann. Du … du *Mistkerl*. Du hast diese Sekte gegründet, nicht wahr? Ich wusste, dass du in Harvard studiert hast, aber du hast nicht erwähnt, dass du damals mit deinem Freund eine Sekte gegründet hast! Du hast sogar einen Zweig davon nach Colorado gebracht. Stimmts? Das ist alles dein Werk. Diese Opfer einer Gehirnwäsche sind alle deinetwegen hier. Seine verdammten Rolexuhren und Goldringe und die blöden Sonnenbrillen. Alles gekauft mit dem Geld, das ihr den Schwachen abknöpft. Hast du das auch getan? Bist du deshalb so *reich*?" Er blieb stumm. Sie schüttelte den Kopf. „Was? Willst du versuchen, irgendetwas davon zu rechtfertigen? Willst du mir sagen, dass du dich geändert hast? Was zum Teufel willst du mir sagen? Da draußen ist ein entführtes Kind! Wie viele andere, Adrian? Wie viele? Was macht er mit ihnen? Wo versteckt er sie? Bist du so wie er? Entführst du auch Kinder? Ich kann dich nicht ansehen, ich kann nicht. Du bist mein Mann und ich kann dich nicht ansehen!"

Er stützte den Kopf in die Hände und lehnte seinen Körper an einen Zaunpfosten. Sie hörte ihm zu, wie er schluchzte und stotterte, wie ein kaputter Motor. Es war ein Geräusch, das sie seit Chloes Tod nicht mehr gehört hatte. Es zerrte an ihr. Er war ihr Mann, und sie hatte ihn schon oft getröstet, und jetzt schluchzte er, und ihr erster Instinkt war, ihn zu beruhigen. Aber nein. Er *sollte* Schmerz empfinden. Wie der Schmerz, den seine Organisation all den Menschen zugefügt hatte, die betrogen oder entführt worden waren, damit Pater James goldene Ringe tragen konnte.

Er wischte sich die Tränen weg und richtete sich auf. „Du hast recht. Ich kann nichts sagen, denn du hast recht, und es gibt keine Entschuldigung für das, was ich getan habe." Sie sah ihm zu, wie er sich bei seinen Worten wand. „Wir waren jung, Roger und ich, und es ist uns irgendwie zugeflogen. Wir haben irgendeine unsinnige Philosophie verkündet, weil wir arrogante Arschlöcher waren. Ehe wir uns versahen, hatten wir uns eine kleine Gruppe von Anhängern aufgebaut, die an jedem unserer Worte hingen. Von da an ... ging es steil bergauf. Da war diese heruntergekommene alte Hütte draußen an der Grenze zu Colorado. Unser Harvard-Studium haben wir nach dem ersten Jahr abgebrochen und sind herumgereist. Wir hatten nichts. Keinen Ehrgeiz, keinen Wunsch zu studieren. Aus irgendeinem Grund blieben wir länger in Nebraska als irgendwo sonst, und während wir dort waren, zogen andere Nichtsnutze und Streuner bei uns ein. Sie fühlten sich zu uns hingezogen; ich weiß nicht, warum. Langsam bauten wir die Hütte in ein kleines Haus um. Als sie anfingen, uns ihren Lohn zu geben, wurde es langsam ernst. Die Dinge fingen an, ein Eigenleben zu entwickeln ..."

Fran spottete darüber. „Deine kaum organisierte Sekte hat ihre eigene Wikipedia-Seite, Adrian!"

Er rieb sich den Nasenrücken. „Ich weiß."

„Du hast also hier eine Ranch gekauft und angefangen, Kinder zu stehlen."

Er schüttelte den Kopf. „Wir sind ein bisschen herumgezogen und James hat sich hier niedergelassen. Ich schwöre, ich habe sie seit Jahrzehnten nicht mehr besucht. Ich schwöre, ich wusste nichts von den entführten Kindern. Deshalb bin ich hier. Ich muss die Dinge in Ordnung bringen." Er richtete seinen Rücken auf. „Ich muss ihn aufhalten."

„Gib mir dein Handy. Ich rufe die Polizei", sagte Fran.

Doch Adrian schüttelte den Kopf. „Ich bin mir nicht sicher, ob das eine gute Idee ist. Du verstehst nicht, wie angespannt die Situation im Moment ist."

Seine Augen trafen auf ihre und hielten ihrem Blick stand. Einen Moment lang fühlte sich Fran an ihren Hochzeitstag zurückversetzt, an den Austausch von Gelübden und Ringen. An den Kuss, den sie teilten, und die glücklichen Jahre danach. Bis zum Tod von Chloe hatte sie ihre Ehe als glücklich empfunden. Und auch danach, wenn sie ehrlich war, hatten sie Trost und Liebe und, ja, Glück gefunden. Aber jetzt war *jede* Erinnerung getrübt. Sie keuchte angesichts der sich ausbreitenden Qualen, die von ihrer Brust ausgingen. Eine stechende Erkenntnis, dass es aus war, dass sich ihre Ehe nie wieder erholen würde.

„Bitte", sagte Adrian, und sie war sich nicht sicher, ob er sich damit auf ihren Anruf bei der Polizei oder ihre Beziehung bezog.

Fran griff an seinen Gürtel und griff in Adrians Hosentasche, um sein Handy zu holen. Sie war seine Frau. Sie wusste, in welcher Tasche er seins immer aufbewahrte. Sie tat es so schnell, dass er keine Zeit hatte zu reagieren, und dann ging sie weg. Sie konnte sich Detective Woodsons Nummer nicht merken, also blieb ihr nichts anderes übrig, als den Notruf zu wählen. Doch als sie das Handy an ihr Ohr hielt, schlug Adrian es ihr aus der Hand. Der Schlag erwischte sie unvorbereitet, und stieß das Telefon grob gegen ihren Kopf, bevor es zwischen ihren Fingern herausfiel. Sie drehte sich mit offenem Mund zu ihm um.

„Es tut mir leid", sagte er. „Aber es ist nur zu deinem Besten. Du hast keine Ahnung, was hier vor sich geht. Wenn du die Polizei rufst, wird James die Abrechnung frühzeitig beginnen. Er hat sich in den letzten Wochen darauf vorbereitet und alles, was er braucht, ist ein Katalysator. Ich glaube, dass er dich darum heute Abend hierher eingeladen hat. Wahrscheinlich weiß er, dass du deine Nase in die Angelegenheiten der Sekte gesteckt hast. Er lässt Leute beschatten, weißt du. Er weiß, dass du den Startschuss geben wirst. Er will, dass es anfängt."

„Die Abrechnung?" Fran rieb sich das Ohr, das ihr wehtat. Ihr Gesicht war heiß vor Scham und es fiel ihr schwer, sich auf das zu konzentrieren, was Adrian sagte.

„James glaubt, dass es eine Zeit geben wird, in der Gott die Welt beendet, aber diejenigen auswählt, die er retten will. Er sagt, er wisse, wann das Ende der Welt kommen wird und dass nur seine Kinder überleben werden. In Wirklichkeit hofft er auf einen Kampf mit der Polizei. Genau wie in Jonestown, genau wie in Waco. Er wird all diese Leute umbringen, Fran. Hör zu, wir stehen auf Messers Schneide und es tut mir leid, aber ich musste das Handy wegschlagen. Alles könnte ihn aus der Fassung bringen ..."

Übelkeit machte sich in ihrer Magengegend breit. Sie wandte ihren Blick von Adrian ab und blickte zu der Gruppe, die auf den Bänken saß und Pater James bei seiner Predigt vor dem Lagerfeuer zusah.

„Er liegt im Sterben", sagte Adrian. „Er hat Krebs. Deshalb kümmert es ihn nicht mehr. Er will sie alle mitnehmen, weil er nicht allein sterben will. Wenn die Polizei auftaucht, werden seine Männer zuerst schießen." Adrian hob den Arm und deutete auf die stämmigen Leibwächter. „Verstehst du?"

Sie zählte vier, vielleicht fünf von ihnen. Sie nickte, um zu zeigen, dass sie verstanden hatte, und Adrian senkte seinen Arm. In diesem Moment hörte Fran das Geräusch von Autos.

KAPITEL 82

Esther überlegte, ob sie Fran und Pater Adam folgen sollte, um ihr Gespräch zu belauschen, aber dann wurde ihr klar, dass es sie nicht wirklich interessierte. Wenigstens war es ihr jetzt gelungen, Fran von der Gruppe zu entfernen. Fran würde sich jetzt auf keinen Fall der Familie anschließen. Vielleicht würden sowohl Fran als auch Adam weggehen, und sie könnte wieder die Tochter von Vater James sein, in einer Welt, die für sie sinnvoll war. Eine Welt mit Regeln, Grenzen und Ordnung.

Sie tat, was Adam ihr gesagt hatte, und setzte sich neben Mary. Ihre Mutter schien nicht bemerkt zu haben, dass Fran und Adam weggegangen waren. Sabber tropfte aus ihrem Mundwinkel. Esther wischte ihn mit einem Taschentuch aus ihrer Tasche weg. Sie hatte meistens Taschentücher dabei, falls eines der jüngeren Kinder sich die Nase putzen musste. Als Marys schiefstehender Mund lächelte, spürte Esther einen Schwall von Tränen und ein Kribbeln in der Nase, als ob sie gleich weinen würde. Sie wandte sich abrupt von Mary ab und zwang sich, sich auf die Predigt von Pater James zu konzentrieren.

„Die Abrechnung kann nicht aufgehalten werden. Sie ist für

die Sünder. Sie ist für diejenigen, die die Warnungen ignoriert haben, die sich von Gott abgewandt haben. Sie ist für diejenigen, die selbstsüchtig gelebt haben. Aber meine Kinder, ihr gehört nicht zu diesen Menschen. Ihr seid diejenigen, die er auserwählt hat, und ihr werdet frei sein, um in seinem Garten in Ewigkeit zu leben." Es wurde gemurmelt und zustimmend gesprochen. Esther nickte zustimmend mit dem Kopf. „Ich warte auf ein Zeichen, Kinder. Wenn ich dieses Zeichen erhalte, werde ich euch den Weg zeigen. Werdet ihr auf mich hören, wenn das Zeichen kommt?"

„Ja", sagten sie.

„Ja", antwortete Esther.

„Es ist bald so weit", fuhr er fort. „Ihr müsst mir zuhören, Kinder." Pater James lächelte jetzt, sein Kopf war gen Himmel geneigt. Er hob die Hände über seinen Kopf. „Das Zeichen werden Außenseiter sein. Es werden diejenigen sein, die uns Schaden zufügen wollen. Sie sind fast hier." Die Arme des Vaters begannen zu zittern. Sein Körper krampfte und verrenkte sich. Einer der Leibwächter trat vor, aber Vater stieß ihn weg. Er sprach jetzt abgehackt, sein Körper pulsierte und flackerte wie die Flammen hinter ihm. Sie wollte sich von diesem Anblick abwenden, aber sie konnte nicht. Das Feuer ließ ihre Augen brennen. Sie spürte die Hitze des Feuers auf ihrer Haut. Hatte der Wind gedreht?

Als Esther die Autos auf dem Feldweg kommen hörte, drehte sie sich überrascht um. Wer konnte das sein, wenn die ganze Familie an der Feuerstelle war? Sie spürte, wie sich ein Kribbeln auf ihrer Kopfhaut ausbreitete. Ein indigoblauer Himmel zog über ihnen auf und der Wind regte sich. Die Flammen bogen sich hin und her, wie Grashalme, die im Sturm geknickt wurden. Die Autos hielten an und mehrere Männer stiegen aus.

Polizei.

Sie beobachtete, wie Vater aufhörte zu krampfen und sich ihnen zuwandte. Er schien nicht so überrascht zu sein wie der Rest der Gruppe. Er nickte sogar mit dem Kopf, als ob er wusste, dass sie kommen würden. Esther überlegte, ob Gott ihm gesagt hatte, dass sie heute Abend kommen würden. Oder vielleicht hatte Fran sie mitgebracht. Das war etwas, was Fran tun würde.

Vater wandte sich wieder der Gruppe zu und presste seine Hände wie zum Gebet zusammen. „Dann soll es so sein. Gott hat seinen Augenblick gewählt. Die Abrechnung beginnt heute Abend."

Gemurmel breitete unter den Familienmitgliedern aus. Jemand in Esthers Nähe fragte: „Wie sind die hereingekommen?", und sie sah, wie jemand anderes mit den Schultern zuckte.

Esthers Augen suchten Isaiah und dann jeden der anderen Handlanger. Die Polizei war hereingekommen, weil niemand das Tor bewacht hatte. Plötzlich ergriff Mary Esthers Hand und drückte sie fest.

„Passt ihr gut auf, Kinder?" Pater James lächelte. Er war ruhig und schien in Frieden zu sein. Obwohl Esther wusste, dass sie das gleiche Gefühl des Friedens empfinden sollte, konnte sie die Panik, die durch ihren Körper strömte, nicht unterdrücken.

Angel, der Judith immer noch in den Armen hielt, erhob sich. „Vater, ist dies das Zeichen? Ist es das jetzt? Was sollen wir tun?"

Esthers Herzschlag beschleunigte sich, als sie beobachtete, wie die Polizisten – angeführt von einem kleinen, stämmigen Mann mit dunkler Haut – gemächlich über die Felder gingen. Pater James warf ihnen einen abschätzenden Blick zu, bevor er wieder sprach.

„Das ist das Zeichen", sagte er. „Jesaja, du weißt, was zu tun ist."

Jesaja ging vom Feuer weg, vermutlich um die anderen Leibwächter zu holen.

„Wir werden zum Haus gehen", sagte Vater. „Wir werden uns auf den Garten vorbereiten."

Zwischen dem Gemurmel knarrten und knackten die Bänke,

als die Menschen darüber kletterten, um dem Gedränge zu entkommen. Stiefel scharrten auf dem staubigen Boden. Als sich die Menge zu zerstreuen begann, suchte Esther zwischen den sich bewegenden Körpern nach Grace, aber jemand stand vor ihr und versperrte ihr die Sicht. Sie stand auf und lief um ihn herum und sah, wie Zachary nach seiner Waffe griff. In der Ferne erstarrten die Polizisten. Auch sie griffen nach ihren Waffen. Sie keuchte, drängte sich nach vorne und stellte sich vor Vater.

Er sah ihr in die Augen, als er sagte: „Es ist Zeit, Esther. Du weißt, was zu tun ist."

Gleich nach dem ersten Schuss brach das Chaos aus. Esther warf sich auf den Boden und kroch langsam durch ein Gewirr von Bänken und Stühlen, stacheligem Gras und wuselnden Füßen. Die Explosionen waren wie Feuerwerkskörper, die über ihrem Kopf *knallten,* Stöße, die wie Elektrizität durch ihren Körper liefen. Jemand trat ihr in die Rippen, als er davoneilte. Ein erwachsener Mann stolperte über sie und schrie ihr ins Gesicht. Manchmal rollte sie sich zu einem Ball zusammen, ein anderes Mal spürte sie das Gewicht von Schuhen, die auf ihre Finger traten. Sie fühlte sich, als müsste sie weinen, bis eine starke Hand sie an der Schulter packte.

Elijah.

„Ist alles okay?", fragte er.

„Ich muss in den Sturmbunker gehen", sagte sie.

„Dann lauf."

Als er mit seiner Geige in die entgegengesetzte Richtung ging, versuchte sie, sich zu beruhigen. Sie stand zu sehr unter Schock, um wegzulaufen, wie Elijah es ihr befohlen hatte. Durch die Schreie und die Schüsse, die schwebende Glut und die flackernden Flammen hindurch sah sie Grace, die sich unter einer Bank zusammengekauert hatte, den Kopf zwischen den Knien und die Arme um ihren Körper geschlungen. Esther bahnte sich einen Weg durch die Menge der in Panik geratenen Menschen, bückte sich und ergriff Graces Hand. Als das Mädchen den Kopf hob, blickten ihre Augen entsetzt, doch dann wich der Schrecken dem Erkennen. Als Grace unter der Bank hervorkam, tauchte Paul an ihrer Seite auf, seine weiße Tunika war voller Staub.

„Sorg dafür, dass die anderen Kinder in den Schutzraum kommen", sagte Esther und zwang sich, das Chaos anzusehen und das Geschehen zu begreifen.

Sie sah, dass die Polizisten sich hinter ihren Fahrzeugen verschanzt hatten. Sie sah Isaiah, der hinter einem Stapel von Heuballen und umgedrehten Tischen in die Hocke gegangen war. Sie sah, dass viele der anderen in Richtung des Farmhauses rannten. Als sie Grace an der Hand hervorgezogen hatte, rannte sie in die entgegengesetzte Richtung, doch bevor sie sich vom Feuerplatz entfernten, sah sie aus den Augenwinkeln, wie Zachary Benzin auf das trockene Gras um das Lagerfeuer schüttete. Da dachte sie an Mary. Sollte sie bei ihrer Mutter sein? Nein, das glaubte sie nicht. Sie musste tun, was Pater James von ihr verlangt hatte.

Paul und die anderen schlossen sich an, als sie in Richtung Hof rannten. Sie befanden sich inmitten einer Gruppe von einem halben Dutzend Menschen, darunter Angel, Aaron und das Baby. Angel schien sich in der Nähe der Kinder aufzuhalten, damit sie nicht allein waren.

Als sie in der Nähe des Pferdestalls waren, bogen Esther und Grace in Richtung des Sturmbunkers ab. Doch auf dem Weg dorthin stieß jemand Stinky zu Boden. Esther hielt inne und half ihm auf, während Grace David, den Jüngsten, an die Hand nahm und ihm über den offenen Platz half.

Esther sehnte sich danach, weit weg von den Händen zu sein, die sie aus dem Weg schoben. Die stampfenden Füße der Erwachsenen, die Schreie, das Chaos und die Schüsse. Sie hatte nicht gewusst, wie die Abrechnung aussehen oder sich anhören würde, aber so etwas hatte sie sich nie vorgestellt. Warum machte Gott es so angsteinflößend? Warum wollte Gott, dass sie Angst hatte?

„Das gefällt mir nicht", sagte Grace, als Esther die knarrende

Tür des Sturmbunkers öffnete. „Ich möchte bei den Erwachsenen sein."

„Das geht nicht", sagte Esther. „Wir müssen allein sein. Das hat Pater James auch gesagt." Sie hielt die Tür offen, als Paul und die anderen hereinstürmten. „Keine Sorge, er hat mir gesagt, was ich tun soll."

Grace weinte. „Was hat er gesagt? Was sollen wir tun?"

„Alles, was wir tun müssen, ist etwas zu trinken", antwortete Esther. „Wir trinken es und gehen schlafen, und wenn wir aufwachen, ist die Abrechnung vorbei und wir können in Gottes Garten spielen. Wir werden gerettet sein."

Als Grace durch die Tür ging, hielt Esther einen Moment inne und beobachtete, wie Zachary in der Ferne zu Boden fiel. Es waren nicht mehr viele Menschen im Freien, die meisten waren in der Nähe des Bauernhauses oder hatten es dorthin geschafft. Sie konnte weder Pater James noch Mary sehen. Das Feuer hatte auf den Elefantenbaum übergegriffen. Sie war sich ziemlich sicher, dass Zachary erschossen worden war. Sie schloss die Tür, um das Knallen der Schüsse und den Rauch, der bereits in ihre Richtung wehte, auszublenden.

KAPITEL 83

Nach dem ersten Knall der Schüsse versuchte Adrian, Fran zu Boden zu drücken, aber sie drängte ihn zurück. Ihre Augen waren auf Mary und Esther gerichtet. Sie taumelte vorwärts und stieß Adrians Hand von ihrer Schulter. Sie sah, wie der Sektenführer etwas in die Menge rief, aber sie konnte die Worte kaum verstehen. Sie wusste nur, dass die Gruppe daraufhin um ihr Leben rannte. Während sie auf das Feuer zueilte, rannten die anderen in die entgegengesetzte Richtung und drängten sie zur Seite, bis sie die beiden Mädchen aus den Augen verlor.

Fran zwängte sich durch schlagende Gliedmaßen und harte Oberkörper, streckte ihre Arme und Ellbogen aus, um Platz zu schaffen. Das Drängen und Ziehen der Menge ließ sie schwanken und taumeln, heiße Körper prallten gegen sie. Schließlich sah sie Mary, die sich über das Feuer gebeugt hatte, mit offenem Mund schreiend, was man aufgrund des Geschreis der anderen kaum hören konnte.

„Esther! Ich kann sie nicht finden." Mary hob ihre bebenden Hände vor ihr Gesicht. Ihr Körper zitterte.

„Alles gut", sagte Fran. „Ich werde dir helfen."

Sie legte einen Arm um die magere junge Frau und zog sie vom Feuer weg.

„Fran“, keuchte Mary. „Sie war hier, genau hier, und jetzt ist sie weg. Ich weiß nicht, wo sie hin ist. Ich … ich bin vor James’ Männern geflohen. Die Leute rennen überall herum. Ich weiß nicht, was ich tun soll.“

„Wir werden sie finden“, sagte Fran, aber als sie die Gegend nach Anzeichen von Kindern absuchte, sah sie keine.

Adrian nahm Marys freien Ellbogen und Fran hielt ihn nicht auf. Sie hasste ihn, aber sie brauchte auch seine Hilfe. Sie kehrten dem Feuer und den Polizeiautos den Rücken zu und machten sich auf den Weg zum Hof. Hinter ihr hörte sie ein Rauschen. Fran schaute über ihre Schulter. Was sie sah, brachte sie fast zum Stillstand, aber es war keine Zeit mehr. Jemand hatte einen Brandbeschleuniger über das Feuer geschüttet. Adrian hatte recht, heute Nacht würde hier ein Massenmord geschehen, und sie würde unter den Opfern sein, wenn sie ihren nächsten Schritt nicht sorgfältig überlegte.

Sie eilten zum Pferdestall, wo sie Vater James humpeln sah, der von einem jüngeren Mann geführt wurde. Caleb. Caleb ließ James los, um die Scheunentore zu öffnen. Er verschwand darin, vermutlich, um die Pferde herauszulassen.

„Ich weiß, wo die Kinder sind“, rief Mary und lenkte damit Frans Aufmerksamkeit auf sich. Sie blieb stehen und zeigte auf eine Gruppe trockener Büsche, ein Stück entfernt von den Nebengebäuden. Fran sah nichts.

„Sind sie weggelaufen, Mary? Ich kann sie nicht sehen.“

„Sie meint den Luftschutzkeller“, sagte Adrian. „Die Kinder schlafen unter der Erde.“

Selbst im Zusammenhang mit dem, was sie seit ihrer Ankunft auf der Ranch gesehen und gehört hatte, schmeckte Fran den Ekel im Mund. Diese Leute ließen ihre Kinder während eines Sommers in Arizona unter der Erde schlafen. Sie presste die Lippen zusammen und konzentrierte sich auf das, was als Nächstes kam: Esther finden, die Kinder retten. Marys knochige

Hand ergriff ihre, als sie auf das Gebüsch zustürmten. Sie mussten zu den Kindern gelangen. Sie mussten.

Ein in Panik geratenes Pferd galoppierte an ihnen vorbei, wobei seine ebenholzfarbenen Hufe Staub aufwirbelten. Die geblähten Nüstern und die weit aufgerissenen Augen hätten Fran in jeder anderen Situation erschreckt, aber jetzt hatten sie zu viel zu befürchten. Sie sah, wie es auf eine lange Reihe schwacher Flammen zu galoppierte, die durch das Gras loderten, bevor es sich aufbäumte und die verdichtete Erde zerriss.

Plötzlich dröhnte eine Stimme durch die Lautsprecheranlage. „Dies ist die Abrechnung. Ihr seid meine auserwählten Kinder. Es ist an der Zeit, die im Bauernhaus bereitgestellte Medizin einzunehmen. Alle Erwachsenen müssen zum Bauernhaus kommen. Die Kinder gehen in den Luftschutzkeller."

Fran beobachtete, wie sich die Flammen auf dem trockenen Boden ausbreiteten. Gift und Feuer, dachte sie. Auf diese Weise wollte er sie umbringen. Eine bedrohliche Rauchwolke zog um sie herum auf. Sie hustete und hielt sich den Mund zu, blinzelte, als die Asche vorbeizog. Mitten im Getümmel standen sie still, alle drei ratlos. Der Weg zum Sturmkeller stand in Flammen. Die Büsche standen in Flammen. Sie mussten das Feuer löschen, wenn sie zu den Kindern gelangen wollten.

„Bleib bei Mary", rief sie Adrian zu, den Blick auf den Pferdestall gerichtet.

Aber er hielt ihr Handgelenk fest. „Wohin gehst du?"

„Die Tiere werden Wassertränken haben."

Fran bemerkte, wie sein Blick zur Scheune und dem aufgestapelten Heu wanderte, das sich zu entzünden drohte. „Ich werde gehen."

„Nein, ich kann …"

„Ich werde gehen", beharrte er. „Halte Mary bei dir und fern vom Feuer." Er zeigte auf einen hohen Kaktus. „Bleibt dort hinten. Es wird nicht lange dauern."

KAPITEL 84

Esther zählte schnell die Kinder. Sie waren alle da. Grace, Paul, Stinky, Delilah und David. Judith würde jetzt mit Angel im Farmhaus sein. Sie ging zu dem winzigen Badezimmer hinüber, holte einen Schlüssel aus ihrer Tasche, kniete sich hin und holte eine Metallbox hinter der Toilette hervor. Sie setzte sich mit gekreuzten Beinen auf den Boden und hielt die Schachtel vor sich. Sie blieb einige Augenblicke so sitzen, als sie spürte, dass jemand hinter ihr stand.

„Du hast auch einen."

Esther drehte sich um und sah Paul hinter sich, der einen Schlüssel in der Hand hielt, der mit ihrem eigenen identisch war. Sie stand auf und ging zu ihm hinüber, um ihn zu untersuchen.

„Pater James hat ihn mir gegeben", sagte Paul. „Er sagte mir, dass wir ihn während der Abrechnung benutzen müssen. Ich muss die Kiste öffnen."

„Nein", erwiderte Esther. „Vater hat mich gebeten, die Kiste zu öffnen."

„Na gut, dann mach sie auf." Paul zuckte mit den Schultern.

Esther warf einen Blick auf die Kiste auf dem Boden. Sie wusste, dass Vater wollte, dass sie das, was darin war, benutzte. Aber sie wusste auch, dass Vater Mary geheiratet hatte, als sie noch zu jung war, und dass Vater Adam nicht glaubte, dass Gott überhaupt durch Vater James sprach. Was, wenn Adam recht hatte? Es war schwer, das herauszufinden, wenn jeder Erwachsene, den sie kannte, gelogen oder Dinge vor ihr verheimlicht hatte. Sogar Mary hatte gelogen, als es darum ging, wen sie in jener Nacht im Wald getroffen hatte.

Und Missy war gestorben. Was hatte das zu bedeuten?

„Ich mache das." Paul bückte sich und hob die Kiste auf.

Sie folgte ihm aus dem Bad in den Bereich, in dem sie schliefen. Es war noch heißer als sonst. Sie hatten den Ventilator an, aber er half nicht viel gegen das Feuer draußen. Paul stellte die Kiste auf dem Boden ab und setzte sich auf seine Matratze. Ihr Herz setzte einen Schlag aus, als er den Schlüssel ins Schloss steckte.

„Was ist das?", fragte Grace.

Stinky schlug Pauls Hand weg und schlug dabei den Schlüssel aus dem Schloss. „Was auch immer da drin ist, es ist nicht gut."

Paul schubste den Jungen zurück und tastete nach dem Schlüssel. Er war irgendwo unter eine der Matratzen geflogen. Er streckte Esther seine Handfläche entgegen. „Gib mir bitte deinen Schlüssel."

„Was ist los?", wollte Grace wissen.

„Pater James hat mir eine Aufgabe gegeben", sagte Esther und ignorierte Paul. „Er hat gesagt, dass ich diese Kiste öffnen und ein besonderes Getränk für uns alle machen soll."

Grace nickte, weil sie das bereits wusste. „Und dann gehen wir schlafen und wachen in Gottes Garten auf."

Stinky griff nach der Kiste und hielt sie fest. „Weißt du nicht, was ‚schlafen gehen' bedeutet? Es bedeutet sterben."

„Nein, das heißt es nicht", widersprach Paul. „Es bedeutet, wiedergeboren zu werden."

„Spielt es eine Rolle, ob wir sterben?", fragte Delilah. „Wir werden zu Gott gehen. Unsere Seelen werden gerettet werden."

Esther betrachtete alle Kinder der Reihe nach, ihre

Gedanken wirbelten durcheinander. Es gab eine Erinnerung, ihre früheste sogar, wo sie auf der Bühne im Andachtsraum stand. Mary und Pater James standen neben ihr, und die Familie jubelte. Der Vater hatte die Arme in die Luft gestreckt. Er sprach über Gott, und Esther wusste nicht, wer Gott war, aber sie wusste aus dem Klang seiner Stimme, dass Gott mächtig war. Sie hatte ihren Vater für Gott gehalten. Er konnte sie durch die Sterne hindurch beobachten. Er war mächtig und wahrhaftig und hatte immer recht, denn was er sagte, war richtig. Was er sagte, war wahr.

Doch dann fiel ihr Blick auf die Metallbox, die Stinky fest an seine Brust drückte. Sie hatte Angst, nicht nur um sich selbst, sondern auch um die beiden. Bei dem Gedanken, die Schachtel zu öffnen und das besondere Getränk herauszunehmen, wurde ihr schlecht. Ihre krampfartigen, schrecklichen Bauchschmerzen waren wieder da. Sie kippte vor Schmerz um.

Bei allem, was Pater James von ihr verlangte, fühlte sie sich unwohl. Warum hatte sie das nicht schon früher bemerkt? Als sie noch klein war, hatte er ihr gesagt, sie dürfe nicht mehr mit Mary im Erwachsenenbereich schlafen. In der ersten Woche war Esther so traurig gewesen, dass sie jede Nacht geweint hatte. Zur Strafe ließ er sie im Pferdestall schlafen. Am nächsten Tag litt sie unter Durchfall und Übelkeit.

Als er sie gebeten hatte, dafür zu sorgen, dass alle Kinder ihre Medizin tranken, hatte sie fast jede Nacht unter Bauchschmerzen gelitten. Sie drückte ihre Daumen in ihre Beine, um die schlechten Gedanken in ihrem Kopf zu stoppen. Sie hatte sich blaue Flecken zugezogen. Seit ihrer Rückkehr nach Arizona hatte sie sich jeden Tag krank gefühlt. Sie war sogar ohnmächtig geworden.

„Nein“, sagte Esther. Sie trat einen Schritt näher an Stinky heran und versperrte Paul den Weg zur Box. „Stink … John hat recht. Es bedeutet den Tod. Ich denke nicht, dass wir sterben sollten.“

„Aber Vater hat gesagt …“, begann Grace.

„Er hat Unrecht“, antwortete sie. „Wir sollten die Kiste abstellen und dann … und dann müssen wir weg, wegen des Feuers. Wir müssen so schnell wie möglich weglaufen.“

„Du machst alles kaputt!“, rief Paul. „Vater hat mich gebeten, das zu tun, und du machst es kaputt!“

Sie sah es mit ihren Kinderaugen. Sie sah die Hingabe und Besessenheit als das, was sie war. Sie durchschaute die Manipulationen von Pater James und erkannte, dass er sie alle betrogen hatte. Jede Antwort, die sie gesucht hatte, fand sie in Pauls Gesicht geschrieben. Die Art und Weise, wie er die Zähne zusammenbiss, seine Augen hervorquollen, die Anspannung in seinem Kiefer und die Röte in seinen Wangen. Er war besessen davon, Vater glücklich zu machen, das waren sie alle, und zwar nicht, weil Vater sie liebte, sondern weil sie Angst vor ihm hatten.

„Esther hat recht“, sagte John. Sie schämte sich, ihn einmal Stinky genannt zu haben. „Wir müssen weglaufen. Jetzt.“ Er deutete auf den Rauch, der durch die Ritzen der Schutzraumtür drang.

Grace stieß einen Schrei aus.

„Was sollen wir tun? Es öffnen oder geschlossen lassen?“, sagte Esther. Sie wollte jetzt einen Erwachsenen. Sie wusste nicht, was sie als Nächstes tun sollte.

„Wir nehmen den Drink und gehen schlafen“, sagte Paul.

Einige der anderen fingen an zu weinen. Esther kratzte sich ängstlich an den Armen, drehte sich von der Metallbox zur Tür und wieder zurück.

„Ich denke, wir sollten die Tür öffnen und abhauen“, sagte Esther. „Wir sollten einfach von der Ranch weglaufen. So schnell, wie wir können.“

„In die Berge?“, sagte John. „Nein. Wir gehen zur Polizei, sobald sie aufhören zu schießen.“

„Nein“, sagte Grace. „Die Polizei besteht nur aus Schweinen.“

„Sie könnten auch auf uns schießen“, sagte Esther und

dachte an Zachary. „Wir könnten runter zur Straße laufen und auf ein Auto warten."

David begann zu husten, und Esther beschloss, dass sie keine Zeit hatten, um zu diskutieren, was als Nächstes zu tun war. Sie machte sich auf den Weg zur Bunkertür. Auf halber Höhe der Treppe hörte sie einen Schrei. Sie eilte wieder nach unten und sah John, der auf dem Rücken auf seiner Matratze lag und aus dessen Nase ein Rinnsal von Blut tropfte. Pauls zitternde Hände waren bereits dabei, die Kiste aufzusperren.

„Wenn wir die Medizin nicht einnehmen, werden wir die Erlösung nicht erreichen", sagte er. „Das ist unser oberstes, äußeres Ziel. Wir müssen die Medizin einnehmen."

Die Kiste wurde geöffnet.

KAPITEL 85

Fran riss einen Teil von Marys Leinenkleid ab und wickelte den Stoff um das Gesicht der Frau. Sie tat dasselbe für sich selbst. Asche regnete vom Himmel, die Partikel waren schneeweiß im Vergleich zu den rosafarbenen Rauchwolken um sie herum. In der Ferne hörte sie das Heulen eines Rettungswagens und betete, dass die Feuerwehr eingetroffen war. Mary klammerte sich an sie, die verschwitzten Handflächen um ihre Taille. Sie wollte etwas Tröstendes sagen, aber sie wusste nicht, was. Einen Moment später zog Mary ihren provisorischen Schal herunter und blickte Fran tief in die Augen.

„Esther ist meine Tochter", sagte sie. „Ich habe sie geboren, als ich dreizehn war. Sie ist mein Kind. Elijah ist nicht ihr Vater, es war … es war James." Sie gestikulierte in Richtung des Feuers und darüber hinaus, wo die Polizei vermutlich immer noch war. „Was auch immer passiert, hilf mir, damit sie es verstehen. Ich will nicht, dass man sie mir wegnimmt."

Vorsichtig legte Fran den Schal wieder über Marys Gesicht und nickte. „Das werde ich, Schatz."

Mary nahm die Hände von Fran in die ihren und hielt sie fest. Fran wusste, dass sie alles in ihrer Macht Stehende tun würde, um Mary und Esther zu helfen, zusammenzubleiben. Wenn sie überlebten.

Adrian kam keuchend und vornüber gebeugt durch den Rauch angerannt und hielt in jeder Hand einen Eimer. Er schüttete das Wasser in die Flammen und versuchte das Feuer zu löschen, ohne dass es ihm vollständig gelang. Ein orangefarbener Schein glimmte durch das Gestrüpp. Mit Schrecken stellte Fran fest, dass es sich um einen Flächenbrand handelte. Die trockene Vegetation hatte sich entzündet, und zwei Eimer Wasser würden die Ausbreitung nicht aufhalten können.

Fran riss einen weiteren Streifen von Marys Kleid, bevor sie ihr sagte, sie solle bleiben, wo sie war. Dann eilte sie zu ihrem hustenden Mann hinüber. Sie nahm sein Kinn und hob es an, wickelte den Stoff um sein Gesicht.

„Komm schon", sagte sie. „Wir gehen zusammen rein."

Diesmal hielt er sie nicht auf. Er reichte ihr den Eimer, und sie eilten zurück zu dem nun leeren Nebengebäude; die sich ausbreitenden Flammen verzehrten das Gebäude langsam von außen nach innen. Sie krochen an den Balken hoch, glühten hell orangefarben unter den verkohlten Überresten des Heuhaufens und schlugen Fran mit einer Hitze entgegen, wie sie sie noch nie in ihrem Leben erlebt hatte. Doch sobald sie drinnen waren, richtete sich ihre Aufmerksamkeit auf den Wassertrog.

„Da drüben ist noch ein Eimer", sagte Adrian. Er eilte mit krummen Beinen über den heißen Boden, griff nach dem Eimer, schrie auf und schüttelte seine verbrannte Hand.

Fran tauchte ihren Eimer in das Wasser, rannte zu Adrian hinüber und schüttete etwas davon auf den Griff und Adrians Hand. Dann eilten sie beide zurück zum Trog und nahmen so viel mit, wie sie tragen konnten. In ihrem Kopf verdichtete sie ihre Mission zu kleineren Aufgaben. Es war alles, was sie tun konnte, um nicht in Panik zu geraten. Zur Tränke gehen. Eimer füllen. Flammen löschen. Die Kinder retten.

Mit gesenktem Kopf verließen sie halb gehend, halb rennend die Scheune. Frans Lunge brannte, ihre Haut kribbelte vor

Hitze. Sie hielt den Kopf gesenkt und blinzelte mit den Augen gegen die fliegende Glut an. Als sie in der Nähe des Feuers waren, stürzte Mary herbei und riss Fran den Eimer aus der Hand. Sie beugte sich vor und versuchte, Luft zu holen, während Mary das Wasser über die Flammen schüttete. Zusammen mit Adrians Bemühungen gelang es ihnen, einen schmalen Pfad zu den Büschen freizumachen, aber sie mussten schnell handeln. Das Feuer konnte jeden Moment wieder ausbrechen.

Frans Körper schmerzte und das Atmen fiel ihr schwer, aber sie schaffte es, Mary einzuholen, die mutig durch den Spalt stürzte. Das Gras, das die Tür teilweise verborgen hatte, war zurückgebrannt, und Mary packte den Griff. Doch Fran hielt sie am Handgelenk fest, denn sie wusste, dass das Metall inzwischen kochend heiß sein konnte. Sie nahm das Tuch von ihrem Mund und wickelte es um ihre Hand. Sie spürte, wie ihr Haar versengte und heiße Asche wie Schneeflocken auf ihren Kopf und Körper fielen. Fran drehte den Metallgriff und riss die Tür auf. Bevor Fran zur Vorsicht raten konnte, sprang Mary direkt hinein. Fran folgte ihr, und in dem rauchgefüllten Korridor ergriff Panik ihre Brust.

Sie hatte Mühe, mit Mary Schritt zu halten, während sie in eine Stille sanken, die noch bedrohlicher war als das Rauschen des Feuers draußen. Als Mary Esthers Namen rief, versuchte Fran, sich nicht zu fragen, warum die Kinder nicht zu ihnen gerannt kamen. Warum riefen die Kinder nicht nach ihnen?

Sie sind zum Haus gegangen, dachte Fran. Das musste der Grund sein. Sie waren Pater James zum Bauernhaus gefolgt, und dort waren sie sicher. Nein, nicht sicher. Es war nirgendwo sicher. Mary war die Erste, die um die Ecke in den Bunker ging. Als Fran sie keuchen hörte, zwang sie sich, ihr zu folgen, denn der Instinkt, in die entgegengesetzte Richtung zu rennen, war fast überwältigend stark.

In dem Raum lagen Matratzen herum, die fast jeden Quadratzentimeter des Betonbodens bedeckten. Die Matratzen waren mit verworrenen Bettlaken und Schlafsäcken bedeckt. Viele der Bettlaken waren nass, und überall auf dem Boden standen leere Tassen. In der Mitte des Durcheinanders stand ein Junge, dessen Hände zu Fäusten geballt waren. Sein Brustkorb hob und senkte sich, als wäre er in extremer Anspannung. Fran erkannte ihn als den vermissten Jungen von den Plakaten. Jayden.

Mary stürzte nach vorne und hielt ein Mädchen mit schmutzigen Händen, Gesicht und strohfarbenem Haar fest. Sie hatte Kratzspuren auf ihren Wangen. Sie stand neben dem Jungen. Esther. Gott sei Dank, es war Esther. Das war eine kleine Gnade, denn die anderen Kinder lagen still da. Einige auf der Seite, als würden sie schlafen, andere auf dem Bauch, Beine und Arme ragten in allen Winkeln heraus. Als Fran sah, wie sich weißer Schaum im Mundwinkel eines kleinen Jungen sammelte, musst sie den Blick abwenden. Hinter ihr waren Schritte zu hören. Adrians Stimme, heiser vom Rauch, rief ihren Namen. Ohne nachzudenken, griff sie nach ihm, als er in den Raum stolperte, und drückte ihr Gesicht an seine Brust, um ihre Tränen zu unterdrücken. Dann riss sie sich ebenso schnell wieder los, weil sie sich an alles erinnerte.

Esther löste sich aus Marys Armen, und die Spuren der Tränen waren zwischen dem verschmierten Schmutz und der Asche auf ihren Wangen sichtbar. „Wir haben versucht, sie aufzuhalten. Paul hat John geschlagen und mich zu Boden geschubst. Werden sie in Gottes Garten aufwachen? Werden sie?“

Es war Adrian, der antwortete. Mit düsterer Stimme sagte er einfach: „Ja“.

Fran nahm Jaydens Hand. Mary führte Esther an den Schultern. Sie begannen einen langsamen, lautlosen Aufstieg in die brennende Welt darüber.

KAPITEL 86

Adrian öffnete die Tür und wartete darauf, dass sie zuerst gingen. Fran kam mit zitternden Beinen aus dem Schutzraum heraus. Sie fühlte sich am ganzen Körper taub. Sie erwartete die raue Schärfe des lodernden Feuers, doch was sie vorfand, war feuchtes, geschwärztes Gestrüpp. Durch den dichten Rauch rannte ein Mann in einem Feuerschutzanzug und half ihnen von den schwelenden Büschen weg zu einem Fleck Erde, der noch nicht in Brand stand. Sie schrie durch ihren Schal hindurch wegen der Kinder auf ihren Matratzen, und er machte sich mit einer Gruppe von Kollegen auf den Weg zum unterirdischen Bunker. Mit Mary, Esther, Jayden und Adrian taumelte sie weiter, erschöpft, überhitzt und hustend vom Rauch, vorbei an einem von Pater James' Handlangern, der tot in einer Blutlache lag.

Ein uniformierter Beamter, dessen Gesicht durch den Rauch verdeckt war, half ihnen von der brennenden Ranch weg. Frans Brust fühlte sich verstopft und wund an, als sie sich ihren Weg durch die Felder zu den Polizeiautos bahnten. Bei jedem Schritt hielt sie Jayden fest und achtete darauf, dass sie ihn in der Eile, dem Feuer zu entkommen, nicht verlor. Er hielt mit ihrem Tempo mit. Und dann, endlich, weit weg vom Brandherd, konnte sie frische Luft einatmen. Sie zog ihren Schal herunter und sog große, gierige Schlucke davon ein. Sie fühlte sich schlecht, weil sie es so sehr genoss. Aber der Moment war einfach herrlich, trotz allem, was um sie herum geschah.

Detective Woodson kam auf sie zu; sein Mund verzog sich zu einem grimmigen Ausdruck. Sein Gesichtsausdruck sagte ihr alles, was sie über ihre Anwesenheit auf der Ranch wissen musste. Seine Aufmerksamkeit wurde schnell auf den kleinen Jungen gelenkt, der ihre Hand hielt. Er hockte sich hin. „Wir haben nach dir gesucht, Jayden."

„Wirklich?", fragte er.

„Ja, haben wir. Deine Mutter und Vater haben dich sehr vermisst." Woodson lächelte den Jungen an und klopfte ihm auf die Schulter, bevor er sich aufrichtete.

„Es gibt noch ein Baby", platzte Fran heraus. „Ich mache mir Sorgen um das Baby und die Kinder im Sturmbunker. Das Baby ist im Bauernhaus. Schicken Sie jemanden, bitte. Bevor es zu spät ist."

Er legte ihr eine Hand auf die Schulter. „Ich weiß von dem Baby, einer meiner Beamten hat gesehen, wie die Mutter ins Haus ging. Wir tun alles, was wir können, Mrs. Cole." Er blickte zu Mary und Esther hinüber. „Sie haben sie gefunden."

„Das habe ich." Sie hielt verbissen die Tränen der Erleichterung, der Traurigkeit und der Trauer um die Kinder zurück.

Dann wanderte sein Blick zu Adrian. „Wer ist das?"

Fran sah den mitleiderregenden Gesichtsausdruck ihres Mannes. Er wollte ihre Hilfe, das konnte sie sehen, aber sie beschloss, es zu ignorieren. „Das ist Pater Adam. Er hat die Sekte vor vielen Jahren zusammen mit Roger Devon ins Leben gerufen. Pater Adam ist auch mein lügender Ehemann, der mir gegenüber in zehn Jahren nicht ein einziges Mal irgendeine Sekte erwähnt hat. Sein Name ist Adrian Cole."

Woodson hob eine Augenbraue, als er die Handschellen aus seinem Hosenbund löste und öffnete. Er drehte Adrian um und trug ihm seine Rechte vor, bevor er die Handschellen an seinen

Handgelenken befestigte. Der Anblick der Verhaftung ihres Mannes raubte ihr fast die Luft zum Atmen, aber sie versuchte, ihn nicht zu bemitleiden. Er hatte es nicht verdient.

Und sie hatte nicht viel Zeit, es zu verarbeiten. Eine Gruppe von Sanitätern eilte herbei, um sie alle – einschließlich Adrian, der jetzt von einem Polizisten begleitet wurde – zu einer Reihe von Krankenwagen zu führen, die etwa hundert Meter entfernt geparkt standen. Jayden blieb in ihrer Nähe, während Mary und Esther in einen anderen Krankenwagen gebracht wurden. Sie wollte protestieren und die Mädchen zu sich zurückbringen lassen, aber der Schock hatte sie jetzt so richtig gepackt. Sie erhielten Sauerstoff und tranken kühles Wasser, aber auf ihrer Brust und ihrem Rücken brach kalter Schweiß aus. Ihr Puls raste und die Welt verschwamm an den Rändern ihres Sichtfelds. Was daraufhin geschah, schien außerhalb ihres Körpers zu existieren, als würde es einer anderen Person widerfahren. Von dem freundlichen Sanitäter, der ihr beim Atmen half, über das Schließen der Krankenwagentüren bis hin zur Fahrt ins Krankenhaus. Sie ließ sich zurück auf die Bahre fallen und schlief ein.

KAPITEL 87

Das Erste, was Fran bemerkte, als sie aufwachte, war, dass Esther nicht da war. Mary saß auf einem Stuhl neben ihrem Krankenhausbett und war allein. Da glaubte Fran sofort, dass sie das einzige Versprechen, das sie gegeben hatte, nämlich dafür zu sorgen, dass Esther bei Mary blieb, nicht eingehalten hatte. Sie versuchte, sich aufzusetzen, aber ihre schwachen Muskeln protestierten, und Mary legte ihr sanft eine Hand auf die Schulter, um sie daran zu hindern, sich zu bewegen.

„Der Arzt hat gesagt, du brauchst Ruhe. Möchtest du etwas trinken?" Mary hielt einen Krug mit Wasser hoch.

Fran nickte. Ihre Kehle war zu rau, um zu sprechen. Als Mary ihr einen Plastikbecher reichte, beugte sie sich vor und nahm ein paar kleine Schlucke, bevor sie sich zurück in die Kissen sinken ließ.

„Wo ist Esther?", fragte sie. Die Anstrengung ließ sie husten.

„Keine Sorge, sie ist in einem anderen Zimmer am Ende des Korridors. Sie schläft."

Wenn sie an Esther dachte, die in ihrem Bett lag, kam ihr der gespenstische Anblick des Sturmkellers in den Sinn. Sie konnte nicht verhindern, dass sie sich die winzigen, leblosen Körper vorstellte, wie sie auf schmutzigen Matratzen lagen, oder den Gestank von beißendem Rauch, der die Luft erstickte. „Die Kinder? Das Baby?"

Marys Mund wurde schmal. „Die Kinder aus dem Bunker sind hier. Sie sind alle noch am Leben und man hat ihnen Aktivkohle gegeben, um das Gift zu binden. Es wird noch eine Weile dauern, bis wir mehr wissen." Ihre Hände zitterten in ihrem Schoß. Fran hörte die Schwere in ihrer Stimme und wusste, dass es sich nicht gut anhörte. „Ich weiß nicht, wie viele Erwachsene in der Gemeinde lebten, und wir haben das alles zugelassen. Zwei Dutzend vielleicht. Wir haben diese Kinder im Stich gelassen. Ich habe sie im Stich gelassen."

Fran streckte die Hand aus und nahm sie. „Du warst auch schon als Kind dort, nicht wahr?"

„Ja", sagte sie. „Ich bin dort aufgewachsen und habe in diesem Bunker geschlafen, bis Pater James", sie schluckte, „mich zu seiner Frau machte. Damals habe ich deinen Mann gesehen. Er lebte nicht mehr bei der Familie, glaube ich, aber er kam oft vorbei. Vater James war wie ein richtiger Vater für mich, obwohl ich wusste, dass wir nicht verwandt waren. Als wir heirateten, war das … traumatisch."

Fran hielt ihre Tränen zurück und wollte sich ein Bild von Marys Geschichte machen. „Hattest du Eltern auf der Ranch?"

Sie zuckte mit den Schultern. „Ich hatte eine Mutter. Aber sobald Kinder etwa vier Jahre alt sind, werden sie aus dem Erwachsenenbereich herausgenommen und in den Schutzraum gebracht, wo sie nicht mehr im Weg sind. Meine Mutter und ich haben uns nie besonders nahegestanden."

Sie verstummte. Fran kannte den Rest. Mary hatte Esther zur Welt gebracht, als sie gerade dreizehn Jahre alt war. Mary war jetzt zwanzig Jahre alt, jung genug, um Frans Tochter zu sein.

„Was ist mit James und …" Fran zögerte. „Den anderen Mitgliedern." Sie dachte an das Baby. Sie hatte Angst, ihr war schlecht und sie war erschöpft, aber sie musste es wissen.

Mary atmete tief ein, die Luft zischte durch ihre dünnen Lippen. Instinktiv ergriff Fran ihre Hand, in der Hoffnung, ihnen beiden die Kraft zu geben, weiterzumachen und sich dem zu stellen, was Mary sagen wollte. „Während du bewusstlos warst, ist es den Feuerwehrleuten gelungen, die Flammen auf der Ranch zurückzudrängen und die Sanitäter in das Farmhaus zu lassen. Aber es war zu spät." Ihre Oberlippe zitterte. Fran drückte ihre Hand. „Sie waren alle tot. Alle von ihnen. Einige waren erschossen worden. Einige sind wohl an einer Rauchvergiftung gestorben. Ich glaube, die meisten haben das Gift genommen, denn es standen überall Becher davon herum. Das Baby ..."

Fran schloss ihre Augen und das Blut wich aus ihrem Gesicht. Sie erinnerte sich an Talisas Hand auf ihrer Schulter auf der Wiese, als sie ihren Kummer losgeworden war. Sie dachte an Talisa, die das Baby in ihren Armen am Feuer hielt, an das Lächeln auf ihrem Gesicht, an das Lächeln auf dem Gesicht des Babys. Sie dachte an Chloes blaue Haut in der Krippe und an die Zehen, die aus der Decke lugten. Es war fast zu viel, um es zu ertragen. Zu tragisch, zu ungerecht, zu böse. Frans Atem ging rasselnd durch ihre schmerzende Brust, als Mary sich plötzlich auf das Bett warf. Die beiden Frauen verharrten in einer Umarmung, beide versuchten, den sinnlosen Verlust von Leben zu verarbeiten.

„Es tut mir leid", sagte Fran schließlich. Sie dachte an ihr Mittagessen mit Caleb, an den Glanz der Jugend, der in seinen Augen funkelte. „Sie waren deine Freunde."

Mary lehnte sich auf ihrem Stuhl zurück und schüttelte den Kopf. „Es tut mir leid für die kleine Judith, aber nicht für die anderen. Besonders nicht für *ihn*." Sie wischte sich die Tränen aus den Augen und Fran sah, wie sich ihr Gesichtsausdruck veränderte. In einem Sekundenbruchteil wechselte er von traurig zu wütend. Ihre Stimme wurde härter. „Ich will ihn nur noch einmal sehen, bevor ich weiterziehe. Ich will seinen Körper sehen. Ich will wissen, dass er nie wieder zurückkommt, um mir weh zu tun."

„Natürlich willst du das." Fran nahm einen weiteren Schluck von ihrem Wasser und atmete tief durch, um sich zu beruhigen. „Wie geht es dir? Körperlich?"

Marys Mundwinkel zogen sich leicht nach oben. „Ich fühle mich wie der Tod, aber der Rauch hat nicht allzu viel Schaden angerichtet. Die Drogenentzugssymptome sind das Schlimmste. James hat mir einen Cocktail aus Schmerz- und Beruhigungsmitteln gegeben."

„Es tut mir so leid."

Sie zuckte mit den Schultern, als ob es keine Rolle spielen würde.

Als die Ärzte kamen, um nach ihr zu sehen, ging Mary weg. Bevor Detective Woodson später am Tag eintraf, ließ Fran sich gehorsam einer Reihe von Tests unterziehen.

Es klopfte an der Zimmertür. Woodson stand unbeholfen im Eingang und trug denselben schmutzigen Anzug. Er verhielt sich wie ein Mann, auf dessen Schultern das Schicksal der Welt ruhte, gebeugt, die Hände tief in den Taschen. „Haben Sie einen Moment Zeit für einen Besucher?" Der ausdruckslose, schockierte Gesichtsausdruck und die offensichtliche Erschöpfung machten die Aussicht auf einen heiteren Moment zunichte.

Fran zuckte mit den Schultern. „Geschäftlich oder privat?"

„Ein bisschen von beidem."

„In Ordnung, aber Sie müssten mir erst einen Drink ausgeben." Fran deutete auf das Wasser. Sie fühlte sich schon viel stärker, aber sie dachte, er könne sich ruhig nützlich machen, während er ihre Aussage aufnahm.

Woodson schenkte ihr das Wasser ein und nahm dann Platz. „Wie geht es Ihnen?"

„Etwas kurzatmig, aber die Ärzte sagen, das geht vorbei."

„Gut", sagte er. „Sie haben diese Kinder gerettet, wissen Sie."

Fran biss sich auf die Unterlippe. „Das habe ich noch nicht. Wir haben sie nur gerettet, wenn sie es schaffen."

„Ich habe mit den Ärzten gesprochen und sie sind optimistisch."

Eine Last fiel von Frans Brust. Sie zog Luft in ihre Lungen und hustete. „Wieso sind Sie so schnell zur Ranch gekommen?"

„Jemand hat die Station wegen des Feuers in den Bergen angerufen. Man sollte dort im Sommer wirklich keine Lagerfeuer anzünden. Als ich hörte, dass es auf der Ranch war, habe ich ein Team zusammengestellt und mir gesagt, jetzt oder nie."

„Er hat es geplant", sagte Fran. „Er wusste, dass ich mich einmischen wollte. Er wusste wahrscheinlich, dass ich bei der Polizei gewesen war. Mich einzuladen, war bloß eine Gelegenheit, den Wahnsinn zu beginnen."

„Ich glaube, da könnten Sie recht haben", meinte Woodson.

Fran seufzte. „Na gut, bringen wir es hinter uns. Was wollen Sie wissen?"

„So viel, wie Sie mir sagen können." Er lehnte sich vor. „Wenn Sie sich dem Gespräch gewachsen fühlen."

Sie erzählte ihm eine Kurzfassung der Ereignisse, beginnend mit der Ankunft der Whitakers in Leacroft und endend mit dem Brand. „Ich habe auch eine Menge aufgeschrieben. Aber das war alles, bevor ich eine Ahnung von Adrian hatte." Sie seufzte. „Das muss der Grund sein, warum Mary nach Leacroft gekommen ist. Sie wollte mit ihm sprechen. Sie hat mir noch nicht gesagt, weshalb. Was wird mit Adrian geschehen?"

„Wir sind noch dabei, die Fakten zusammenzutragen", sagte Woodson. „Im Moment sieht es so aus, dass Roger Devon der Haupttäter war. Auf der Ranch gibt es viel zu durchwühlen, und vieles davon wurde bei dem Brand beschädigt. Nach Augenzeugenberichten scheint Ihr Mann versucht zu haben, James den Massenmord und Selbstmord auszureden. Es deutet nichts darauf hin, dass Ihr Mann seit vielen Jahren ein vollwertiges Mitglied der Sekte war."

Mit anderen Worten: Die Polizei konnte ihm keine Verbrechen nachweisen, aber sie war sicher, dass sie ihr Bestes tun würden, um etwas zu finden. „Wurde er angeklagt?"

„Noch nicht", sagte Woodson. „Er wird auf der Station behandelt. Ihm geht es schlechter als Ihnen."

Das weckte zwar ihr Interesse, aber sie erkundigte sich nicht weiter nach Adrians Gesundheit. Sie sorgte sich, aber sie wollte es sich nicht eingestehen und es sich nicht anmerken lassen. „Was ist mit dem gekidnappten Jungen? Jayden? Wurde er zu seiner Familie zurückgebracht?"

„Ja", sagte er. „Sie sind überglücklich."

„Wurden die anderen Kinder auch entführt?"

„Einige wurden als Kinder identifiziert, die vor ein paar Jahren verschwunden sind. Wir haben Lucy Caruso gefunden. Ein kleines Mädchen, das die Sektenmitglieder Grace nannten. Andere könnten auf der Ranch geboren worden sein. Es gibt eine Menge zu verarbeiten. Es wird einige Zeit dauern."

„Wissen Sie, wie lange die Sekte schon Kinder entführt?", fragte Fran.

Woodson schüttelte den Kopf. „Es könnte sich um Jahrzehnte handeln."

„Bevor ich hierherkam, habe ich ein ehemaliges Mitglied aufgesucht. Ein Mann namens Noah Martinez, wenn das sein richtiger Name ist. Ich wusste damals nichts von der Sekte, aber ich wusste, dass er mit den Whitakers zusammen lebte. Er hat sich umgebracht, bevor ich die Gelegenheit hatte, mit ihm zu sprechen." Sie verdrängte die Erinnerung an die zerkauten Socken aus ihrem Kopf. „Ich weiß nicht, ob er vielleicht ein weiteres Kind war, das von der Sekte entführt wurde. Ich erinnere mich, dass er einen seltsamen Abschiedsbrief hinterlassen hat. Vielleicht konnte er sich in der realen Welt nicht zurechtfinden."

„Das kommt vor", sagte Woodson. „Ich schätze, die Menschen leben innerhalb der Parameter, die ihnen von demjenigen vorgegeben werden, der die Kontrolle hat. Ob das nun ein Elternteil, ein Gefängniswärter, die Gesellschaft oder ein verdammter narzisstischer Sektenführer ist. Das alles hinter sich zu lassen, wird wahrscheinlich das Schwerste sein, was sie je in ihrem Leben tun mussten."

Woodson klappte sein Notizbuch zu, schenkte ihr noch ein Glas Wasser ein und ließ sie allein, damit sie sich noch etwas ausruhen konnte. Sie schloss ihre Augen, aber schlafen konnte sie nicht.

KAPITEL 88

Fran folgte den Schildern an den Krankenhauswänden. Jede Ecke, um die sie bog, führte zu einem anderen weißen Korridor mit blauen Flügeltüren. Eine Woche später brannten die Waldbrände in den Catalina-Bergen immer noch. Die Luftverschmutzung war schlimm. Viele Häuser waren evakuiert worden. Die Flughäfen waren geschlossen. Sie konnte nicht nach England zurückkehren, selbst wenn sie es wollte, und das war auch gut so, denn sie hatte noch einige Dinge zu erledigen.

Den Kindern ging es gut. Nachdem das Gift aus ihren kleinen Körpern absorbiert worden war, wachten sie mit Bauchschmerzen und stark geschwächt auf, aber die Ärzte waren zuversichtlich, dass die bleibenden Schäden minimal sein würden. Es war ihr immer noch unangenehm, daran zu denken, was sie durchgemacht hatten, aber sie war noch nie in ihrem Leben so erleichtert gewesen. Und doch quälte sie der Anblick ihrer bewusstlosen Körper nachts immer noch. Das Erlebnis hatte ihre Albträume verschlimmert. Sie träumte von Chloe, von Noah Martinez, der an seinem Gürtel hing, von den Sektenkindern im Luftschutzkeller und von Adrian, der zusammen mit Pater James auf die leblosen Körper seiner

Familie hinunter lächelte. Einer dieser Körper war der kleinste von allen.

Detective Woodson hatte alle Kinder einzeln befragt und ihr mitgeteilt, dass er davon überzeugt war, dass Adrian seit vielen Jahren nichts mehr mit der Sekte zu tun hatte. Es gab keine Anhaltspunkte, die ihn mit den Entführungen der letzten fünf oder sechs Jahre in Verbindung brachten, aber es würde viele Monate dauern, mögliche Verbrechen, die noch weiter zurücklagen, zu untersuchen. Im Moment war Adrian noch nicht verhaftet worden, was bedeutete, dass sie ihn besuchen konnte.

Fran war aus dem Krankenhaus entlassen worden, aber Adrian kämpfte noch immer um seine Gesundheit. Als sie endlich sein Zimmer fand, stand sie am Fußende seines Bettes und hatte die Arme um ihren Körper geschlungen. Er schien dünner geworden zu sein. Er trug eine Sauerstoffmaske. Seine Augen waren in den Schädel gesunken, umringt von violettschwarzen Kreisen, die an den Rändern gelblich waren. Er schien gealtert zu sein.

„Franny." Er musste zum Sprechen die Maske von seinem Gesicht ziehen. Seine Stimme klang heiser.

Trotz allem legte sie eine tröstende Hand auf seinen Arm. Ja, sie war immer noch wütend, und sie würde es bis zum Ende ihrer Tage sein, aber er war fast ein Jahrzehnt lang ihr Ehemann und Freund gewesen. Sie konnte nicht dastehen, ihn leiden sehen und seinen Schmerz nicht spüren.

„Du bist gekommen, um mich zu sehen."

Fran zog einen Stuhl heran. „Komm nicht auf dumme Gedanken. Ich bin hier, um Antworten zu bekommen."

„Ja." Er seufzte. „Ja, die hast du verdient. Das ist das Mindeste, was ich tun kann."

Obwohl Fran unbedingt Antworten auf ihre Fragen finden wollte, wusste sie jetzt, wo sie hier war, nicht, wo sie anfangen sollte. Sie beschloss, mit der größten und furchterregendsten Frage zu beginnen. Sie fuhr sich mit der Zunge über die Zähne und brauchte einen Moment, um sich zu sammeln. „Ist Mary deine Tochter? Sie hat es nicht gesagt, aber ich kann mir keinen anderen Grund vorstellen, warum sie den ganzen Weg nach Leacroft kommen sollte. Emily hat gesehen, wie ihr im Dorf eine hitzige Unterhaltung geführt habt. Ich glaube, du hast mich diesbezüglich angelogen."

Adrian schloss die Augen und lehnte sich zurück in das Kissen. Sie sah die flachen Atemzüge und das Heben und Senken seines Brustkorbs. Er trug immer noch einen Krankenhauskittel, weil sie ihm keinen Pyjama mitgebracht hatte. Hätte sie das tun sollen? Im Moment war sie schließlich noch seine Frau, dachte sie.

„Ich weiß es nicht", sagte er. „Eve, eine Frau, die ich auf der Ranch kannte, brachte Mary vor etwa zwanzig Jahren zur Welt. Ich war ein paar Mal zu Besuch und hatte eine kurze Beziehung zu Eve. Aber es herrschte eine große … Freiheit in der Gemeinschaft. Ich habe es nie genau gewusst. Das Gespräch in Leacroft, auf das du dich beziehst, drehte sich darum, ja. Mary kam zu mir ins Dorf und erzählte mir, dass ihre Mutter immer sagte, ich sei ihr biologischer Vater. Ich habe ihr gesagt, dass ich nie mit ihrer Mutter zusammen gewesen sei."

„Du hast sie belogen." Frans Hand umklammerte das weiße, metallene Bettgestell. „Du hast sie belogen, während du mir vorgespielt hast, dass dir die Whitakers nichts bedeuten." Fran dachte an die Dinnerparty, auf der Adrian und Elijah Witze gemacht und über das Wetter in Arizona geplaudert hatten. Adrian saß da und tat so, als wäre er begeistert von Geschichten über Staubstürme und heiße Sommer, als hätte er das noch nie erlebt. Wie hatte er nur so cool und gelassen sein können? Wenn Fran mit dieser Art von Lüge gelebt hätte, wäre sie an dem Druck zerbrochen. Doch für Adrian war es so selbstverständlich wie das Atmen. „Sie kamen zu uns nach Hause und du hast nichts verraten. Wie konntest du das tun? Wie kann man jemandem so ins Gesicht lügen?"

„Elijah kannte mich nicht von der Ranch", erklärte Adrian. „Er war ein ziemlich neues Mitglied der Familie, glaube ich. Ich weiß nicht, ob Mary es ihm gesagt hat oder nicht. Ich habe es einfach hingenommen. Ich habe eine Art, die Dinge in meinem Kopf aufzuteilen. Ich glaube, ich habe mir eine ganz andere Realität eingeredet, die mehr Sinn ergab, und ich dachte … nun, ich dachte, ich tue das Richtige. Ich dachte, du würdest es irgendwann aufgeben, und ich dachte, wir könnten zur Normalität zurückkehren."

„Aber ich habe nicht aufgegeben", sagte Fran. „Das zeigt, wie wenig du mich kennst."

Ihre Worte blieben einige Sekunden lang zwischen ihnen hängen. Dieser Raum mit den blinkenden Lichtern und dem weißen Boden erinnerte sie an das Leichenschauhaus, wo sie sich ein letztes Mal von Chloe verabschiedet hatte. Adrian hatte Fran nie verstanden. Er war nicht mit ihr gegangen. Und er hatte nicht gesehen, was Mary und Esther für sie bedeuteten.

„Es tut mir leid", sagte er. „Ich hatte die Sekte verlassen, als Roger anfing, sich seltsam zu verhalten. Und ich hatte nicht die Absicht, jemals zurückzukehren. Das schwöre ich. Das ist alles etwas, womit ich nie gerechnet habe."

„Du meinst, du dachtest, du wärst ungeschoren davongekommen." Sie stieß ein hohles Lachen aus. „Du dachtest, du könntest sie betrügen und ficken und dann alle im Stich lassen, damit du ein besseres Leben beginnen kannst. Währenddessen musste deine eigene Tochter einen Mann, der doppelt so alt war wie sie, davon überzeugen, sie um die halbe Welt zu bringen, um ihrem Schänder zu entkommen." Ihre Finger krallten sich um das Bettgestell, die Wut pulsierte in ihr, so lebendig wie ein Parasit, der sich seinen Weg durch ihren Körper bahnte. Sie saugte ihn auf. Sie ließ ihn in ihr Blut sickern. Sie würde mit ihm leben.

In der letzten Woche hatte Mary Fran mehr darüber erzählt, wie sie nach England gekommen war. Elijah hatte sich in Mary verliebt und sie hatte ihn davon überzeugt, wegzugehen und irgendwo neu anzufangen. Mary machte einen der wenigen Menschen ausfindig, die die Children of James erfolgreich verlassen hatten, Noah Martinez, und überzeugte alle, zusammen nach England zu ziehen. Sie stahl etwas Geld aus James' Safe und kaufte damit die Flugtickets. Sie hatte Derby wohl wegen der Nähe zu Adrian gewählt. Er war einige Jahre lang Dozent an der Universität von Derby gewesen, und sie hätte ihn im Internet finden können. Sie hatte Fran nicht ausdrücklich erzählt, dass sie Adrian absichtlich gefunden hatte, aber Fran war überzeugt, dass dies der Fall gewesen war.

Noah hatte für sie gefälschte Pässe besorgt und es geschafft, sie ins Vereinigte Königreich zu bringen. Sie waren zwar arm, aber es gelang ihnen, eine kleine Wohnung zu finden. Mary und Elijah zogen bald darauf nach Leacroft, vermutlich nachdem sie Adrian dort aufgespürt hatte.

„Was ist mit Eve passiert?“, fragte Fran.

„Mary hat mir erzählt, dass sie vor einigen Monaten an Krebs gestorben ist“, sagte Adrian. „Vielleicht ist sie deshalb zu mir gekommen. Das und die Verschlechterung von Pater James' Gesundheit, sowohl körperlich als auch geistig.“

„Hast du irgendwelche Entführungen mitbekommen?“, fragte Fran.

„Nein. Ich schwöre, das habe ich nicht.“

„Hast du bei deinem Besuch auf der Ranch gesehen, dass die Kinder in einem Luftschutzkeller schliefen?“

Adrian schwieg einen Moment lang. Seine Augen wichen ihren aus.

„Das war der Grund, warum ich nicht mehr hingegangen bin.“

„Deine Tochter war eines dieser Kinder“, sagte Fran.

„Ich wusste nicht, dass sie meine Tochter ist“, erwiderte er.

Das war alles, was sie zu hören brauchte. Diese wenigen Worte sagten alles über seinen Charakter aus. Sie stand auf und der Stuhl klappte zurück.

„Bist du mir durch Arizona gefolgt? Hast du Schmiere gestanden, damit wir uns nicht über den Weg laufen? Oder hast du nur gedacht, ich sei zu dumm, um etwas über die Sekte zu erfahren?“, fragte Fran.

„Es war ein Risiko, hierherzukommen“, sagte Adrian. „Das wusste ich. Fast wäre ich mit dir gekommen, aber ich hatte Angst, dass mich jemand von der Sekte erkennt, wenn wir zusammen sind. Also habe ich dich allein fliegen lassen.“

„Du hast mich gelassen.“ Fran stieß ein hohles Lachen aus.

Adrian zuckte mit den Schultern. „Ich dachte, ich mache mich am besten auf den Weg hierher. Um alles im Auge zu behalten. Ich bin einen Tag nach deiner Abreise geflogen. James hat mir allerdings dein Interesse an der Familie verheimlicht. Ich bin mir nicht sicher, wann, aber ich nehme an, er hat herausgefunden, dass du meine Frau bist. Ich habe nicht …“ Adrians Stimme wurde brüchig. „Ich habe nicht erwartet, dass du so viele Dinge vor mir verheimlichst. Ich dachte, du würdest mir sagen, was du tust. Das tust du doch sonst auch.“

„Ich habe es dir vorenthalten, weil du so kontrollsüchtig geworden bist“, sagte Fran. Es war eine neue Erkenntnis. Eine schwer verdiente Erkenntnis. Adrian verstand es gut, seine kontrollierende Art hinter scheinbar echter Sorge zu verbergen. Nach außen hin war er der perfekte Ehemann. Er kochte, er putzte, er kümmerte sich. Vielleicht war das der Grund, warum sie es so lange nicht bemerkt hatte.

„Hat es einen Sinn, wenn ich bettle?", fragte Adrian.

Sie sah die Tränen, die auf die violetten Schatten unter seinen Augen fielen, aber sie konnten kein Mitleid bei ihr hervorrufen. „Nein.“

„Dann lass mich eines sagen. Meine Liebe war immer echt, Franny. Du hast mich zu einem besseren Menschen gemacht.“ Seine Unterlippe bebte. Er zog die Maske hoch und legte sie sich über Mund und Nase.

Fran ging mit der Überzeugung weg, dass er es immer noch nicht verstanden hatte. Sie wusste, dass er sie liebte, aber sie konnte ihn nicht mehr lieben.

EPILOG

Fran nahm ihren Morgenkaffee und setzte sich auf die Veranda vor ihrem Wintergarten. Sie streckte ihre Beine aus, lehnte sich zurück und genoss die Frühlingssonne. Ihr Garten entwickelte sich prächtig. Narzissen ragten aus den Beeten heraus. Esther mochte sie sehr. Mary züchtete rosa Rosen entlang des Gartenzauns. Sie war Adrians Tochter, daran gab es jetzt keinen Zweifel mehr. Sie sah seine Augen und die Konturen seines Kiefers. Mary hatte von Eve vor ihrem Tod einige Babyfotos bekommen. Wie durch ein Wunder hatten sie das Feuer auf der Ranch überlebt. Als sie wieder in England angekommen waren, hatte Fran sie mit den Schwarz-Weiß-Fotos von Adrian als Baby verglichen. Die Ähnlichkeit war eindeutig. Adrian verweigerte ihnen weiterhin einen DNA-Test, um zu bestätigen, was sie alle wussten. Aber das spielte keine Rolle.

Sie war inzwischen von ihm geschieden. Sie hatte genau die Hälfte genommen. Adrian verkaufte das Haus nicht, sondern zahlte sie stattdessen aus. Es reichte, damit sie sich in Cornwall in einem schönen, aber bescheidenen Haus mit drei Schlafzimmern niederlassen konnten. Ein Zimmer für jede von ihnen. Fran erzählte allen, Mary sei ihre Tochter und Esther ihre Enkelin. Es war gut, aus Leacroft weg zu sein, von der giftigen Intoleranz des Dorfes und Emilys Klatsch und Tratsch. Sie hatte sich nicht für einen Chor in Cornwall angemeldet.

Von ihrem Haus aus blickten sie auf das keltische Meer, das gegen die Klippen prallte. Abends brutzelten sie Würstchen auf dem Grill, machten sich Hot Dogs mit Ketchup und gingen mit Cassie, ihrem Cocker Spaniel, an den Klippen spazieren. Esther rannte immer noch nicht voraus, aber sie aß Eis und kuschelte sich an Cassie, während sie auf Picknickdecken am Meer saßen. Sie machte sich von morgens bis abends Sorgen um Esther, aber die wöchentliche Ausstiegstherapie half ihr. Sie waren alle bei der Therapie gewesen, sogar Fran. Sie war nicht immun gegen die Anziehungskraft der Sekte, gegen das Versprechen von Familie und Frieden. Sie dachte oft an Caleb, von dem sie jetzt mit Sicherheit wusste, dass er unter den Verstorbenen im Farmhaus war. Sie hatte sogar erwogen, an seiner Beerdigung teilzunehmen, aber sie hatten beschlossen, vorher nach England zurückzukehren.

Mary hatte bekommen, was sie wollte – die Leiche von Pater James zu sehen. Am Ende gab es von ihm nicht mehr viel zu sehen. Aber der Gerichtsmediziner versicherte ihr, dass sie sich vergewissert hatten, dass er es war. Sie war immer noch dabei, sich an ihr Leben außerhalb der Kommune zu gewöhnen, vor allem an die Freiheit, ohne deren Regeln zu leben. Fran tat alles, was sie für die Frau tun konnte, die ihre Tochter hätte sein können. Obwohl sie manchmal befürchtete, dass es nicht genug war. Wenn sie Mary und Esther zusammen mit Cassie spielen oder ein Kleid nähen sah, schlug ihr Herz höher. Mary verkaufte sogar einige ihrer Kleidungsstücke online. Fran war überzeugt, dass sie eine große Zukunft vor sich hatte.

Trotz ihres Glücks hing eine dunkle Wolke über jedem glücklichen, sonnigen Tag. Der Fall in Arizona. Monatelang untersuchten die Ermittler akribisch alle Beweise, die auf der Ranch gefunden wurden. Von den Leichen im Farmhaus über die Dokumente im Büro von Pater James bis hin zu dem unterirdischen Raum, in dem die Kinder nachts schliefen. In vielen langen

Gesprächen mit Mary, Esther, den Kindern und Adrian setzten sie den Fall zu einem Ganzen zusammen. Fran übergab ihre Notizen an die Ermittler. Sie hatte sich noch nicht entschieden, was sie mit ihnen machen wollte. Die Tragik des Ganzen fühlte sich zu groß an. Vielleicht konnte sie eines Tages darüber schreiben, aber jetzt noch nicht.

Sie hatte von Detective Woodson erfahren, dass Adrian über seine Beteiligung am Aufbau der Farm befragt worden war. Es wurde enthüllt, wie viel Kinderarbeit auf der Ranch eingesetzt worden war und wie die Kinder Böden schrubbten und Wäsche reinigten, während Pater James seine Lieblingsfrauen zum Sex in die Berge brachte. Sie wollte nicht an die schrecklichen Dinge denken, denen Esther ausgesetzt gewesen war. Manchmal sah sie das kleine Mädchen an und fragte sich, was in ihrem Kopf vorging. Nachts wachte sie mit den Bildern aus dem Bunker auf, die sich in ihr Gehirn eingebrannt hatten. Sie würde sie nie vergessen. Egal, was passierte.

Esther war jetzt offiziell eine Whitaker, aber Narzissen hasste sie immer noch. Mary hatte ihr gesagt, dass Whitaker ihr Nachname sein würde, weil sie einen brauchten und sie sich daran gewöhnt hatten. Mary erzählte ihr auch, dass sie bei ihrer Geburt nie registriert worden waren und sie mussten dieses Mal viel Papierkram erledigen, um einen richtigen Pass zu bekommen. Aber jetzt hatte Fran sie nach England gebracht. Sie sollte bald zur Schule gehen. Mary hatte einen Job in einem Café am Strand in der Nähe ihres Hauses. Sie trug eine gerüschte Schürze und lächelte die Kunden freundlich an. Wenn sie nicht arbeitete, züchtete sie ihre Rosen oder nähte Kleider, die sie verkaufte.

Esther verstand nun, warum Mary sie im Krankenhaus angelogen hatte, nachdem sie im Wald gestürzt war. Mary hatte unter Tränen gestanden, dass sie in Panik geraten war, weil sie nicht wollte, dass Esther erfuhr, dass Adrian - Vater Adam - ihr Großvater war. Esther verstand das, aber es gefiel ihr trotzdem nicht.

Sie konnte Erwachsene nicht leiden. Laut Fran, Mary und ihrer Therapeutin hat Vater James gelogen und alle in der Familie verletzt. Bedeutete das also, dass alle Erwachsenen logen? Bedeutete das, dass sie auch lügen musste, wenn sie erwachsen war? Es gab einen Teil der Geschichte, den sie niemandem erzählt hatte, und das war auch eine Art von Lüge, nicht wahr?

Es gab einen Aspekt in ihrem neuen Leben, den sie sehr genoss. Cassie war ein lieber Hund. Es gefiel ihr, an den kühlen Abenden mit ihr spazieren zu gehen. Außerdem war das Wetter hier besser, das musste sie zugeben. Aber Esther hatte jetzt dauernd böse Träume. Die Bauchschmerzen waren weg, aber sie wachte nachts auf und dachte daran, was Paul im Sturmkeller getan hatte. Und was sie mit ihm gemacht hatte …

Sie erinnerte sich daran, wie sie versucht hatte, Paul die Schachtel wegzunehmen und er sie geschlagen hatte. Sie bekam Angst und kroch in die Ecke und schlang ihre Arme um ihre Knie. Stinky lag eine Weile regungslos da, aus seiner Nase lief Blut. Paul öffnete die Schachtel und nahm mehrere Tütchen mit einem Pulver heraus. Er ging zum Waschbecken, füllte einen Krug mit Wasser, öffnete die Tütchen und schüttete sie hinein.

„Müssen wir das trinken?", hatte Grace gefragt. „Jetzt habe ich Angst."

Paul verteilte das Getränk auf alle Tassen, die sie hatten. Er arbeitete so schnell, dass er etwas davon verschüttete. „Wir müssen alles trinken, sonst funktioniert es nicht."

Esther saß wie erstarrt da. Sie war nicht mehr so verängstigt, aber sie war wie erstarrt. Ihre Fingernägel gruben sich in die Haut an ihren Knien.

Paul reichte die Becher weiter, angefangen bei David, bis hin zu Grace. Er nahm den letzten Becher für sich selbst. Esther öffnete den Mund, aber es kam nicht mehr als ein Quietschen heraus. Paul drehte sich zu ihr um, als ob er sich daran erinnerte, dass sie da war.

„Ich werde dich nicht zwingen, es zu trinken", sagte er. „Aber es ist noch etwas übrig."

Esther schüttelte den Kopf.

David trank als Erster. Grace weinte. Einige von ihnen begannen zu husten. Paul drückte Delilahs Hand, bis sie alles ausgetrunken hatte. Jetzt stand Esther langsam auf. Sie sah zu, wie die Kinder auf die Matratzen plumpsten und ihre Körper sich wie heruntergefallene Puppen bewegten. Fast hätte sie das selbst mit ihnen gemacht. Sie starrte entsetzt auf die sich windenden und erstickenden Kinder. Stinky begann sich zu rühren.

Als er die Augen öffnete, setzte er sich auf und schrie. „Tu etwas!"

„Es ist zu spät", sagte Esther. „Sie haben das Gift geschluckt."

Dann fiel ihr Blick wieder auf Paul. Er weinte jetzt auch. „Vater hat gesagt, es tut nicht weh." Er öffnete und schloss seinen Mund wie ein Fisch.

Esther wurde klar, dass er das Gift nicht selbst einnehmen würde, und pure Wut stieg in ihr auf. Sie packte ihn an seinem Hemd und drückte ihn auf die Matratze. Stinky stürzte sich sofort auf ihn und drückte ihn nieder. Esther griff nach dem Wasserkrug, der noch knapp ein Viertel voll war. Paul schüttelte den Kopf und hielt sich den Mund zu, aber sie griff nach seiner Nase und hielt sie fest, bis sie ihn zwang, seine Lippen zu öffnen und zu atmen. Dann schüttete sie ihm die Flüssigkeit in den Mund. Paul hustete und stotterte, aber sie schüttete weiter, bis sie hörte, wie er es hinunterschluckte. *Schluck, schluck, schluck, schluck.* Manchmal hört sie dieses Geräusch, als käme es durch ihre Schlafzimmertür. Sie konnte es nicht ertragen, wenn Fran eine Flasche Wein öffnet und sich ein Glas einschenkt. Aber sie wollte es niemandem sagen. Weder Mary noch Fran, noch der Frau, mit der sie sich einmal pro Woche traf, um darüber zu reden, was auf der Ranch passiert war. Nein, sie würde nie jemandem erzählen, was sie getan hatte, und sie hofft, dass sie Stinky – oder Jayden, wie sie erfahren hat – nie wieder sehen würde.

Nachts dachte sie immer noch an diese Momente, daran, wie sie Paul das Gift in den Mund geschüttet hatte, weil sie wusste, was es bewirken würde und glaubte, es würde ihn töten. Es hatte ihn nicht getötet, aber sie dachte, es würde es tun. Sie fragte sich, wozu sie noch fähig war. Sie hatte so viel Wut in sich. Sie gärte und wartete und baute sich auf wie das Lauffeuer, das Vater James in jener Nacht entfacht hatte.

ÜBER DIE AUTORIN

Sarah A. Denzil ist eine britische Thriller-Autorin aus Derbyshire. Zu ihren Büchern gehört SILENT CHILD, das die Kindle-Charts in Großbritannien, den USA und Australien angeführt hat. SAVING APRIL und THE BROKEN ONES sind beide Top-Thirty-Bestseller in den US-amerikanischen und britischen Amazon-Charts.

Ihre im Eigenverlag und im Verlag erschienenen Bücher sowie ihre Hörbücher und Übersetzungen ins Ausland haben sich weltweit über eine Million Mal verkauft.

Sarah lebt mit ihrem Mann in Yorkshire, wo sie die malerische Landschaft und das eher unberechenbare Wetter genießt. Sie liebt es, stimmungsvolle, psychologische Bücher mit vielen Wendungen zu schreiben.

Wenn Sie auf dem Laufenden bleiben möchten, tragen Sie sich bitte in die Mailingliste ein, um über neue Veröffentlichungen und Sonderangebote informiert zu werden.

Bücher als Sarah Dalton - http://www.sarahdaltonbooks.com/

Printed in Poland
by Amazon Fulfillment
Poland Sp. z o.o., Wrocław

31231609R00222